KB148563

Die Verwandlung · Forschungen eines Hundes

지은이 **프란츠 카프카** Franz Kafka

1883년 프라하에서 유대인 상인의 장남으로 태어났다. 1901년 프라하 대학교에 입학하여 독문학과 법학을 공부했고 1906년 법학 박사학위를 취득했다. 이후 프라하의 형사법원과 민사법원에서 1년간 실무를 익힌 그는 1908년 노동자재해보험공사에 취직해 14년 동안 근무하면서 직장생활과 글쓰기를 병행했다. 1904년 「어느 투쟁의 기록」을 시작으로 「시골에서의 결혼 준비」, 「선고」, 「변신」, 「유형지에서」 등의 단편, 『실종자』, 『소송』, 『성』 등의 미완성 장편, 작품집 『관찰』, 『시골 의사』, 『단식 광대』와 일기를 포함한 총 3400여 쪽에 달하는 작품, 그리고 약 1500통의 편지를 남겼다. 1917년 폐결핵 진단을 받고 1922년 노동자재해보험공사에서 퇴직, 1924년 오스트리아 빈 근교의 결핵요양원에서 사망했다. 사망 전 평생의 벗 막스 브로트에게 자신의 모든 서류를 없애달라고 부탁했지만, 브로트는 그의 유언을 지키지 않았다.

옮긴이 **조원규**

서강대학교 독문과와 동 대학원, 독일 뒤셀도르프 대학교에서 독문학을 전공했다. 1985년 문학사상으로 등단하여 『아담, 다른 얼굴』, 『밤의 바다를 건너』, 『난간』 등의 시집을 냈고, 옮긴 책으로 안겔루스 질레지우스의 『방랑하는 천사』, 구스타프 마이링크의 『나펠루스 추기경』, 프란츠 카프카의 『독수리』, 엘리아스 카네티의 『모로코의 낙타와 성자』, 크러스너호르커이 라슬로의 『사탄 탱고』, 페터 한트케의 『시 없는 삶』 등이 있다.

도슨트 **이진경**

지식공동체 수유너머 파랑 연구원, 서울과학기술대학교 인문사회교양학부 교수. 『철학과 굴뚝청소부』를 시작으로, 자본주의와 근대성에 대한 이중의 혁명을 꿈꾸며 쓴 책들이 『맑스주의와 근대성』, 『근대적 시·공간의 탄생』, 『수학의 몽상』, 『철학의 모험』, 『근대적 주거공간의 탄생』, 『필로시네마, 혹은 탈주의 철학에 대한 10편의 영화』 등이다. 사회주의 붕괴 이후 새로운 혁명의 꿈속에서 니체, 마르크스, 푸코, 들뢰즈·가타리 등과 함께 사유하며 『노마디즘』, 『자본을 넘어선 자본』, 『미—래의 맑스주의』, 『외부, 사유의 정치학』, 『역사의 공간』, 『우리는 왜 끊임없이 곁눈질을 하는가』, 『사랑할 만한 삶이란 어떤 삶인가』 등을 썼다. 『코뮨주의』, 『불온한 것들의 존재론』, 『삶을 위한 철학수업』, 『파격의 고전』 등을 쓰면서 지금 여기에서의 삶을 바닥없는 심연 속으로 끌고 들어가고 있다.

그린비 도스트 세계문학 06

변신·어느 개의 연구

프란츠 카프카 지음

조원규 옮김·이진경 해설

그린비

차례

변신·어느 개의 연구

일러두기

1 이 책은 Franz Kafka, *Gesammelte Werke in acht Bänden*(Fischer Verlag, 1989)을 원본으로 번역하였다.
2 본문의 각주는 독자의 이해를 돕기 위해 옮긴이가 추가한 것이다.
3 외국어 인명, 지명 등 고유명사는 2017년에 국립국어원에서 펴낸 외래어표기법을 따르되, 경우에 따라 실제 생활에서 자주 쓰이는 대로 표기했다.

1

프로메테우스

프로메테우스에 관한 네 가지 전설이 있다.

첫 번째 전설에 따르면 그는 신들의 비밀을 인간에게 누설해서 코카서스산에 쇠사슬로 단단히 묶였고 신들은 독수리를 보내 그의 거듭 자라나는 간을 쪼아 먹게 했다.

두 번째 전설에 따르면 프로메테우스는 부리가 쪼아 대는 고통에 자신을 점점 더 바위로 깊게 밀어 넣어 마침내 바위와 하나가 되었다.

세 번째 전설에 따르면 수천 년이 지나는 동안 그의 배신은 잊혔다. 신들은 망각했고 독수리도, 그 자신도 잊고 말았다.

네 번째 전설에 따르면 근거를 모르게 되어 버린 일에 사람들은 지쳤다. 신들이 지쳤고 독수리도 지쳤으며, 상처도 지친 나머지 아물고 말았다.

남은 것은 수수께끼 같은 바위산이었다 — 전설은 그 수수께끼를 해명하려고 한다. 전설이란 진실을 근거로 생겨나기에 다시금 수수께끼로 매듭지어져야 한다.

2

만리장성을 쌓을 때

만리장성은 북단까지 쌓고서 마무리 지어졌다. 남동쪽과 남서쪽에서 시작하여 여기서 합쳐진 것이다. 이러한 부분 축조 방식은 큰 규모의 동쪽과 서쪽 두 작업 부대에서 작은 단위로도 실행되었다. 스무 명 단위로 인부들의 작업조를 여섯 만들어 한 조가 오백 미터 길이의 부분 성벽을 쌓아 가면, 짝을 이루는 다른 조가 같은 길이의 성벽을 마주 쌓아 오는 식이었다. 그런데 그렇게 해서 성벽이 만나 합쳐지면, 천 미터에 달하는 성벽을 그 끝에서 계속 이어 가는 게 아니라 작업조들을 전혀 다른 지역으로 보내어 장성을 쌓도록 했다. 이런 방식이다 보니 당연히 성벽에는 큰 공백들이 많이 생겨났는데, 그것들은 나중에야 차츰 메워졌고 심지어 어떤 것은 장성을 다 쌓았다고 공표된 다음에 메워지기도 했다. 아니 메우지 못한 틈도 있다지만, 이는 축조를 두고서 생겨난 많은 전설 가운데 하나일 뿐이고 개인들로선 장성이 워낙 길어서 육안이나 척도로 확인해 볼 수가 없다.

그런데 장성을 연결하여 쌓는 편이, 혹은 적어도 두 주요 부분에서만이라도 이어서 쌓는 편이 분명 더 효율적이었을 텐데, 라고 애초에 생각할지도 모른다. 널리 알려진 대로 만리장성은 북방 민족을 막기 위한 것이었으니 말이다. 연결되지 않은 장성으로 어떻게 방어할 수 있단 말인가. 그런 성벽은 방어하지 못할 뿐 아니라 성벽 자체도 지속적인 위험에 처하게 된다. 황량한 지역에 방치된 채 서 있는 성벽의 부분들은 언제든 유목민들에 의해 쉽게 파괴될 수 있다. 특히 그들은 당시 장성 축조에 겁을 먹고는 불가사의할 정도로 신속히 메뚜기처럼 거주지를 옮겨 다녔기 때문에, 어쩌면 장성을 짓던 우리보다도 축조의 진척을 더 잘 조망하고 있었을 것이다.

그럼에도 장성의 축조는 그런 식으로밖에는 진행될 수 없었다. 이 점을 이해하려면 다음의 사항들을 고려해 봐야 한다. 장성은 수백 년 동안의 방어를 목적으로 쌓는 것이다. 따라서 주도면밀한 축조, 모든 시대와 민족을 통틀어 인정받은 건축술의 적용, 또한 장성을 쌓는 개개인의 지속적인 책임감이 작업에 필수적이었다. 단순한 작업에는 남자나 여자, 아이 할 것 없이 백성 가운데서 품삯만 좋으면 나서는 아는 것 없는 일용직을 쓰면 됐지만, 날품 파는 사람이 넷이면 이들을 지휘할 건축술을 배운 분별 있는 남자 하나가 필요했다. 중요한 게 무엇인지 온 마음으로 느끼는 남자가. 능력이 뛰어나면 그만큼 요구사항도 많았지만,

그렇게 투입할 수 있는 남자들의 수는 장성 축조에 충분할 만큼 은 아니었지만 실제로 상당히 많았다.

이 과업은 만만하게 보고 시작한 것이 아니다. 공사에 착수하기 오십 년 전부터 성벽으로 둘러싸기로 한 중국 전역에서는 건축술, 특히 미장 기술이 가장 주요한 학문으로 천명되었고 여타 학문도 이와 관계되는 한에서만 인정받았다. 나는 우리가 다리도 제대로 못 가누는 어린아이였을 적에 선생님의 작은 정원에서 자갈로 벽을 쌓아야 했던 일을 아직도 기억한다. 선생님은 소매를 걷어붙이고 벽을 향해 달려오더니 우리가 쌓은 것이 약하다며 무참히 무너뜨리고는 심히 꾸짖었고 우리는 울면서 사방으로 흩어져 부모님께로 뛰어갔다. 이것은 사소한 일화지만 그 시대의 정신을 잘 보여 준다.

나는 스무 살에 최하급 학교의 최종 시험을 마치고 바로 성벽 쌓는 일을 시작하는 행운을 얻었다. 그야말로 행운이었다. 많은 사람이 진작에 그들에게 허용된 최상급의 교육을 받고서도 몇 년씩 아무 일도 시작하지 못했고, 머릿속엔 굉장한 설계도를 갖고 있으면서도 헛되이 방황하는 무리로 전락하곤 했기 때문이다. 그러다가 최하급이라도 일단 축조 현장 감독이 되면 그들은 실제 직분에 잘 어울렸다. 그들은 건설에 대한 생각을 멈춘 적이 없는 벽돌공들이었던 만큼 땅바닥에 첫 벽돌을 내려놓으면서부터 성 쌓기와 하나가 되었다고 느꼈다. 물론 그들 벽돌공을 움직이는 것은 작업을 철저하게 완수하려는 욕심, 장성이 완성되어 우뚝 서는 것을 보고 싶다는 조바심이었다. 일용 잡부들은 그런 조바심을 알 리 없었고 단지 품삯에 의해 움직였다. 상급 감독, 아니 중간 감독만 해도 공사의 진척을 광범위하게 바라보면서 마음을 굳세게 다잡곤 했다. 하지만 하급직의 남자들, 하찮고 사소해 보이는 일에 비해 정신적으로는 훨씬 수준이 높았던 그들을 위해서는 안배를 달리해야 했다. 예를 들어 그들에게 고향으로부터 수백 마일 떨어진 인적 없는 산악 지대로 가서 몇 달 심지어 몇 년씩 벽돌을 차곡차곡 쌓으며 지내라고 할 수는 없었다. 열심히 일해도 긴 인생이 다하기 전에 목표를 이룰 수가 없는 그런 작업의 희망 없음은 그들을 좌절시키고 무엇보다도 작업을 무가치하게 느끼게 했을 것이다. 그래서 부분 축조 체제가 채택된 것이다. 오백 미터는 대략 오 년이면 완성할 수 있었는데, 그쯤이면 대개 감독들도 지쳐서 자기 자신에 대해, 축조에 대해 그리고 세계에 대해 믿음을 모두 상실했다. 그래서 그들이 일천 미터의 완성을 축하하며 아직 감격에 잠겨 있는 동안에 그들을 멀리, 먼 곳으로 보낸 것이다. 그들은 여행 중에 여기저기 완성된 성의 일부가 솟아 있는 것을 보았고 그들에게 훈장을 준 상급 지휘자들의 진영을 지났으며, 여러 벽지에서 몰려든 새로운 작업 부대의 환호성을 들었고 장성 축조용 비계(飛階)를 만들 숲이 베여 누운 것을 보았다. 또 산을 망치로 깨부숴 벽돌로 만드는 광경을 보았고 성소에서 경건한 자들이 축조의 완성을 기원하는 노랫소리를 들었다.

이 모든 것이 그들의 조급한 마음을 진정시켜 주었다. 얼마간 시간을 보낸 고향의 평온한 생활이 그들에게 힘을 주었고, 축조하는 모든 사람에게 향해진 존경, 그들이 겪은 이야기를 귀 기울여 듣는 사람들의 믿음 깊은 겸손함, 소박하고 말 없는 백성이 언젠가 장성이 완성될 것에 거는 믿음, 그 모든 것이 그들 영혼의 현(鉉)을 팽팽히 당겨 주었다. 그러면 마치 영원히 희망하는 아이들처럼 그들은 고향에 작별을 고했고, 다시 민족의 과업을 수행하고 싶은 욕구를 억누를 수 없게 되었다. 그들은 필요 이상으로 일찍 고향을 떠났고, 마을 사람 절반이 그들을 멀리까지 배웅해 주었다. 가는 길마다 무리 지은 사람들이 있었고, 작은 세모꼴 깃발과 큰 깃발들이 넘실댔다. 지금껏 자신들의 나라가 이토록 크고 풍요로우며 아름다운 걸 본 적이 없었다. 고향 사람이면 누구나 한 형제와 같아, 그들을 위해 방어벽을 쌓아 주면 평생 물심양면 고마워할 것이었다. 일치단결! 가슴에 가슴을 맞댄 민족의 윤무, 더는 육신의 보잘것없는 순환에 갇히지 않을 피는 광대무변한 중국 땅에서 꿈꾸듯 나아갔다 거듭 돌아오리라.

이와 같이 부분 축조 체제를 이해할 수도 있겠으나, 분명 또 다른 이유도 있었을 것이다. 내가 이 물음을 두고 이토록 오랫동안 천착하는 것은 이상한 일이 아니다. 처음 그다지 중요한 것으로 안 보여도 이것은 장성 축조 전체에 관한 핵심적 물음이다. 저 시대의 사상과 체험을 전하고 이해시키려면 이 물음은 아무리 깊게 파헤쳐도 충분치 않다.

우선 이렇게 말해야 할 것이다. 당시 바벨탑 축조에 거의 뒤지지 않는 업적이 이루어졌는데, 그것은 특히 신의 호의라는 면에서, 아니 최소한 인간적인 평가로 볼 때 바로 바벨탑과 정반대의 것을 나타낸다고. 이렇게 말하는 이유는 공사가 시작될 무렵 한 학자가 매우 정확하게 저 둘을 비교하는 책을 썼기 때문이다. 그는 그 책에서 바벨탑의 축조가 목표에 이르지 못한 것은 널리 알려진 이유 때문이 아니고, 혹은 적어도 가장 중요한 원인은 이미 알려진 것 가운데 있지 않음을 입증하려고 했다. 그의 증명은 기록이나 보고서에만 의존하지 않았고, 그는 현장을 직접 탐사해 탑의 축조가 실패한 것은 기반이 약해서고 그럴 수밖에 없었음을 발견했다. 어쨌든 이런 점에서 우리의 시대는 저 오래전 시대보다 훨씬 우월했다. 교육을 받은 동시대인이라면 거의 누구나 전문 미장공이었고, 기초 작업을 확실하게 할 줄 알았기 때문이다. 하지만 그 학자가 의도한 결론은 이것이 아니라 만리장성이 인류 역사상 처음으로 새로운 바벨탑을 위한 확실한 기초를 마련했다는 점이었다. 그러니까 우선 장성을 쌓았고, 그다음이 탑이라는 것이었다. 그 책은 당시 누구나 수중에 지닐 정도였지만, 나는 오늘날까지도 탑을 쌓는다는 것에 관해 그가 어떻게 생각하고 있었는지 잘 모르겠다. 원은커녕 원의 사분의 일, 혹은 반원 정도의 형태에 불과한 장벽이 탑의 기초가 될 수 있을까? 정신적인 관점에서 그렇다는 말이 아니었을까. 그렇다면 무엇 때문에 수십만 명의 노력과 인생이 바쳐진 결과인 실제 존재하는 장성까지 필요했을까? 그리고 무엇 때문에 안개처럼 불확실할지언정 탑의 도면들을 그렸고 강력한 새 공사에서는 인력을 어떻게 집중시킬지 세세하게 제시해 두었을까?

이 책은 그저 하나의 예에 불과할 뿐이며 당시에는 머릿속에 많은 혼란이 있었으니, 그 이유는 바로 수많은 사람이 하나의 목적에 최대한 정신을 집중하려 했기 때문일 것이다. 인간 존재란 근본적으로 경박하고 날아다니는 먼지의 천성을 지녀 어떤 속박도 견뎌 내지 못한다. 인간이 자승자박한다면, 그는 곧바로 미친 듯이 자신을 묶은 것을 흔들어 대기 시작할 것이고, 장벽과 사슬 그리고 자기 자신을 온 사방으로 찢어발길 것이다.

부분 축조 시공을 지휘할 때 장성 축조에 상반되기까지 하는 저런 생각을 고려하지 않은 것이 아닐 수도 있다. 우리는 — 많은 사람이 나와 같은 입장일 텐데 — 실은 최상급 지휘부의 지시를 받아 적으면서 서로를 알게 되었고, 만약 지휘부가 없었다면 우리가 학교에서 배운 지식이나 인간의 상식만으로는 커다란 전체 안에서 맡은 그 작은 직책을 수행하기에 충분치 못했을 것임을 알게 되었다. 지휘부가 어디에 있고 누가 그 자리에 있는지, 예나 지금이나 내가 물어본 사람은 아무도 알지 못했지만, 지휘부의 방 안에는 아마도 인간의 모든 사고와 소망이 맴돌고 또 이에 맞서는 원을 그리며 인간의 모든 목표와 성취가 회전하고 있었을 것이다. 그리고 창문을 통해서는 신적인 세계들의 아련한 광채가 도면을 그리는 지휘부의 손들을 비추었을 것이다.

그러하기에 엄정한 관찰자의 입장에서 볼 때 지휘부가 진심으로 원하는데도 일관된 장성의 축조를 가로막는 난점을 극복할 수 없었을 거라고는 여겨지지 않는다. 그렇다면 지휘부가 의도적으로 부분 축조를 꾀했다는 추론만 남는다. 그러나 부분 축조는 궁여지책이었고 목적에 부합하지 않는 것이었다. 그렇다면 남는 추론은, 지휘부는 무언가 목적에 부합하지 않는 것을 원했다는 것이다. 묘한 추론이다! 분명 그렇지만 다른 측면에서도 그렇게 볼 만한 근거들이 있다. 오늘날에는 아마도 위험 부담 없이 이런 이야기를 할 수 있을 것이다. 당시에는 많은 사람, 심지어 가장 뛰어난 사람들의 비밀 원칙이 다음과 같은 것이었다. 온 힘을 다해 지휘부의 지시 사항을 이해하려 애쓰되, 어느 선까지만 그렇게 하고 더는 깊이 생각하지 말라. 이것은 매우 분별 있는 원칙인데, 이후에 거듭된 비교를 통해 이로부터 또 하나의 해석이 나오기도 했다. 이를테면 이런 것이다. 너에게 해가 될 테니 깊이 생각하길 그만두라는 것이 아니다. 생각하기가 해를 끼칠지도 전혀 확실하지 않다. 우리는 여기서 해가 되는지 그렇지 않은지를 두고서 어떤 이야기도 할 수가 없다. 그것은 봄날의 강에 일어나는 일처럼 너에게 일어날 것이다. 강물은 불어 점점 거세지고 기나긴 강변의 흙에 양분을 주면서도 자신의 본질을 지닌 채 바다에 이르러 흘러들고 바다에 동등해져서 환영을 받게 된다. 이 정도까지만 지휘부의 지시 사항들을 생각하라. 안 그러면 강물은 둑을 넘고 윤곽과 형상을 잃어버리며 하류로 가는 유속은 느려지고 본분에 어긋하게 내륙 안에 작은 바다를 이루어 경작지를 훼손하다가, 범람을 지속하며 자신을 유지할 수 없으니 다시 강둑 안으로 합쳐 들어가 그다음 뜨거운 계절에는 비참하게 말라 버리기까지 한다. 이 정도로까지 지휘부의 지시 사항들을 지나치게 생각하지는 말라.

그런데 이런 비유는 장성 축조 동안에는 매우 적절했는지 모르지만, 지금 나의 보고에서는 최소한 제한적으로만 유효하다. 나의 연구는 다만 하나의 역사적인 고찰일 뿐이다. 이미 한참 전에 흘러가 버린 비구름은 더는 번개를 치지 않는 법이다. 따라서 나는 사람들이 저 당시에 만족스럽게 여겼던 것에서 더 나아간, 부분 축조에 관한 하나의 설명을 구해 보려 해도 될 듯하다. 내 사고력의 범위는 매우 좁지만 헤매고 다닐 영역은 끝이 없다.

이 거대한 장성으로 누구를 막으려 했을까? 북방 민족들이다. 나는 중국 남동부 출신이다. 거기선 어떤 북방 민족도 우리를 위협할 수 없다. 우리는 옛날 책들에서 그들에 관해 읽게 되는데, 그들이 본성대로 자행하는 잔혹한 짓들은 평화로운 정자에 있는 우리를 탄식하게 한다. 예술가들이 사실적으로 그런 그림들에서 우리는 저주받은 얼굴들, 쭉 찢어진 아가리들, 이들이 날카롭게 솟아 있는 턱, 아가리로 짓찧고 으스러뜨릴 약탈물을 노려보는 듯한 일그러진 눈을 본다. 아이들이 심통을 부릴 때 이 그림들을 들어 보이면 아이들은 금방 울음을 터뜨리며 날듯이 우리 목에 매달린다. 하지만 이것 말고 우리가 북방 민족에 관하여 아는 것은 없다. 그들을 본 적도 없고 우리는 마을에 머물러 있으니, 설령 그들이 거친 말들을 타고 우리를 향해 곧장 쫓아와서 덤벼들려고 해도 이 나라는 너무도 광대해 그들이 우리에게까지 오게끔 해 주지 않는다. 그들은 허공 속을 달리다 말 것이다.

사정이 이러하다면 우리는 왜 고향을 떠나는가. 강물과 다리들, 어머니와 아버지, 눈물 흘리는 아내와 가르쳐야 할 아이들을 저버리고 왜 먼 도시의 학교로 떠나고 또 우리의 생각은 계속 북쪽 장성에 붙들려 있는가? 어째서냐고? 지휘부에 물어보라. 지휘부는 우리를 알고 있다. 온갖 걱정거리를 이리저리 따져 보는 지휘부는 우리에 관해 알고 있으며, 우리의 작은 벌이를 알고 있고, 우리가 모두 낮은 오두막집에 모여 앉은 것을 보며, 저녁에 가장이 가족과 둘러앉아 올리는 기도가 그들의 마음에 들기도 하고 안 들기도 한다. 내가 지휘부에 대해 이런 생각을 품어도 된다면 이렇게 말할 수밖에 없다. 지휘부는 예전부터 존속해 왔지만 모이지는 않은 것 같다. 이를테면 청나라의 고관들은 아침에 꾼 아름다운 꿈에 자극받아 황급히 회의를 소집하고 황급히 어떤 결정을 내린 다음, 이 결정 사항들을 실행하기 위해 저녁이면 벌써 북을 울려 백성들을 잠자리에서 깨워 냈다. 그 일이란 것이 고작 어제 자신들에게 호의를 보인 어떤 신을 등화(燈火) 행사로 기리고서 등불이 꺼지자마자 새벽 어두운 구석에서 저들을 마구 때리는 것 따위일지라도 말이다. 지휘부는 애초에 오래전부터 있어 왔고 장성 축조 결정도 마찬가지였다. 자신들 때문에 장성 축조가 결정되었다고 믿은 순진한 북방 민족들, 자신이 장성 축조를 지시했다고 믿은 존경할 만한 순진한 황제. 우리는 장성 축조에 관해 다르게 알고 있지만 침묵한다.

나는 장성 축조 당시에도 그리고 오늘날까지 거의 전적으로 여러 민족의 역사 비교에 몰두해 왔는데 — 이런 수단으로만 어느 정도 핵심에 근접할 수 있는 어떤 물음들이 있다 — 우리 중국인들의 어떤 국민적, 국가적 장치들은 유례없이 투명하지만, 또 다른 장치들은 유례없이 불투명하다는 것을 발견했다. 그 이유를, 특히 후자 현상의 이유를 추적하는 일은 언제나 내 마음을 자극해 왔고 지금도 그러한데, 장성 축조도 본질적으로 이 물음과 관련되어 있다.

그래서 보자면 우리의 가장 불투명한 기구들 가운데 하나는 분명 황제제도다. 북경은 물론이고 궁정 사회조차, 실제로 그렇다기보다는 외관상 그런 것에 불과하지만 어느 정도 투명함이 있다. 고등교육 기관에서 국가법이나 역사를 가르치는 교사들도 마치 이 문제에 대해 정확한 지식을 전해 받았으며 이를 학생들에게 계속 전수할 수 있다는 태도를 취한다. 그러나 하급 학교로 내려올수록 당연한 일로 자신의 지식에 대한 의심은 줄어들고, 부실한 교육이 수세기에 걸쳐 고정해 놓은 몇 안 되는 명제들을 중심으로 산처럼 높이 범람하여, 그 짙은 안개에 파묻힌 명제들은 영원한 진실을 전혀 잃지 않고서도 영영 인식되지 않는 것이다.

그러나 내 견해로는 황제제도에 관해서야말로 백성에게 물어야 마땅한데, 황제제도의 마지막 지지대가 바로 백성이기 때문이다. 여기서 나는 물론 내 고향 이야기를 다시 할 수 있겠다. 들의 신들과 그 신들에게 일 년 내내 다채롭고 아름답게 행해지는 봉사를 제외하면 우리의 생각은 오로지 황제에게 쏠려 있다. 지금의 황제는 아니다. 아니 그보다는 우리가 지금의 황제를 접한 적이 있거나 그에 관해 뭔가 확실한 것을 안다면 우리의 생각은 그에게 쏠렸을 것이다. 우리는 물론 그런 종류의 무언가를 알아내려고 늘 애썼는데, 그것이 우리의 마음을 가득 채운 유일한 호기심이었다. 그러나 매우 이상하게 들리겠지만 뭔가를 알아내는 일은 거의 불가능했다. 그토록 많은 세상을 돌아다닌 순례자에게서도, 가깝거나 먼 마을들에서도, 우리의 작은 강뿐 아니라 신성한 대하(大河)를 항해하는 사공들에게서도 알아내지 못했다. 듣는 것은 많은데도 그 많은 것들로부터 아무것도 알아낼 수 없었다.

그토록 우리의 땅은 넓어서 어떤 동화로도 크기를 형용하기 어렵고 하늘로도 다 덮을 수 없으니 — 북경은 그저 한 개의 점이고 황궁은 그 안의 작은 티끌일 뿐이다. 물론 황제 자체는 세상의 모든 층계를 지나야 할 만큼 위대하다. 그러나 우리처럼 살아 있는 인간인 황제는 우리와 비슷하게, 넉넉히 잰다 해도 그저 작고 좁은 침상에 누워 있다. 그도 우리처럼 때로는 팔다리를 쭉 뻗기도 하고, 몹시 피곤하면 예쁘게 그려진 입으로 하품을 하기도 한다. 하지만 거의 티베트고원에 접경해 있어 — 수천 마일이나 남쪽에 있는 우리가 어떻게 황제의 소식을 전해 듣겠는가. 설령 그 소식이 우리에게까지 온다 해도 그건 이미 너무 늦은 옛소식이 될 것이다. 황제 주위에는 광채를 발하면서도 어두운 구석이 있는 — 시종과 친구의 옷을 걸치고 악의와 적의를 품은 — 궁정의 무리가 쇄도한다. 그들은 독화살로 황제를 쏘아 그의 저울판에서 떨어뜨리려고 호시탐탐 노리는 황정(皇政)의 반대편 평형추다. 제국은 영원하지만 개별의 황제들은 쓰러지고 추락하며 심지어 전체 왕조가 마침내 침몰하여 가까스로 그르렁대며 숨을 잇는다. 이러한 투쟁과 고난들에 관해서 백성은 결코 듣지 못할 것이다. 그들은 저 멀리 떨어진 광장 한복판에서 주인의 처형이 이루어지는 동안, 싸 온 음식을 조용히 먹으면서 인파로 가득한 골목 끝에서 마치 너무 늦게 온 사람들처럼, 마치 도시가 낯선 사람들처럼 서 있다.

이 관계를 잘 표현한 전설이 하나 있다. 이런 이야기가 전해져 온다. 황제가 한낱 개인인 그대에게, 태양 같은 존재인 황제 앞에서 아주 먼 곳으로 도망친 왜소한 그림자에 불과한 가련한 종복인 바로 그대에게 임종의 침상에서 칙명을 보냈다. 황제는 칙사를 침대 옆에 무릎 꿇게 하고는 귓가에 속삭여 칙명을 알려 주었다. 그 칙명이 황제에게는 매우 중요했기에 그는 칙사에게 그것을 다시 자신의 귀에 반복해 보도록 했다. 머리를 끄덕여 황제는 그 말이 맞는다고 했다. 그리고 그의 임종을 지켜보는 모든 사람 앞에서 — 방해가 되는 벽들은 모두 허물어지고 멀리까지 높이 뻗어 있는 옥외 계단 위에는 그 나라의 위인들이 빙 둘러서 있다 — 이 모든 사람 앞에서 그는 칙사를 떠나보냈다. 칙사는 곧바로 길을 떠났다.

그는 강건하고 지칠 줄 모르는 사내였다. 한 번은 이 팔을, 한 번은 다른 팔을 앞으로 내뻗으면서 군중 사이를 뚫고 나아갔다. 제지를 당하면 태양 표지가 있는 가슴을 가리킨다. 그는 역시 누구보다 쉽게 앞으로 나아간다. 그러나 군중의 수효는 너무도 많고 그들의 주거지도 끝이 없다. 만약 탁 트인 들판이 펼쳐진다면 그는 마치 날듯이 빠르게 갈 것이고, 그대는 곧 그의 두 주먹이 그대의 문을 위풍당당하게 두드리는 소리를 듣게 될 것이다.

그러나 그러는 대신에 그는 쓸데없는 헛수고만 하고 있다. 그는 여전히 가장 깊은 구중궁궐 방들을 헤쳐 나오고 있다. 그는 결코 그 방들을 벗어나지 못할 것이다. 설령 그러는 데 성공하더라도 얻는 것은 아무것도 없을 것이다. 층계들을 내려가려 안간힘 써야 할 것이고, 설령 그러는 데 성공하더라도 얻는 것은 아무것도 없을 것이다. 궁궐 안의 마당들을 가로질러 갈 수는 있을 것이다. 그러나 그 궁궐을 지나면 에워싸는 두 번째 궁궐이 있고 또 다시 층계들과 궁궐들 그리고 다시 하나의 궁궐, 이렇게 계속되다 수천 년이 흐를 것이다. 그러다 마침내 그가 가장 바깥쪽 성문을 뛰쳐나오면—그런 일은 결코, 결코 일어날 수 없지만—비로소 왕의 도시가, 침전물들 높이 쌓인 세계의 중심이 그의 앞에 펼쳐질 것이다. 그 누구도 이곳을 뚫고 나가지는 못한다. 어느 죽은 자의 칙명을 지녔다고 해도. 그러나 그대는 저녁이 올 때 창가에 앉아 황제의 칙명이 당도하기를 꿈꾸고 있다.

바로 이렇게, 이토록 절망적이고 또 희망에 가득 차 우리 백성은 황제를 바라본다. 백성은 어떤 황제가 통치하는지 모르며, 심지어 왕조의 명칭조차 분명히 알지 못한다. 학교에서 그 비슷한 많은 것을 순서대로 배우지만, 이 점에 관해서는 일반적인 불확실성이 워낙 커서 가장 뛰어난 학생조차 불확실성 속에 빠져들고 만다. 우리 마을에서는 이미 오래전에 죽은 황제들을 왕좌에 모시며, 오직 노래 속에서만 살아 있는 존재가 얼마 전에 포고를 발하여 사제가 그것을 제단 앞에서 낭독한다. 우리의 아주 오랜 역사 속의 전투가 이제야 비로소 벌어지고, 이웃 사람이 벌겋게 상기된 얼굴로 그 소식을 갖고 당신 집으로 뛰어든다. 비단 금침에 호의호식하며 교활한 내시들에 의해 고귀한 법도에서 멀어지고 지배욕과 탐욕에 차 성질을 부리는, 음탕하기로 소문이 자자한 황제의 여인들은 언제나 처음처럼 거듭 비행을 저지른다. 시간이 지나면 지날수록 모든 색채가 더 소름 끼치는 빛을 발한다. 그리하여 수천 년 전의 황후가 남편의 피를 천천히 들이켰다는 소식을 마침내 전해 듣고서 우리 마을은 애통한 비명을 크게 지를 것이다.

백성들은 이런 식으로 과거의 지배자들을 대하면서 현재의 지배자들을 죽은 사람들 사이에 섞기도 한다. 한 번, 한 세대에 한 번쯤 지방을 순시하는 황제의 관리가 우연히 우리 마을에 들러, 조정(朝廷)의 이름으로 어떤 요구들을 하고 조세 명부를 검사하고 학교 수업을 참관하고 사제에게 우리의 일거일동을 묻고 나서 가마에 오르기 전에 훈계를 길게 늘어놓으며 모여든 지역 사람들에게 모든 것을 요약해서 말하면, 모두가 미소 띤 얼굴을 하는데, 어떤 사람은 다른 사람을 힐끔힐끔 훔쳐보며 그 관리에게 관찰당하지 않으려고 어린애들에게로 몸을 숙이기도 한다. 그 관리가 이미 죽은 황제를 마치 살아 있는 사람처럼 이야기하면, 사람들은 이렇게 생각한다. 황제는 벌써 오래전에 세상을 떠났고 왕조는 해체되었는데 저 관리 나리는 우리를 놀리고 있구나. 하지만 우리는 관리가 기분을 상하지 않도록 마치 사실을 모르는 것처럼 처신할 것이다. 우리는 오직 지금의 우리 주인에게만 진지하게 복종할 것인데, 다른 모든 것은 죄를 범하는 일이 될 것이기 때문이다. 그리고 서둘러 떠나는 관리의 가마 뒤에서 누가 됐든 이미 깨져 버린 유골 단지에서 임의로 드높여진 자가 발을 구르면서 그 마을의 지배자로 떠오른다.

이와 비슷하게 우리 지역 사람들은 국가적 격변이나 동시대의 전쟁들에 그다지 타격을 받지 않는다. 내 젊은 시절의 사건 하나가 기억난다. 우리와 이웃한, 그럼에도 상당히 멀리 떨어진 지역에서 폭동이 일어났었다. 폭동의 원인은 기억나지도 않고 또 중요하지도 않다. 날마다 아침마다 폭동이 일어날 만한 이유가 있고 흥분한 백성들이 있다. 그런데 한 번은 봉기자들의 전단 한 장을 그 지방을 거쳐 온 어느 거지가 아버지의 집으로 가져온 일이 있었다. 그날은 마침 휴일이어서 손님들이 우리 집 방방에 가득한 가운데 사제가 중앙에 앉아 전단을 들여다보았다. 갑자기 모두가 웃기 시작했고 전단은 혼잡한 와중에 찢겨 버렸으며, 아무튼 이미 넉넉하게 받아 챙겼던 거지는 밀쳐져 방 밖으로 쫓겨났고 사람들은 모두 좋은 하루를 보내기 위해 뿔뿔이 흩어졌다. 왜 그랬을까? 이웃 지방의 사투리는 우리의 사투리와는 전혀 달라서 그런 점이 문서 언어의 어떤 형식에서도 나타났는데, 그것이 우리에겐 고색창연해 보인 것이다. 사제가 그런 글을 두 쪽 정도 읽자 사람들은 이미 판단을 내렸다. 옛날부터 들어온, 이미 오래전에 체념한 케케묵은 소리들. 그리고 내가 기억하기로는 그 거지의 행색이 비참한 형편의 삶을 여실히 드러내고 있었음에도 사람들은 고개를 가로젓고 웃으면서 아무 말도 더는 들으려고 하지 않았다. 이렇게 우리 지방 사람들은 현재를 지워 버릴 준비가 되어 있다.

이런 현상들로부터 결론을 내려 우리에겐 근본적으로 황제가 없다고 해도 진실에서 과히 동떨어진 말은 아닐 것이다. 나는 언제나 우리만큼 황제에게 충성하는 백성도 없을 거라고 말하지 않을 수 없다. 그러나 그 충성은 황제에게 도움이 되지 않는다. 물론 마을 출구의 작은 기둥 위에는 신성한 용이 황제에게 충성을 맹세하며 유사 이래로 정확하게 북경 방향으로 불타는 숨을 뿜고 있기는 하지만, 그러나 북경 자체는 마을 사람들에게 피안의 삶보다 훨씬 더 낯선 것이다. 정말로 따닥따닥 붙어선 집들이 들판을 뒤덮고 언덕에서 바라보이는 시야보다 더 멀리 뻗어 있으며 그 집들 사이로 사람들이 밤낮없이 머리를 맞대고 붙어 서 있는 그런 마을이 있단 말인가? 우리에게는 그런 도시를 상상하는 것보다는 오히려 북경과 그곳의 황제가 하나라고, 이를테면 태양 아래서 조용히 시간의 흐름에 따라 모습을 바꾸는 구름 같은 것이라고 믿는 편이 더 쉽다.

이런 생각들의 결과는 어느 정도 자유로운, 통치받지 않는 삶이다. 그러나 결코 풍기가 문란하지는 않으며, 나는 여행 중에도 내 고향처럼 미풍양속이 잘 지켜지는 곳은 한 번도 본 적이 없다. 그런 삶은 결코 현재의 법체계에 의해 이루어지는 것이 아니라 오로지 옛날부터 우리에게 전해 내려오는 지시와 경고만을 따르는 삶이다.

일반화를 경계해야 하므로 나는 우리 지방의 만 개나 되는 모든 마을, 또는 심지어 중국의 오백 개나 되는 모든 지방에서도 사정이 그렇다고 주장하지는 않는다. 그러나 나는 어쩌면 이 사안에 대해 내가 읽은 수많은 문헌을 근거로, 또한 나 자신의 관찰을 근거로 — 특히 장성 축조 때는 느낄 줄 아는 자라면 사람이라는 자료를 통해 거의 모든 지방 사람의 심성을 겪어 볼 수 있었기에 — 이 모든 것을 근거로 나는 황제에 관한 지배적인 견해는 언제 어디서나 내 고향에서의 견해와 어떤 공통된 기본 특성을 보여 준다고 말할 수 있을 것이다.

그런데 나는 그 견해의 내용을 하나의 장점으로 인정하려는 것이 아니라 그 반대다. 물론 그 견해의 주된 책임은, 지상에서 가장 오래된 제국에서 오늘날까지 제국의 가장 멀리 떨어진 변경까지 직접 끊임없이 영향력을 행사할 정도의 투명함을 지니도록 황제제도를 구축할 능력이 없었거나, 또는 다른 일 때문에 이를 소홀히 한 조정에 있다. 그러나 다른 한편으로는 백성들의 상상력이나 신앙의 힘이 허약한 탓도 분명히 있다. 백성들은 그저 한 번 황제와 접촉한다고 느끼며 그 접촉으로 인하여 죽어 가기를 갈망해 마지않으면서도 북경의 침전된 황제제도를 지극히 생생한 현재로 신하 된 자기들의 가슴까지 끌어당겨 오지는 못하는 것이다.

그러니까 황제에 대한 위와 같은 견해는 분명 장점이 아닐 것이다. 더욱 두드러지는 것은 바로 이 약점이야말로 우리 민족을 통합시키는 가장 중요한 수단 가운데 하나처럼 보인다는 사실이다. 그렇다, 감히 이렇게까지 표현해도 된다면, 우리가 살아가는 이 땅도 그러하다. 여기서 한 가지 단점의 근거를 상세하게 밝히는 일은, 우리의 양심 정도가 아니라 훨씬 더 곤란하게도 우리의 두 다리를 뒤흔드는 것을 뜻한다. 그러므로 나는 이 문제에 관한 연구를 당분간 더는 계속하지 않을 작정이다.

3

도시의 문장

처음 바벨탑을 쌓을 때는 모든 것이 그럭저럭 질서가 잡혀 있었다. 아니, 질서가 너무 과했는지도 모르겠다. 사람들은 마치 자유로운 작업이 가능한 수백 년을 눈앞에 둔 것처럼 도로 표지판과 통역관, 노동자 숙소와 연결 도로들에 대해 지나치게 많이 생각했다. 심지어 당시의 지배적인 의견은 아무리 천천히 지어도 지나치지 않다는 데까지 이르렀다. 이 의견은 애써 과장할 필요도 없었으니, 사람들은 기초를 놓는 일조차 엄두를 내지 못하고 뒤로 물러섰다. 논지는 이러했다. 이 사업 전체에서 본질적인 것은 하늘에까지 닿는 탑을 쌓겠다는 생각이고, 그 외에 다른 모든 일은 부차적이라는 것이었다. 한 번 그 크기에 사로잡힌 생각은 사라질 수 없는 법이니, 인류가 존속하는 한 탑을 완성하겠다는 강한 염원 또한 유지될 것이다. 그러니 이런 관점에서 우리는 미래 때문에 걱정할 필요는 없다. 반대로 인류의 지식이 증가하고 건축술도 진보했으며 앞으로 계속 발전해 나갈 것이다. 우리에게 지금 일 년이 걸리는 작업이 백 년 후에는 아마도 반년이면, 그것도 더 훌륭하고 견고하게 이루어질 것이다. 그렇다면 왜 오늘날 벌써 기력의 한계까지 지치도록 일한단 말인가? 그것은 탑을 한 세대의 시간 안에 세우기를 바랄 수 있을 때만 의미를 지닐 것이다. 그러나 그것은 그 어떤 방식으로든 기대할 수 없었다. 차라리 다음 세대가 이전 세대가 해놓은 작업을 형편없다고 여기고 그들의 완벽해진 지식으로 새롭게 시작하기 위하여 쌓아 놓은 것을 허물어 버리는 경우를 생각할 수 있었다. 이런 생각들이 힘을 위축시켰고, 사람들은 탑 쌓는 일보다는 오히려 노동자 도시의 건설에 더 신경을 썼다. 어느 지방에서 온 무리든 가장 좋은 숙소를 차지하려고 했고, 그 때문에 분쟁이 생겨 유혈이 낭자한 싸움으로까지 치달았다. 싸움은 끊이질 않았고, 지휘관들은 이것을 새로운 구실로 삼아서 필요한 결집이 부족하니 탑은 서서히 아니면 차라리 공동 평화조약 후에나 지어야 한다고 했다. 그렇지만 사람들이 오로지 전투로만 시간을 보내지는 않았고, 쉬는 동안에는 도시를 아름답게 꾸미기도 함으로써 새로운 시기심과 새로운 싸움을 불러일으켰다. 이렇게 첫 세대의 시간이 지나갔다. 그러나 뒤를 잇는 그 어떤 세대도 전혀 다를 바가 없었으니, 오로지 정교한 기교만 끊임없이 늘어 가며 이와 더불어 호전적으로 되어 갔다. 두 번째, 세 번째 세대는 이미 하늘에 닿는 탑을 짓는 것이 무의미하다고 인식하게 되었지만, 사람들이 도시를 떠나기에는 너무도 서로 결속되어 있었다.

전설과 노래들을 보면 이 도시에서 생겨난 모든 것은 어느 예언된 날에 대한 동경으로 가득 차 있다. 그날이 오면 도시는 거대한 주먹이 짧게 연이어 다섯 번 내리쳐져서 박살 나 버린다는 것이다. 그래서 이 도시의 문장(紋章)에는 주먹이 그려져 있다.

4

거절

우리의 작은 도시는 국경선에 인접해 있지 않다. 전혀 그렇지 않다. 국경선까지는 굉장히 멀어서, 아마 이 작은 도시에서 거기까지 가 본 사람은 아직 없을 것이다. 황량한 고지대를 가로지르고 드넓고 비옥한 땅도 지나가야만 한다. 그 여정의 일부만 생각해도 피로해지는 터에, 그 이상은 상상조차 할 수가 없다. 저 경로에서는 큰 도시들도 지나게 된다. 우리의 작은 도시보다 훨씬 큰 도시들이다. 작은 도시 열 개가 나란히 붙어 있고, 또 위쪽에서부터 그런 도시 열 개를 붙여 놓는다고 해도 저 거대하고 조밀한 도시 하나에 미치지 못한다. 가는 도중에 길을 잃지 않으면, 분명 저 도시들 안에서 길을 잃어버리게 될 것이다. 도시들은 너무 크기 때문에 피해서 지나갈 수도 없다.

그런데 국경선까지 가는 것보다 훨씬 더 먼 거리도 있는데, 그런 거리들을 비교한다는 것은 설령 그럴 수 있다고 쳐도 — 예컨대 삼백 살 먹은 사람이 이백 살 먹은 사람보다 더 늙었다고 말하는 일과 같고, 바로 그렇게 우리의 소도시에서 수도까지의 거리는 국경선까지의 거리보다 훨씬 더 멀다. 국경에서 전쟁이 벌어지면 산발적으로 그 소식을 전해 듣는데, 수도로부터는 거의 아무것도 전해 듣지 못한다. 내 말은 우리 시민들의 경우엔 그렇다는 것이다. 왜냐하면 정부 관리들은 아무튼 수도와 긴밀한 연락 관계를 맺고 있고 두세 달이면 그곳 소식을 받을 수 있기 때문이다. 적어도 그들은 그렇게 주장하고 있다.

그런데 참으로 이상한 일이다. 어떻게 우리는 이 작은 도시에서 수도로부터 결정된 모든 것에 조용히 따르고 있는지, 나는 그것을 언제나 새삼 의아하게 생각한다. 우리에게는 수세기 동안 시민들 자신에게서 비롯한 정치적 변화가 일어난 적이 없었다. 수도에서는 높은 통치자들이 서로 교체되거나, 아예 왕조들조차 사라져 버리거나 중단되고 새로운 왕조들이 시작되기도 했는데, 지난 세기에는 심지어 수도 자체가 파괴되고 거기서 멀리 떨어진 곳에 새로운 수도가 세워졌다가 이것도 파괴되고, 다시 옛날 수도가 복원되었는데, 그것이 우리의 소도시에는 아무런 영향도 끼치지 않았다. 우리의 관리 체계는 항상 그 지위에 따라 정해져 있었는데, 최고위 관리들은 수도에서 왔고, 중간급의 관리들은 적어도 외부에서 왔으며, 가장 낮은 직급의 관리들은 우리 가운데서 나왔다. 언제나 그래 왔고 우리는 그것이면 족했다. 최고위 관리는 세무서장으로 대령급 신분이며, 그래서 대령으로 불리기도 한다. 이제 그는 노인이지만 나는 그를 이미 오래 전부터 알고 있는데, 내가 어렸을 때부터 그는 대령이었기 때문이다. 그는 처음에는 매우 빠르게 출세했으나 그다음엔 출셋길이 막혔던 것 같다. 그래도 그 정도 지위면 우리 소도시에선 충분한 것으로, 더 높은 지위였다면 우리 소도시에서 그를 수용할 능력이 없었을 것이다. 내가 상상해 보는 그의 모습은 광장에 있는 그의 집 베란다에서 입에 파이프를 물고 몸을 뒤로 기댄 채 앉아 있는 것이다. 그의 머리 위 지붕에서는 제국의 국기가 나부낀다. 가끔 소규모로 군사 훈련도 실시할 만큼 넓은 베란다 옆쪽에는 건조할 빨래가 널려 있다. 그의 주위를 맴돌며 예쁜 비단옷 입은 손주들이 논다. 아이들은 저 밑 광장으로는 내려가면 안 된다. 다른 아이들은 손주들과 어울리기엔 격이 떨어진다. 그러나 광장의 유혹에 아이들은 난간의 창살 사이로 머리만이라도 내민다. 그리고 다른 아이들이 아래에서 서로 다툼을 벌이면 이 아이들도 위에서 덩달아 다툰다.

이 대령이란 자가 그러니까 이 도시를 다스리고 있다. 그럴 자격을 입증하는 서류를 그가 누군가에게 제시해 보인 적은 없는 것 같다. 그는 어쩌면 그런 서류는 갖고 있지도 않을 것이다. 그가 정말로 세무서장일 수도 있다. 하지만 그거면 다 되는가? 세무서장이기만 하면 행정관청의 모든 분야를 통치할 수 있는 권한이 있을까? 그의 관직은 물론 국가를 위해 매우 중요하지만, 그러나 시민을 위해서는 가장 중요한 것은 아니다. 우리 도시에서 사람들은 마치 이렇게 말하고 있는 것 같은 인상을 받는다.

"자, 당신은 우리가 가졌던 것을 모조리 가져갔으니, 거기에 보태 우리까지도 가져가 주시구려." 왜냐하면 그는 사실 통치권 자체를 강탈하지도 않았고 독재자도 아니었기 때문이다. 옛날부터 세무서장은 일등 관리로 정해져 내려왔고, 대령 역시 우리와 다르지 않게 그 전통을 따르고 있는 것이다.

그러나 그는 지위에 따른 품위 면에서 지나친 차이 없이 우리 사이에서 살고 있음에도 평범한 일반 시민과는 전혀 다르다. 만약 누군가 대표로 파견되어 어떤 청탁을 하려고 그의 앞으로 가면, 그는 거기에 마치 세계의 장벽처럼 서 있다. 그의 뒤에는 더는 아무것도 없고, 사람들은 그런 곳에서 들릴 법한 두서넛의 목소리가 속삭이는 소리를 듣는 것 같다고 여기지만, 그것은 아마도 착각일 것이다. 그는 모든 일의 종결을 의미하고, 적어도 우리에게는 그러하다. 사람들은 그런 접견 시에 그를 보았던 게 분명하다. 한 번은 내가 어렸을 적에 그 자리에 있은 적이 있다. 가장 가난한 도시 구역이 완전히 불타 버려서 한 시민 대표단이 정부의 지원을 요청할 때였다. 편자를 만드는 대장장이였던 나의 아버지는 지역에서 존경을 받았고 대표단의 일원이었는데, 나를 데리고 함께 가셨다. 그것이 유별난 일은 아니었다. 그런 구경거리에는 모두가 몰려드는 법이어서 군중과 원래의 대표단 일행을 거의 구분해 내기 어려웠다. 그런 접견들은 대부분 베란다에서 행해졌는데 광장에서 사다리를 타고 기어올라 난간을 넘어 위에서 벌어지는 사건을 참관하는 사람들도 있다. 당시 베란다의 사분의 일은 접견이 진행되도록 확보되어 있었고, 나머지 공간은 사람들이 가득 메우고 있었다. 군인 몇 명이 모든 사람을 감시했고, 그들은 또 반원 형태로 주위에 둘러서 있기도 했다. 원래는 이 모든 일을 위해서 군인 한 명이면 족할 것이다. 그 정도로 우리는 그들을 두려워한다. 그 군인들이 어디서 왔는지 나는 잘 모르지만, 어쨌든 먼 곳으로부터 온 것이 분명하고, 그들은 하나같이 서로 닮아 있어서 제복조차 필요하지 않을 정도다. 그들은 몸집이 작고, 강하진 않지만 민첩한 사람들이다. 그들에게서 가장 눈에 띄는 것은 촘촘하고 억센 치아 그리고 가늘고 작은 눈에서 불안정하게 경련하는 번뜩임이다. 이것 때문에 그들은 아이들에겐 경악의 대상이자 호기심의 대상이기도 하다. 아이들은 소스라치게 놀라 도망치면서도 또 저 치아와 눈을 보며 크게 놀라고 싶어 하기 때문이다. 이런 어린 시절의 경악은 아마 어른이 되어도 사라지지 않으며, 최소한 그 영향은 남게 될 것이다. 물론 또 다른 것도 추가된다. 군인들은 우리가 전혀 이해할 수 없는 사투리로 말하고 우리의 사투리에 거의 적응하지 못하기 때문에, 어떤 폐쇄적인 느낌, 접근할 수 없다는 거리감이 생기는데, 이것은 마침 그들의 성격과도 일치한다. 그들은 그렇게 조용하고 심각하며 경직되어 있다. 그들은 원래 악한 짓을 전혀 하지 않지만, 그런데도 나쁜 의미에서 거의 참을 수가 없는 사람들이다. 예를 들면 한 군인이 어떤 상점에 들어가 작은 물건을 하나 사고는 계산대에 기대어 선 채로 사람들이 주고받는 이야기에 귀를 기울인다. 그는 알아듣지 못할 텐데도 마치 알아듣는 것처럼 보인다. 그는 한마디도 하지 않고 그저 말하는 사람을, 그다음엔 말을 듣고 있는 사람을 뚫어지게 쳐다보고 나서는 손을 자신의 허리띠에 있는 긴 칼의 손잡이에 올려놓는다. 혐오스러운 일이다. 사람들은 담소를 나눌 흥이 깨지고 가게를 떠난다. 가게가 완전히 텅 비게 되면 군인도 가 버린다. 이렇게 군인들이 나타나는 곳에서는 우리 활기찬 주민도 잠잠해지고 마는 것이다. 그때도 그랬다. 모든 성대한 행사 때와 마찬가지로 대령은 똑바로 서서 두 팔을 앞으로 뻗어 긴 대나무 장대를 잡고 있었다. 그것은 오래된 풍습으로, 그는 그렇게 법을 지지하고, 법은 그렇게 그를 지지한다는 대강 그런 의미다. 누구나 이 위 베란다에서 그를 기다리는 것이 무엇인지 알았지만, 사람들은 언제나 새삼스럽게 놀라곤 한다. 당시에도 연설자로 정해진 사람이 시작하려고 하지 않았다. 그는 벌써 대령과 마주 보고 서 있었지만, 막상 그러자 용기가 사라져 버렸고, 이런저런 핑계를 대면서 군중 속으로 돌아가 버렸다. 게다가 적합하지 않은 사람 몇이 나서긴 했지만, 말할 준비가 되어 있는 마땅한 사람을 찾을 수도 없었다. 큰 혼란이 일었고, 사람들은 다양한 시민들에게 그리고 유명한 연설가들에게 심부름꾼을 보냈다. 이 시간 동안 내내 대령은 움직임 없이 거기 서 있었다. 다만 숨을 쉴 때 가슴이 눈에 띄게 내려앉을 뿐이었다. 그는 숨쉬기가 곤란한 것이 아니었다. 그는 단지 개구리가 숨을 쉬듯 확연히 보이도록 숨을 쉬는 것뿐이었다. 차이라면, 개구리는 항상 그렇게 숨을 쉬지만, 여기서 그는 평소와 달리 유난하게 그러고 있었다. 나는 어른들 사이를 가만히 빠져나가 두 군인 사이의 틈으로 그를 오랫동안 바라보았고, 그러고 있는데 군인 한 명이 나를 무릎으로 옆으로 밀쳐 냈다. 그사이에 원래 연설자로 정해진 사람이 정신을 가다듬었고, 동료 시민 두 사람에게 단단히 부축을 받으며 인사말을 했다. 큰 불행을 묘사하는 아주 심각한 연설을 하는 동안 시종일관 미소를 띤 그의 모습은 감동적이었다. 그것은 대령의 얼굴에서 아주 미미한 반향이라도 끌어내 보려고 헛되이 애쓰는, 겸손하기 그지없는 미소였다. 마침내 그는 간단히 요청 사항을 말했는데, 내 기억에 그는 그저 일 년 동안의 세금 면제를 간청했고, 덧붙여 황제의 숲에서 더 값싼 건축 목재를 얻을 수 있도록 해 달라고 했던 것 같다. 그러고 나서 그는 허리를 깊이 숙여 절을 하고는 대령과 군인들 그리고 뒤편의 몇몇 관리들을 제외한 다른 모든 사람과 마찬가지로 허리를 숙인 그대로 있었다. 이 결정적인 멈춤의 시간 동안에 자기 모습을 보이지 않게 하려고 사람들이 베란다 가장자리에 댄 사다리 위에서 디딤판을 두서너 개 내려가고, 그래도 또 궁금한 나머지 이따금 베란다 바닥 위로 빼꼼히 고개를 들고 훔쳐보는 모습이 어린 나에겐 우스꽝스럽게 보였다. 이런 상황이 잠시 이어지다가 한 관리가, 키가 작은 남자였는데, 대령 앞으로 가더니 발꿈치를 들고 그를 향해 몸을 높이려고 애썼다. 그는 여전히 숨을 깊이 쉬면서 꼼짝도 하지 않는 대령으로부터 무엇인가 귓속말을 들었다. 그는 손바닥을 쳤고 모두가 몸을 바로 세우자 이렇게 공표했다. "요청은 거부되었다. 모두 물러가라." 부인할 수 없는 어떤 안도감이 군중들 사이에 퍼져 나갔다. 모두가 바깥으로 몰려 나가고 있었다. 형식상으로 다시금 우리 모두와 마찬가지의 인간이 된 대령에 대해서는 아무도 특별히 신경 쓰지 않았다. 나는 그가 실로 기진맥진해서 장대를 손에서 놓아 쓰러뜨리고 한 공무원이 끌어온 안락의자에 주저앉아 서둘러 파이프 담배를 입에 밀어 넣는 모습을 보았을 뿐이다.

이런 날의 행사는 낱낱이 일치하진 않지만 대체로 위와 같이 진행된다. 이따금 사소한 요청이 받아들여지기도 하지만, 그것은 마치 대령이 막강한 사인(私人)으로서 자기 책임하에 행한다는 식이다. 그래서 그것은 — 명시적으로 표출된 것은 아니지만 분위기상 — 공식적으로 정부에는 비밀에 부쳐 두어야 하는 것이다. 그런데 우리가 판단하는 바로는 우리 소도시에서 대령의 눈은 정부의 눈이기도 한데, 이런 경우에는 온전히 파악하기 어려운 어떤 차이가 생겨난다.

그러나 중대한 사안의 경우에 시민들은 언제나 거절당한다는 것이 확실하다. 그리고 그런 거부를 당하지 않으면 사람들이 어느 정도 일을 제대로 꾸려 나가지 못한다는 것은 정말 기이한 일이다. 가서 거부당한 결과를 받아오는 것은 결코 형식적인 일이 아닌 것이다. 매번 처음인 듯 진지한 태도로 가서는 되돌아오는데, 특별나게 힘차고 행복한 모습으로 오는 것은 아니지만 그렇다고 또 실망하고 지친 모습도 아니다. 나는 아무한테도 이 일에 관해 물어볼 필요가 없다. 내가 스스로 남들처럼 느끼고 있기 때문이다. 이런 일들의 연관성을 추적해 밝히려는 어떤 호기심조차 나에게는 없다.

내가 관찰한 한에서는 분명 만족하지 못하는 특정한 연령층이 있는데 그들은 약 열일곱에서 스무 살 사이의 젊은이들이다. 그러니까 가장 하찮은 생각이나 마찬가지로 애초에 혁명적이기까지 한 어떤 생각이 지니는 파급력을 먼발치에서조차 예감하지 못하는 젊디젊은 이들이다. 그리고 바로 그들 사이에 불만감은 슬그머니 스며드는 것이다.

5

양동이를 탄 사내

석탄은 다 써 버렸고 양동이는 비었다. 삽이 의미가 없고 냉기를 뿜어내는 난로에 서리의 기운만 가득 엄습하는 방, 창밖엔 나무들이 서리 속에 뻣뻣하고 하늘은 하늘의 도움을 바라는 사람을 내치는 은빛 방패. 나는 석탄이 필요하다. 얼어 죽을 순 없으니까. 내 뒤엔 무정한 난로가 있고 내 앞엔 똑같이 무정한 하늘이 있으므로, 나는 저 사이로 날카롭게 말을 달려 석탄 가게에 도움을 구해야겠다. 그러나 내 일상적인 부탁에 대해 석탄 장수는 이미 무뎌졌으니, 그에게 아주 명확히 사정을 알려야만 한다. 티끌만 한 석탄가루 하나 남지 않은 나에게 그는 그야말로 창공에 뜬 태양과 같다는 것을. 나는 마치 거지처럼 가야만 한다. 굶주림에 그르렁대다 문지방에서 숨이 다할 것 같아 영주의 여자 요리사가 마지막 남은 커피 찌꺼기라도 흘려 먹여 보자 결심하게 되는 거지처럼. 그렇게 석탄 장수도 내게 화는 나지만 "살인하지 말라!"는 계명의 빛을 좇아 한 삽 가득한 석탄을 내 양동이에 던져 넣어 주어야만 한다.

뭔가를 타고 위로 올라가야 한다는 건 이미 정해졌다. 나는 양동이를 탄다. 양동이를 탄 자로서 나는 간단한 고삐 손잡이를 잡고 힘겹게 계단 아래로 내려간다. 하지만 아래로 내려간 나의 양동이는 다시 위로 솟아오른다. 당당하게, 당당하게, 바닥에 낮게 엎드려 있다가 인도자의 막대기 아래서 몸을 털며 일어서는 낙타들도 이보다 더 멋있지는 못할 것이다. 꽁꽁 얼어붙은 골목길을 규칙적인 속보로 간다. 자꾸만 내가 이 층 높이까지 떠오른다. 대문 높이까지 내려앉는 일은 없다. 석탄 장수의 창고 둥근 천장 앞에 이르러서는 이상할 정도로 높이 둥둥 떠 있다. 저 아래 그가 작은 책상에 웅크리고 앉아 무언가를 쓰고 있다. 지나친 실내의 열기를 빼려고 그는 문을 열어 놓았다.

"석탄 장수님!" 하고 나는 추운 나머지 다 타 버린 속 빈 목소리로 자욱한 입김에 싸인 채 소리친다. "제발, 석탄 장수님, 석탄을 좀 주세요. 내 양동이가 텅 비어서 이렇게 타고 다닐 지경이에요. 제발요. 값은 되는 대로 치를게요."

석탄 장수가 손을 귀에 갖다 댄다. "내가 들은 게 맞나?" 하고 그는 어깨 너머로 난롯가 의자에서 뜨개질하는 아내에게 묻는다. "내가 제대로 들었나? 손님이야."

"아무 소리도 안 들리는데" 하고 기분 좋게 등이 따뜻해진 부인이 뜨개바늘 위로 평온한 숨을 내쉬고 들이마시며 말한다.

"아니, 맞아요." 내가 소리친다. "나예요, 단골이잖아요. 어쩌다 지금은 가진 게 없지만 늘 양심적인."

"여보!" 하고 석탄 장수가 말한다. "있어, 누군가가. 내가 이렇게 심하게 착각하지는 않아. 오랜, 아주 오랜 단골이 틀림없어. 이렇게 내 가슴에다 말을 할 줄 아는 걸 보니 말이야."

"무슨 일이야, 여보?" 하고 아내는 잠깐 쉬며 뜨개질감을 가슴에 끌어안는다. "아무도 없어. 골목은 텅 비었고, 우리 손님들은 다 받아 갔잖아. 우리도 며칠 동안 가게를 닫고 푹 쉴 수 있다고."

"아니, 내가 여기 양동이를 타고 있다고요" 하고 소리치는데 추위 때문에 저절로 눈물이 흘러 두 눈을 흐린다. "제발 이 위를 좀 보세요. 금방 나를 발견할 거예요. 딱 한 삽만 가득 좀 부탁해요. 두 삽을 주면이야 정말 기쁘겠지요. 다른 단골들한테는 전부 벌써 주었다면서요. 아, 양동이에서 석탄 딸그락 소리가 들리면 좋겠네!"

"가 볼게" 하고 석탄 장수가 말하며 짧은 다리로 지하실 계단을 올라가려 하지만, 어느새 그의 아내가 곁으로 다가와 그의 팔을 꽉 붙들고 말한다. "당신은 고집부리지 말고 여기 있어. 내가 올라가 볼게. 오늘 밤 당신 심하게 기침하던 걸 생각해 봐. 장사를 위해서라면 당신은 처자식도 잊고 폐까지 망가뜨릴 것 같아. 내가 가 볼게." "그럼 저이에게 우리 창고에 있는 종류를 다 말해 줘. 가격은 내가 당신 등 뒤에서 불러 줄게." "좋아" 하고 아내가 말하더니 골목길로 올라온다. 당연히 그녀는 곧 나를 발견한다.

"석탄 장수 사모님!" 하고 나는 큰 소리로 외친다. "인사드립니다. 석탄 한 삽만요, 여기 양동이에다가요. 집으로 나르는 건 직접 할게요. 가장 안 좋은 석탄으로 한 삽이면 돼요. 물론 제값 다 드릴게요, 당장은 못 드리지만요. 당장은 곤란해요." '당장은 못 드린다'라는 두 마디 말은 대체 무슨 종소리이며, 그 소리는 근처 교회 탑의 저녁 종소리와 뒤섞여 또 얼마나 감각을 혼란하게 하는가!

"그 사람이 뭘 달라고 해?" 하고 석탄 장수가 소리친다. "아무것도 없어" 하고 그의 아내가 소리친다. "정말 아무것도 없어. 아무것도 안 보이고 안 들려. 여섯 시 종소리만 울리네. 문을 닫아야겠어. 추위가 엄청나. 내일은 일이 훨씬 더 많을 거 같아."

그녀는 아무것도 보지 못하고 아무 소리도 듣지 못하지만, 앞치마를 풀더니 그것으로 나를 날려 보내려 한다. 유감스럽게도 그것은 성공한다. 내 양동이는 탈 수 있는 유용한 동물의 모든 장점을 갖고 있지만 저항하는 힘이 없다. 너무도 가벼운 것이다. 부인용 앞치마 한 장에 날려서 다리가 바닥에서 뜬다.

"이 못된 여자야!" 하고 내가 소리치자 그녀는 가게 쪽으로 몸을 돌리며 반은 경멸조로, 반은 흡족함을 담아 손으로 허공을 치는 시늉을 한다. "못된 여자야! 가장 나쁜 석탄으로 한 삽만 부탁했는데도 그걸 안 주는구나." 이 말과 함께 나는 빙산 지대로 떠올라 영원히 다시 보이지 않게 사라져 버린다.

6

단식 광대

지난 수십 년 사이 단식 광대에 대한 관심은 크게 줄어들었다. 전에는 이런 종류의 대형 공연을 독자적으로 개최해도 흥행이 잘됐는데, 오늘날에는 불가능하다. 그때는 시대가 달랐던 것이다. 당시에는 온 도시가 단식 광대에게 큰 관심을 가졌다. 단식이 진행될수록 사람들의 관심은 커져만 갔다. 적어도 하루에 한 번은 누구나 단식 광대를 보려고 했다. 공연 막바지 며칠 동안에는 하루 종일 조그만 격자 창살 우리 앞에 앉아 있는 예약자들까지 생겨났다. 밤에도 사람들은 광대를 구경하러 왔고, 그러면 효과를 높이기 위해 횃불이 밝혀지곤 했다. 화창한 날에는 우리가 바깥으로 옮겨졌는데, 그럴 때 단식 광대는 특히 아이들의 구경거리가 되었다. 어른들에게 단식 광대는 유행 따라 한 번씩 구경 가는 흥밋거리에 불과했지만, 아이들은 놀라서 입을 벌린 채 안전을 위해서인 듯 서로 손을 꼭 잡고 바라보았다. 단식 광대는 창백한 모습으로 검정 트리코를 입고 늑골이 튀어나온 채 안락의자조차 거부하면서 흩뿌려 놓은 짚 위에 앉아 있었다. 그는 가끔 예의 바르게 고개를 끄덕이거나 힘겹게 미소 지으며 질문에 대답하곤 했고, 그가 얼마나 말랐는지 만져 볼 수 있도록 창살 사이로 팔을 내밀기도 했다. 하지만 그러고 나면 다시 내면으로 완전히 가라앉아 누구에게도, 우리 안의 유일한 기구이자 그에겐 무척 중요한 시계 소리에조차 관심을 주지 않았다. 그는 거의 눈을 감은 채 앞만 바라보았고 가끔씩 작은 유리잔의 물을 홀짝거리며 입술을 적실 뿐이었다.

그곳에는 오가는 구경꾼들 말고도 관람객들이 뽑아 놓은 고정 감시인들이 있었는데, 이상하게도 대개 도축업자들이었다. 그들은 언제나 세 명씩 밤낮으로 단식 광대를 지켜보는 임무를 맡아, 혹시라도 단식 광대가 몰래 음식을 먹지 못하도록 감시했다. 그러나 이는 그야말로 군중을 안심시키기 위한 요식행위에 불과했다. 왜냐하면 단식 광대를 익히 아는 사람들은 그가 단식 기간에는 어떤 경우에도, 심지어 강요받더라도 음식을 먹지 않는다는 것을 잘 알고 있었기 때문이다. 그의 예술적 명예가 그것을 금지하는 것이었다. 물론 모든 감시인이 그런 사정을 이해하지는 못했다. 가끔 밤에 감시를 느슨히 하는 감시자들도 있었는데, 그들은 일부러 멀찍한 구석에 모여 앉아 카드놀이에 열중하곤 했다. 광대에게 눈에 안 띄게 마련해 두었을 뭔가를 조금 먹어도 괜찮다는 공공연한 표시였다. 그런 감시인들이야말로 단식 광대를 가장 괴롭게 하는 존재들이었다. 그들은 그를 우울하게 했고 그의 단식을 말할 수 없이 힘들게 했다. 가끔씩 그는 힘겨운 걸 참아 내며 감시인들이 있는 동안 스스로 해낼 수 있는 만큼 노래를 불렀다. 그들이 그를 얼마나 부당하게 의심하는지 보여 주기 위해서였다. 그러나 소용이 없었다. 그들은 노래를 부르면서도 먹을 수 있는 그의 교묘함에 감탄할 뿐이었다. 그에게는 창살에 바짝 다가앉아 홀의 어두침침한 야간 조명으로는 만족하지 못해 매니저에게 받은 회중전등을 자신에게 비추는 감시인들이 훨씬 나았다. 그 강렬한 불빛은 그에게 전혀 방해되지 않았다. 어차피 잠을 전혀 잘 수 없었다. 몽롱하게 졸음에 빠져드는 일은 어떤 조명 속, 어느 시간대에든, 인파가 들어찬 시끄러운 홀에서 할 수 있었다. 얼마든지 감시인들과 함께 한숨도 자지 않고 밤을 꼬박 새울 용의도 있었다. 그들과 농담을 하고 자신이 방랑하던 시절의 이야기를 들려주거나 그들의 이야기에 귀 기울일 마음도 있었다. 오로지 그들을 깨어 있도록 하고 우리 안에 먹을 게 아무것도 없으며 그가 그들 중 누구도 해내지 못할 단식을 한다는 걸 거듭 보여 주기 위해서였다. 그러나 가장 행복한 때는 어느덧 아침이 되어 그가 대는 비용으로 감시인들에게 푸짐한 아침 식사가 나올 때였다. 힘겨운 밤샘을 마친 그들은 건강한 남자의 식욕으로 아침 식탁에 덤벼들었다. 이런 아침 식사가 감시인들에게 부적절한 영향을 미친다고 여기는 사람들조차 있었지만, 그건 지나친 생각이었다. 그런 사람들에게 그러면 감시만을 목적으로 아침 식사도 없이 야간 감시를 맡아 보겠느냐고 물어보면 그들은 얼굴을 찡그렸지만, 그러면서도 여전히 의심을 풀지는 않았다.

물론 그것은 단식이라는 행위에 당연한 듯 따라붙는 의심에 속했다. 누구도 날마다 밤낮없이 단식 광대 곁에서 감시인 노릇을 하며 지낼 수는 없었다. 정말 단식이 계속되는지 아무도 자기 눈으로 확인하지는 못했다. 오직 단식 광대 자신만이 사실을 알았고, 그러므로 그만이 자신의 단식에 완전히 만족하는 관객일 수 있었다. 그러나 그는 어떤 이유에서인지 결코 만족하지 못했다. 사람들이 그의 몰골을 감당하지 못해 공연을 멀리할 만큼 그가 바짝 말라 버린 것은, 어쩌면 단식 때문이 아니라 자신에 대한 불만 때문인지도 몰랐다. 단식에 대해 좀 안다는 그 누구도 알지 못했으며 오직 그만이 단식이 얼마나 쉬운지 알았다. 단식은 세상에서 가장 쉬운 일이었다. 그런 사실을 굳이 숨기지 않았지만, 사람들은 그를 믿지 않았고 기껏해야 겸손한 것으로 쳐주었으며, 대부분은 그가 광적으로 자기를 선전하려 한다고, 심지어는 그가 어떤 비결을 알기 때문에 쉽게 단식을 할 수 있으며 게다가 그런 사실을 적당히 고백하는 요령까지 갖춘 사기꾼이라고 생각했다. 이런 모든 일들을 그는 감수해야 했고 해가 가면서 익숙해지기도 했지만, 불만은 언제나 그의 마음을 갉아먹었다. 그래서 그는 단식 기간이 끝난 뒤에도 — 그에게 증명서까지 만들어 주어야 했는데 — 자진해서 우리를 떠나 본 적이 없었다. 흥행주는 최장 단식 기간을 사십 일로 정해 놓고 어떤 대도시에서도 그 이상은 단식을 시키지 않았다. 그럴 만한 이유가 있었다. 경험적으로 사십 일까지는 선전을 점점 강화해 나가 한 도시의 관심을 최고도로 끌어올릴 수 있었다. 그러나 그 후에는 관중들 뜻대로 되지 않았고 수가 확연히 줄어들었다. 물론 도시와 시골은 약간 차이가 났지만 대개 사십 일이 가장 적당한 기간이었다. 그래서 사십 일째가 되는 날이면 화환으로 둘러쳐진 우리의 문이 열리고 열광적인 관중들이 원형극장을 메웠으며 군악대는 음악을 연주했다. 두 명의 의사가 우리 안으로 들어가서 단식 광대에게 필요한 검사를 하면 메가폰으로 그 결과가 장내에 공표되고, 두 명의 젊은 숙녀가 나와서 추첨으로 뽑힌 것을 기뻐하며 단식 광대를 우리에서 이끌어 두 계단 아래 작은 탁자 위에 세심하게 고른 환자용 식사가 마련된 곳으로 안내하려고 했다. 그리고 바로 그 순간에 단식 광대는 번번이 저항했다. 그는 자신을 도와주려고 몸을 숙인 숙녀들의 손에 뼈만 남은 팔을 자진해서 올려놓기는 했지만, 자리에서 일어나려고 하지는 않았다. 왜 하필 사십 일이 지난 지금 중단해야 하는가? 그는 아직도 한참이나 더, 언제까지라도 버틸 수 있을 것 같았다. 왜 하필 지금, 정말이지 한창 단식을 하고 있는 지금 그만두어야 하는가? 왜 사람들은 그에게서 영광을 빼앗아 가려고 하는가. 이미 모든 시대를 통틀어 가장 위대한 단식 광대일지도 모르는 그가 계속 단식을 해서 자기 자신을 뛰어넘고 불가해한 단계에 이를 수 있는 영광을 말이다. 그는 자신의 굶는 능력에 조금도 한계를 느끼지 않았다. 이 군중들은 그에게 그토록 경탄한다고 하면서도 왜 그렇게 참을성이 없는 걸까. 그는 계속 단식을 할 수 있는데 그들은 왜 참아 내지 못하는가? 그도 지치긴 했지만 짚 위에서 자세를 고쳐 앉았고, 이제 몸을 높이 일으켜 세워 음식 쪽으로 걸어가야 했다. 음식은 생각만 해도 구역질이 났지만, 숙녀들을 배려해 간신히 그런 기색을 억누르고 있을 뿐이었다. 그리고 그는 겉으로는 무척 친절해 보이지만 실은 잔인하기 그지없는 숙녀들의 눈을 올려다보고는 가냘픈 목 위에 얹힌 무거운 머리로 고개를 저었다. 그러고 나면 언제나 행해지는 일들이 이어졌다. 흥행주가 와서 아무 말 없이 — 음악 소리 때문에라도 말을 할 수가 없었다 — 단식 광대 위로 팔을 들어 보였다. 그 모습은 마치 여기 짚더미 위에 있는 그의 작품인 가엾은 순교자를 보아 달라고 하늘에 호소하는 것 같았다. 그는 물론 단식 광대였지만, 전혀 다른 의미로는 순교자였다. 그는 단식 광대의 가냘픈 허리를 감싸 안으며 과장된 조심성으로 자신이 얼마나 부서지기 쉬운 것을 다루고 있는지 사람들이 실감토록 했다. 그런 후 어느새 죽을 것처럼 창백해진 숙녀들에게 단식 광대를 넘겼는데, 그러면서 은근슬쩍 밀어서 단식 광대가 다리와 상체를 잘 가누지 못하고 비틀거리도록 만들기도 잊지 않았다. 단식 광대는 이 모든 일을 견뎌 내고 있었다. 머리는 가슴 위로 떨구고 있었는데, 마치 머리가 굴러 내리다 어쩐 일로 거기서 멈추어 버린 것 같았다. 몸통은 안으로 깊숙이 패어 들어가 있었다. 자기 보존의 본능으로 양 무릎은 꼭 붙이고 있었지만, 마치 땅바닥이 진짜가 아니라는 듯, 그래서 진짜 바닥을 찾으려는 듯 두 발로 헛디딤을 해 댔다. 그러다가 하찮은 무게이긴 하지만 그의 온 체중이 한 숙녀에게 쏠렸고, 그녀는 가쁘게 숨을 쉬며 간절히 구조를 기다렸으며 — 명예로운 임무가 이런 것일 줄은 생각도 못했다 — 얼굴만이라도 단식 광대에게 닿지 않도록 한껏 목을 곧게 세웠다. 그러나 그녀의 뜻대로 되지는 않았고, 그녀보다 운이 좋았던 동행 숙녀는 도와주는 대신 고작 손을 떨며 단식 광대의 작은 뼈 다발 같은 손만 쳐들고 갈 뿐이었다. 그런 모습을 보고 장내에서 흥분에 찬 웃음소리가 터져 나오자 그녀는 울음을 터뜨리고 말았다. 그제야 대기하고 있던 일꾼이 그녀와 교대를 했다. 그런 다음 음식이 나왔고 흥행주는 실신 지경으로 거의 잠에 빠져든 단식 광대의 입에 음식을 조금 흘려 넣어 주었다. 그는 단식 광대의 상태에 관심이 쏠리지 않도록 쾌활하게 지껄여 댔다. 그런 다음에 마치 단식 광대가 속삭인 말을 전하는 것처럼 관객들에게 건배의 말을 외쳤다. 악대는 요란스러운 팡파르로 이 모든 과정에 맞장구쳤고, 사람들은 흩어졌으며, 아무도 자신들이 본 것에 불만을 품을 권리가 없었다. 오직 단식 광대, 언제나 그만이 홀로 만족할 수가 없었다.

이렇게 그는 정기적으로 잠깐씩 쉬면서 여러 해를 살았다. 겉보기에 그럴듯한 영광 속에 세상의 경탄을 받아 가면서. 그러나 그는 대체로 우울했고, 아무도 그의 우울을 진지하게 여기지 않았기에 더욱 우울해졌다. 대체 그런 그를 어떻게 위로할 수 있었을까? 그에게 해 줄 만한 일로 무엇이 남았겠는가? 어쩌다 마음씨 좋은 사람이 단식 광대를 딱하게 여겨 그가 슬픈 것은 단식하기 때문이라고 설명하려 들면 그는, 특히 단식이 한창 진행되는 중일 때는, 대답 대신 분노를 터뜨리거나 짐승처럼 창살을 흔들어 대서 모두를 놀라게 했다. 이런 사태가 발생할 때 흥행주가 즐겨 사용하는 처벌 수단이 있었다. 모여 있는 관중들에게 단식 광대에 대한 양해를 구하면서, 굶다 보니 생겨난, 배부른 사람으로선 알기 어려운 예민함을 고려하면 단식 광대의 행동거지는 용서할 수 있는 일이라고 말했다. 그러면서도 단식 광대는 지금보다 훨씬 더 오래 단식을 할 수 있다고 주장한다면서 그의 높은 목표와 선한 의지, 위대한 자기부정을 찬미했다. 그러면서 그 자리에서 판매용 사진들을 내보였다. 그 사진은 단식 광대의 주장을 간단히 반박해 보이는 것이었다. 사람들은 그 사진들 속에서 단식 사십 일째를 맞은 단식 광대가 침대에 누워 기력이 쇠한 나머지 거의 사그라진 모습을 볼 수 있었다. 그것은 단식 광대도 잘 아는 장면이었지만 매번 그의 신경을 갉아먹는 진실의 왜곡으로, 그로서는 감당하기가 너무도 힘겨웠다. 지나치게 이른 단식 중단의 결과를 그 사진은 원인처럼 설명하고 있었다! 이런 몰이해에 대항하여, 이해하지 못하는 세상에 대항하여 싸우는 일은 불가능했다. 그는 여전히 희망을 품고 창살에 매달려 흥행주의 말에 귀를 기울였지만, 그 사진들이 나오기만 하면 창살에서 물러나 한숨을 쉬며 짚더미에 깊숙이 등을 기댔고, 안심한 관중들은 다시 그에게 다가가 구경할 수 있었다.

그 장면을 목격한 사람들이 몇 년이 지나서 당시를 돌이켜 생각해 보면 자신들도 잘 이해가 되지 않는다는 느낌을 받았다. 그 동안에 급격한 변화가 일어났기 때문이었다. 변화는 거의 갑작스럽게 찾아왔다. 심층적 이유가 있을지 몰라도 그걸 알려는 사람은 없었다. 어쨌든 잘못 길든 단식 광대는 어느 날 자기가 군중에게서 버림받았다는 사실을 깨닫게 되었다. 흥행주는 다시 한번 옛날처럼 관심을 주는 곳이 없을까 하여 단식 광대를 데리고 유럽의 절반을 뒤지고 다녔다. 그러나 헛된 일이었다. 마치 몰래 약속이라도 한 듯이 어딜 가나 단식 쇼에 대한 혐오감이 생겨나 있었다. 갑작스럽게 그렇게 된 것은 물론 아니었다. 성공에 도취하여 충분히 주의를 기울이거나 제어하지 않았던 징후들이 뒤늦게 생각이 났다. 그러나 이제 그것에 저항하며 뭔가를 시도하기엔 너무 늦고 말았다. 언젠가 단식이 다시 한번 흥행하는 시대가 올 것은 분명했지만, 이는 현재 살아 있는 사람에게는 아무런 위안이 되지 못했다. 그러니 단식 광대는 이제 무엇을 할 수 있겠는가? 수천 명의 사람들에게 둘러싸여 환호를 받던 그가 일 년에 한 번 서는 작은 시장의 가설 흥행 무대에 설 수는 없었고, 다른 직업을 갖기에는 너무 늙었을 뿐 아니라 무엇보다도 단식 광대는 너무나도 광적으로 단식에 몰두해 있었다. 그래서 그는 자신의 특이한 인생행로의 동반자였던 흥행주에게 작별을 고하고 어느 대형 서커스단에 고용되었다. 그는 자신의 민감한 마음을 보호하려고 계약 조건도 전혀 들여다보지 않았다.

대형 서커스단은 수많은 사람과 동물 그리고 기구들을 보유하고 교체하며 보충했기에 언제든 누구라도 쉽게 부릴 수 있었고, 단식 광대도 그중 하나였다. 단식 광대의 요구사항이 많지 않아야 한다는 조건이 붙어 있었고, 아울러 이런 특별한 경우에는 단식 광대 자신뿐 아니라 그의 옛 명성이 고용된 것이었다. 나이가 많아도 쇠하지 않는 그의 기예의 독특함을 고려할 때, 이제 더는 자신의 능력의 절정기에 있지 않은 한물간 예술가가 서커스의 한가한 자리로 도망치려 한다고는 아무도 말할 수 없었다. 그와 반대로 단식 광대는 예전처럼 단식할 수 있다고 장담했는데, 이는 전적으로 믿을 만한 이야기였다. 심지어 그는 자기 뜻대로 놔두기만 하면 — 사람들은 순순히 그렇게 하겠다고 했는데 — 이제부터 세상을 제대로 놀라게 해 주겠노라고 했다. 물론 단식 광대의 주장은 그가 흥분한 나머지 까맣게 잊고만 세상 분위기를 고려할 때 전문가들의 실소를 자아낼 만한 것이었다.

그러나 단식 광대도 실은 현실 상황에 어둡지 않아서, 우리에 들어가 있는 그를 최고 인기 프로그램으로 서커스 연기장 한가운데가 아니라 사람들이 마음대로 지나다니는 짐승 우리 근처에 갖다 놓은 것을 당연하게 받아들였다. 우리에는 색색으로 커다랗게 그린 선전 문구가 빙 둘러쳐져 있어, 거기서 구경할 게 무엇인지 알려 주었다. 관중들은 공연 휴식 시간에 동물들을 구경하려고 우리로 몰려들 때면 단식 광대 앞으로도 잠깐 멈추었다 지나가지 않을 수 없었다. 그 좁은 통로에서 구경하고 싶은 우리로 가는 도중에 왜 멈춰야 하는지 이해하지 못한 채 뒤에서 미는 사람들이 좀 더 오래 차분히 관찰하는 것을 방해하지 않았더라면, 사람들은 아마 그의 곁에 더 오래 머물렀을지도 모른다. 그것이 단식 광대가 삶의 목적으로 당연히 오기를 바랐던 이 방문 시간이 다가오면 긴장으로 떨었던 이유기도 했다. 처음에 그는 이 공연 휴식 시간을 고대해 마지않았다. 그는 몰려드는 관중을 마주 바라보며 황홀감에 빠졌다. 그러나 그것도 잠시, 그는 이내 — 의식적으로 자기를 속이려 해도 이 깨달음에 저항할 수는 없었다 — 언제나 예외 없이 동물 우리로 가려는 관객밖에 없다는 것을 분명히 알게 되었다. 관객은 멀찍이서 바라보일 때가 가장 멋졌다. 관객들이 그가 있는 곳까지 다가오면 자꾸만 모여드는 인파의 고함과 욕설이 그의 주변에서 난무했기 때문이다. 그를 느긋하게 구경하려는 한편의 사람들도 — 이들은 이내 단식 광대에게 더욱 고통스러운 존재가 되었다 — 그를 이해해서가 아니라 일시적인 기분과 고집 때문에 그랬던 것이고, 또 다른 무리는 한사코 동물 우리로 가려는 이들이었다. 큰 무리의 사람들이 지나가고 나면 곧이어 다음 무리가 왔는데, 이들은 원하기만 하면 얼마든지 방해받지 않고 머물 수 있었지만, 제시간에 동물들이 있는 곳까지 가기 위해 곁눈질 한 번 하지 않고 서둘러 큰 발걸음으로 지나갔다. 어쩌다 드물게 운이 좋으면 어느 아버지가 자식들을 데리고 와서 손가락으로 단식 광대를 가리키며 여기서 무슨 일이 벌어지는지, 그가 예전에 이와 비슷하긴 했지만 비할 수 없이 큰 규모의 공연에서 어땠는지 들려주었다. 그러면 학교에서 별로 배운 것도 없고 인생 경험도 부족한 아이들은 여전히 이해하지 못하면서도 — 아이들에게 단식이 무슨 의미가 있겠는가? — 그를 탐색했는데, 그 빛나는 눈빛 속에는 새로 다가올 좀 더 은혜로운 시대의 기미가 엿보였다. 단식 광대는 가끔 자기 자리가 동물 우리와 그리 가깝지 않으면 상황이 조금 나을 텐데, 라고 혼잣말을 했다. 그러나 바로 그 때문에 서커스단 사람들은 쉽게 그 장소를 선택한 것이었고, 동물 우리에서 나는 악취나 밤중에 동물이 피우는 소란, 맹수들에게 날고기를 날라 주는 일, 먹이를 줄 때 맹수가 울부짖는 소리 등이 그의 마음에 상처를 주고 끊임없이 짓눌렀다는 사실에는 신경도 쓰지 않았다. 그러나 그는 감히 서커스 감독관에게 이의를 제기하지 못했다. 어쨌든 방문객 무리가 오는 것은 동물들 덕분이었고, 그들 가운데서 가끔씩 자신을 보려는 사람도 발견할 수 있었다. 그리고 누가 알겠는가, 그가 자기 존재를 상기시키려다가, 엄밀히 말해 그는 동물 우리로 가는 길목의 방해물에 불과하다는 사실까지 일깨우는 바람에 사람들이 그를 어느 구석에 처박아 두게 될는지.

물론 그는 초라한 방해물이었고 점점 더 작아지는 방해물이었다. 사람들은 오늘 같은 시대에 단식 광대에게 관심을 가져 달라고 요구하는 기묘함에 익숙해졌고, 그런 익숙함으로 그를 평가했다. 그는 할 수 있는 데까지 단식을 하고 싶어 했고 또 그렇게 했다. 하지만 사람들은 그의 곁을 그냥 지나쳤고 무엇도 더는 그를 구제할 수 없었다. 누군가에게 굶는 묘기에 관해 설명하려 해 보라! 그걸 느끼지 못하는 사람에게는 이해시킬 수가 없다. 그를 알리는 멋진 광고 글자들이 더러워져 더는 읽을 수 없게 되자 사람들이 그것을 찢어 냈지만, 아무도 새것으로 교체할 생각을 하지 않았다. 단식 일수를 기록한 팻말도 처음에는 날마다 세심하게 날짜를 바꾸었지만 이미 오래전부터 같은 날짜가 붙어 있었다. 첫 몇 주가 지나자 직원이 그 작은 일거리를 지겨

워했기 때문이었다. 단식 광대는 이전에 꿈꾸던 대로 단식을 계속해 나갔고, 별다른 어려움 없이 그가 예고했던 만큼의 단식을 해낼 수 있었다. 하지만 아무도 날짜를 세고 있지 않았다. 아무도, 단식 광대 자신조차도 그의 성취가 얼마만큼 큰 것인지 알지 못했다. 그는 마음이 무거워졌다. 그러던 어느 날 한 게으름뱅이가 발걸음을 멈추고 팻말에 쓰인 단식 날짜를 비웃으며 사기라고 말했다. 그것은 무관심과 천성적인 악의가 만들어 낼 수 있는 가장 어리석은 거짓말이었다. 단식 광대는 속이지 않았고 진실하게 일했지만, 세상이 그에게 줄 대가를 속인 것이었다.

다시 많은 날이 흘러갔고, 그러다 그마저도 끝이 나게 되었다. 하루는 광대의 우리가 한 감독관의 눈에 띄었고, 그는 직원에게 이 우리는 쓸 만한데 왜 썩은 짚이나 넣어 쓸모없이 놔두느냐고 물었다. 아무도 그 이유를 몰랐지만, 마침내 한 사람이 숫자가 쓰인 팻말을 보고 단식 광대를 기억해 냈다. 사람들은 막대기로 짚을 휘저었고 그 안에서 단식 광대를 발견했다.

"아직도 단식을 하고 있다고?" 감독관이 물었다. "도대체 언제 그만둘 건가?"

"모두 저를 용서해 주세요." 단식 광대가 속삭였다.

창살에 귀를 대고 있던 감독관만이 그의 말을 알아들었다. "물론이지, 우리는 자네를 용서하네." 감독관은 그렇게 말하면서 이마에 손가락을 얹어 단원에게 단식 광대의 상태를 알려 주었다.

"저는 줄곧 여러분이 제 단식을 보고 놀라길 바랐어요." 단식 광대가 말했다.

“우리는 놀라기도 하지.” 감독관이 대답했다.

“하지만 여러분은 놀라면 안 돼요.” 단식 광대가 말했다.

“그렇다면 놀라지 않겠네. 그런데 우리가 왜 그래서는 안 된다는 건가?” 감독관이 물었다.

“왜냐하면 저는 단식을 해야만 하기 때문이에요. 달리는 어쩔 수가 없어요.” 단식 광대가 말했다.

“이런, 이것 좀 보게. 왜 어쩔 수가 없다는 거지?”

“왜냐하면 저는….” 단식 광대는 작은 머리를 약간 쳐들고는 마치 입맞춤을 하듯 내민 입술을 감독관의 귀에 바짝 대고 속삭였다. “입에 맞는 음식을 찾지 못했기 때문입니다. 그것을 찾아냈다면 저는 결코 남들의 이목을 끌지도 않았을 테고, 당신이나 다른 모든 사람처럼 배부르게 먹었을 거예요.” 이것이 그의 마지막 말이었다. 그의 흐려진 눈에는 자신만만하지 않지만 계속 단식하겠다는 확고한 결심이 서려 있었다.

“자, 이제 처리하게!” 하고 감독관은 말했고, 사람들은 짚더미와 함께 단식 광대를 땅에 묻어 버렸다. 그리고 우리에는 젊은 표범 한 마리를 넣었다. 그렇게 오래 황폐했던 우리에서 야생동물이 힘차게 움직이는 것을 보면 아무리 감각이 무딘 사람이라도 기분이 전환되는 것을 느꼈다. 표범에게는 부족한 게 아무것도 없었다. 그 입맛에 맞는 먹이는 감시인들이 별로 고민하지 않고도 가져다주었다. 표범은 자유마저도 그립지 않은 모양이었다. 필요한 건 무엇이든, 물어뜯을 것까지 마련해 준 그 고귀한 몸뚱이는 자유마저도 스스로 함께 지니고 다니는 것 같았다. 이빨 어딘가에 자유를 물고 있는 것 같았다. 그리고 삶의 기쁨이 강렬한 열기와 함께 표범의 목구멍에서 흘러나왔는데, 관객들이 그것을 견뎌 내기는 쉽지 않았다. 그러나 그들은 자신을 이겨내고 그 우리를 에워싼 채 자리를 뜰 줄 몰랐다.

7

포세이돈

포세이돈은 그의 작업 책상에 앉아 계산을 하고 있었다. 모든 하천을 관할하는 관청이 그에게 끝없이 많은 일거리를 주었다. 그는 자신이 원하는 수만큼 조수를 둘 수 있었고 실제로 많은 조수를 두기도 했지만, 그는 자신의 직무를 매우 신중하게 받아들여 모든 것을 반복해 꼼꼼히 계산해 보았기 때문에, 조수들이 그다지 도움이 되었던 것은 아니다. 일이 그를 기쁘게 했다고 말할 수는 없다. 그는 단지 그 일이 자신에게 부과되었기 때문에 했을 뿐이다. 그는 이미 여러 번, 그의 표현을 빌리자면, 더 즐거운 일을 얻으려 해 보았지만, 사람들이 그에게 여러 제안을 할 때마다 그가 지금껏 맡아 온 직무만큼 맞는 일이 없음이 드러났다. 그에게 맞는 다른 일을 발견하기가 매우 어렵기도 했다. 예컨대 그에게 어느 특정한 바다 하나를 지정해 줄 수는 없었다. 이곳에서 계산하는 업무가 작은 일은 아니지만 세세하고 까다로운 일일 뿐이라는 점을 제외하면, 위대한 포세이돈은 물론 언제나 지배하는 자리에 있을 수 있었다. 사람들이 그에게 물 바깥에 있는 자리를 제시하면, 그는 그 생각만으로도 벌써 불쾌해지고 그의 신적인 호흡은 흐트러졌으며 청동처럼 단단한 흉곽이 들썩거렸다. 게다가 사람들은 사실 그의 불평을 심각하게 받아들이지 않았다. 힘 있는 자가 괴롭힐 때는 아무리 가망 없는 경우라도 그저 겉으로는 그에게 따르는 척이라도 해야만 하는 것이다. 아무도 포세이돈이 정말로 자신의 공직을 그만두리라고는 생각하지 않았다. 태초부터 줄곧 그는 바다의 신으로 정해져 있었고, 그것은 그대로 유지되어야 했다.

주로 직무에 대한 그의 불만 때문이었지만, 그는 사람들이 자신에 대해 어떻게 생각하는지 듣게 되면, 예컨대 삼지창으로 끊임없이 큰 물결들을 휘저어 파랑을 일으켜 대며 화를 냈다. 그럼에도 그는 여기 대양의 심연에 앉아서 쉬지 않고 계산을 했다. 가끔 주피터에게 가는 여행만이 유일하게 단조로움을 깨는 중단이었으나, 그는 그 여행에서 대부분 격분한 채로 돌아왔다. 그래서 그는 바다들을 본 적이 거의 없고, 올림포스산으로 급히 올라갈 때나 슬쩍 지나쳤을 뿐이며, 정말로 바다를 가르며 항해해 본 적이 결코 없었다. 그는 말하곤 했다. 자신은 세계가 몰락할 때까지 기다리고 있다고, 세계가 몰락하고 나면 아마 조용한 순간이 생겨날 텐데, 종말 바로 직전에 마지막 계산을 훑어본 다음 신속하게 작은 일주 여행을 한 번 할 수 있을 거라고.

8

공동체

우리 다섯은 친구들이다. 우리는 차례차례 어떤 집에서 나오게 되었는데, 맨 먼저 한 친구가 나와서 대문 옆에 섰고, 그다음엔 두 번째 친구가 대문에서 나와서, 아니 마치 수은 방울처럼 가볍게 미끄러져 첫 번째 친구에게서 멀지 않은 곳에 섰다. 그다음엔 세 번째, 그다음엔 네 번째, 그다음엔 다섯 번째 친구가 나와서 섰다. 마침내 우리 모두는 한 줄로 서게 되었다. 사람들이 눈에 띈 우리를 보고 가리키며 이렇게 말했다.

"다섯 명이 지금 저 집에서 나왔다."

그때부터 우리는 함께 살고 있다. 만약 여섯 번째가 자꾸 끼어들지만 않는다면 평화스러운 생활일 것이다. 그는 우리에게 아무 짓도 하지 않지만 부담스러우며, 그것만으로도 충분히 무슨 짓인가를 한 셈이다. 아무도 자기를 원치 않는데 그는 왜 끼어들려고 할까? 우리는 그를 알지 못하기에 받아들이고 싶지 않다. 우리 다섯도 예전에는 서로 잘 몰랐고, 따지고 보면 지금도 서로 잘 모르긴 하지만, 우리 다섯에게는 가능하고 용인되는 일이 저 여섯 번째에겐 가능하지도 않고 용인하기가 어렵다. 덧붙여서 우리는 다섯이며, 여섯이 되고 싶지 않다.

대체 이렇게 줄곧 함께 지낸다는 게 무슨 의미가 있나. 우리 다섯 명에게도 아무런 의미가 없다. 그러나 어쨌든 우리는 이미 함께 있고 앞으로도 그럴 테지만, 누군가의 새로운 합류는 바라지 않는다. 우리의 경험에 근거한 일이다. 그런데 이 모든 것을 여섯 번째에게 어떻게 납득시킬까. 길게 설명한다는 자체가 이미 그를 우리 그룹에 받아들인다는 뜻이 될 것이다. 우리는 차라리 아무 설명도 하지 않고 그를 받아들이지도 않을 것이다. 그가 아무리 입술을 비쭉 내밀어도 우리는 그를 팔꿈치로 밀쳐 낸다. 그러나 아무리 밀쳐 내도 그는 다시 온다.

9

사냥꾼 그라쿠스

두 소년이 방파제에 앉아 주사위 놀이를 했다. 칼을 휘두르는 영웅의 동상이 그늘을 드리운 계단에서 한 남자가 신문을 읽고 있었다. 우물가의 소녀는 물통에 물을 채웠다. 과일 장수는 과일 옆에 자리를 잡고 호수 쪽을 바라보았다. 선술집의 텅 빈 문과 창문 구멍 너머로 와인을 마시는 두 남자가 보였다. 주인은 앞쪽 탁자에 앉아서 졸고 있었다. 돛대 없는 작은 배 한 척이 물 위에 실려 오는 것처럼 작은 항구로 들어왔다. 푸른 작업복을 걸친 남자가 뭍에 올라와 고리에 밧줄을 넣어 당겼다. 은 단추 달린 검정 윗옷을 입은 다른 남자 두 명은 사공 뒤에서 들것을 옮겼는데, 꽃무늬에다 술 달린 큰 비단보 아래엔 분명 사람이 누워 있는 듯했다.

부두에선 아무도 도착한 이들에게 신경을 쓰지 않았다. 심지어 그들이 들것을 내려놓고 아직 밧줄 정리를 하던 사공을 기다릴 때도, 아무도 다가가지 않았고 아무도 질문을 던지지 않았으며 아무도 그들을 눈여겨보지 않았다.

아직 사공은 갑판 위에서 품에 아이를 안고 머리를 푼 채 모습을 드러낸 어떤 여자와 있느라 지체되고 있었다. 그러던 그가 와서 물가와 가까운 왼편에 우뚝 선 누런색 삼층집을 가리켰다. 사람들이 들것을 들어 나지막하지만 날렵한 기둥이 있는 대문 안으로 옮겼다. 한 소년이 창문을 열었다가 사람들이 집 안으로 들어가는 걸 보자마자 바로 창문을 황급히 다시 닫았다. 이제 대문도 닫혔는데, 그것은 검정 떡갈나무를 세심하게 붙여 만든 것이었다. 그때까지 종탑 주위를 날고 있던 비둘기 떼가 이제 집 앞에 내려앉았다. 마치 그 집에 자기들 모이가 보관되어 있기라도 한 것처럼 비둘기들은 대문 앞에 모여들었다. 그중 한 마리는 이층까지 날아올라 유리창을 쪼아 댔다. 비둘기들은 잘 돌봐져 생기가 넘치는 밝은 빛깔 짐승이었다. 작은 배의 갑판에서 여자가 곡식알을 흩뿌리자 비둘기들은 그 위로 모여들었다가 여자 쪽으로 날아갔다.

비단 모자에 상장(喪章)을 단 남자가 항구로 통하는 가파르고 좁은 골목길 하나를 내려오고 있었다. 그는 주의 깊게 주변을 살폈는데, 모든 게 마음 쓰이는 듯 한쪽 구석에 버려진 쓰레기를 보자 얼굴을 찡그렸다. 동상 층계에는 과일 껍질이 널려 있었는데, 그는 지나가면서 지팡이로 그것을 아래로 밀어 내렸다. 방문 앞에서 그는 노크를 하며 비단 모자를 벗어 검은 장갑 낀 오른

손에 들었다. 바로 문이 열렸고, 오십 명쯤 되는 소년들이 긴 복도 양쪽에 늘어서 허리 굽혀 절을 했다.

사공이 층계를 내려와 그 신사를 반갑게 맞아들인 뒤 위층으로 인도했고, 그와 함께 이층의 간소하고 우아한 발코니에 빙 둘러싸인 뜰을 돌아서 집 뒤편에 자리 잡은 서늘한 큰 방으로 들어섰는데, 그러는 동안 소년들은 존경에 찬 거리를 두면서도 뒤따라서 몰려 들어왔다. 그 집 맞은편에는 집이 한 채도 없었고 풀 한 포기 나지 않은 암회색 암벽만 있었다. 들것을 운반해 온 사람들은 들것 앞부분에 긴 양초 몇 개를 세워 불 붙이는 데 몰두했지만, 그것으로는 환해지지 않았고, 불빛은 겨우 앞서 깃들어 있던 어둠을 깨뜨리며 암벽을 배경으로 가물거릴 뿐이었다. 들것을 덮었던 천은 젖혀 있었다. 거기엔 뒤엉킨 머리카락과 수염에 피부는 갈색으로 그을린, 사냥꾼처럼 보이는 사내가 누워 있었다. 그는 움직이지 않았고 숨도 안 쉬는 것처럼 두 눈을 감은 채 누워 있었다. 그럼에도 그가 죽은 사람일 것이라는 것은 단지 주변 분위기에서 느껴질 뿐이었다.

신사가 들것에 다가가 거기 누워 있는 사내의 이마에 한 손을 올려놓더니 무릎을 꿇고 기도를 올렸다. 사공이 들것을 나른 사람들에게 방에서 나가라고 손짓을 하자, 그들이 방 밖으로 나갔고 밖에 모여 있던 소년들을 몰아내고 문을 닫았다. 그러나 신사에게는 이 정도의 정적도 충분치 않은 것 같았다. 그가 사공을 쳐다보자, 그는 그 뜻을 알아차리고 곁문을 통해 옆방으로 나갔다. 그러자 곧바로 들것 위의 사내가 눈을 떴다. 그는 괴로운 미소를 지으면서 신사 쪽으로 얼굴을 향하고 물었다. "당신은 누구시지요?" 신사는 별로 놀라는 기색도 없이 무릎을 꿇었던 자세에서 몸을 일으켜 세우며 대답했다. "리바 시(市)의 시장이오."

들것 위의 사내는 고개를 끄덕이며 힘없이 팔을 뻗어서 안락의자를 가리켰고, 시장이 그가 권하는 대로 따르자 이렇게 말했다. "사실 잘 알고 있었습니다, 시장님. 그러나 매번 처음에는 모든 걸 잊어버리곤 합니다. 모든 것이 빙빙 돌다가 차츰 나아져요. 그래서 다 알면서도 물어보는 것입니다. 아마 시장님도 제가 사냥꾼 그라쿠스라는 것을 알고 계시겠지요."

"물론이오" 하고 시장이 말했다. "간밤에 당신이 온다는 예고를 받았소. 잠든 지 한참 되었는데, 자정 무렵에 아내가 '살바토레'—내 이름입니다—'창가에 저 비둘기를 좀 봐요!' 하고 외쳤소. 그것은 정말 비둘기였는데, 수탉만큼 컸어요. 그 비둘기가 날아오더니 내 귓가에 이렇게 말했어요. '내일 죽은 사냥꾼 그라쿠스가 오니 도시의 이름으로 그를 맞이해요!'라고."

사냥꾼이 고개를 끄덕이며 혀끝으로 입술을 핥았다. "그렇군요. 비둘기는 저보다 앞서 날아갑니다. 그런데 시장님은 제가 리바 시에 머물러야 한다고 생각하시나요?" "그건 아직 말할 수가 없군요" 하고 시장은 대답했다.

"당신은 죽은 겁니까?"

"예, 보시다시피." 사냥꾼이 말했다. "여러 해 전, 정말 아주 오래전일 겁니다, 슈바르츠발트에서—독일에 있지요—알프스 영양 한 마리를 쫓다가 어떤 바위에서 떨어졌습니다. 그때부터 저는 죽어 있습니다."

"그렇지만 살아 있기도 한 거군요." 시장이 말했다.

"어느 정도는" 하고 사냥꾼이 말했다. "어느 정도는 살아 있기도 합니다. 제가 탄 죽음의 나룻배가 키를 잘못 틀어 항로에서 벗어났습니다. 사공이 한순간 부주의했을까요, 눈부시게 아름다운 제 고향으로 인해 방향이 바뀌었을까요, 어떻게 된 건지 모르겠습니다. 아는 것이라곤 제가 이 지상에서 떠나지 않았다는 것, 그때부터 줄곧 제가 탄 나룻배가 이승의 물 위를 항해한다는 것뿐입니다. 오직 산에서만 살고자 했던 사람인 제가 죽은 다음부터는 이렇게 지상의 모든 나라를 돌아다니고 있는 겁니다."

"그러면 당신은 저승에서의 몫이 전혀 없다는 건가요?" 하며 시장이 이마에 주름살을 지으면서 물었다.

"저는 언제나" 하고 사냥꾼이 말했다. "위로 올라가는 큰 계단 위에 있습니다. 이 한없이 넓은 옥외 계단 위에서 떠돌아다니는 겁니다. 때로는 위로 때로는 아래로, 때로는 오른쪽으로 때로는 왼쪽으로 항시 움직이고 있어요. 사냥꾼이었는데 한 마리 나비가 돼 버린 겁니다. 웃지 마세요."

"웃지 않아요." 시장이 항의했다.

"아주 간단한 얘기예요" 하고 사냥꾼이 말했다. "저는 항상 움직이고 있습니다. 한껏 떠올라 저 높은 곳의 문이 제게 환한 빛을 비추고 나면 어느 지상의 물 위 외롭게 처박힌 저의 오래된 배에서 깨어납니다. 저 옛날 제가 죽을 때의 근본적인 실수가 선실 안 사방에서 저를 둘러싸고 기분 나쁘게 웃습니다. 사공의 아내인 율리아가 문을 두드리고는, 우리가 막 해안을 지나는 나라의 아침 음료를 제가 누운 들것으로 가져다줍니다. 저는 목재로 된 간이침대에 누워 있어요. 자신을 관찰하는 건 즐겁지 않지만 저는 더러운 수의를 걸쳤고 수염과 머리는 거무튀튀한 데다가 빗기도 어렵게 엉켜 있지요. 다리는 꽃무늬에 긴 술 달린 커다란 여성용 비단 천으로 덮였습니다. 제 머리맡에는 교회당 양초가 하나 세워져 저에게 불을 밝혀 줍니다. 제 맞은편 벽에는 작은 그림이 하나 붙어 있는데, 분명 아프리카 원주민인 그는 요란한 그림이 그려진 방패에 한껏 몸을 숨긴 채 창으로 나를 겨누고 있어요. 배를 타 보면 멍청한 그림들을 많이 보게 되는데, 이건 그중에서도 가장 멍청한 그림입니다. 그 외에 나무로 만든 제 새장은 텅 비어 있고요. 측면 벽의 채광창을 통해 남녘의 따스한 밤공기가 들어오고, 저는 낡은 배의 뱃전에 물결이 철썩이는 소리를 듣습니다.

저는 고향 슈바르츠발트에서 알프스 영양을 쫓다 추락한 이후로 여기에 누워 있습니다. 모든 일이 차례로 일어났습니다. 저는 뒤쫓다 추락했고 어떤 골짜기에서 피투성이가 되어 죽었습니다. 그리고 나룻배가 저를 저승으로 데려가도록 예정되어 있었습니다. 제가 이 나무 간이침대 위에서 맨 처음 몸을 쭉 뻗었을 때 얼마나 상쾌했는지 지금도 기억이 납니다. 산들도 당시에 아직 어슴푸레하던 저 네 개의 벽이 들은 것 같은 저의 노래를 들어 보지 못했을 겁니다.

저는 즐겁게 살았고 기꺼이 죽었습니다. 흔쾌히 저는 갑판에 발을 들여놓기 전에 제가 항상 자랑스럽게 들고 다니던 상자며 가방, 사냥총 따위의 넝마들을 던져 버리고, 마치 아가씨가 혼례복을 입는 것처럼 수의 속으로 슬그머니 들어간 것입니다. 여기서 누워 저는 기다렸습니다. 그러고 나서 불행한 사고가 일어났던 겁니다."

"좋지 못한 운명이군요." 시장은 뭔가 막으려는 듯 손을 치켜들며 말했다. "그런데 당신은 거기에 아무 책임도 없나요?"

"없습니다" 하고 사냥꾼이 말했다. "저는 사냥꾼이었는데, 혹시 그것이 죄일까요? 당시만 해도 아직 늑대들이 나오는 슈바르츠발트에서 저는 사냥꾼으로 배치되었습니다. 저는 숨어 기다리다 총을 쏘아 명중시킨 다음 가죽을 벗겼는데, 그게 죄입니까? 저의 일은 축복을 받았습니다. '슈바르츠발트의 위대한 사냥꾼'이라고 불렸습니다. 그것이 죄입니까?"

"내가 그것을 결정하라고 불려온 게 아닙니다." 시장이 말했다. "그렇지만 내가 보기에도 그것이 죄는 아닌 것 같군요. 그러면 도대체 누가 잘못의 책임을 떠안지요?"

"사공입니다" 하고 사냥꾼이 말했다. "제가 여기서 무엇을 써도 아무도 읽지 않을 것입니다. 아무도 저를 도우러 오지 않을 겁니다. 만일 저를 도우라는 과제가 주어지기라도 한다면, 모든 집의 문들은 닫혀 있을 것이고 모든 창문들도 닫혀 있을 것입니다. 모두 침대에 누워 이불을 머리 위까지 뒤집어쓸 것이고, 온 지구가 캄캄한 한밤의 숙소일 겁니다. 그편이 좋습니다. 왜냐하면 아무도 저에 관해 모르고, 설령 알아도 제가 머무는 곳은 모를 것이고, 또 머무는 곳을 알아도 저를 붙잡아 둘 수가 없으며, 어떻게 도울지 알지 못할 것이기 때문입니다. 저를 도와주려는 생각은 일종의 병이고, 병상에서 치료를 받아야만 합니다.

이 사실을 알기에 저는 도움을 청하려고 소리치지 않습니다. 저 자신을 억제하지 못하고 정말 강하게 그럴 생각이 드는 바로 지금 같은 순간에도 말이지요. 그런 생각들을 몰아내는 데는 사방을 둘러보면서 제가 어디에 있는지, 이렇게 말할 수 있겠군요, 어디서 수세기 전부터 살고 있는지 실감하는 것으로 충분합니다.

"대단하시군요" 하고 시장이 말했다. "대단하세요. 그런데 이제 저희 리바 시에 머무를 생각이신지요?"

"그런 생각을 하지는 않습니다." 사냥꾼은 미소 지으며 말하고는 조롱의 기색을 무마하려는 듯 시장의 무릎에 손을 얹었다. "저는 지금 여기에 있고 그 이상은 알지 못합니다. 더는 할 수 있는 일도 없습니다. 저의 작은 배는 키가 없어서 바람에 실려 다닙니다. 죽음의 가장 낮은 지역들에서 불어오는 바람이지요."

10

시골 의사

나는 크게 당황하고 있었다. 급한 여행이 목전에 있었다. 중환자 한 명이 십 마일 떨어진 마을에서 나를 기다리는데, 세찬 눈보라가 나와 그 사이 아득한 공간을 채우고 있었다. 나에겐 마차가 있었다. 가볍고 바퀴가 커서 우리 시골길에 딱 적당한 마차였다. 털외투로 몸을 감싸고 왕진 가방을 든 나는 떠날 채비를 하고 마당에 서 있었다. 그런데 말이 없었다, 말이. 내 말은 어젯밤 얼음장처럼 찬 겨울에 혹사한 탓에 죽고 말았다. 나의 하녀가 지금 말을 한 필 빌려 보려고 마을 여기저기를 돌아다니고 있다. 하지만 그것이 가망 없는 일임을 나는 알고 있었다. 나는 쌓여가는 눈에 점점 더 움직일 수 없게 되어, 그저 하릴없이 서 있었다. 대문 앞에 하녀가 나타났다. 혼자였다. 그녀가 램프를 흔들었다. 그렇겠지, 누가 지금 이런 여행을 하라고 말을 빌려주겠는가? 나는 한 번 더 마당을 돌아다녔다. 가능한 묘안이 없었다. 산란하고 괴로운 마음으로 나는 이미 몇 년째 사용하지 않은 돼지우리의 부서진 문을 발로 걷어찼다. 문이 열리며 경첩 부분이 접혔다 펴졌다가 했다. 말이 풍기는 것 같은 온기와 냄새가 흘러나왔다. 안에는 희미한 등불이 줄에 매달려 흔들거렸다. 낮은 칸막이 안에 웅크리고 있던 푸른 눈을 한 남자가 놀란 얼굴을 드러냈다. 그가 팔과 다리로 기어 나오며 물었다. "마차를 준비할까요?" 나는 뭐라고 말해야 할지 몰라 그저 우리 안에 무엇이 더 있는지 보려고 몸을 숙였다. 하녀가 내 옆에 서 있었다. "사람들은 자기 집에 뭐가 있는지도 모른다니까요." 그녀가 말했고, 우리 둘은 소리 내 웃었다. "어이, 형제! 어이, 누이!" 마부가 소리쳤다. 그러자 기운차고 몸통 옆면이 단단한 말 두 마리가 연달아 모습을 드러냈다. 말들은 다리를 몸에 바싹 붙이고 잘생긴 머리를 낙타처럼 숙이면서 몸피가 꽉 차는 문구멍으로부터 몸통을 좌우로 돌리는 힘으로 간단히 빠져나왔다. 밖으로 나오자마자 말들은 다리를 쭉 펴고 더운 김을 내뿜으며 몸을 곧추세웠다. "좀 도와드려라." 내 말에 온순한 하녀는 서둘러 가서 마부에게 마구를 건네줬다. 그런데 하녀가 곁으로 다가서자마자 마부는 그녀를 껴안더니 그녀의 얼굴에 자기 얼굴을 눌러 댄다. 하녀는 비명을 지르며 내게 도망쳐 온다. 하녀의 뺨에 두 줄로 붉은 잇자국이 났다. "짐승 같은 놈." 나는 성내며 소리친다. "채찍 맛을 봐야겠어?" 그러나 나는 불현듯 그가 낯선 사람이고 어디서 왔는지도 모르며, 아무도 도와주지 않는 지금 나를 자발적으로 돕고 있다는 사실을 떠올린다. 내 생각을 알아채기라도 한 듯 그는 내 위협을 기분 나쁘게 여기지 않고, 계속 말들에 몰두하며 그저 고개를 돌려 나를 한 번 쳐다볼 뿐이다. "타시지요" 하고 그가 말한다. 과연 모든 것이 준비되어 있다. 이렇게 멋진 마차를 타 본 적이 없다는 생각을 하며, 나는 흔쾌한 기분으로 올라탄다. "그런데 마차는 내가 몰겠네. 자네는 길을 모르니까." 내가 말한다. "물론이죠. 저는 함께 가지 않을 겁니다. 로자 곁에 있을 거예요." 그가 말한다. "싫어요!" 로자는 소리치고 자신의 피할 수 없는 운명을 예감하며 집 안으로 도망쳐 들어간다. 나는 그녀가 문고리를 걸어 잠그는 소리를 듣는다. 자물쇠가 찰칵 채워지는 소리가 들린다. 그러고도 나는 그녀가 복도와 방마다 뛰어다니며 자신을 찾지 못하도록 모조리 불을 끄는 것 또한 본다. "나와 함께 가도록 하지." 나는 마부에게 말한다. "같이 안 가면 내가 떠나는 걸 포기하겠어. 아무리 급한 일이라 해도 말이야. 여행의 대가로 저 애를 자네에게 넘겨줄 생각은 없으니까." "이랴!" 마부는 이렇게 외치며 손뼉을 친다. 마차는 급류에 휩쓸린 나무처럼 갑자기 홱 끌려간다. 나는 마부가 돌진해 집 문짝이 산산조각으로 부서지는 소리를 마저 듣는다. 이어서 내 눈과 귀는 감각에 고르게 엄습하는 사나운 질주의 윙윙거림으로 가득 찬다. 그러나 그것도 일순간일 뿐, 내 집 대문 바로 앞에서 환자 집 마당이 열리는 것처럼 나는 어느새 그곳에 와 있다. 말들은 잠잠히 서 있다. 눈보라는 그쳤고 사방이 달빛이다. 환자의 부모가 집에서 달려 나오고, 환자의 누이도 뒤따라 나온다. 그들은 나를 마차에서 거의 들어내다시피 한다. 나는 그들의 혼란스러운 이야기에서 아무것도 알아내지 못한다. 환자의 방 안 공기는 숨을 쉬기 어려울 정도다. 내버려 둔 화덕에서는 연기가 피어오른다. 창문을 열어젖혀야겠군. 하지만 우선 환자부터 살펴봐야겠다. 마르고 열은 없으며 몸은 차갑지도 뜨겁지도 않은, 멍한 눈빛에 셔츠도 입지 않은 소년이 깃털 이불 아래에서 몸을 일으켜 내 목에 매달리며 귀에 속삭인다. "의사 선생님, 날 죽게 내버려두세요!" 나는 주위를 둘러본다. 아무도 그 말을 듣지 못했다. 소년의 부모는 말없이 몸을 숙인 채 내 진단을 기다리고 있다. 환자의 누이는 왕진 가방을 올려놓을 의자를 가져왔다. 나는 가방을 열고 진료 기구를 찾는다. 소년은 자신의 간청을 일깨우려는 듯 자꾸만 침대 밖으로 손을 내밀어 내 쪽을 더듬는다. 나는 핀셋을 집어 들고 촛불에 비춰 본 다음 다시 내려놓는다. '그래' 하며 나는 불경스러운 생각을 한다. '이런 경우에는 신들이 도와주신다. 말이 없으니까 말을 보내시고, 급하니까 한 마리를 더 주시네. 게다가 지나칠 지경으로 마부까지 선사하시다니.' 그제야 다시 로자 생각이 난다. 어떡하지. 어떻게 그녀를 구하지, 그녀는 내게서 십 마일이나 떨어져 있고 마차 앞에는 다루기 힘든 말들이 있는데, 어떻게 그녀를 마부의 손아귀에서 빼내 올 수 있을까? 그런데 어찌된 일인지 말들의 끈이 느슨히 풀려 있다. 창문들은 내가 모르게 바깥에서 밀친 듯이 열려 있지 않은가? 말들이 창문 안으로 각자 머리를 들이밀고 가족들은 놀라 소리를 지르는데도 동요하지 않고 환자를 관찰한다. '어서 다시 돌아가야지.' 나는 말들이 돌아가자고 요구하기라도 한 것처럼 생각한다. 그러면서도 내가 너무 더운 나머지 정신이 없다고 여긴 환자 누이가 내 털외투를 벗겨 주는 대로 가만히 있는다. 럼주 한잔을 건네며 노인이 아끼는 귀한 물건을 내주고 있으니 그런 친근함도 당연하다는 투로 내 어깨를 두드린다. 나는 고개를 가로젓는다. 노인의 좁은 사고방식에 맞춰 주자면 내 기분이 편치 않을 것이다. 바로 그런 이유에서 나는 술을 사양한다. 환자의 어머니가 침대 가에 서서 와 보라고 나를 유인한다. 그녀의 뜻에 따라 나는 말 한 마리가 천장을 향해 큰 소리로 울부짖는 동안 내 머리를 소년의 가슴에 갖다 댄다. 내 젖은 수염이 몸에 닿자 소년이 진저리를 친다. 내가 알고 있는 사실이 확인된다. 소년은 건강하다. 혈색이 나쁘고 아들을 걱정하는 어머니가 커피를 너무 많이 마시게 했을 뿐, 소년은 건강하니까 단번에 밀쳐서 침대에서 몰아내는 게 상책이다. 나는 세상의 개혁자가 아니라서 소년을 그냥 누워 있도록 내버려 둔다. 나는 이 구역에 고용되어 지나치다 싶을 정도로 먼 변두리까지 의무를 수행하러 다닌다. 보수는 보잘것없지만 나는 잘 베풀고 언제라도 가난한 사람을 도와줄 준비가 되어 있다. 게다가 나는 아직 로자까지 신경을 써야 한다. 어쩌면 소년이 옳은 것일 수도 있으며, 나도 죽고 싶은 심정이다. 이 끝없는 겨울에 나는 여기서 대체 무엇을 하고 있단 말인가! 내 말은 죽어 버렸고 마을에는 내게 말을 빌려줄 사람이 아무도 없다. 나는 돼지우리에서 마차를 끌어내야 한다. 만약 우연히 거기에 말들이 없었다면, 암퇘지들에게 마차를 끌도록 할 판이었다. 이런 지경이다. 그리고 가족에게 고개를 끄덕인다. 그들은 이런 사정을 아무것도 모르고 설령 알아도 믿지 않을 것이다. 처방전을 쓰는 것은 간단하지만 사람들과 의사소통을 하는 것은 어렵다. 이제 이곳에서 나의 방문을 마칠 것이다. 사람들은 이번에도 나에게 쓸데없이 헛수고를 시켰지만 이런 일에는 이력이 났다. 이 지역 전체가 야간 종을 눌러서 나를 괴롭힌다. 그런데 이번에는 로자마저 희생시켜야 했다. 여러 해 동안 내게서 별 관심도 받지 못하고 우리 집에서 살았던 그 아름다운 소녀 말이다. 이런 희생은 너무 큰 것이다. 아무리 선의를 가졌다 해도 내게 로자를 돌려줄 수 없는 이 가족에게 내가 화를 터뜨리지 않으려면 임시방편이라도 머릿속으로 묘안을 미리 마련해 둬야 한다. 그런데 내가 왕진 가방을 닫고 털외투를 달라고 손짓하자 가족이 모여 선다. 아버지는 킁킁거리며 손에 든 럼주의 향을 맡고 어머니는 아마 내게 실망한 모양인지—사람들은 도대체 내게 뭘 기대하는 것일까?—눈물을 글썽이며 입술을 깨물고 여동생은 피투성이가 된 손수건을 흔들고 있다. 나는 사정에 따라서 소년이 정말 아픈 것인지도 모른다는 사실을 인정할 각오가 돼 있다. 내가 다가서자 소년은 마치 자기에게 효험이 엄청난 수프라도 가져다준 양 미소 짓는다—아, 그때 두 마리의 말이 울부짖는다. 저 높은 곳으로부터 들려오는 저 소리가 아마도 나의 진찰을 쉽게 해 줄 것이다—그리고 마침내 나는 알게 된다. 소년은 정말로 아픈 것이다. 소년의 오른쪽 엉덩이 부위에 손바닥만 한 상처가 열려 있다. 장밋빛 상처는 여러 빛깔을 띠었는데, 깊은 곳은 색이 짙고 가장자리로 갈수록 색이 옅으며, 부드러운 낱알처럼 일정치 않은 크기로 맺혀 있는 피가 마치 노천 광산처럼 드러나 있다. 좀 떨어져서 보면 상처는 이런 모습이다. 가까이서 보면 더욱 심각하다. 누가 이런 것을 보고 나직이 탄식하지 않을 수 있겠는가? 굵기와 길이가 내 새끼손가락만 한 장밋빛에 피까지 묻어 있는 벌레들이 상처의 안쪽에 달라붙은 채 하얀 머리와 수많은 다리를 움직여 밝은 곳으로 나오려고 꿈틀거린다. 가엾은 소년, 너를 도와줄 수가 없구나. 나는 너의 커다란 상처를 찾아냈다. 너의 옆구리에 생겨난 이 꽃 때문에 너는 파멸을 맞고 있다. 가족은 내가 일하는 것을 보고 기뻐한다. 누이는 그 사실을 어머니에게 말하고, 어머니는 아버지에게, 아버지는 몇몇 손님에게 말한다. 손님들은 양팔을 벌려 균형을 잡으며 열린 문을 통해 비치는 달빛 속을 까치발로 걸어서 들어오고 있다. "저를 구해 주실 거죠?" 상처의 생물을 보고 정신이 혼미해진 소년이 흐느끼며 속삭인다. 내 구역의 사람들은 이런 식이다. 늘 의사에게 불가능한 것을 요구한다. 그들은 옛날의 신앙을 잃었다. 사제는 자기 집에 앉아서 사제복이나 하나씩 차례대로 쥐어뜯고 있다. 하지만 의사는 외과수술을 하는 섬세한 손으로 모든 일을 해내야 한다. 자, 언제나 그렇듯이 말이다. 나는 자청해서 나선 것이 아니다. 당신들이 나를 성스러운 목적에 쓰겠다면 나는 그렇게 하도록 내버려 둔다. 하녀도 빼앗긴 나 같은 늙은 시골 의사가 무슨 더 나은 것을 원하겠는가? 그리고 그들이 온다. 가족과 마을의 원로들이 와서 나의 옷을 벗긴다. 선생님을 앞세운 학교 합창단이 집 앞에 서서 단조롭기 그지없는 멜로디로 이런 노래를 부른다.

그의 옷을 벗겨라. 그러면 그가 치료할 것이다.
그리고 그가 치료하지 않으면, 그를 죽여라!
그래봐야 그저 의사일 뿐, 그는 그저 의사일 뿐.

나는 옷이 벗겨진 채 고개를 갸웃하고 손가락으로 수염을 매만지며 사람들을 물끄러미 바라본다. 난 더없이 침착하고 이들 모두보다 우월하며 앞으로도 그럴 테지만, 그 사실은 내게 아무런 도움이 되지 않는다. 이제 그들이 내 머리와 발을 붙들고 나를 침대로 옮기고 있기 때문이다. 그들은 나를 소년의 상처 부위에 밀착시켜 벽 쪽으로 눕힌다. 그러고는 모두 방에서 나간다. 문이 닫힌다. 노랫소리도 잠잠해진다. 구름이 달을 가린다. 따뜻한 침구가 나를 감싼다. 열린 창들에서 말들의 머리가 그림자처럼 흔들린다. "아시겠어요?" 누가 내 귀에 대고 말하는 소리가 들린다. "저는 선생님을 별로 믿지 않아요. 선생님도 어딘가에 떨궈진 것이지 제 발로 걸어온 건 아니잖아요. 도와주시진 않고 죽어 가는 저의 침대를 비좁게 하고 있으니 그럴 수만 있다면 선생님의 눈을 후벼 파고 싶네요." "그래" 하고 내가 말한다. "이건 치욕이구나. 그래도 나는 의사거든. 내가 어떻게 해야 할까? 내 말을 믿어 주게. 나에게도 쉽지 않게 되어 가고 있어." "그런 변명에 만족하라고요? 아, 그래야겠지요. 언제나 전 만족하지 않으면 안 되지요. 저는 아름다운 상처를 지니고 이 세상에 태어났어요. 제가 갖춘 건 그게 전부였어요." "젊은 친구." 내가 말한다. "자네의 결점은 멀리서 전체를 보지 못한다는 거야. 숱한 병실을 경험한 내가 말하는데, 자네의 상처는 그리 심한 것이 아니야. 예리한 각도로 갈퀴에 두 번 찍혀서 생긴 상처야. 많은 사람이 숲속에서 옆구리를 드러내 놓고도 갈퀴 소리를 거의 못 듣지. 심지어 갈퀴가 가까이 다가와도 말일세." "정말 그런가요, 아니면 열에 들떠 있다고 저를 속이는 건가요?" "정말 그렇다네. 공직 의사의 명예를 걸고 하는 말을 들어주게." 그는 내 말을 받아들였고 조용해졌다. 그런데 이제는 내 구원을 생각할 때였다. 말들은 아직 충실하게 제자리를 지키고 있었다. 나는 재빨리 옷가지와 털외투, 왕진 가방을 챙겼다. 옷을 입느라 지체하고 싶지 않았다. 이곳에 올 때처럼 말들이 빨리 달려 준다면 단숨에 건너뛰다시피 이 침대에서 나의 침대까지 갈 수 있을 것이다. 말 한 마리가 순순히 창에서 물러났다. 나는 짐 뭉치를 마차 안으로 던졌다. 털외투가 너무 멀리 날아가서 한쪽 소매만 갈고리에 걸렸다. 그걸로 충분했다. 나는 말 등에 뛰어올랐다. 마차는 끈이 느슨하게 풀리고 말과 말은 잘 연결해 매지도 못한 채 엉망으로 흔들리며 끌려가고, 마차 끄트머리에는 털외투가 눈길 위로 끌려왔다. "이랴!" 하고 나는 외쳤다. 하지만 마차는 경쾌하게 달리지 않았다. 우리는 늙은 남자들처럼 느릿느릿 눈 덮인 벌판을 이동했다. 우리 뒤에서는 아이들이 부르는, 새로운 노래지만 이상한 합창이 오랫동안 들려왔다.

기뻐하라, 너희 환자들이여,

의사가 너희 침대에 눕혀 있다!

이래서는 결코 집으로 못 갈 것이다. 번창하던 나의 의사 생활도 끝나 버렸다. 후임자가 내 자리를 훔쳐 간다. 하지만 득 볼 것은 없다. 그는 나를 대신할 수 없기 때문이다. 내 집에서는 역겨운 마부가 미쳐 날뛰고 있다. 로자는 그의 제물이다. 나는 그 일을 떠올리고 싶지 않다. 벌거벗은 채 가장 불행한 시대의 혹한에 내던져져 저세상의 말들이 끄는 이 세상의 마차를 타고 늙은 남자인 내가 떠돌아다니고 있다. 내 털외투는 마차 뒤에 매달려 있지만 손이 가닿지 않는다. 몸을 움직일 수 있는 환자 놈들 가운데 누구도 손가락 하나 까딱하지 않는다. 속았구나! 속았어! 한 번 잘못 울린 야간 종소리에 응했다가 정말로 돌이킬 수 없게 되었구나.

11

법 앞에서

법 앞에 한 문지기가 서 있다. 이 문지기에게 한 시골 남자가 와서 법 안으로 들어가게 해 달라고 청한다. 그러나 문지기는 지금은 입장을 허락할 수 없다고 말한다. 그 남자는 곰곰이 생각하다가, 그렇다면 나중에는 들어가도 되는지 묻는다. "그건 가능하지만" 하고 문지기가 말한다. "지금은 안 돼." 법으로 들어가는 문은 언제나처럼 열려 있고 문지기는 옆으로 비켜 서 있었기 때문에 남자는 몸을 숙여 문 안을 들여다보려고 한다. 문지기가 그 모습을 보더니 소리 내어 웃으면서 이렇게 말한다. "그렇게 끌린다면 내가 입장을 금지하더라도 들어가 보게. 하지만 내가 힘이 세다는 걸 알아 두게. 그런데도 나는 가장 낮은 문지기에 불과하지. 홀을 하나씩 지날 때마다 문지기가 서 있는데, 갈수록 힘이 더 세다네. 세 번째 문지기는 보기만 해도 벌써 나는 견딜 수가 없어." 시골 남자는 이런 어려움을 예상하지 못했다. 그는 법이란 항시 누구에게나 들어갈 수 있게 열려 있어야 한다고 생각한다. 하지만 지금 문지기의 우뚝한 코와 길고 가는 타타르인 같은 시커먼 콧수염 그리고 털외투를 입은 모습을 가만히 살펴보던 그는, 차라리 입장을 허락받을 때까지 기다리자고 결심한다. 문지기가 그에게 등받이 없는 의자를 주며 문 옆에 앉아 있게 한다. 그는 그곳에 앉아 여러 날 여러 해를 보낸다. 그는 입장을 허락받으려고 수많은 시도를 하고 간청을 반복해 문지기를 지치게 한다. 문지기는 종종 그에게 간단한 심문을 해서 고향을 비롯해 여러 가지에 관해 물었지만, 그것은 높은 분들이 던지는 무관심한 질문이며, 마지막에는 언제나 아직 들여보내 줄 수 없다고 말한다. 여행을 위해 많은 것을 챙겨 왔던 남자는 문지기를 매수하려고 아무리 값진 것이라도 모두 다 써 버린다. 문지기는 주는 대로 받기는 하면서도 이렇게 말한다. "자네가 무언가 소홀했다고 생각하지 않도록 하려고 내가 받는 것뿐이야." 오랜 세월 동안 남자는 문지기를 거의 쉬지 않고 관찰한다. 그는 다른 문지기들은 잊어버리고, 이 첫 번째 문지기가 그에겐 법으로 들어가는 데 유일한 장해물로 생각된다. 그는 처음 몇 년간은 이 불행한 우연을 무작정 큰 소리로 저주하다가 나중에 나이가 들어서는 그저 혼잣말로 투덜거린다. 그는 어린애처럼 유치해진다. 그는 문지기를 여러 해에 걸쳐 자세히 관찰하여 그의 털외투 깃의 벼룩까지 알아보게 되자, 벼룩들한테까지 문지기가 마음을 돌리도록 자기를 도와 달라고 부탁한다. 마침내 그는 시력이 약해져서 그의 주위가 정말 점점 어두워지는지 아니면 눈이 자신을 속이는 것인지 분간하지 못한다. 그런데 그는 이제 어둠 속 법의 문에서 꺼지지 않고 흘러나오고 있는 광채를 감지한다. 그는 이제 살날이 얼마 남지 않았다. 죽음을 앞두고 그의 머릿속에서는 저 모든 시간의 경험들이 하나의 물음으로 집약된다. 여태까지 문지기에게 던지지 않았던 하나의 물음이다. 그는 굳어 가는 몸을 일으킬 수 없어서 손짓으로 문지기를 부른다. 문지기는 몸을 깊숙이 숙일 수밖에 없다. 두 사람의 키 차이가 남자에게 불리하게 벌어졌기 때문이다. "지금 와서 아직도 뭘 더 알고 싶은가?" 라고 문지기가 묻는다. "자네는 물리지도 않는군." "누구나 법을 추구합니다." 남자는 말한다. "그런데 지난 오랜 세월 동안 나 말고는 아무도 들여보내 달라는 사람이 없으니 어쩐 일인가요?" 문지기는 곧 남자의 목숨이 다할 것을 알아차리고, 그의 미약해진 청력에 가닿도록 고함치듯 말한다. "이곳은 아무도 입장을 허가받을 수 없었어. 이 입구는 오직 자네만을 위한 것이었으니까. 나는 이제 가서 문을 닫겠네."

12

「법 앞에서」에 관한 대화

"그러니까 문지기가 그 남자를 속인 거로군요." 이야기에 강하게 이끌린 K가 즉시 말했다. "속단하지 말아요." 신부가 말했다. "다른 사람의 의견을 검토 없이 받아들여선 안 됩니다. 나는 책에 쓰여 있는 대로 얘기했을 뿐입니다. 속임수에 대해서는 책에 전혀 쓰여 있지 않습니다." "그렇지만 그건 분명합니다." K가 말했다. "그리고 신부님의 첫 번째 해석이 완전히 옳았습니다. 문지기는 그 남자에게 더는 도움이 되지 않을 때 비로소 구원의 말을 전한 거지요." "문지기가 그 이전에는 질문을 받지도 않았어요." 신부가 말했다. "그는 한갓 문지기에 불과하다는 것 또한 고려하셔야 합니다. 그는 문지기로서 자신의 의무를 다했습니다." "어째서 당신은 그가 의무를 다했다고 생각하시나요?" K가 물었다. "그는 의무를 다한 것이 아닙니다. 그의 의무는 아마도 모든 낯선 사람을 막는 일이었겠지요. 하지만 문으로 들어가도록 정해져 있는 그 남자는 들여보내 줬어야죠." "당신은 그 글에 대해 충분히 주의를 기울이지 않고 얘기를 수정하는군요." 신부가 말했다. "그 이야기엔 법으로 들어가는 일에 대한 문지기의 두 가지 중요한 설명이 들어 있습니다. 하나는 처음에 또 하나는 마지막에 있지요. 첫 부분은 '지금 그에게 입장을 허락할 수 없다는 것'이고, 마지막 부분에는 '입구가 오직 그만을 위한 것'이라고 쓰여 있습니다. 이 두 가지 설명 사이에 모순이 있다면 당신의 말이 옳으며 문지기는 그 남자를 속인 셈이지요. 그러나 거기엔 모순이 없어요. 그와 반대로 첫 번째 설명이 두 번째 설명을 암시하기까지 합니다. 문지기가 그에게 미래에는 들여보내 줄 가능성이 있다고 내비친 것은 자기의 직무를 벗어난 짓이었다고까지 말할 수 있겠습니다. 그 시점에는 시골 남자를 막는 것만이 문지기의 의무였던 것처럼 보입니다. 사실 정확함을 사랑하며 엄중하게 자신의 직무를 지키는 그가 저런 암시를 했다는 사실을 많은 문헌 해석자들이 이상하게 생각합니다. 오랜 세월 동안 그는 자신의 자리를 떠나지 않고, 마지막 순간에 가서야 문을 닫습니다. 그는 자기 임무의 중요성을 매우 깊이 의식하고 있고, 그래서 '나는 힘이 세다' 하고 말하는 겁니다. 그는 상관에 대해 경외심도 지니고 있습니다. 그렇기에 '나는 가장 낮은 문지기에 불과하다'라고 말하는 거고요. 그는 의무를 수행하면서 마음이 흔들리거나 화를 내지도 않습니다. 그러니까 그 남자가 '간청을 반복해 문지기를 지치게 한다'라고 쓰여 있는 거지요. 그는 수다스럽지 않습니다. 그래서 그는 오랜 세월 동안 '무관심한 질문'만 던진 겁니다. 그리고 그는 매수되지도 않습니다. 그는 선물에 대해 남자가 '무언가 소홀했다고 생각하지 않도록 하려고 내가 받는 것뿐이야'라고 하니까요. 끝으로 '우뚝한 코와 길고 가는 타타르인 같은 시커먼 콧수염'을 한 외모도 꼼꼼한 그의 성격을 암시해 줍니다. 그보다 더 의무에 충실한 문지기가 있을까요? 그런데 문지기에게는 입장하길 바라는 사람에게 매우 유리한 또 다른 면모도 섞여 듭니다. 그 면모는 그가 미래의 입장 가능성을 암시하면서 자기 직무를 어느 정도 넘어설 수도 있음을 알아차리게 합니다. 말하자면 그는 약간 단순하고, 그런 점과 무관하지 않게 좀 우쭐한 사람이라는 것을 부인할 수 없습니다. 그가 자신의 힘과 다른 문지기들의 힘 그리고 자기도 견디기 힘들다는 문지기들의 모습에 관해 말할 때 그 말들이 자체로는 옳을지 몰라도, 그런 발언을 하는 방식은 그의 이해력이 단순함과 자만으로 흐려져 있음을 보여 줍니다. 이 점에 대해서 해석자들은 어떤 사안을 옳게 파악하는 것과 그것을 잘못 이해하는 것은 서로 완전히 모순되는 것은 아니라고 말합니다. 그러나 어쨌든 저 단순성과 자부심은 아무리 미미하게 표출된 것일지라도, 문지기의 성격상 허점이라고 봐야 합니다. 여기에 더해 문지기는 천성적으로 친절한 듯 보이지요. 그는 철두철미한 관리는 아닙니다. 그는 처음부터 시골 남자에게 명백히 금지되어 있는데도 장난삼아 들어가라고 권하기도 하고, 그런 다음 그를 쫓아 버리지 않고 글에 쓰여 있듯이 의자를 주고 문 옆에 앉아 있게 합니다. 저 긴 세월 동안 남자의 간청을 견뎌 낸 인내심, 간단한 심문들, 선물을 받은 일, 문지기가 거기 서 있게 한 불행한 우연을 그 남자가 큰 소리로 저주해도 용인해 주는 품격 — 이 모든 것은 동정심에서 촉발된 것으로 보입니다. 모든 문지기가 그렇게 행동하지는 않았을 겁니다. 그리고 마지막에 그는 시골 사람의 손짓 하나에 남자에게 몸을 깊이 숙이고 마지막 질문을 할 기회를 주었지요. 다만 인내심이 바닥나서 — 문지기는 모든 게 끝나고 있음을 알지요 — 이런 말을 하게 됩니다. "자네는 물리지도 않는군." 어떤 사람들은 이런 해석에서 한 걸음 더 나아가, '자네는 물리지도 않는군'이라는 말이 한심하게 여기는 듯도 하지만 우정 어린 놀람을 표현한다고 봅니다. 어느 쪽이든 문지기라는 형상은 분명 당신이 생각하는 것과 다릅니다. "신부님은 이 이야기를 저보다 더 자세히, 더 오래전부터 알고 계시니까요." K가 말했다. 그들은 잠시 아무 말도 하지 않았다. 그러다 K가 말했다. "그러니까 신부님은 그 남자가 속은 게 아니라고 생각하시는군요?" "내 말을 오해하지 마십시오." 신부가 말했다. "나는 그것에 관한 여러 가지 견해를 알려 줄 뿐입니다. 그런 견해들에 대해 너무 신경 쓸 필요는 없습니다. 글은 변하지 않는 것이고, 견해들이란 그 글에 대한 절망의 표현에 불과할 때가 많습니다. 이 경우엔 문지기야말로 속은 사람이라는 의견까지 있습니다." "그건 지나친 의견이군요." K가 말했다. "그 근거는 무엇인가요?" "그 근거는" 신부가 대답했다. "문지기의 단순성에서 비롯합니다. 그는 법의 내부에 대해 알지 못하고 문 앞에서 늘 왔다 갔다

하는 길만 알 뿐이라는 것입니다. 그가 내부에 대해서 가진 관념은 유치한 수준인 것으로 여겨집니다. 그리고 그는 남자에게 두려움을 불러일으키려는 대상에 대해 스스로 두려워한다는 것입니다. 그렇습니다. 문지기는 남자보다 더 두려워하고 있습니다. 시골 사람은 내부에 있는 문지기가 무섭다는 얘기를 듣고도 한사코 들어가려고 하는데, 반면에 문지기는 들어가려 하지 않습니다. 적어도 그 점에 관해 알 수 있는 것이 없습니다. 어떤 사람들은 문지기가 이미 내부에 들어가 본 것이 틀림없다고 말합니다. 왜냐하면 그는 일단 법을 위해 일하도록 채용되었고, 채용은 내부에서만 일어날 수 있기 때문이라는 겁니다. 이에 대해서는 이렇게 답할 수 있겠습니다. 그가 비록 내부로부터의 부름을 받아 문지기가 되었더라도 세 번째 문지기를 보기만 해도 벌써 견딜 수 없어 한다면, 적어도 내부 깊숙이 있어 본 적이 없을 거라고요. 게다가 오랜 세월 동안 그가 문지기들에 대한 언급 말고 내부에 관해 또 무슨 얘기를 했는지 아무것도 보고된 것이 없어요. 그가 하면 안 되는 일이었을 수도 있지만, 그런 금지에 대해서도 그는 아무것도 얘기하지 않았습니다. 이런 모든 정황으로 미루어볼 때, 그는 내부의 모양이나 의미에 대해 아무것도 모르고 있으며, 그것에 대해 착각하고 있다는 판단을 내리게 됩니다. 또한 그가 시골 남자에 대해서도 착각하고 있다는 견해가 있습니다. 자신이 그 남자보다 낮은 위치에 있는데도 이를 모르고 있기 때문이라는 겁니다. 그가 시골 남자를 낮은 사람으로 취급한다는 사실은 당신도 아직 기억할 많은 점에서 알 수 있습니다.

그런데 사실은 그가 시골 남자보다 낮은 위치에 있다는 것이, 이러한 견해에 따르면, 마찬가지로 명백히 드러납니다. 무엇보다도 자유로운 사람은 얽매여 있는 사람보다 높은 위치에 있지요. 그리고 시골 남자는 실제로 자유로워서 가고 싶은 곳이면 어디든 갈 수 있으며, 다만 법 안으로 들어가는 것만 금지되어 있고, 그것도 겨우 한 사람의 문지기에 의해서 금지당하고 있는 겁니다. 시골 남자가 문 옆의 의자에 앉아 평생을 머물러 있다면 그것은 자유의지로 일어난 일입니다. 강요에 관한 이야기는 전혀 없어요. 반면에 문지기는 직무로 인해 자신의 자리에 얽매여 있어서 바깥으로 나갈 수 없고, 정황으로 보건대 아무리 들어가고 싶어도 안으로 들어갈 수 없습니다. 게다가 그는 사실 법에 종사한다고 하지만 단지 그 문을 위해, 그러므로 이 문으로 들어가도록 정해져 있는 이 남자만을 위해 봉사할 뿐입니다. 이런 이유 때문에라도 그는 시골 남자보다 낮은 위치에 있다는 겁니다. 그는 긴 세월 동안, 장년의 시절이 다 가도록 어떤 의미에서는 공허한 일만 했다고 볼 수 있습니다. 한 남자가 찾아오고, 그러니까 장년에 이른 그 사람의 목적이 이루어질 때까지 문지기는 기다려야 했다고, 그것도 자발적으로 찾아온 그 남자가 원하는 만큼 오랫동안 기다려야 했다고 쓰여 있기 때문입니다. 그의 임무가 끝나는 것도 그 남자의 삶에 종지부가 찍힐 때 결정되므로, 따라서 그는 결국 마지막까지 그 남자에게 예속된 채로인 겁니다. 그리고 이 모든 점에 대해 문지기는 아무것도 모르는 것 같다는 사실이 거듭 강조되는데, 그런 점이 이상하게 보이지는 않습니다. 왜냐하면 이런 견해에 따르면 문지기는 훨씬 더 심각한 착각에 빠져 있기 때문입니다. 그것은 그의 임무와 관련된 착각입니다. 마지막에 그는 문에 대해 '나는 이제 가서 문을 닫겠네'라고 말하는데, 시작 부분에서는 '법의 문이 언제나 열려 있다'라고 되어 있습니다. 언제나—즉, 그 문으로 들어가게 정해져 있는 남자의 수명과 무관하게 항상 열려 있다면, 문지기도 그 문을 닫을 수 없을 것입니다. 문지기가 문을 닫겠다고 예고한 행동에 관해서는 여러 가지 의견들이 서로 갈립니다. 그저 하나의 대답을 해 주는 것에 불과하다거나 직무상의 의무를 강조하는 것이다. 또는 마지막 순간에 그 남자를 회한과 슬픔에 빠뜨리려는 것이라고 합니다. 그러나 문지기가 문을 닫을 수 없을 거라는 점에서는 많은 사람들의 견해가 일치합니다. 심지어 그들은 문지기가 적어도 맨 마지막 부분에서는 아는 것에 있어서도 그 남자보다 낮은 위치에 있다고 생각합니다. 왜냐하면 그 남자는 법의 문에서 새어 나오는 빛을 보는 반면에, 문지기는 아마 원래 문을 등지고 서 있기 때문인지 어떤 변화를 알아차렸다는 언급이 어디에도 없기 때문이라는 겁니다." "충분히 근거가 있군요." K가 말했다. 그는 신부가 설명한 말의 어떤 구절들을 중얼거리듯 되뇌었다. "충분히 근거가 있으니 저도 이제는 문지기가 속은 거라고 생각합니다. 그렇다고 해서 이전의 견해를 바꾼 것은 아닙니다. 두 견해가 부분적으로는 서로 일치하기 때문입니다. 문지기가 올바로 보고 있는지 아니면 착각하고 있는지는 결정적인 게 아닙니다. 저는 남자가 속은 거라고 말했습니다. 만일 문지기가 올바로 보고 있다면 제 말을 의심할 수 있겠지만, 문지기가 속은 거라면 그의 착각은 필연적으로 시골 남자에게 옮아 가지 않을 수 없겠지요. 그렇다면 문지기는 사기꾼은 아니지만, 즉시 일자리에서 쫓겨나야 할 만큼 우둔한 거지요. 하지만 신부님께서는 문지기가 빠져 있는 착각이 자기에게는 아무런 해를 끼치지 않지만, 시골 남자에게는 천 배의 해를 끼친다는 것을 염두에 두셔야 합니다." "그것에 관해서는 이런 반대 의견에 부딪히게 되지요." 신부가 말했다. "즉 어떤 이들은 그 이야기가 아무에게도 문지기에 대해 판단할 권한을 주지 않는다고 말합니다. 그가 우리에게 어떻게 보이든 그는 분명 법을 위해 일하는 사람이고, 그러므로 법에 속해 있고, 따라서 인간적인 판단에서 벗어나 있습니다. 그렇다면 문지기가 남자보다 낮은 위치에 있다고 생각할 수도 없을 겁니다. 맡은 임무로 인해 법의 문에만 매여 있다는 것은 세상에서 자유롭게 살아가는 것과 비교할 수 없을 정도로 더한 무언가입니다. 남자가 비로소 법으로 들어가려고 옵니다. 문지기가 이미 거기에 있습니다. 문지기는 법에 의해 임무를 받았으므로 그의 자격을 의심한다는 것은 법을 의심하는 것과 같다는 거지요." "그 의견에는 동의할 수 없습니다." K가 고개를 가로저으며 말했다. "그런 의견에 동의한다면 문지기가 말하는 것이 모두 진실이라고 생각해야 하니까요. 그러나 그것이 가능하지 않다는 것은 신부님 자신이 상세하게 설명해 주셨잖습니까." "그건 그렇지 않아요." 신부가 말했다. "모든 걸 진실이라고 생각할 필요는 없고, 다만 필연적이라고 생각해야 합니다." "씁쓸한 생각이로군요." K가 말했다. "거짓이 세상의 질서가 된다니 말입니다."

K는 결론적으로 이렇게 말했지만, 그것이 그의 최종 판단은 아니었다. 그는 너무 피곤해서 이야기의 모든 추론을 전체적으로 파악할 수 없었다. 이야기는 그를 익숙하지 않은 사유의 경로로 이끌었고, 그것은 그보다는 차라리 법원 관리들 모임의 토론 자리에 더 적합할 비현실적인 것이었다. 단순한 이야기가 모호하게 변해 버리자 그는 그것을 자신에게서 털어내고 싶었다. 그리고 이제 신부는 지극히 온유함을 입증하듯 분명 자신의 의견과는 일치하지 않을 텐데도 K의 말을 묵묵히 받아들였다.

두 사람은 한동안 말없이 계속 걸었다. K는 어둠 속에서 자기가 어디에 있는지 모르는 채 신부 옆에 바짝 붙어 있었다. 그가 손에 든 등불은 이미 오래전에 꺼져 있었다. 한번은 바로 그의 눈앞에서 성인의 은색 입상이 은빛으로 깜빡이더니 이내 다시 어둠 속으로 사라졌다. K는 신부에게만 마냥 의지하지 않으려고 이렇게 물었다. "이제 정문 근처에 다 오지 않았나요?" "아닙니다." 신부가 말했다. "거기서 멀리 떨어져 있어요. 벌써 가실 생각인가요?" K는 그럴 생각을 하고 있던 것은 아니었으나 얼른 말했다. "그래야지요. 가 봐야 합니다. 제가 어느 은행의 대리인데 은행에서 저를 기다리고 있습니다. 어떤 외국인 고객에게 대성당을 안내하기 위해 이곳에 왔을 뿐입니다." "그렇다면" 하고 신부는 K에게 손을 내밀었다. "가 보세요." "하지만 어두워서 혼자서는 제대로 길을 못 찾겠는데요." "왼쪽으로 벽까지 간 다음"

하고 신부가 말했다. "벽에서 떨어지지 말고 계속 벽을 따라가다 보면 출구가 하나 보일 겁니다." 신부가 겨우 몇 걸음을 옮겼을 때, K가 아주 큰 소리로 외쳤다. "제발 좀 기다려 주세요." "기다리고 있습니다" 하고 신부가 말했다. "저에게 뭔가 더 바라는 건 없나요?" K가 물었다. "없습니다" 하고 신부가 대답했다. "아까는 저에게 그렇게 친절하시더니요." K가 말했다. "그리고 모든 걸 다 설명해 주시더니, 이젠 저에게 아무 관심도 없는 것처럼 가도록 내버려두는군요." "하지만 가야 한다면서요." 신부가 말했다. "그럴 수밖에 없다는 걸 알아주세요." "우선 내가 누구인지부터 알아야 해요." 신부가 말했다. "당신은 교도소 전속 신부님이지요." K가 말하며 신부 쪽으로 좀 가까이 다가갔다. 당장 은행으로 돌아가야 한다고 했지만 말한 것만큼 그렇게 긴요한 것은 아니었고, 여기에 더 있어도 괜찮을 것 같았다. "그러니까 나는 법원에 속해 있는 사람이지요." 신부가 말했다. "그러니 내가 당신에게 바랄 게 뭐가 있겠습니까. 법원은 당신에게 아무것도 바라는 게 없어요. 당신이 오면 받아들이고 또 가면 가도록 놔둡니다."

13

법에 대한 의문

우리의 법은 일반적으로 알려져 있지 않다. 그것은 우리를 지배하는 소수 귀족 계급의 비밀이다. 우리는 이 오랜 법이 정확하게 지켜지고 있다고 확신하지만, 알지도 못하는 법에 의해 지배된다는 것은 아무튼 매우 괴로운 일이다. 나는 여기서 만약 민족 전체가 아니라 개별 인간만이 법 해석에 관여할 수 있을 때 초래될 상이한 해석 가능성과 그 단점에 대해서 생각하는 것이 아니다. 그 단점이란 어쩌면 그다지 크지 않을지도 모른다. 법은 정말 오래된 것이고, 수세기 동안 법의 해석이 이루어져 왔으며, 이러한 해석까지도 이미 법이 되었다. 재량에 의한 법 해석의 가능성은 여전히 존재하지만 그것은 매우 한정되어 있다. 그 외에도 귀족은 법을 해석할 때 자신의 개인적인 이해관계 때문에 우리에게 불리한 영향이 미치도록 할 하등의 이유가 없다. 법이란 처음부터 귀족을 위해서 정해졌기 때문이다. 귀족은 법 밖에 서 있으며, 바로 이런 이유로 법은 오로지 귀족의 손에 독점적으로 주어진 것처럼 보인다. 그 법에는 물론 지혜가 들어 있다. 누가 그 오래된 법의 지혜를 의심할 수 있겠는가? 그러나 우리에겐 마찬가지의 괴로움이며, 이는 어쩌면 피할 수 없는 것인지도 모른다.

게다가 허상 같은 법마저도 그저 추측될 수만 있을 뿐이다. 그런 법이 있고, 그것이 귀족에게 비밀로 맡겨져 있다는 것은 하나의 전통이다. 그러나 그것은 오래된 연륜으로 보아 그럴듯해 보이는 전통 그 이상은 아니며 그럴 수밖에 없다. 왜냐하면 이 법은 특성상 그 존속 여부를 비밀리에 둘 것까지 요구하기 때문이다. 그러나 만약 우리가 민족 가운데서 아주 오랜 옛날부터 귀족들의 행동을 주의 깊게 추적하고 우리 조상이 기록한 그들에 관한 자료를 보유하면서 또 그것을 양심적으로 계속 써 나감으로써 이런저런 역사적 규정을 성립시킨 무수한 사실들로부터 어떤 일정한 방침들을 인식한다고 판단하면서, 우리가 이렇게 더할 수 없이 신중하게 거르고 정리한 결론들에 따라 우리의 현재와 미래에 어느 정도 대비를 해 보려고 해도, 이 모든 일은 불확실하며 어쩌면 단지 이성의 유희에 불과하다. 왜냐하면 우리가 추측해 알아내려고 애쓰는 저 법들이란 아예 존재하지 않는지도 모르기 때문이다. 실제로 이런 견해를 가진 작은 파당(派黨)이 있는데, 그들은 만일 법이라는 것이 존재한다면 그것은 "귀족이 행하는 것이 법이다"라는 뜻일 뿐임을 입증하려고 애쓴다. 이 파당은 오직 귀족의 자의적 행위만을 보고 이 민족의 전통을 비난하는데, 그들의 의견에 따르자면 이 전통은 다만 극히 적은 우연한 유익함을 줄 뿐이고 대개는 심각한 손해를 끼친다는 것이다. 왜냐하면 그것은 앞으로 민족에게 다가올 일들에 대해 잘못된, 기만적이고 경솔함을 초래하는 확신을 주기 때문이다. 이러한 손해를 부인할 수는 없지만, 그 원인에 대해서 우리 민족의 압도적인 다수는 아직 전통이 충분하지 않기 때문이라고 본다. 따라서 그 전통 속에서 앞으로 훨씬 더 많은 연구가 이루어져야 하고, 자료가 엄청나게 많아 보여도 아직은 너무 적은 실정이며, 그것이 충분해지려면 아직도 수세기가 더 지나야 한다는 것이다. 현재로서는 암울한 이러한 전망을 밝게 해 주는 것은, 언젠가는 전통과 그것에 대한 연구가 크게 숨을 내쉬며 마침표를 찍고 모든 것이 분명해져서, 법은 오직 민족에게 속하며 귀족은 사라져 버리는 그런 때가 오리라는 믿음뿐이다. 귀족에 대한 미움 때문에 그렇게 말하는 것은 결코 아니다. 아무도 그러지 않는다. 오히려 우리는 자신을 미워하는데, 왜냐하면 우리는 여전히 법에 의해 인정받을 수 없기 때문이다. 그래서 실제의 법을 믿지 않는, 어느 면에선 매우 유혹적인 저 파당이 그토록 소수로 남게 된 이유는, 그들이 귀족과 그의 존속권을 완전히 인정하기 때문이다.

이것은 사실상 오직 일종의 모순으로만 표현될 수 있다. 법에 대한 믿음과 아울러 귀족까지 내던질 어떤 파당이 있다면, 그 파당은 즉시 전체 민족의 지지를 받게 되겠지만, 그러한 파당은 생겨날 수가 없는데, 왜냐하면 아무도 감히 귀족을 내던져 버릴 엄두를 내지 못하기 때문이다. 이런 칼날 위에서 우리는 살아간다. 이런 상황을 언젠가 한 저술가가 이렇게 요약한 적이 있다. '우리에게 부과된 가시적이고 의심의 여지가 없는 유일한 법은 귀족이다. 그러면 우리는 이 유일한 법을 벗어나길 바라야 할까?'

14

변호사

내게 변호사가 있는지는 매우 불확실했고, 나는 그것에 대해 확실한 이야기를 전혀 듣지 못했다. 모든 얼굴들이 나를 거부하는 것 같았다. 내 맞은편에서 오는, 자꾸만 통로에서 마주쳤던 사람들은 대부분 늙고 뚱뚱한 여자들처럼 보였다. 그들은 몸 전체를 덮는 암청색과 흰색 줄무늬 쳐진 큰 앞치마를 두르고 배를 쓰다듬었으며, 돌아설 때면 힘겹게 몸을 기우뚱거렸다. 나는 우리가 법원 청사 안에 와 있는지조차 알 길이 없었다. 어찌 보면 그런 것 같았지만, 그렇지 않아 보이는 점들이 많았다. 온갖 세부적인 것과 별개로 내게 가장 분명하게 법원임을 상기시킨 것은 먼 곳에서 끊임없이 들려오는 웅웅 울리는 소리였다. 그 소리는 어느 방향에서 오는지 알 수 없었지만 모든 공간에 들어차 있어서 결국 모든 곳으로부터 온다고 여기게 되었다. 혹은 더 정확히는 우연히 서 있게 되는 바로 그곳이 소리의 원래 장소인 것만 같았다. 그러나 이것은 분명 착각이었다. 왜냐하면 소리는 먼 곳으로부터 들려왔기 때문이다. 검소한 장식의 높다란 문들이 있는 복도들은 좁았고 단순한 아치 모양의 천장 아래 완만한 갈림길들로 이어졌다. 이 복도들은 깊은 정적을 위해서 만들어진 듯 보이기까지 했다. 박물관이나 도서관에서 볼 수 있는 그런 복도였다. 그런데 만약 법정이 아니라면 나는 왜 이곳에서 변호사를 찾고 있었던가? 왜냐하면 나는 도처에서 변호사를 찾고 있었기 때문이다. 그는 도처에서 필요한 존재다. 그렇다, 사람들은 법정보다 다른 곳에서 변호사를 더 필요로 한다. 법정은 법에 따라 판결을 내리는 곳이기 때문이다. 이렇게 우리는 전제해야 한다. 만약 여기에서 일이 부당하게 또는 가볍게 처리된다고 가정하면 어떤 생활도 가능하지 않을 것이다. 우리는 법정에 대해서 그것이 존엄한 법에 자유로운 공간을 부여한다는 신뢰를 가져야 한다. 그것이 법정의 유일한 사명이기 때문이다. 그러나 법 자체에는 모든 것이 고소, 변론 그리고 판결이므로, 인간의 독자적인 참견은 여기서 위반 행위일 것이다. 그러나 판결의 사실 구성요건은 사정이 다르다. 이것은 여기저기의 조사와 검증, 즉 친척과 낯선 사람들, 친구와 적들, 가족과 공공 사회, 도시와 시골, 요컨대 도처에서 이루어진 조사와 검증을 근거로 한다. 이때는 변호사를 두는 일이 긴요하고 급하다. 한 무리의 변호사, 살아 있는 벽처럼 긴밀하게 붙어 있는 최상급의 변호사들이 필요한 것이다. 왜냐하면 변호사들은 본성상 움직이기 힘들기 때문이다. 그렇지만 고소한 원고들, 이 교활한 여우들, 이 날렵한 족제비들, 눈에 보이지 않는 이 작은 쥐새끼들은 아무리 작은 구멍이라도 빠져나와 변호사들의 가랑이 사이로 통과해 가 버린다. 그러니까 조심! 그 때문에 나는 여기에 와 있는 것이며, 나는 변호사들을 모으고 있다. 그러나 나는 아직 변호사를 한 명도 발견하지 못했으며, 오로지 늙은 여자들만 계속 왔다 갔다 할 뿐이다. 만약 내가 계속해서 찾는 중이 아니라면 나는 잠들어 버리고 말 것이다. 나는 올바른 장소에 와 있지 않다. 유감스럽게도 나는 내가 올바른 장소에 있지 않다는 인상을 지울 수가 없다. 나는 다양한 지역에서 온, 각계각층의, 다양한 직업, 다양한 연령대의 모든 종류의 사람들이 모이는 장소에 있어야만 할 것이다. 나는 많은 사람 무리에서 내게 눈길을 주는 쓸모 있는 사람들, 친절한 사람들을 신중하게 선택할 가능성을 가져야 할 것이다. 그러기에는 아마 일 년에 한 번 서는 대목 장터가 가장 좋을 것이다. 그런데 나는 그런 곳 대신에 이곳의 복도들을 떠돌아다니는 것이다. 이 복도들에서 나는 늙은 여자들만 볼 수 있는데, 그들은 수가 많지도 않고 항상 같은 숫자이며, 심지어 그 얼마 안 되는 여자들조차 느린 움직임에도 불구하고 나는 멈춰 세울 수가 없다. 그녀들은 나로부터 미끄러지듯 사라져 버리고, 비구름처럼 떠다니며 알 수 없는 일들로 무척이나 바쁘다. 대체 나는 왜 덮어놓고 대문 위의 문패도 읽지 않고 어떤 집 안으로 급하게 들어와 곧바로 이 통로들에 있게 되었을까. 왜 나는 집요하게 여기 머물러 있는가, 집 앞에 있었던 기억, 계단을 올라온 기억도 전혀 떠오르지 않는데. 그러나 나는 되돌아가서는 안 된다. 이러한 시간의 낭비, 길을 잘못 들었다는 오류를 인정한다는 것은 나로서는 견딜 수 없는 일일 것이다. 어떻게 그럴 수 있겠는가? 초조한 굉음이 동반하는, 급히 서두르는 짧은 삶 속에서 한 계단을 내려간다? 그럴 수는 없다. 당신에게 할당된 시간은 너무 짧아서, 만약 일 초를 잃어버리면 당신은 벌써 삶 전체를 잃어버린 것이다. 왜냐하면 삶이란 당신이 잃어버리는 시간만큼의 길이이며, 그보다 더 긴 것이 아니기 때문이다. 그러니 만약 당신이 하나의 길을 시작했다면, 어떤 상황에서도 계속 그 길을 가라. 당신은 오직 이길 수만 있으며, 아무런 위험도 없을 것이다. 마지막에 가서는 추락할지도 모른다. 하지만 처음 몇 걸음을 걷다가 뒤돌아서 층계를 내려왔다면 당신은 시작부터 굴러떨어졌을 것이다. 아마가 아니라 틀림없는 일이다. 그러니 만약 여기 복도들에서 아무것도 발견하지 못한다면, 문들을 열어라. 문 뒤에서 아무것도 발견하지 못하면 새로운 층들이 있다. 위층에서 아무것도 발견하지 못하면 그것도 곤란한 일이 아니다. 새로운 계단으로 뛰어올라라. 올라가길 멈추지 않는 한 그 계단들은 계단을 오르는 당신의 발밑에서 멈추지 않고 자라 오를 것이다.

15

변신

— 1 —

그레고르 잠자는 어느 날 아침 뒤숭숭한 꿈에서 깨어났을 때 자신이 흉측한 벌레로 변해 침대에 누워 있는 것을 발견했다. 그는 갑옷처럼 딱딱한 등을 대고 누워 있었는데, 머리를 조금 들자 활처럼 휜 모양의 마디들로 나뉜 둥그렇게 솟은 갈색 배가 보였고, 배 위에 간신히 걸쳐 있는 이불은 금방이라도 전부 미끄러져 내릴 것 같았다. 몸통에 비해 딱하리만치 가느다란 여러 개의 다리는 무기력하게 눈앞에 가물거렸다.

'나한테 무슨 일이 생긴 거지?' 잠자는 생각했다. 꿈은 아니었다. 약간 좁긴 해도 엄연히 사람이 살 만한 그의 방은 익숙한 네 개의 벽에 조용히 둘러싸여 있었다. 옷감 견본 모음을 펼쳐 놓은 책상 위쪽엔 — 잠자는 출장을 다니는 사원이었다 — 얼마 전 화보 잡지에서 오려 내어 예쁜 금칠 액자에 넣은 사진이 걸려 있었다. 그 사진엔 한 숙녀의 모습이 담겨 있었는데, 그녀는 모피 모자를 쓰고 모피 목도리를 두른 채 꼿꼿이 앉아서 팔목까지 오는 무거운 모피 토시를 사진을 보게 될 감상자를 향해 치켜들고 있었다.

다음으로 그레고르는 창문으로 시선을 돌렸는데, 흐린 날씨가 — 창턱 함석 위로 빗방울 떨어지는 소리가 들렸다 — 그를 온통 우울하게 했다. '이 말도 안 되는 일은 다 잊고 잠이나 좀 더 자는 게 어떨까?' 그는 생각했다. 그러나 전혀 그럴 수가 없었다. 그는 오른쪽으로 누워 자는 습관이 있는데, 지금 상태로는 그런 자세를 취할 수 없었기 때문이다. 몸을 아무리 힘껏 오른쪽으로 굴려도 매번 시소처럼 흔들거리다가 등을 대고 누운 자세로 되돌아오고 말았다. 그는 허우적거리는 다리를 보지 않으려고 눈을 질끈 감고서 백 번쯤은 그런 시도를 해 보다가, 옆구리에 이전엔 결코 느껴 보지 못한 가볍고 둔한 통증이 느껴지기 시작하자 그제야 그만두었다.

'아이고, 어쩌다 내가 이렇게 힘든 직업을 택했을까! 날이면 날마다 출장이라니. 이 업무는 사무실에서 고정된 업무만 하는 것보다 훨씬 더 신경을 소모시킨다. 게다가 여행의 고역도 감당해야지, 열차편 연결도 걱정해야지, 식사도 불규칙하고 형편없지, 인간관계도 계속 바뀌니 도무지 지속성이 없고 마음도 절대 터놓지 못해. 이따위는 악마나 전부 가져가라지!' 그는 배 위쪽이 조금 근질거리는 것을 느꼈다. 등을 밀면서 침대의 기둥으로 조금씩 다가가 머리를 조금 높이 들었다. 그러자 근질거리는 부위가 보였는데, 온통 영문 모를 작고 흰 반점들로 뒤덮여 있었다. 다리 하나를 들어 그곳을 만져 보려다 얼른 내리고 말았다. 다리가 닿자마자 소름이 쫙 돋았기 때문이다. 그는 다시 원래 위치로 미끄러져 갔다. 그리고 생각했다. '이렇게 일찍 일어나니까 사람이 제정신이 아니구나. 사람은 잠을 잘 자야 해. 다른 외판원들은 이슬람 하렘의 여인들처럼 지내는데 말이야. 예를 들어 내가 주문받은 것을 기입하려고 오전 중에 여관으로 돌아오면 그제야 그들은 아침 식사를 하고 있거든. 내가 사장한테 대놓고 그렇게 하면, 그 자리에서 바로 쫓겨나겠지. 그게 차라리 나한테는 정말 좋을지도 모르겠다. 부모님을 생각해서 꾹 참지 않았다면 이미 오래전에 사표를 냈겠지. 사장 앞으로 걸어 나아가서 내 마음속 깊은 생각을 털어놓았을 거라고. 그러면 사장은 책상에서 굴러떨어졌겠지! 책상 위에 앉아 높은 데서 내려다보며 직원과 이야기하다니, 참 유별나기도 하다. 게다가 사장은 귀까지 어두워서 직원이 가까이 다가가야만 하지. 그래도 내가 희망을 완전히 포기한 것은 아니야. 아직 오륙 년은 더 걸리겠지만, 언젠가 부모님이 사장에게 진 빚을 갚을 만큼 돈을 모으면, 반드시 그렇게 하고 말겠어. 그러면 커다란 매듭이 지어지는 거야. 그건 그렇고 우선은 자리에서 일어나야지, 기차가 다섯 시에 출발하니까.'

그는 서랍장 위에서 째깍거리는 자명종을 바라보았다. '맙소사!' 그는 생각했다. 여섯 시 반이었다. 그러고도 시곗바늘은 조용히 앞으로 움직여 삼십 분을 지나고, 어느새 사십오 분에 가까워지고 있었다. 자명종이 울리지 않았단 말인가? 침대에서 봐도 자명종이 네 시에 제대로 맞춰져 있었다. 틀림없이 종이 울렸을 것이다. 그런데 가구가 울릴 정도로 요란한 자명종 소리도 못 듣고 그냥 잔다는 게 가능했을까? 하긴 편안히 자지는 못했지만, 어쩌면 그래서 더 깊이 곯아떨어졌는지도 몰랐다. 그런데 이제는 어쩌지? 다음 기차는 일곱 시에 떠난다. 그 기차를 타려면 정신없이 서둘러야 하는데, 아직 옷감 견본도 꾸려 놓지 못했고, 몸도 썩 개운하게 움직여지지 않는다. 설령 일곱 시 기차를 탄다 해도 사장의 날벼락을 피할 수는 없을 것이다. 사환은 다섯 시 기차를 기다리고 있다가 그레고르가 기차를 놓쳤다고 이미 보고했을 것이다. 사환은 사장의 수족으로 줏대도 이해심도 없었다. 아프다고 하면 어떨까? 그러나 그것은 매우 곤란한 일이고 의심을 받게 될 것이다. 그레고르는 오 년 동안 근무하면서 한 번도 아픈 적이 없었기 때문이다. 틀림없이 사장이 의료보험 의사를 동반해 찾아올 것이고, 게으른 아들을 탓하며 부모님을 비난할 테고, 아무리 이의를 제기해도 의사의 소견을 앞세워 말을 잘라 버릴 것이다. 모름지기 그런 의사 입장에서는 지극히 건강한데도 일을 하기 싫어하는 인간만 있을 뿐이니까. 그런데 그레고르의 경우 의사의 소견이 완전히 틀렸다고 할 수 있을까? 실제로 그는 오래 잠을 자고 나서도 더 자고 싶은 것 말고는 상태가 좋았고, 심지어 왕성한 식욕도 느꼈다.

그레고르는 순식간에 이 모든 사정을 헤아려 보았지만 침대에서 일어날 결심은 미처 못 했는데, 바로 그때 시계는 여섯 시 사십오 분을 가리켰다. 침대 머리맡 쪽에서 조심스럽게 방문을 두드리는 소리가 들렸다. "그레고르야." 어머니가 부르는 소리였다. "여섯 시 사십오 분이야. 출근한다고 하지 않았니?" 얼마나 부드러운 목소리인가! 그런데 그레고르는 자기가 대답하는 목소리를 듣고서 깜짝 놀랐다. 틀림없이 예전의 목소리인데, 그 목소리에 몸속에서부터 억누를 수 없이 울려 나오는 고통스럽게 찍찍거리는 소리가 섞여 들었던 것이다. 그래서 그의 말은 첫마디만 또렷하고 그다음엔 울리는 소리에 사람이 제대로 알아들을 수나 있을지 모를 정도로 뭉개졌다. 그레고르는 자세히 대답하고 모든 것을 해명하려 했지만, 사정이 이렇다 보니 "예, 예, 고마워요 어머니, 금방 일어날게요"라고 대답하는 데 그치고 말았다. 나무문이다 보니 그레고르의 목소리가 변했다는 것을 밖에서는 알아차리지 못하는 모양이었다. 어머니가 그의 대답에 안심하고 바닥에 발을 끌며 물러갔던 것이다. 그런데 이 짧은 대화 때문에 뜻밖에도 그레고르가 아직 집에 있다는 사실이 다른 식구들의 주의를 끌게 되었고, 어느새 아버지가 약하긴 하지만 주먹으로 한쪽 곁문을 두드렸다. "그레고르, 그레고르야." 아버지가 소리쳤다. "무슨 일이냐?" 잠시 후 아버지는 다시 더 깊은 저음으로 "그레고르! 그레고르!" 하고 재촉했다. 다른 곁문 쪽에서는 여동생이 걱정하는 작은 목소리가 들려왔다. "그레고르 오빠? 몸이 안 좋아? 필요한 거라도 있어?" 그레고르는 양쪽을 향해 "이제 다 됐어요"라고 대답했다. 그는 공들여 발음하면서 낱개의 단어 사이에 충분한 간격을 둬 자신의 목소리에서 수상한 느낌을 모두 없애려고 애썼다. 그러자 아버지는 아침 식사 자리로 돌아갔는데, 여동생은 계속 속삭였다. "오빠, 문 좀 열어 봐. 제발." 하지만 그레고르는 문을 열어 줄 생각이 추호도 없었고, 출장을 다니면서 몸에 밴 조심성으로 집에서도 밤에는 모든 문을 잠가 두길 잘했다고 생각했다.

우선 그는 방해받지 않고 조용히 일어나 옷을 입고 무엇보다 아침부터 먹을 생각이었다. 그러고는 다음 일을 생각하면 될 것이었다. 침대에 누워 생각에 잠겨 봤자 이성적인 결론에 도달할 수 없다는 걸 그는 잘 알았다. 돌이켜 보면 눕는 자세가 좋지 않아서인지 가벼운 통증을 느끼다가도 막상 일어나면 순전히 착각인 경우가 자주 있었다. 그래서 오늘 겪고 있는 망상이 과연 어떻게 서서히 사라져 줄지 궁금했다. 목소리가 변한 것도 다름 아니라 외판원의 직업병인 독감의 전조일 터였다. 그는 그 점을 조금도 의심치 않았다.

이불을 치우는 일은 아주 간단했다. 배를 조금 부풀리자 저절로 흘러내렸다. 하지만 그다음부터가 어려웠는데, 특히 몸이 양옆으로 매우 넓적했기 때문이었다. 일어나려면 팔과 손이 필요했는데, 그것 대신에 짧은 다리들만 많았다. 다리들은 쉴 새 없이 제멋대로 움직였고 뜻대로 제어할 수가 없었다. 시험 삼아 다리 하나를 구부리려 하자 오히려 그 다리가 먼저 쭉 펴졌다. 그러다가 드디어 그 다리를 바라던 대로 움직이는 데 성공하는가 싶더니, 그새 다른 다리들이 모두 자유롭게 풀려난 듯 극도로 흥분해서 고통스럽게 움직여 댔다. "쓸데없이 침대에 계속 있으면 정말 안 되는데" 하고 그레고르는 중얼거렸다.

그는 우선 몸의 아랫부분부터 침대 밖으로 내밀어 볼 생각이었다. 그런데 아직 보지도 못했고 어떻게 생겼는지 제대로 떠올릴 수도 없는 아랫부분을 움직이기가 너무 힘들다는 것을 알게 되었다. 그래서 아주 더디게 진행되었다. 그러다가 마침내 거의 난폭해질 지경으로 안간힘을 써서 무작정 앞으로 돌진했지만, 방향을 잘못 잡는 바람에 침대 기둥 아래쪽에 세게 부딪히고 말았다. 그가 느끼는 타는 듯한 통증이 지금으로선 몸의 아랫부분이 가장 예민한 부분임을 깨닫게 해 주었다.

그래서 이번엔 상체부터 침대 바깥으로 내보내기로 하고 머리를 침대 가장자리로 조심스럽게 돌렸다. 역시 이것은 쉬웠다. 그리고 마침내 몸통도 넓적하고 무거운데도 머리가 가는 방향으로 따라왔다. 그런데 머리를 마침내 침대 바깥의 허공으로 내놓자, 계속 내밀어 나아가기가 겁이 났다. 이대로 침대 밖으로 떨어지면 기적이 일어나지 않는 한 머리를 다칠 것이 뻔했기 때문이다. 다른 때도 아닌 지금 정신을 잃는 일은 절대 일어나선 안 되었다. 그러느니 차라리 침대에 머물기로 했다.

그러나 다시 똑같은 노력을 들여 원래의 자리에 한숨을 내쉬며 드러누웠다. 짧은 다리들이 극성맞게 서로 다투는 꼴을 보며 이렇게 제멋대로인 걸 진정시켜 질서를 잡을 가망이 보이지 않자 그는 재차 침대에 죽치고 있을 수만은 없다고 다짐했다. 침대에서 벗어날 희망이 아주 조금이라도 있다면 무엇이든 희생하는 편이 가장 옳은 일이라고 자신에게 말했다. 그러나 동시에 그는 절망에 몰려 결정을 내리기보다는 차분히, 더없이 차분하게 심사숙고하는 편이 훨씬 유리하다고 스스로 틈틈이 되새기길 잊지 않았다. 그 순간에 그는 두 눈을 가능한 한 예리하게 하여 창문 쪽을 향했으나 유감스럽게도 좁은 거리의 건너편까지도 뒤덮은 자욱한 아침 안개만 보일 뿐이어서 어떤 자신감도 쾌활한 기분도 얻을 수 없었다. "벌써 일곱 시야." 다시 자명종이 울리자 그는 중얼거렸다. '벌써 일곱 시인데 아직도 저렇게 안개가 자욱하다니.' 그는 잠시 숨을 죽이고 가만히 누워 있었다. 마치 완전한 정적을 통해 정상적인 현실의 상황이 회복되기를 기대하기라도 하듯이.

하지만 그러고 나서 그는 중얼거렸다. "일곱 시 십오 분 종이 울리기 전까지는 무슨 일이 있어도 침대에서 완전히 벗어나야 해. 그때까지는 분명 회사에서 누군가가 내가 뭘 하는지 물어보려고 올 거야. 회사는 일곱 시 전에 문을 여니까." 그는 이제 반동을 이용해 길게 편 몸 전체로 동시에 침대 밖으로 벗어나 보려고 했다. 이런 방법으로 침대 밖으로 떨어질 경우, 머리를 바짝 쳐들고 있으면 머리를 다치지 않을 것 같았다. 등은 단단한 듯하니 양탄자로 떨어지면 괜찮을 것이다. 가장 걱정스러운 일은 틀림없이 큰 소리가 날 수밖에 없다는 점이었다. 그러면 아마 다들 문 너머에서 질겁할 정도는 아니라 해도 걱정을 하게 될 것이다. 그래도 이것은 감행해야만 했다.

그레고르는 어느새 몸을 반쯤이나 침대 밖으로 내밀었는데, 이 새로운 방식은 힘든 일이기보다는 놀이에 가까워서 그저 순간적으로 힘을 모아 몸을 흔들어 주기만 하면 됐다. 그는 문득 누군가가 도우러 와주면 이 모든 게 얼마나 간단할까 하는 생각이 들었다. 힘센 사람 둘이면 충분할 텐데. 아버지와 하녀가 떠올랐다. 두 사람이 그의 둥그런 등 밑으로 팔을 넣어 침대에서 들어내면 될 텐데. 그를 받쳐 들고 자세를 낮추고, 그가 몸을 일으켜 방바닥에 바로 설 때까지 조심스레 참고 기다려 주기만 하면 될 텐데. 그러고 나면, 바라건대, 짧은 다리들이 제 일을 하게 되기를. 그런데 문이 잠겨 있다는 사실은 접어 두고라도, 정말로 도움을 요청해야 할까? 이 기막힌 곤경에도 이런 생각이 들자 소리 없는 웃음을 억누를 수가 없었다.

이미 그는 몸을 조금만 더 세게 흔들면 거의 균형을 잃을 정도까지 되었고, 이제 곧 최종적인 결단을 내려야 했다. 오 분만 있으면 일곱 시 십오 분이 되었기 때문이다. 바로 그때 현관문 초인종이 울렸다. "회사에서 누군가 왔구나." 그레고르는 중얼거리며 돌처럼 굳었는데, 그럴수록 짧은 다리들은 더 극성스레 춤을 췄다. 한순간 사방이 정적에 휩싸였다. "문을 열어 주지 않고 있어." 그레고르는 중얼거리며 부질없는 희망에 매달렸다. 하지만 늘 그렇듯 하녀가 또박또박 걸어가서 문을 열어 줬다. 그레고르는 방문객의 처음 인사말만 들어도 누구인지 금방 알 수 있었다. 지배인이 직접 찾아온 것이다. 왜 하필이면 직원이 사소한 실수만 해도 곧바로 엄청난 의혹을 품는 이런 회사에서 일하는 신세가 되었을까? 도대체 직원은 모두 날건달이고, 그들 중에는 아침 몇 시간을 회사를 위해 활용하지 않으면 양심의 가책으로 정신이 이상해져 심지어 침대에서 일어나지도 못하는 그런 충직하고 헌신적인 인간은 하나도 없단 말인가? 정말이지 수습사원을 보내서 무슨 일인지 물어봐도 충분하지 않았을까? 굳이 묻고 어쩌고 할 필요라도 있다면 말이다. 지배인이 직접 찾아와야만 했나? 이게 조사해 봐야 할 수상쩍은 사안이라서 반드시 지배인이 판단해 봐야 한다고 무고한 온 집안 식구들에게 보란 듯이 전시해야만 했나? 그레고르는 올바른 결단에서라기보다는 이런 생각으로 흥분한 나머지 온 힘을 다해 침대에서 몸을 날렸다. 꽤 큰 소리가 나긴 했지만 제대로 요란한 소리는 아니었다. 양탄자가 떨어지는 충격을 완화했고 등도 그레고르가 생각한 것보다는 탄력이 있어서 그다지 크게 울리지 않는 둔탁한 소리가 났다. 다만 머리는 충분히 조심하지 않아서 바닥에 부딪고 말았다. 그는 짜증이 나고 아파서 머리를 양탄자에 돌려 가며 문질렀다.

"저 안에서 뭐가 떨어졌군요." 왼쪽 옆방에서 지배인이 말했다. 그레고르는 오늘 자기에게 일어난 일과 비슷한 일이 언젠가 지배인에게도 일어날 수 있지 않을까 상상해 보았다. 원칙적으로 그런 가능성을 인정하지 않을 수 없을 것이다. 그런데 이런 상상에 거칠게 대답해 주기라도 하듯 지배인은 옆방에서 다부지게 몇 걸음을 옮기면서 에나멜 구두로 삐걱거리는 소리를 냈다. 오른쪽 옆방에서는 여동생이 그레고르에게 알려 주려고 속삭이는 소리로 말했다. "오빠, 지배인이 찾아왔어." "알고 있어" 라고 그레고르는 혼자 중얼거렸다. 하지만 여동생이 들을 수 있을 정도로 목소리를 높일 엄두는 내지 못했다.

"그레고르야." 이제는 왼쪽 옆방에서 아버지가 말했다. "지배인님이 오셔서 네가 어째서 새벽 기차로 출발하지 않았는지 물어보신다. 뭐라고 말씀드려야 할지 모르겠구나. 일단 지배인님이 너와 따로 얘기하고 싶어 하셔. 그러니까 문을 열어다오. 방 안이 어지러워도 양해해 주실 거다." "안녕하시오, 잠자 씨." 지배인이 끼어들어 친절한 어조로 소리쳤다. "얘가 몸이 안 좋은가 봐요." 아버지가 여전히 문에 대고 말하는 동안에 어머니가 지배인에게 말했다. "몸이 좋지 않아요. 정말입니다, 지배인님. 그렇지 않고서야 어떻게 그레고르가 기차를 놓치겠어요! 저희 아들은 언제나 회사 일만 생각해요. 저녁에도 외출이라곤 하지 않아서 제가 다 속상할 지경이라니까요. 집이 있는 이 도시로 돌아와 팔 일이 지났는데도 매일 저녁 집에만 있었어요. 식구들과 함께 테이블에 앉아서 조용히 신문을 읽거나 열차 시간표를 살펴보곤 하죠. 저 애는 실톱 세공만 해도 기분 전환이 되는 애예요. 예를 들면 이삼일 동안 저녁에 작업해서 작은 액자를 만들었는데, 얼마나 예쁜지 보면 놀라실 거예요. 저 방 안에 걸려 있어요. 그레고르가 방문을 여는 동안 금세 보실 수 있을 텐데. 어쨌거나 이렇게 와주셔서 기뻐요, 지배인님. 저희 식구들 힘만으로는 그레고르가 방문을 열도록 하기 힘들었을 거예요. 쟤가 고집이 세거든요. 분명히 몸이 좋지 않아요. 아침에 괜찮다고 하긴 했지만요." "금방 나가요." 그레고르는 천천히 신중하게 말하고는, 바깥의 대화를 한마디도 놓치지 않으려고 꼼짝도 하지 않았다. "사모님, 저도 달리는 납득이 되지 않네요." 지배인이 말했다. "심각한 상태는 아니길 바랍니다. 다른 한편으로 꼭 말씀드리고 싶은 것은, 우리 사업하는 사람들은 — 이걸 유감스럽다고 해야 할지 다행이라 해야 할지는 잘 모르겠습니다만 — 몸이 약간 불편한 것쯤은 웬만하면 업무를 생각해서 그냥 이겨 내야 한다는 겁니다. "얘야, 이제 지배인님이 들어가셔도 되겠니?" 아버지가 초조하게 물으면서 다시 방문을 두드렸다. 그레고르는 "안 돼요"라고 대답했다. 왼쪽 옆방에 곤혹스러운 정적이 찾아들었고, 오른쪽 옆방에서는 여동생이 훌쩍이며 울기 시작했다.

여동생은 어째서 다른 사람들이 있는 데로 가지 않는 걸까? 아마 이제야 잠자리에서 일어나 아직 옷도 입기 전인 것 같았다. 그런데 대체 왜 우는 것일까? 그레고르가 일어나지 않고 지배인을 방 안에 들이지 않았기 때문에, 그래서 일자리를 잃을까 봐? 그러면 사장이 예전처럼 부모님에게 빚을 갚으라고 닦달할 것이기 때문에? 하지만 그것은 지금으로선 불필요한 걱정이었다. 그레고르는 아직 여기에 있고, 식구들을 저버릴 생각은 추호도 없었다. 물론 지금 당장은 양탄자 위에 누워 있긴 했다. 그리고 그의 상태를 알게 된다면 아무도 그에게 지배인을 방 안에 들이라고 진지하게 요구하지는 못할 것이다. 이 사소한 결례에 대해서는 나중에 어렵잖게 그럴듯한 핑계를 댈 것이고, 그것 때문에 그레고르를 당장 내쫓지는 못할 것이다. 그레고르가 생각하기에는 울고 설득하면서 그를 귀찮게 하는 것보다 지금은 가만히 내버려두는 편이 훨씬 더 현명해 보였다. 그러나 다름 아닌 영문을 모른다는 것으로 다른 사람들은 압박을 받았고, 그래서 그들의 행동은 양해할 만한 것이었다.

"잠자 씨!" 하고 이제는 지배인이 언성을 높였다. "대체 무슨 일입니까? 거기 방 안에서 바리케이드를 치고 들어앉아서 그저 예, 아니오 대답만 하고 공연히 부모님께 무거운 걱정을 끼쳐드리잖아요. 말 나온 김에 한마디 하는데, 듣도 보도 못한 방식으로 직무유기를 하는군요. 부모님과 사장님의 이름으로 말하겠는데, 당장 명확한 해명을 엄중히 요구합니다. 참 놀랍군, 놀라워. 차분하고 분별 있는 사람인 줄 알았는데, 지금 보니까 난데없이 희한한 변덕을 부리고 있잖아. 사실 오늘 아침에 사장님께서 당신이 결근한 이유가 아마도 얼마 전에 맡긴 수금 문제 때문일 수 있다고 넌지시 언질을 주셨지만, 나는 진짜로 내 명예를 걸고서 그런 추측이 사실일 리 없다고 말씀드렸어요. 그런데 여기 와서 보니 당신은 당최 무슨 고집인지 버티고 있고, 이러면 내가 행여 당신을 위해 나서 줄 생각이 아예 사라질 수밖에 없지요. 당신 일자리는 그렇게 확고한 것이 아니란 말이오. 원래는 당신과 단둘이서 얘기할 생각이었지만, 쓸데없이 내 시간을 낭비하게 하니 굳이 당신 부모님도 이걸 아시면 안 될 이유를 내가 모르겠소. 최근 당신의 영업 실적은 아주 부진해요. 물론 특별히 실적이 좋을 시즌이 아닌 건 우리도 인정합니다. 그렇다고 아예 영업을 못 할 시즌이란 건 원래 없어요, 잠자 씨. 그런 건 있을 수가 없지."

"하지만 지배인님!" 그레고르는 정신없이 소리쳤고 흥분한 나머지 다른 문제는 다 잊어버렸다. "당장 문을 열게요. 몸이 약간 불편하고 현기증이 나서 일어나지 못했어요. 아직도 침대에 누워 있어요. 하지만 이제 다시 말짱해요. 막 침대에서 일어나는 중이에요. 잠깐만 기다려 주세요! 그런데 생각만큼 상태가 좋지는 않네요. 하지만 금방 괜찮아질 거예요. 어떻게 사람이 갑자기 이렇게 되죠! 어제저녁만 해도 전 아주 좋았거든요. 부모님도 잘 아세요. 아니, 다시 생각해 보니 어제저녁부터 가벼운 조짐이 있었어요. 제 상태를 보았어야 했는데. 왜 회사에 알리지 않았는지 모르겠네요! 하지만 사람들은 집에서 쉬지 않아도 병을 이겨 낼 수 있다고 늘 생각하잖아요. 지배인님! 부모님은 가만둬 주세요! 지금 저한테 하시는 비난은 전부 근거가 없어요. 아무도 그런 문제에 대해서는 저한테 한마디도 하지 않았거든요. 아마 지배인님은 제가 최근에 보내 드린 주문서를 읽어 보지 않으신 것 같네요. 어떻게든 여덟 시 기차로는 출장을 가도록 하겠습니다. 몇 시간 쉬었더니 기운이 납니다. 제발 여기 계시지 말고요, 지배인님. 제가 바로 회사에 나갈게요. 그리고 아량을 베푸셔서 사장님께 그렇게 전해 주시고, 저에 대해서도 말씀 좀 잘해 주세요!"

그런데 그레고르는 이 모든 말을 너무 다급히 내뱉느라 자신이 무슨 말을 하는지도 거의 알지 못했다. 그렇게 말하는 중에도 그는 이미 침대에서 연습한 덕분에 쉽게 서랍장으로 다가가서 몸을 기대어 바로 서려고 했다. 그는 정말로 문을 열어 자기 모습을 그대로 보여 주고 지배인과 이야기할 생각이었다. 지금 자신을 애타게 찾는 사람들이 과연 그의 모습을 보고 뭐라고 할지 알고 싶은 마음이 굴뚝같았다. 만일 그들이 경악한다면, 더 이상은 그레고르의 책임이 아니니 평온을 찾을 수 있을 것 같았다. 그들이 모든 것을 태연히 받아들인다면 그도 흥분할 까닭이 없는 셈이니, 서두르면 여덟 시에는 정말로 기차역에 도착할 수 있을 것이었다. 그는 처음에는 매끈한 서랍장에 미끄러져 몇 번이나 넘어졌지만, 마침내 몸을 힘껏 젖혀 똑바로 설 수 있게 됐다. 하체가 불에 덴 듯 화끈거렸지만 이제 그런 통증 따위는 신경도 쓰이지 않았다. 그는 가까이에 있는 의자 등받이를 향해 몸을 던지고, 짧은 다리들로 등받이의 가장자리를 꼭 붙잡았다. 이로써 그는 자신을 통제할 수 있게 되었는데, 지배인이 말하는 소리가 들려와 귀를 기울이며 가만히 있었다.

"한마디라도 알아들으셨습니까?" 지배인이 부모님에게 물었다. "설마 우리를 바보처럼 놀리는 건 아니겠죠?" "설마 그럴 리가요." 어머니가 벌써 울먹이며 말했다. "몹시 아픈 모양이에요. 우리가 애를 힘들게 하나 봐요. 그레테! 그레테!" 어머니가 여동생을 불렀다. "어머니?" 여동생이 다른 쪽에서 외쳤다. 어머니와 여동생은 그레고르의 방을 사이에 두고 의사소통을 했다. "당장 의사한테 가야겠다. 그레고르가 아프다. 얼른 의사 선생님을 모셔 오너라. 방금 그레고르가 하는 말 너도 들었니?" "짐승의 소리였어요." 지배인이 어머니의 울부짖음에 대조적으로 나지막한 소리로 말했다. "안나! 안나!" 아버지가 복도를 가로질러 부엌을 향해 외치고 손뼉을 쳤다. "당장 열쇠공을 불러와!" 어느새 두 소녀가 치맛자락을 끌면서 복도를 가로질러 내달려서 — 그런데 여동생이 어떻게 저렇게 옷을 빨리 입었을까? — 현관문을 열어젖혔다. 문을 닫는 소리는 들리지 않았다. 큰 불행이 일어난 집에서 흔히 그러듯 문을 그대로 열어 둔 모양이었다.

그러나 그레고르는 훨씬 침착해졌다. 사람들은 그의 말을 알아듣지 못해도 그는 귀가 적응이 되었기 때문인지 자기 말이 또렷이, 좀 전보다 또렷이 들리는 것 같았다. 그러나 어쨌든 사람들은 이제 그의 상태가 정상이 아니라고 믿고서 그를 도와줄 채비를 했다. 식구들이 확실하고 믿음직스럽게 첫 조치들을 취해 줘서 그는 기분이 좋아졌다. 다시 인간적인 울타리 안으로 받아들여진 기분이 들었고, 의사와 열쇠공을 정확히 구분하지 않은 채 그들의 놀랍고 훌륭한 성과를 기대했다.

곧 있을 결정적인 상담에서 최대한 또렷한 음성을 내기 위해 헛기침을 몇 번 해 보았다. 그는 아주 약한 소리만 내려고 애썼는데, 기침 소리조차 사람의 기침과는 다르게 들릴지도 몰랐고, 그러한지를 더는 스스로 판단할 자신이 없기 때문이었다. 그사이에 옆방은 아주 조용해졌다. 부모님이 지배인과 테이블에 앉아 귓속말을 하거나, 아니면 모두가 방문에 기대고 귀를 기울이는지도 몰랐다.

그레고르는 의자를 천천히 밀면서 문 앞으로 다가간 다음 의자를 놓으며 문으로 몸을 던져 붙어 선 다음에 몸을 똑바로 세웠다. 그의 짧은 다리 끝마다 둥근 발바닥에서 끈끈한 점액질이 조금씩 묻어났다. 힘을 쓰고 난 다음이라 그대로 잠시 휴식을 취했다. 하지만 그런 다음 그는 자물쇠에 꽂혀 있는 열쇠를 입으로 물고 돌리는 일에 착수했다. 그런데 유감스럽게도 제대로 된 이가 없는 것 같았다. 대체 무엇으로 열쇠를 잡아야 하지? 대신 턱은 매우 강해서 턱을 이용해 열쇠를 움직일 수가 있었다. 그러면서 상처를 입을 게 분명했지만 그는 개의치 않았다. 입에서 갈색 액체가 나와 열쇠로 타고 흐르다 바닥으로 뚝뚝 떨어졌다. "들어보세요." 옆방에서 지배인이 말했다. "열쇠를 돌리고 있군요."

이 말이 그레고르에겐 커다란 격려가 되었다. 모두가 그에게 응원을 보내 주어야 마땅했을 것이다. 아버지와 어머니도 이렇게 외쳐야 했다. "힘내라, 그레고르, 자 계속 그렇게! 열쇠를 꼭 붙잡고!" 모두가 숨을 죽이고 그가 애쓰는 걸 주시한다는 생각이 들자 그는 온 힘을 다 쥐어짜 정신없이 열쇠를 꽉 물었다. 열쇠를 돌리는 일이 진척됨에 따라 그의 몸도 자물통 주위를 춤추는 것처럼 돌았다. 이제 그는 입으로만 몸을 지탱했고, 필요에 따라 열쇠에 매달리기도 하고 다시 온몸의 무게로 열쇠를 내리누르기도 했다. 마침내 자물쇠가 열리면서 찰칵하고 맑은 소리를 내자 그레고르는 번쩍 정신이 들었다. 그는 안도의 한숨을 내쉬며 중얼거렸다. "그러니까 열쇠공은 필요 없었네." 그리고 그는 문을 완전히 열기 위해 손잡이에 머리를 올려놓았다.

이런 식으로 문을 열어야 했기에 사실 문은 이미 꽤 열려 있었고, 그의 모습만 아직 보이지 않았다. 그는 이제 천천히 열린 문짝을 빙 돌아야 했다. 거실로 들어서면서 등으로 바닥에 구르지 않으려면 무척 조심해야 했다. 그는 여전히 힘든 동작에 몰두하여 다른 일은 신경 쓸 겨를이 없었는데, 지배인이 "허억!" 하고 내지르는 소리를 들었다. 마치 세찬 바람이 부는 소리 같았다. 이제 그레고르도 문에서 가장 가까이 있던 지배인이 벌린 입을 손으로 막고 느릿느릿 뒷걸음치는 모습을 보게 되었다. 일정하게 밀어 대는 보이지 않는 힘이 그를 몰아내는 것 같았다. 어머니는 지배인이 와 있는데도 간밤에 풀어놓은 머리가 마구 헝클어진 상태로 처음에는 두 손을 펼쳐 든 채 아버지를 바라보았고, 그러다가 그레고르 쪽으로 두 걸음 다가오더니 제자리에 풀썩 주저앉고 말았다. 치마가 어머니 주위에 활짝 펼쳐졌고 어머니의 얼굴은 가슴 쪽으로 떨궈져 전혀 보이지 않았다. 아버지는 그레고르를 방 안으로 되돌려 처넣을 듯이 적의를 품은 표정으로 주먹을 불끈 쥐었고, 거실을 불안하게 둘러보더니 마침내 양손으로 눈을 가리고 건장한 가슴을 들썩이며 울기 시작했다.

그레고르는 거실로 들어서지 않고 방 안에서 다른 잠겨 있는 문짝에 기대 있었기 때문에 몸통의 절반하고 사람들을 살피려 옆으로 기울인 머리만 보이고 있었다. 그사이에 날이 한결 밝아졌다. 거리 맞은편에 끝이 보이지 않는 암회색 건물의 단면이 또렷이 보였다. 그것은 병원이었고, 건물 전면으로 창문들이 규칙적으로 돌출해 있었다. 아직도 비는 내렸고, 이제는 낱낱이 눈에 보일 정도로 굵은 빗방울들이 땅 위로 떨어졌다. 식탁에는 아침 식사를 위한 식기들이 수북이 쌓여 있었는데, 아버지에겐 아침 식사가 하루 중 가장 중요한 식사였기 때문이다. 아버지는 각

종 신문을 읽으면서 아침 식사 시간을 몇 시간이나 끌었다. 바로 맞은편 벽에는 그레고르의 군대 시절 사진이 한 장 걸려 있었다. 소위 시절 군인이 허리에 차는 칼에 손을 얹은 채 아무 근심 없는 미소를 지으며 자신의 자세와 제복에 경의를 표해 주기 바라는 것처럼 보였다. 복도로 통하는 문이 열려 있었고 현관문도 열려 있었기 때문에 현관 앞 공간과 아래로 내려가는 계단의 시작 부분이 보였다.

"자, 그럼" 하고 그레고르는 자신만이 침착함을 유지하고 있는 유일한 사람이라는 것을 의식하면서 말을 꺼냈다. "저는 이제 얼른 옷을 입고 옷감 견본을 챙겨서 출발하겠습니다. 제가 가도, 제가 출발하도록 해 주실 거죠? 자, 지배인님, 보시다시피 저는 고집불통이 아니고 일하기를 좋아하는 사람입니다. 출장은 고달프지만, 출장을 가지 않으면 살 수가 없지요. 지배인님, 대체 어디로 가십니까? 회사로 가세요? 그래요? 모든 것을 사실대로 보고하실 건가요? 사람이 지금 당장은 일을 못 할 수도 있지만요, 하지만 그럴 때야말로 지금까지의 실적을 돌이켜 보고, 나중에 방해물을 제거한 뒤에 반드시 그만큼 더 열심히 집중해서 일할 궁리를 해 볼 때인 겁니다. 사실 저는 사장님께 큰 신세를 졌고, 그건 지배인님도 잘 아시지요. 다른 한편으로 저는 부모님과 여동생이 걱정됩니다. 제가 지금은 곤경에 처했지만, 다시 헤쳐 나갈 겁니다. 지금도 힘든데 저를 더 힘들게 하지는 마세요. 회사에서 제 편을 들어주세요! 사람들이 외판원을 좋아하지 않는다는 것은 저도 알아요. 외판원은 떼돈을 벌고 신나게 살아간다고 생각하지요. 이런 편견을 다시 한번 잘 생각해 볼 특별한 이유도 없고요. 하지만 지배인님, 지배인님은 상황이 어떤지 다른 직원들보다 잘 아시잖아요. 믿고 말씀드리면, 심지어 사장님보다 잘 아시잖아요. 사장님이야 경영자의 특성상 판단하실 때 직원에게 불리한 쪽으로 현혹되기가 쉽지요. 잘 아시다시피 외판원은 거의 일 년 내내 사무실 밖에서 지내니 험담이나 우연한 일상, 근거 없는 비방에 아주 쉽게 희생될 수 있지요. 그런 일들에 맞서 자신을 방어하기란 완전히 불가능합니다. 듣게 되는 얘기가 아무것도 없으니까요. 출장을 마치고 녹초가 돼 집에 돌아와서야 원인을 알 수 없는 안 좋은 결과를 직접 피부로 실감하는 거죠. 지배인님, 저한테 한마디는 좀 해 주고 가세요. 적어도 제가 어느 정도는 옳다고 인정하는 말씀을요!"

그러나 지배인은 그레고르가 말을 시작할 때 이미 몸을 돌려 외면했고, 입술을 삐죽 내밀고는 움찔거리는 자신의 어깨너머로 그레고르 쪽을 돌아봤을 뿐이었다. 그레고르가 말하는 동안 지배인은 한순간도 가만있지 않고 그에게서 눈을 떼지 않은 채 문을 향해 — 마치 거실을 떠나면 안 된다는 은밀한 금지령이라도 내린 것처럼 — 조금씩 조금씩 다가갔다. 그는 어느새 복도에 이르렀는데, 그가 마지막으로 거실에서 발을 뺄 때의 다급하고 갑작스러운 동작은 혹시 발바닥에 불이라도 붙었나 싶을 정도였다. 지배인은 현관에서 바깥 층계를 향해, 마치 그곳에 지상을 초월한 구원이 그를 기다리고 있다는 듯이, 오른손을 쭉 내뻗었다.

그레고르는 지배인을 이런 기분인 채로 보내서는 절대 안 된다는 것을 깨달았다. 그래야 회사에서 그의 일자리가 극히 위태로워지지 않을 수 있었다. 부모님은 모든 사정을 제대로 파악하지 못하고 있었다. 오랜 세월이 흐르는 동안 부모님은 그레고르가 평생 이 회사에 몸담을 거라는 확신을 갖게 되었다. 게다가 지금은 눈앞에 닥친 걱정거리로 온통 신경이 쏠려서 전혀 앞날을 내다볼 여유가 없었다. 하지만 그레고르는 나중 일을 생각했다. 지배인을 못 가게 막고 진정시키고 설득해 마침내 우리 편으로 만들어야 했다. 그레고르와 가족의 장래가 달린 것이다! 이럴 때 여동생이라도 여기 있었으면! 여동생은 영리했다. 여동생은 그가 등을 대고 가만히 누워 있을 때도 이미 울고 있었다. 여자에 약한 지배인은 틀림없이 여동생을 보고 마음이 달라졌을 터였다. 여동생이 집 문을 닫고 복도에서 지배인의 놀란 가슴을 진정시켜 주면 될 텐데. 하지만 여동생이 없으니 그레고르 자신이 행동하지 않으면 안 되었다.

지금 당장 움직일 수 있는 능력이 어느 정도인지 모르는 데다 그가 하는 말을 알아듣지 못할 거라는 사실도 생각하지 않은 채, 그는 문에서 몸을 떼고는 열린 문 사이를 지나 지배인 쪽으로 가려고 했다. 지배인은 어느새 우스꽝스러운 모습으로 층계참의 난간을 두 손으로 꽉 붙잡고 있었다. 그레고르는 몸을 지탱할 것을 찾으려다 곧 작은 비명을 지르고 수많은 짧은 다리로 바닥을 짚으며 넘어지고 말았다. 그러자마자 오늘 아침 처음으로 몸이 편해지는 것을 느꼈다. 짧은 다리들이 단단한 바닥을 딛게 된 것이다. 반갑게도 다리들은 완벽하게 그의 뜻대로 움직였다. 짧은 다리들은 그를 원하는 쪽으로 이동시켜 주려고 애쓰기까지 했다. 벌써 그는 모든 고통이 낫기 직전에 와 있다고 믿었다. 하지만 그가 어머니에게서 얼마 떨어지지 않은 바닥에 엎드린 채 어머니를 마주 보며 몸을 가누려 뒤뚱거리는 순간에, 맥없이 무너져 있는 듯했던 어머니가 단숨에 벌떡 일어나더니 손가락을 쫙 편 두 팔을 내뻗으며 고함을 쳤다. "사람 살려, 하느님 맙소사, 살려줘요!" 어머니는 그러면서도 고개를 빼고 그레고르를 더 잘 살펴보나 했는데 오히려 정신없이 뒷걸음쳐 달아났다. 그런데 등 뒤 식탁에 음식을 차려 놓은 것을 잊고 있던 어머니는 식탁에 다다르자 정신없는 사람처럼 허둥대며 식탁 위에 올라가 앉았다. 그 바람에 옆에 있던 커다란 포트가 넘어져 커피가 양탄자 바닥으로 줄줄 쏟아지는 것도 전혀 알아채지 못하는 듯했다.

"어머니, 어머니!" 그레고르는 낮은 목소리로 어머니를 부르며 올려다보았다. 한순간 지배인은 뇌리에서 완전히 사라졌다. 대신 그는 흘러내리는 커피를 보자 충동을 이기지 못하고 여러 차례 턱으로 허공을 향해 입맛을 쩝쩝 다셨다. 그러자 어머니는 다시 비명을 질렀고 식탁에서 달아나 다급히 달려오는 아버지에게 쓰러지듯 안겼다. 하지만 그레고르는 이제 부모님에게 신경 쓸 겨를이 없었다. 지배인은 벌써 계단을 내려가고 있었고, 난간 위에 턱을 대고 마지막으로 한번 뒤를 돌아봤다. 그레고르는 그를 최대한 확실히 따라잡기 위해 내달렸다. 지배인도 그걸 알아챘는지 한 번에 몇 계단을 뛰어서 도망쳐 버렸다. 그러고도 지배인의 "휴!" 하는 외마디 소리가 계단실 전체에 울려 퍼졌다. 지배인이 사라지자 그동안 그나마 자제하고 있던 아버지가 안타깝게도 완전히 혼란에 빠진 것 같았다. 왜냐하면 아버지는 직접 지배인을 잡으러 뒤쫓아 가거나 적어도 그레고르가 뒤쫓아 가는 것을 방해하지는 말아야 했는데, 그러긴커녕 지배인이 모자, 외투와 함께 소파에 놓고 간 지팡이를 오른손으로 집어 들고 왼손으로는 식탁에 놓인 큰 신문지를 집더니 그것들을 흔들고 발로는 바닥을 쿵쿵 구르면서 그레고르를 그의 방으로 다시 몰아넣으려 했기 때문이다.

그레고르가 아무리 간청해도 소용이 없었고 그의 간청을 알아듣지도 못했다. 그레고르가 온순하게 머리를 돌려도 아버지는 오히려 더 세게 발을 굴러 댈 뿐이었다. 저만치 떨어져 있던 어머니는 서늘한 날씨에도 창문을 열어 놓았고, 창틀에 기대어 창밖으로 상체를 한껏 내민 채 두 손으로 얼굴을 감싸고 있었다. 골목길과 계단실 사이로 세찬 바람이 불어 커튼이 날아올랐고, 식탁 위에 놓인 신문이 부스럭대다 몇 장은 바닥으로 날려 떨어졌다. 아버지는 가차 없이 몰아대면서 야만인처럼 쉭쉭 소리를 냈다. 하지만 그레고르는 아직 뒷걸음질을 연습해 본 적이 없기 때문에 아주 더디게 움직였다. 몸을 돌릴 수만 있다면 금방 방에 들어갔겠지만, 그는 몸을 돌리느라 시간을 허비하면 아버지를 더욱 안달 나게 할까 봐 겁이 났다. 매 순간 아버지의 손에 들린 지팡이가 그레고르의 등이나 머리를 때려죽일 듯이 위협했다. 그런데 경악스럽게도 뒷걸음질을 치면서는 방향조차 가늠할 수 없음을 깨달은 그레고르에겐 결국 다른 방법이 없었다. 그는 아버지를 줄곧 불안하게 곁눈질하면서 최대한 빨리, 하지만 실제로는 매우 굼뜨게 몸을 돌리기 시작했다. 어쩌면 아버지가 그의 무고한 의도를 알아차리고 있는지도 몰랐다. 왜냐하면 아버지는 그레고르가 몸을 돌리는 것을 방해하지 않았고, 오히려 멀찍이 서서 지팡이를 이리저리 휘저으며 그 끄트머리로 그를 지휘하기까지 했기 때문이다. 제발 아버지가 쉭쉭거리는 듣기 싫은 소리만 내지 말았으면! 그레고르는 그 소리 때문에 정신을 차릴 수가 없었다. 몸을 거의 다 돌렸다 싶었는데 쉭쉭 하는 소리에 귀를 기울이다가 헷갈려서 다시 반대로 조금 돌고 말았다. 그래도 다행히 머리를 마침내 방문 앞에 두게 되었지만, 그의 몸통이 너무 넓적해서 그대로 통과할 수가 없음이 드러났다. 그렇다고 아버지가 지금의 정신 상태로 그레고르에게 넉넉히 통과할 수 있도록 다른 문짝을 열어 줄 생각을 떠올릴 리 만무했다. 아버지는 오직 그레고르가 어서 빨리 방 안으로 들어가야 한다는 생각밖에 하지 못했다. 그레고르가 몸을 일으켜 세운 자세로 문을 통과하는 데 필요한 번거로운 사전 준비를 아버지는 결코 참고 봐주지 않을 것이었다. 오히려 아버지는 아무런 장애물도 없다는 듯 그레고르를 더욱 몰아대기만 했다. 그레고르의 뒤에서 들려오는 소리는 더 이상 세상에 하나뿐인 아버지의 목소리가 아닌 듯했다. 이제는 정말로 다급하기 이를 데가 없었다. 그레고르는 될 대로 되라는 심정으로 문을 향해 돌진했다. 그러자 몸 한쪽이 들리면서 그는 문간에 비스듬히 걸쳐지고 말았다. 다른 쪽 옆구리는 상처가 나도록 문대져서 하얀 문짝에 보기 흉한 얼룩이 남았다. 그는 문 사이에 꽉 끼어서 혼자서는 옴짝달싹할 수 없었고, 한쪽 옆구리의 짧은 다리들은 허공에서 바르르 떨었으며, 다른 쪽 다리들은 고통스럽게 바닥에 눌려 있었다. 그러자 이번에는 아버지가 뒤에서 정말로 강력한 구원의 발길질을 했고, 그레고르는 피를 심하게 흘리며 방 안 깊숙이 날아갔다. 지팡이로 문이 쾅 하고 닫히자 마침내 고요해졌다.

— 2 —

저녁 어스름 무렵에야 그레고르는 혼수상태 같은 무거운 잠에서 깨어났다. 방해하는 소리가 없었어도 분명 아주 늦게 깨지는 않았을 것이다. 충분히 쉬고 잠도 푹 잔 느낌이 들었기 때문이다. 하지만 잰 발걸음 소리와 복도로 통하는 문이 조심스레 닫히는 소리에 깬 것 같았다. 가로등 불빛이 희미하게 천장 여기저기와 가구들 윗부분에 비쳤지만 그레고르가 있는 아래쪽은 어둠침침했다. 그는 이제야 비로소 진가를 알게 된 더듬이로 아직은 서투르게 더듬거리며 무슨 일이 있는지 알아보기 위해 천천히 문을 향해 기어갔다. 왼쪽 옆구리에 불쾌하게 땅기는 상처가 길게 나 있는 것 같았고, 양옆 두 줄의 다리들로 걸으려니 심하게 절룩거렸다. 짧은 다리 하나가 오전에 일어난 사고로 몹시 다쳐서 맥없이 질질 끌렸지만, 그나마 다리 하나만 다친 것은 거의 기적이었다.

문에 가까이 다가가서야 그레고르는 그를 유인한 것이 무엇인지 알아챘다. 먹을 것의 냄새였다. 문 앞에는 달콤한 우유가 담긴 대접이 놓여 있었는데, 우유에는 작게 자른 흰 빵 조각이 떠 있었다. 그는 너무 기뻐서 웃음이 터질 지경이었다. 아침보다 훨씬 배가 고팠기 때문이었다. 그는 곧바로 눈이 거의 잠길 정도로 우유에 머리를 담갔다. 하지만 이내 실망해서 다시 머리를 쳐들었다. 왼쪽 옆구리의 민감한 부위 때문에 먹기가 힘들고 몸 전체가 헐떡이며 함께 움직여야 뭔가를 먹을 수 있을뿐더러, 우유가 전혀 맛이 없었다. 평소 그가 그렇게 좋아하던 우유였기에 여동생이 들여놔 준 것일 텐데, 그는 역겨움을 느끼며 대접에서 몸을 돌려 방 한가운데로 기어 돌아왔다.

그레고르가 문틈으로 살펴보니 거실에는 가스등이 밝혀져 있었다. 평소 이 시간이면 아버지가 석간신문을 어머니와 때로는 여동생한테까지 소리 높여 읽어 주곤 했는데, 지금은 아무 소리도 들리지 않았다. 여동생이 그에게 늘 이야기했고 편지에도 썼던 신문 낭독이 최근엔 중단된 모양이었다. 사방이 너무나 조용했지만 집은 분명 비어 있지 않았다. "식구들이 어쩌면 이렇게 조용히 살까." 그레고르는 혼자 중얼거렸다. 그는 어둠 속에서 멍하게 앞을 바라보면서 자신이 부모님과 여동생을 이런 훌륭한 집에서 생활하도록 해 준 데 대해 뿌듯한 자부심을 느꼈다. 하지만 이제 이 모든 평온과 풍족한 생활, 모든 만족감이 경악스러운 종말을 맞게 된다면 어떻게 할까? 이런 생각에 빠져들지 않으려고 그레고르는 몸을 움직이는 편을 택하고 방 안을 이리저리 기어다녔다.

기나긴 저녁나절 동안 한 번은 한쪽 옆문이, 또 한 번은 다른 쪽 옆문이 작은 틈새만큼 살짝 열렸다가 재빨리 닫혔다. 누군가 들어올 필요를 느꼈지만, 다시 생각이 너무 많아진 모양이었다. 그레고르는 거실로 나가는 문 앞에 바짝 다가가서 멈추었다. 망설이는 방문객을 어떻게든 방 안으로 들어오게 하든지, 아니면 최소한 그게 누구인지만이라도 알아볼 생각이었다. 하지만 이제 문은 열리지 않았고, 기다려도 소용이 없었다. 아침에 모든 문이 잠겨 있을 때는 모두가 그의 방 안으로 들어오려 했다. 그런데 그가 문 하나를 열었고 다른 문들도 분명히 낮 동안에 열렸을 텐데, 더는 아무도 오지 않았고 열쇠들도 이제는 바깥쪽에서 꽂혀 있었다.

밤이 늦어서야 거실 불이 꺼졌다. 부모님과 여동생이 그때까지 깨어 있었다는 것을 쉽게 추측할 수 있었다. 세 식구가 발끝으로 걸어 멀어지는 소리가 들린 것이다. 분명히 내일 아침까지는 아무도 그레고르의 방에 들어오지 않을 것이다. 그에겐 이제 자신의 인생을 어떻게 새로 꾸려갈지 방해받지 않고 고민할 긴 시간이 주어진 셈이었다. 그런데 바닥에 납작 엎드려 있을 수밖에 없는 이 방의 천장은 높고 텅 비어 있는 게 그를 불안하게 했다. 벌써 오 년째 이 방에서 지내 왔기에 불안의 이유를 딱히 알 수가 없었다. 그는 반쯤 무의식적으로 몸을 돌려 약간의 수치심까지 느끼며 급하게 소파 밑으로 기어들어 갔다. 거기서는 등이 좀 눌리고 머리도 들어 올릴 수 없었지만 그래도 금세 썩 편안한 느낌이 들었다. 다만 몸통이 너무 넓적해서 소파 밑으로 완전히 들어갈 수 없다는 점이 아쉬웠다.

그레고르는 밤새 소파 밑에만 있었다. 그는 반쯤 잠이 들다가도 배가 고파 자꾸만 놀란 듯 깨어나곤 했다. 때로는 걱정과 막연한 희망에 사로잡혀 시간을 보냈지만, 결국 결론은 하나였다. 즉 당분간 조용히 지내면서, 인내심을 갖고 최대한 신중히 행동하여 그가 자신의 현재 상태로 인해 어쩔 수 없이 초래한 불쾌한 사태를 가족들이 견딜 수 있게 해야 한다는 것이었다.

이른 새벽부터 — 아직 밤이나 다름없었다 — 그레고르는 방금 한 결심의 효력을 시험해 볼 기회가 생겼는데, 여동생이 옷을 거의 다 차려입고 복도 쪽에서 방문을 열고 긴장하여 방 안을 들여다보았기 때문이다. 여동생은 그를 금방 찾아내지는 못했지만, 소파 밑에 있는 모습을 발견하자 — 맙소사, 그도 어딘가에는 있어야 하고 날아가 버릴 수도 없잖은가 — 질겁하고는 어쩔 줄을 모르겠는 듯 다시 밖에서 문을 쾅 닫아 버렸다. 하지만 그녀는 자신의 행동을 후회하는 것처럼 곧 문을 다시 열더니 중환자나 아예 낯선 사람을 보러 온 것처럼 발끝으로 살금살금 들어왔다. 그레고르는 소파의 가장자리까지만 머리를 살짝 내밀고 여동생을 관찰했다. 그가 우유를 먹지 않고 둔 것을, 배가 고프지 않아서 그런 것이 아님을 여동생이 알아차릴까? 혹시 그에게 더 적당한 다른 음식을 가져오지는 않을까? 여동생이 알아서 그렇게 해 주지 않는다면 굳이 그렇게 해 달라고 부탁하느니 차라리 굶고 말 것이다. 그럼에도 그는 소파 밑에서 뛰쳐나가 여동생의 발 앞에 엎드려 뭔가 먹기에 좋은 것을 부탁하고 싶은 마음이 간절했다. 여동생은 우유가 그 주변에 조금 쏟아졌을 뿐 아직도 대접에 가득한 것을 금방 발견하고는 의아해했다. 그러고는 곧바로 대접을 집어 들고 밖으로 나갔는데, 그것도 맨손이 아닌 걸레로 잡고 있었다. 그레고르는 여동생이 우유 대신 어떤 음식을 가져올지 궁금해 미칠 지경이었고, 과연 무엇일지 온갖 상상을 해 봤다. 하지만 여동생이 선심을 써서 실제로 가져온 음식은 그로서는 도저히 알아맞힐 수 없는 것이었다. 여동생은 그의 입맛을 시험해 보려고 온갖 먹거리를 골라 와서 낡은 신문지에 늘어놓았다. 거기에는 오래되어 반쯤 상한 채소가 있었다. 그리고 어제저녁에 먹고 남은 하얀 소스가 굳어 앉은 뼈다귀도 있었다. 건포도와 아몬드도 몇 개, 그레고르가 이틀 전에 못 먹겠다고 한 치즈 조각과 아무것도 안 바른 빵 한 조각, 버터를 바른 빵 한 조각, 버터를 바르고 소금을 뿌린 빵 한 조각도 있었다. 이 모든 음식 외에도 여동생은 그레고르 전용으로 정해 둔 것으로 보이는 대접에 물을 담아 왔다. 그리고 여동생은 섬세하게도 자기가 보는 앞에서는 그레고르가 먹지 않을 걸 알았기에 몹시 서두르며 물러갔다. 게다가 밖에서 열쇠도 잠갔는데, 그레고르가 원하는 대로 편하게 있어도 된다는 것을 알아차리라고 그런 것이었다. 이제 식사를 하러 가려고 하자 그의 짧은 다리들이 바르르 떨었다. 상처도 어느새 완전히 나은 것이 분명해서 그는 아무런 곤란도 느끼지 못했다. 그는 놀라워하면서 한 달도 더 전에 손가락을 살짝 칼에 베인 뒤 그저께까지도 상처가 아팠던 일을 떠올렸다. '이제 감각이 둔해진 걸까?' 하고 생각했지만, 그는 벌써 게걸스럽게 치즈를 빨아먹고 있었다. 특히 다른 어떤 음식보다도 즉시 그리고 강렬하게 치즈가 구미에 당겼다. 그는 치즈, 채소, 소스를 빠른 속도로 차례로 먹어 치우면서 너무 흡족해서 눈물이 났다. 반면에 신선한 음식은 맛이 없고 냄새도 도저히 견딜 수 없어서 먹으려던 음식을 멀찍이 밀어 두기까지 했다. 음식을 다 먹어 치운 지 한참이 지나고도 그는 여전히 같은 자리에 느긋하게 누워 있었다. 그때 여동생이 그가 물러서 주어야 한다는 신호로 천천히 열쇠를 돌렸다. 그 바람에 그는 거의 선잠이 들었다가 바로 화들짝 깨어나 다시 소파 밑으로 서둘러 들어갔다. 여동생이 방 안에 머문 시간은 짧았지만, 소파 밑에 있으려니 엄청난 극기가 필요했다. 배불리 먹은 덕에 몸이 퉁퉁해져 좁은 구석에서는 숨도 쉬기 힘들었기 때문이다. 그는 거의 질식할 것 같은 상태에서 약간 튀어나온 눈으로 여동생을 바라봤다. 아무것도 모르는 여동생은 남은 음식 찌꺼기뿐 아니라 그레고르가 건드리지 않은 음식까지도 더는 사용할 수 없다는 듯 빗자루로 쓸어 모으고 있었다. 그러고는 모조리 황급하게 통에 쏟아 넣은 뒤 나무 뚜껑으로 덮어서 가지고 나갔다. 여동생이 돌아서자마자 그는 바로 소파에서 기어 나와 몸을 쭉 펴서 원래대로 부풀렸다.

이런 방식으로 그레고르는 매일 음식을 받아먹었다. 부모님과 하녀가 아직 잠들어 있는 아침에 한 번, 그리고 두 번째는 온 식구가 점심을 먹은 후에 한 번. 점심 식사 후에 부모님은 낮잠을 잠깐 주무셨고 여동생은 하녀에게 필요한 물건을 사 오도록 심부름을 보내곤 했다. 확실히 부모님도 그레고르가 굶어 죽는 것은 바라지 않았다. 그렇지만 그레고르의 식사에 관해 전해 듣는 정도를 넘어 직접 보는 것은 견디지 못했을 것이다. 어쩌면 여동생은 가능하면 부모님의 슬픔을 조금이라도 덜어 드리고 싶었을 것이다. 사실 부모님은 안 그래도 심히 괴로워했기 때문이다.

처음 일이 터진 오전에 어떤 핑계를 대서 의사와 열쇠공을 다시 집에서 내보냈는지 그레고르는 전혀 알 수 없었다. 아무도 그의 말을 알아듣지 못했기에 아무도, 심지어 여동생까지도 그가 다른 사람의 말을 알아들을 거라고는 생각하지 못했다. 그래서 여동생이 그의 방에 들어와 있을 때면 그는 그저 이따금 여동생의 한숨이나 성자들의 이름을 부르는 소리에 만족해야만 했다. 나중에 여동생이 모든 일에 어느 정도 익숙해진 다음에야 ― 완전히 익숙해지는 것은 당연히 말이 되지 않았다 ― 그레고르는 이따금 여동생이 하는 다정한 말, 혹은 그렇게 받아들일 법한 말을 놓치지 않고 알아들었다. 가령 그레고르가 음식을 깨끗이 먹어 치우면 여동생은 "오늘은 맛이 있었나 보네"라고 했다. 하지만 반대로 음식을 남기면, 그리고 그런 경우는 갈수록 더 자주 반복되었는데, 그러면 거의 슬픈 표정으로 중얼거리곤 했다. "또 전부 남겼네."

그레고르는 새로운 소식을 직접 알 수는 없었지만, 옆방에 귀를 기울여 여러 가지를 엿들었다. 어쩌다 한번 목소리가 들리면 그는 즉시 그쪽 문으로 가서 온몸을 바짝 붙였다. 첫 시기에는 어떤 식으로든, 은밀하게라도, 그와 관계되지 않은 대화가 없었다. 이틀 동안은 식사 때마다 이제 어떻게 대처해야 할지 의논하는 소리가 들렸다. 식사 때가 아니어도 같은 주제로 이야기했다. 언제나 식구 중에 적어도 두 사람은 집에 있었다. 그건 아무도 집에 혼자만 있으려고 하지 않았고, 그렇다고 집을 아예 떠날 수는 없었기 때문일 것이다. 하녀도 첫째 날에 바로 집에서 내보내 달라고 어머니에게 무릎을 꿇다시피 간청했는데, 그날 벌어진 일에 관해 하녀가 무엇을 얼마나 알고 있는지는 분명치 않았다. 그러고서 십오 분 뒤에 하녀는, 마치 해고가 이런 상황에서 그녀에게 해 줄 수 있는 최고의 선행이라도 되는 것처럼, 바로 해고해 줘서 감사하다고 눈물을 흘리며 작별 인사를 했다. 그리고 그녀에게 요구하지도 않았는데, 아무에게도 입도 뻥끗하지 않겠노라고 철석같이 맹세했다. 이제 여동생은 어머니와 함께 요리도 해야 했다. 하지만 그다지 힘든 일은 아니었다. 식구들이 거의 먹지 않았기 때문이다. 식구 중 누군가가 다른 식구에게 식사를 권해도 소용이 없고 그저 "됐어, 충분히 먹었어" 또는 그 비슷한 대답만 주고받는 소리를 그레고르는 듣고 또 듣게 되었다. 술도 전혀 마시지 않는 것 같았다. 여동생이 종종 아버지에게 맥주를 드시겠냐고 묻고 자기가 직접 사 오겠다고 해도 아버지는 아무 대답이 없었다. 여동생이 아버지의 걱정을 덜려고 건물 관리인 아주머니에게 사 와 달라고 할 수도 있다고 하면, 아버지는 마침내 큰 소리로 "아니다"라고 했으며, 그것으로 그 이야기는 더 이상 나오지 않았다.

그 첫째 날이 다 가기도 전에 벌써 아버지는 집안의 모든 재산 상태와 앞날의 전망을 어머니뿐 아니라 여동생에게까지 설명해 주었다. 아버지는 이따금 자리에서 일어나 오 년 전 사업이 파산했을 때 건져 낸 작은 베르트하임 금고에서 이런저런 어떤 증서하고 장부 같은 것을 꺼내 왔다. 아버지가 금고의 복잡한 자물쇠를 열고, 찾던 서류를 꺼낸 다음 다시 닫는 소리가 들렸다. 아버지의 이런 설명은 부분적으로 그레고르가 방에 갇힌 후에 들은 것 중 처음으로 반가운 소식이었다. 그는 아버지의 사업에서 남길 수 있었던 것은 전혀 없는 줄로 알았다. 적어도 아버지는 그렇지 않다고 말해 준 적이 없었다. 물론 그레고르 역시 아버지에게 남은 재산에 관해 물어본 적이 없었다. 당시 그레고르는 온 가족을 완전히 절망에 빠뜨린 사업상의 불행을 식구들이 최대한 빨리 잊게 하려고 모든 노력을 쏟는 데만 신경을 썼다. 그래서 당시에 그는 열성을 다해 일하기 시작했고, 그야말로 하룻밤 사이에 말단 점원에서 외판원으로 승진했다. 외판원에겐 자연히 전혀 다른 돈벌이 수단이 있었고, 일이 성공하면 즉시 수수료 형태로 현금이 생겼다. 그는 그렇게 생긴 돈을 집으로 가져와 감탄하고 행복해하는 식구들이 보는 앞에서 식탁에 꺼내 놓곤 했다. 정말 좋은 시절이었다. 이후에 그레고르가 돈을 잘 벌어서 온 식구의 지출을 감당할 능력이 됐고, 실제로 감당했음에도, 그런 시절은, 적어도 그 정도로 빛나 보이는 시절은 결코 다시 돌아오지 않았다. 모두가, 식구들도 그레고르도 그런 생활에 익숙해졌다. 식구들은 고마워하며 돈을 받았고, 그레고르는 기꺼이 돈을 내주었다. 하지만 더 이상 특별한 따뜻함은 생겨나지 않았다. 다만 여동생과는 여전히 친밀하게 지냈다. 그레고르는 자신과 달리 음악을 아주 좋아했고 바이올린을 감동적으로 연주할 줄 알았던 여동생을 내년에 음악원에 보내려는 비밀스러운 계획을 갖고 있었다. 그러자면 많은 학비가 들겠지만 개의치 않고 다른 방식으로 충당할 생각이었다. 그레고르가 이 도시에서 지내는 짧은 기간 동안 종종 여동생과 대화를 나누는 중에 음악원 이야기를 할 때가 여러 번 있었다. 하지만 그것은 언제나 그저 아름다운 꿈 같은 것이어서 실현 가능성은 생각도 할 수 없었다. 부모님도 그런 철없는 이야기를 듣기조차 좋아하지 않았다. 하지만 그레고르는 그 일에 대해 확고한 생각이 있었고, 성탄절 저녁에 엄숙히 계획을 밝힐 작정이었다.

그레고르가 문에 바짝 달라붙어 바깥을 엿듣는 동안 지금 처지에선 전혀 쓸모 없는 생각들이 머릿속을 스쳐 갔다. 가끔은 피곤해 더는 귀 기울여 듣지 못하고 머리를 부주의하게 문에 부딪기도 했지만, 그러면 머리를 금세 다시 곧추세웠다. 그가 낸 아주 작은 소리라도 밖에서 듣고 모두의 입을 다물게 했기 때문이다. 잠시 후 아버지가 "또 무슨 짓을 하는 거야"라고 분명히 문을 향해 말했고, 그제야 중단됐던 대화가 다시 서서히 이어졌다.

그레고르가 충분히 사정을 알게 된 것은 아버지가 설명을 자꾸만 반복하곤 했기 때문이었다. 아버지 자신도 이런 문제에는 오랫동안 신경을 쓰지 않은 점도 있고 또한 어머니가 모든 설명을 단번에 바로 이해하지 못한 점도 있었다. 온갖 불행에도 불구하고 예전에 챙겨 둔 아주 적은 재산이 아직 그대로 남아 있었고, 이자를 손대지 않아서 그사이에 재산이 약간 불어나 있었다. 그뿐만 아니라 그레고르가 자신의 몫으로 몇 굴덴*만 갖고 매달 집으로 가져온 돈도 다 쓰지 않고 모아서 소규모 자산이 되어 있었다. 그레고르는 문 뒤에서 열심히 고개를 끄덕이며 이 뜻밖의 신중함과 검소함에 흐뭇해했다. 사실은 이렇게 남겨 둔 돈으로 아버지가 사장에게 진 빚을 더 많이 갚을 수도 있었을 것이다. 그랬더라면 그레고르가 이 직장을 그만둘 수 있는 날도 훨씬 앞당겨질 수 있었겠지만, 지금으로선 의심할 나위 없이 아버지가 취한 조치가 더 유리했다.

그런데 이 돈은 식구들이 그 이자로 살아가기에는 전혀 충분하지 않았다. 기껏해야 한두 해 버틸 만큼은 되겠지만 그 이상은 아니었다. 그러니까 이 돈은 손대면 안 되고 비상시를 대비해 남겨 둬야 하는 금액일 뿐이었다. 먹고살기 위한 돈은 이제 벌어야 했다. 아버지는 건강하긴 해도 노인이었고, 벌써 오 년째 아무 일도 하지 않아서 어떤 일도 제대로 감당할 만하지 않았다. 이 오 년이란 아버지가 힘겹게 일했지만 성공하지 못한 인생에서 처음 맞이한 휴가였고, 이 동안에 아버지는 살이 많이 쪄서 몸이 정말 둔해졌다. 그러면 이제 연로한 어머니가 일해야 한단 말인가, 어머니는 천식을 앓아서 집 안에서 움직이는 것도 힘든 지경이고, 이틀에 한 번씩은 숨이 잘 쉬어지지 않는다며 열린 창가

---

* 14~19세기의 독일 금화와 은화.

의 소파에 드러누워 지내는데? 그렇다면 여동생이 돈을 벌어야 하나? 하지만 여동생은 열일곱 살짜리 아이가 아닌가. 지금까지 누려 온 여동생의 생활 방식이란 그저 단정하게 차려입고, 늦잠을 자고, 살림을 거들고, 소박한 유흥 모임 몇 곳에 참석하고, 무엇보다 바이올린이나 연주하는 것이 전부였다. 돈을 반드시 벌어야 한다는 이야기가 나오면 그레고르는 매번 문에서 얼른 떨어져 문 옆에 있는 서늘한 가죽 소파에 몸을 던졌다. 부끄럽고 슬퍼서 몸에 열이 올랐기 때문이다.

종종 그는 밤새도록 소파에 누워 있었다. 한순간도 잠을 자지 못하고 그저 몇 시간씩 가죽을 긁어 댔다. 그런가 하면 안간힘을 다해 의자를 창가로 밀고 가서 창문턱에 기어오르거나 의자에 버티고 서서 창문에 기댔다. 분명 그것은 예전에 창밖을 내다보면서 느꼈던 어떤 해방감의 기억이 그저 떠오른 까닭일 것이다. 이제 그에겐 날이 갈수록 아주 조금 떨어져 있는 사물도 점점 흐릿하게 보였기 때문이다. 예전에는 맞은편에 있는 병원이 너무 자주 보여서 욕을 했는데, 이제는 아예 보이지도 않았다.

그리고 조용하기는 하지만 어디까지나 도심인 샤를로텐가에 살고 있다는 것을 정확하게 알지 못했다면, 창밖으로 잿빛 하늘과 잿빛 땅이 분간되지 않는 황량한 벌판을 보고 있다고 믿었을 것이다. 주의 깊은 여동생은 의자가 창가에 놓여 있는 것을 딱 두 번 보았을 뿐인데도, 방을 치우고 나면 매번 의자를 창가에 바짝 붙여 놓았고, 심지어 이제는 안쪽 창문을 열어 놓은 상태로 두었다.

여동생과 이야기를 나눌 수 있고 그녀가 오빠를 위해 해 주어야 했던 모든 일에 고마움을 표할 수만 있다면, 그레고르는 여동생의 시중을 견디기가 더 수월했을 것이다. 하지만 그는 그럴 수가 없어서 마음이 괴로웠다.

물론 여동생은 그 모든 일의 곤혹스러움을 가능한 한 지워 버리려 했고, 시간이 지날수록 더 능숙해지기도 했지만, 그레고르 또한 시간이 흐를수록 모든 사정을 더 정확하게 파악했다. 이젠 여동생이 방에 들어오기만 해도 그는 가슴이 철렁했다. 예전엔 아무도 그의 방을 들여다보지 못하게 무척 신경을 쓰던 여동생은 이제 방에 들어오자마자 문을 닫을 겨를도 없이 곧장 창가로 달려가서 금방 숨이 막히기라도 하는 듯 두 손으로 다급히 창문부터 열어젖혔고, 날이 추운데도 잠시 창가에 머물며 심호흡을 했다. 이렇게 여동생은 뛰고 소란을 피우면서 그레고르를 매일 두 번씩 깜짝 놀라게 했다. 여동생이 그러는 동안 내내 그는 소파 밑에서 몸을 떨었다. 여동생이 창문을 닫아둔 채 그레고르가 있는 방에 머무는 것이 가능하기만 하다면 분명히 이런 소동으로 그를 괴롭히지는 않았을 것을 그 자신도 잘 알았다.

그레고르가 벌레로 변신한 지 어느새 한 달이 지나자 이제는 여동생이 그의 외모에 특별히 놀랄 이유도 없었다. 하지만 한번은 여동생이 평소보다 조금 일찍 오는 바람에 그레고르를 마주치게 되었다. 그는 꼼짝도 하지 않은 채, 보는 사람을 깜짝 놀라게 하기에 좋은 모습으로 서 있었다. 그가 그렇게 버티고 있어서 창문을 바로 열 수 없으니 여동생이 들어오지 않더라도 그로서는 예상 밖의 일도 아니었을 것이다. 그런데 여동생은 들어오지 않았을 뿐 아니라 되돌아가면서 문을 닫아 버렸다. 모르는 사람이 보았다면 그레고르가 여동생을 노리다가 물려고 한 것으로 오해할 법했다. 물론 그레고르는 즉시 소파 밑으로 몸을 숨겼다. 하지만 그는 점심때까지 기다려야만 했고, 그런 다음에야 여동생이 다시 돌아왔다. 그녀는 평소보다 훨씬 불안해 보였다. 그런 것을 보고 그는 여동생이 자신의 모습을 여전히 견디기 힘들어 하고, 앞으로도 그럴 수밖에 없다는 것을, 소파에서 삐져나온 그의 몸의 작은 일부만 보고도 도망가지 않으려면 엄청나게 자신을 이겨 내야만 한다는 것을 알게 되었다.

여동생에게 그런 자신의 모습을 보이지 않기 위해서 그는 어느 날 침대 시트를 등에 얹고 무려 네 시간이나 걸려 소파 위에 걸쳐 놓은 다음 그의 몸이 완전히 덮일 수 있도록 해놓았다. 이제는 여동생이 몸을 숙여도 그를 볼 수 없었다. 여동생이 시트가 불필요하다고 생각한다면 치워 버릴 수도 있을 것이다. 자신을 그렇게 완전히 차폐시키는 일이 그레고르 자신의 만족을 위한 일이 아닌 것은 분명했지만, 여동생은 시트를 그대로 내버려뒀다. 한번은 이 새로운 조치를 어떻게 받아들이는지 살펴보려고 머리로 시트를 살짝 들춰 보았을 때, 그레고르는 여동생의 고마워하는 눈빛까지 본 것 같았다.

부모님은 첫 두 주 동안은 그레고르의 방에 들어올 엄두도 내지 못했다. 전에는 부모님이 여동생을 쓸모가 없는 계집애로 여기면서 딸에 대해 짜증을 내는 때가 잦았다면, 이제는 여동생이 하는 일을 완전히 인정하는 말을 자주 듣게 되었다. 요즘에는 여동생이 그레고르의 방을 청소하는 동안 아버지와 어머니가 종종 방 앞에서 기다리곤 했다. 그리고 여동생은 방에서 나가자마자 방 안 꼴이 어떻게 돼 있는지, 그레고르가 무엇을 먹었고 이번에는 어떻게 행동했는지, 혹시 조금이라도 호전된 기미가 보이는지 등을 부모님에게 자세히 이야기해 드려야 했다. 어머니는 비교적 빨리 그레고르를 만나 보고 싶어 했지만, 아버지와 여동생은 처음에는 이유를 말로 잘 설명해서 어머니를 말렸다. 그레고르도 그 이유를 주의 깊게 듣고서 전적으로 수긍했다. 하지만 나중에 어머니가 "제발 그레고르한테 가게 해 줘! 걔는 내 불쌍한 아들이잖아! 내가 얘한테 가 봐야 한다는 걸 모르겠어?"라며 목소리를 높였을 때는 아버지와 여동생이 완력으로 어머니를 제지해야만 했다. 그러자 그레고르는 어쩌면 어머니가 방에 들어오는 것이 좋을 수도 있겠다는 생각이 들었다. 물론 매일이 아니라 일주일에 한 번쯤이면 괜찮을 것이다. 아무래도 어머니가 여동생보다는 매사를 훨씬 잘 이해하시지 않는가. 여동생은 용기 있게 나서곤 있지만 아직은 어린애였고, 결국 생각해 보면 이렇게 힘든 일을 떠맡은 것도 그저 아이다운 가벼운 생각에서였을 뿐이다.

어머니를 보고 싶은 그레고르의 소망은 곧 이루어졌다. 그는 낮에는 부모님을 생각해서 창문 쪽으로는 모습을 드러내지 않으려 했다. 그렇다고 몇 평에 불과한 방바닥에서 충분히 기어다닐 수도 없었다. 밤중에 가만히 누워 있는 것도 견디기 힘들었고, 이젠 식사하는 것도 전혀 즐겁지 않았다. 그래서 그는 기분 전환 삼아 벽과 천장에서 이리저리 기어다니는 습관이 생겼다. 특히 천장에 붙어 있는 것을 즐겼다. 그러면 바닥에 누워 있을 때와는 완전히 다른 기분이 들었다. 더 자유롭게 숨을 쉴 수 있고, 몸에 가벼운 전율이 일었다. 그렇게 천장에서 거의 행복하게 기분 전환을 하다 보면 붙잡은 데를 놓치고 자신도 깜짝 놀라며 바닥으로 털썩 떨어지는 일도 일어나곤 했다. 하지만 이제는 전과 달리 자기 몸을 제어할 수 있어서 그렇게 높은 데서 떨어져도 다치지 않았다. 여동생은 그레고르가 새로 찾아낸 오락을 금방 알아차렸다. 그가 이리저리 기어다니며 점액질의 흔적을 남겼기 때문이었다. 그러자 여동생은 작정하고서 그레고르가 최대한 넓은 범위로 기어다닐 수 있게 해 주려고 방해가 되는 가구들, 특히 서랍장과 책상을 치워 주려고 했다. 그런데 여동생이 이 일을 혼자서 해낼 수는 없었다. 그렇다고 아버지에게는 도움을 청할 엄두를 내지 못했다. 하녀도 도와주지 않을 게 분명했다. 지난번 주방 하녀가 해고된 후 새로 들어온 열여섯 살짜리 하녀는 씩씩하게 버티긴 했지만, 부엌문을 줄곧 잠가 놓고 지내다 특별히 용무로 부를 때만 열어 주는 걸로 양해를 구했던 것이다. 그래서 여동생에겐 아버지가 안 계시는 동안에 어머니를 한 번 모셔 오는 것 말고는 방법이 없었다. 어머니는 기쁨에 들떠 환성을 지르며 방 쪽으로 다가왔지만, 그레고르의 방문 앞에 다다르자 입을 다물었다. 당연히 여동생이 먼저 방 안에 아무 이상이 없는지 살펴봤고, 그런 다음에야 어머니를 들어서도록 했다. 그레고르는 최대한 서둘러서 시트를 더 아래로, 더 많은 주름이 잡히도록 잡아 내려서, 전체 모양을 보면 정말 시트가 우연히 소파 위에 던져져 있는 것 같았다. 이번에는 시트 아래 숨어서 몰래 살펴보는 것을 포기했다. 이번부터 바로 어머니를 보는 것은 단념했지만, 어머니가 왔다는 사실만으로도 기뻤다.

"와도 돼요, 오빠는 안 보여"라고 여동생이 말했다. 여동생이 어머니의 손을 잡고 끄는 것이 분명했다. 그레고르는 연약한 두 여자가 아무래도 무거운, 낡은 서랍장을 자리에서 밀어 옮기는 소리를 들었다. 여동생은 너무 무리할까 걱정하는 어머니가 염려해도 귀를 기울이지 않고 여전히 대부분의 일을 스스로 떠안았다. 일은 아주 오래 걸렸다. 십오 분쯤 힘을 썼을 때 어머니는 서랍장은 차라리 그대로 두는 것이 낫겠다고 했다. 첫째는 서랍장이 너무 무거워서 아버지가 오기 전에 일을 마치지 못할 것 같은데, 서랍장을 방 한가운데에 그대로 두면 그레고르가 이동할 때마다 길을 막지 않겠냐고 했다. 둘째는 가구를 치워 버리면 과연 그레고르가 마음에 들어 할지 확실치가 않고, 어머니 생각에는 오히려 그 반대일 것 같다고 했다. 텅 빈 벽을 바라보려니 마음이 아프다고 했다. 그레고르 역시 같은 느낌이 들지도 모른다는 거였다. 오래전부터 방 안의 가구에 익숙해져 있어서 텅 빈 방에서는 버림받은 기분이 들 거라고 했다. "그렇지 않겠니?"라고 어머니는 속삭이듯이 나직한 음성으로 말을 마무리했다. 마치 어머니는 정확히 어디에 있는지 알 수 없는 그레고르가 그녀의 음성 울림조차 듣지 못하게 하려는 것 같았다. 그가 말뜻을 알아듣지는 못한다고 어머니는 확신하고 있었다. “우리가 가구를 치우면 병이 나을지도 모른다는 모든 희망을 포기하고 그 애 혼자 알아서 하라고 그냥 버려두는 것 같지 않겠니? 내 생각엔 우리가 방을 원래 상태 그대로 두는 게 가장 좋을 것 같구나. 그래야 그레고르가 다시 우리에게로 돌아왔을 때 모든 게 변함없는 걸 보고서 그동안의 시간을 더 쉽게 잊을 수 있을 거야.”

어머니가 이렇게 말하는 것을 듣자 그레고르는 사람이 직접 말을 걸어 준 일이 없었던 데다가 식구들 사이에서 단조로운 생활만 되풀이하다 보니 지난 두 달 사이에 자신의 판단력이 흐려져 있었다는 것을 깨달았다. 그렇지 않고는 방을 깨끗이 비워 주기를 그가 진지하게 바랄 수 있다는 걸 스스로도 납득할 수가 없었다. 물려받은 가구들로 아늑하게 꾸며진 따뜻한 방을 정말 텅 빈 동굴로 바꿔 놓고 싶었을까? 물론 그렇게 하면 자유롭게 사방으로 기어다닐 수는 있겠지만 동시에 인간으로서의 과거는 신속히 완전하게 잊어버리지 않겠는가? 그렇지 않아도 거의 잊어버릴 지경이었는데, 오랫동안 듣지 못한 어머니의 목소리가 그를 흔들어 깨웠다. 아무것도 치워 버리지 말고 그대로 두어야 했다. 가구들이 그의 상태에 좋은 영향을 주도록 꼭 있어야 했다. 가구들이 그가 이리저리 무의미하게 기어다니는 것을 방해한다면 그것은 해가 되는 게 아니라 커다란 장점일 것이었다.

그러나 유감스럽게도 여동생의 생각은 달랐다. 여동생은 그레고르의 문제를 의논할 때면 특별난 전문가처럼 부모님 앞에 나서는 버릇이 생겼는데, 물론 그런 태도가 반드시 부당하다고는 할 수 없었다. 지금도 어머니의 충고가 여동생에게는 오히려 원래 치우려고 마음먹은 서랍장과 책상뿐 아니라 꼭 필요한 소파만 제외하고는 아예 모든 가구를 치우자고 주장할 이유가 되기에 충분했다. 그녀가 이렇게 주장하게 된 것은 단지 어린애 같은 고집과 최근 들어 전혀 예기치 못한 가운데 어렵게 성취한 자신감 때문만은 아니었다. 실제로 여동생이 관찰한 바로는 그레고르가 기어다니려면 넓은 공간이 필요한데, 지금까지 확인한 결과 가구는 전혀 쓸모가 없었다. 그러나 어쩌면 무슨 일이든 만족할 때까지 해야 하는 열광적인 심리도 함께 작용했을 것이다. 그래서 그레테 역시 스스로 유혹에 넘어가서 그레고르를 위해 이전보다 더 많이 잘해 줄 수 있다면서 그의 상황을 더 끔찍하게 만들려는 것이다. 왜냐하면 그레고르 혼자 덩그러니 빈 벽을 지배하는 방에는 그레테 말고 그 어떤 사람도 감히 들어올 엄두를 내지 못할 것이기 때문이었다.

그렇게 여동생은 어머니가 말렸지만 결심을 굽히지 않았다. 어머니는 이 방에 있다는 것만으로도 몹시 불안해 보였고 곧 입을 다물었다. 그리고 여동생이 서랍장을 치우는 일을 힘닿는 대로 거들었다. 이제 그레고르는 하는 수 없이 서랍장 없이 지내게 되었지만, 책상만은 꼭 그대로 있어야 했다. 모녀가 달라붙어 낑낑대며 서랍장을 옮겨 방 밖으로 나가자마자 그레고르는 소파 아래에서 머리를 내밀고 과연 어떻게 하면 조심스럽고 최대한 신중하게 참견할 수 있을지 살폈다. 그런데 불행히도 하필 어머니가 먼저 방으로 돌아왔다. 그레테는 아직 옆방에서 혼자 서랍장을 붙들어 안고 이리저리 밀고 있었는데, 서랍장은 당연히도 제자리에서 꼼짝도 하지 않았다. 어머니는 그레고르를 보는 데 적응이 되지 않아서 그를 보면 병이 날지도 몰랐다. 그레고르는 질겁해서 다급히 뒷걸음질로 소파의 뒤쪽 끝까지 기어갔다. 하지만 시트의 앞쪽이 약간 움직이는 것을 막을 수는 없었다. 어머니의 주의를 끌기에는 그것만으로도 충분했다. 어머니는 멈칫하더니 잠깐 가만히 서 있다가 그레테에게 돌아갔다.

그레고르는 특별한 일이 일어난 게 아니고 그저 가구 몇 개를 옮기는 것뿐이라고 혼잣말로 몇 번이나 중얼거렸지만, 그가 곧 스스로 인정할 수밖에 없었듯이, 두 모녀가 부산하게 왔다 갔다 하고 서로를 나직이 부르고 가구가 바닥에 긁히는 소리가 나는 것이 마치 사방에서 그를 향해 커다란 소동이 닥쳐오는 것처럼 느껴졌다. 그래서 그는 머리와 다리를 바짝 움츠리고 몸을 바닥에 착 붙이고 있었지만 이 모든 것을 오래 버티지 못할 것 같다고 중얼댈 수밖에 없었다. 모녀는 그의 방을 비우고 그가 마음에 들어 하는 것들을 모조리 치우고 있었다. 실톱과 다른 연장들이 든 서랍장은 이미 밖으로 들어냈다. 이제는 바닥에 붙박이로 고정된 책상을, 그가 상업고등학교 학생, 중학생, 심지어 초등학생 때부터 앉아 숙제를 했던 그 책상을 들어내려고 들썩이고 있었다. 이제는 정말 두 여자의 선한 의도를 헤아려 볼 겨를이 없었다. 그는 모녀가 방에 있다는 사실조차 거의 잊을 지경이었다. 그들은 이제 지친 나머지 아무런 말도 하지 않고 일을 했고 힘겨운 발소리만 들려왔다.

그래서 그는 뛰쳐나왔고, 모녀가 옆방에서 한숨을 돌리기 위해 책상에 기대어 있는 동안에, 방향을 네 번이나 바꾸며 달렸다. 무엇부터 먼저 구해야 할지 그는 정말로 알 수가 없었다. 그때 다른 곳은 다 비어 버린 벽에 온몸에 모피를 두른 여자의 사진만 걸려 있는 것이 유난히 그의 눈에 띄었다. 그는 얼른 기어올라가서 액자의 유리에 몸을 밀착시켰다. 그러자 그의 몸에 찰싹 붙은 유리가 그의 뜨거운 배에 기분 좋게 느껴졌다. 적어도 그레고르가 몸으로 완전히 덮은 이 사진만은 아무도 빼앗아 가지 못할 것이다. 그는 여자들이 돌아오는지 지켜보기 위해 머리를 거실문 쪽으로 돌렸다.

모녀는 충분히 쉬지도 못하고 어느새 돌아오고 있었다. 그레테는 한쪽 팔로 어머니를 감싸안고 거의 끌고 오다시피 했다. "이제 뭘 치울까?" 그레테는 말하며 주위를 둘러보았다. 그 순간 여동생의 시선이 벽에 붙어 있던 그레고르의 시선과 마주쳤다. 여동생이 평정을 유지할 수 있었던 것은 오로지 어머니가 함께였기 때문일 것이다. 여동생은 어머니 쪽으로 얼굴을 숙여 어머니가 주위를 둘러보지 못하게 막았고, 생각할 겨를도 없이 당연히 떨리는 목소리로 말했다. "잠깐 더 거실로 가 있으면 어떨까요? 나가요." 그레고르가 보기에 여동생의 의도는 분명했다. 어머니를 일단 안전하게 모셔 놓고, 그다음에는 그레고르를 몰아서 아래로 내려오게 하려는 것이었다. 어디, 할 테면 한번 해 봐라! 그레고르는 자신의 것인 사진에 붙어 앉아서 내주지 않으려고 했다. 사진을 내주느니 차라리 그레테의 얼굴로 뛰어들 작정이었다.

그런데 그레테의 말에 어머니는 오히려 덜컥 불안해졌다. 어머니는 옆으로 비켜서면서 꽃무늬 수가 놓인 벽걸이 양탄자에 엄청나게 큰 갈색 얼룩이 있는 것을 보고야 말았다. 어머니는 그녀가 본 것이 그레고르인지 생각할 겨를도 없이 거친 목소리로 "하느님 맙소사! 하느님 맙소사!"라고 비명을 지르고는, 모든 것을 포기한 듯 양팔을 벌린 채 소파에 쓰러져서는 꼼짝도 하지 못했다. 그러자 여동생은 주먹을 치켜들고 매서운 눈초리로 노려보면서 고함을 쳤다. "그레고르 오빠, 정말!" 그것이 그레고르가 변신한 후 여동생이 처음으로 그를 향해 직접 던진 말이었다. 여동생은 실신한 어머니를 깨어나게 할 추출액 같은 것을 가지러 옆방으로 달려갔다. 그레고르 역시 도와주고 싶었다. 사진을 지켜 낼 시간은 아직 남아 있었다. 그런데 몸이 유리에 착 달라붙어서 힘을 주어 떼어 내야 했다. 그런 다음 여동생한테, 마치 예전에 그랬듯, 조언이라도 해 줄 수 있는 것처럼 그도 옆방으로 달려갔다. 하지만 여동생이 작은 병을 이것저것 뒤지는 동안 그는 아무것도 하지 않고 뒤에 있어야 했다. 그러다가 몸을 돌린 여동생이 질겁을 했고, 약병 하나가 바닥에 떨어져 깨지고 말았다. 유리 조각 하나가 그레고르의 얼굴에 상처를 냈고, 알 수 없는 부식성 약물이 그의 주위로 흘러왔다.

그레테는 더 이상 지체하지 않고 손에 들 수 있는 만큼 작은 병들을 집어 들고 어머니에게로 뛰어갔다. 방에 들어가서는 문을 발로 차서 닫았다. 이제 그레고르는 어머니와 단절되었고, 어머니는 그의 잘못으로 어쩌면 사경을 헤매고 있을지도 몰랐다. 어머니 곁에 있어야 하는 여동생을 쫓아 버리려는 것이 아니라면, 그는 방문을 열어선 안 되었다. 그에겐 기다리는 것밖에 할 일이 아무것도 없었다. 그는 자책감과 걱정에 내몰린 나머지 온 사방으로 벽과 가구와 천장으로 기어다니기 시작했다. 그러다가 방 전체가 그를 중심으로 빙글빙글 돌기 시작하자 마침내 절망에 빠져 커다란 탁자 한가운데로 떨어지고 말았다.

그렇게 잠시 시간이 흘렀고 그레고르는 녹초가 되어 엎어져 있었다. 주위는 조용했는데 어쩌면 그것은 좋은 징조인 듯했다. 그때 초인종이 울렸다. 물론 하녀는 부엌문을 잠그고 틀어박혀 있으니 그레테가 문을 열어 주러 가야 했다. 아버지가 돌아온 것이다. "무슨 일이 있었냐?" 아버지의 첫마디였다. 그레테의 모습이 아버지에게 모든 것을 알려 준 모양이었다. 그레테가 눌린 목소리로 대답했는데, 얼굴을 아버지의 가슴에 묻고 있는 게 분명했다. "어머니가 기절하셨는데, 하지만 벌써 좋아지고 있어요. 그레고르가 밖으로 뛰쳐나왔거든요." "그럴 줄 알았다." 아버지가 말했다. "내가 늘 그렇게 말했는데도 여자들은 들으려고 하질 않아." 그레고르는 아버지가 그레테의 너무도 짧은 설명만 듣고 나쁜 쪽으로 해석하여 자신이 어떤 폭력을 쓰는 잘못을 저지른 것으로 여기는 걸 분명히 알 수 있었다. 따라서 그레고르는 이제 아버지의 마음을 누그러뜨릴 궁리를 해야 했다. 아버지에게 해명할 만한 시간도 없고 그럴 방법도 없었기 때문이다. 그는 자기 방 쪽으로 피신하여 문에 기대었다. 아버지가 현관으로 들어서면 바로 볼 수 있도록, 그레고르가 당장 방으로 돌아가려는 최선의 의도를 지니고 있다는 것, 그를 몰아대서 방으로 돌려보낼 필요는 없으며 그저 문만 열어 주면 순식간에 사라질 작정이라는 것을 알리기 위함이었다.

하지만 아버지는 그런 세심함을 알아차릴 기분이 아니었다. 아버지는 현관에 들어서자마자 "아하!" 하고 마치 화도 나지만 기쁘기도 한 것 같은 어조로 고함을 쳤다.

그레고르는 문에 기댄 머리를 당겨서 아버지 쪽으로 쳐들었다. 그런데 아버지가 지금 서 있는 것 같은 모습을 그는 정말로 상상조차 해 보지 못했다. 물론 그는 요즘 새로운 방식으로 기어다니는 데 정신이 팔려 그를 제외한 집안일이 어떻게 돌아가는지에 대해 예전처럼 많은 신경을 쓰지 못했다. 그런 만큼 변화된 상황에 맞닥뜨릴 각오 정도는 하고 있어야 했다. 아무리 그래도 그렇지, 저 모습이 과연 아버지였단 말인가? 전에 그레고르가 출장을 떠날 때면 침대에 파묻혀 누워 있던 그 남자, 그레고르가 집으로 돌아오는 저녁 무렵에는 잠옷 바람으로 등받이 의자에 앉은 채 그를 맞아 주곤 하던 남자, 제대로 일어나지도 못해 반갑다는 표시로 겨우 팔을 쳐들고, 일 년 중에 드물게 몇 차례 일요일이나 명절에 함께 산책을 나가면 워낙에 천천히 걷던 그레고르와 어머니 사이에서 언제나 더 천천히 걸어오면서 낡은 외투로 몸을 감싼 채 늘 T자형 지팡이를 조심스레 짚고 힘들게 나아가던, 그리고 뭔가 할 말이 있으면 거의 매번 걸음을 멈추고 동행을 자기 주위로 불러 모으던 그 남자하고 과연 똑같은 사람이란 말인가? 그랬던 아버지가 지금은 은행 사환이 입는 옷과 비슷하게 금색 단추가 달린 구김 없는 푸른색 제복을 입고 당당하게 꼿꼿이 서 있었다. 상의의 빳빳한 높은 옷깃 위로는 두툼한 이중 턱이 삐져나와 있었다. 덥수룩한 눈썹 아래로는 생생하고 주의 깊은 검은 눈동자가 쏘아보고 있었다. 평소에 헝클어진 흰 머리는 거슬릴 정도로 반듯하게 가르마를 타고 단정하게 빗어서 반들거렸다. 아버지는 은행의 머리글자로 보이는 금실이 박힌 모자를 집어 던졌는데, 그러자 모자는 거실을 가로질러 포물선을 그리며 소파로 날아갔다. 아버지는 긴 제복 상의의 끝자락을 뒤로 젖히고 양손을 바지 주머니에 찔러 넣은 채 화난 얼굴로 그레고르에게 다가왔다. 무엇을 하려는 것인지는 아버지 자신도 딱히 모르는 것 같았다. 어쨌든 아버지는 발을 유난히 높이 들었는데, 그레고르는 아버지의 장화 밑창이 엄청나게 크다는 사실에 놀랐다. 그레고르도 제자리에 가만있지는 않았다. 새로운 삶이 시작된 첫날부터 그는 아버지가 자신을 최대한 엄하게 다루어야 한다고 생각하는 것을 익히 알고 있었다. 그래서 아버지를 피해 달아났다. 아버지가 멈춰 서면 그도 멈췄고, 아버지가 조금이라도 움직이면 그도 다시 급히 앞으로 달아났다. 둘은 이렇게 방 안을 여러 바퀴 돌았지만 뭔가 결정적인 일은 발생하지 않았고, 그 전체가 워낙 느리게 진행되었기 때문에 쫓고 쫓기는 것처럼 보이지도 않았다. 그래서 그레고르도 잠시 바닥에 엎드려 있었는데, 벽이나 천장으로 달아나면 특별히 어떤 악의를 품고 있다고 아버지가 생각할까 봐 두려웠기 때문이다. 물론 그레고르가 이런 달리기를 오래 버틸 수 없다는 것도 인정하지 않을 수 없었다. 아버지가 한 걸음을 내딛는 동안 그는 무수히 많은 동작을 해야 했기 때문이었다. 예전부터 폐가 썩 좋지는 않았던 터라 벌써 호흡이 곤란해지기 시작했다. 그는 온 힘을 달리는 데 집중하여 갈지자로 나아가는 동안 거의 눈도 뜨지 못하고 있었다. 머리가 멍해져서 한사코 달리는 것 말고 다른 해결책은 생각조차 하지 못했다. 벽을 타고 달아날 수도 있다는 것은 거의 잊고 있었다. 물론 거실 벽을 가로막은 가구들은 정교하게 세공되어 톱니 모양과 뾰족한 부분이 많기도 했다. 그때 그의 바로 옆에 뭔가가 가볍게 날아와 떨어지더니 그의 앞으로 굴러갔다. 사과였다. 곧이어 두 번째 사과가 그를 향해 날아왔다. 그레고르는 경악하여 멈춰 섰다. 더는 달아나 봐야 소용이 없었다. 아버지가 그에게 폭격을 가하기로 작정했기 때문이다. 아버지는 찬장 위 과일 접시에서 주머니에 가득 채워 넣은 사과를 제대로 겨냥하지도 않고 하나씩 잇달아 던져 댔다. 작고 빨간 사과들은 마치 전기라도 통한 것처럼 이리저리 구르다가 서로 부딪쳤다. 약하게 던져진 사과 하나가 그레고르의 등을 스쳤으나 상처를 입히지는 않고 미끄러져 나갔다. 그런데 곧이어 던진 것이 그레고르의 등을 파고들며 박히고 말았다. 그레고르는 믿기 어려운 엄청난 통증이 그 자리만 벗어나면 가라앉기라도 할 것처럼 계속 기어가려고 했다. 하지만 마치 못 박힌 듯이 꼼짝도 할 수 없었고, 모든 감각이 완전히 혼란에 빠져들면서 쭉 뻗어 버리고 말았다. 그가 마지막으로 본 것은 그의 방문이 활짝 열리더니 비명을 지르는 여동생 앞에서 어머니가 다급히 달려오는 모습이었다. 여동생이 기절한 어머니가 숨쉬기 편하도록 옷을 벗겨 두어서 어머니는 내의 차림이었다. 어머니가 아버지를 향해 달려가는 도중에 매듭이 풀린 치마가 하나씩 바닥에 흘러내렸다. 어머니는 치맛자락에 걸려 휘청거리며 아버지에게 달려들어 끌어안았고, 아버지와 완전히 뒤엉켜—그레고르의 시력은 이미 앞을 보지 못하고 있었다—양손으로 아버지의 뒷머리를 감싸 쥐며 제발 그레고르의 목숨을 살려 달라고 애원했다.

—3—

그레고르는 심한 부상을 입고 한 달이 넘도록 앓았고, 사과는 아무도 제거해 줄 엄두를 내지 못했기에 살 속에 박힌 채 가시적 기념물로 남아 있었다. 그의 부상은 아버지에게조차 현재는 그레고르가 비참하고도 역겨운 몰골이지만 그래도 가족의 일원이기에 그를 원수처럼 다루어선 안 되며 혐오감을 삼키고 참고 또 참는 것만이 가족의 도리임을 상기시킨 듯했다.

이제 그는 상처 때문에 움직이는 능력을 영영 상실한 것 같았다. 지금 상태로는 방을 가로질러 기어가는 것도 늙은 상이군인처럼 몇십 분이나 걸렸으며 높은 곳에 기어오르는 일은 생각도 할 수 없었다. 이렇게 그의 상태가 나빠졌는데도 그가 생각하기에는 충분한 보상을 받은 것 같았는데, 다름 아니라 저녁마다 거실로 통하는 방문이 열려 있게 된 것이었다. 그는 한두 시간 전부터 문을 뚫어지게 바라보곤 했다. 그는 거실에서는 보이지 않게 어두운 방 안에 누워서 온 식구가 등 밝힌 식탁에 앉아 있는 것을 볼 수 있었고, 그들이 하는 이야기를 이전과는 달리 모두가 허락하는 분위기에서 귀 기울여 들을 수 있었다.

물론 예전처럼 활기찬 대화는 더 이상 아니었다. 그레고르는 좁은 호텔 방에서 눅눅한 이부자리에 지친 몸을 던질 수밖에 없을 때면 식구들의 대화를 늘 그리워하며 떠올리곤 했다. 지금의 대화는 대개 아주 조용하기만 했다. 아버지는 저녁 식사 후에는 의자에 앉은 채 곧 잠이 들었다. 그러면 어머니와 여동생은 서로 조용히 하라고 주의를 주었다. 어머니는 등불 아래로 몸을 잔뜩 구부리고 의상실에 보낼 고급 속옷을 바느질했다. 점원으로 취직한 여동생은 저녁 시간에 속기술과 프랑스어를 배우면서 혹시라도 나중에 더 좋은 자리를 얻어 보려는 것 같았다. 아버지는 이따금 잠에서 깼는데, 자고 있었다는 사실을 전혀 모르는 것처럼 어머니에게 "오늘도 또 이렇게 오래 바느질을 하는군!" 하고 말하고는 금방 다시 잠이 들었다. 그러면 어머니와 여동생은 피곤한 얼굴로 마주 보며 미소를 지었다.

일종의 아집인지 아버지는 집에서도 사환 복장을 한사코 벗으려 하지 않았고, 그래서 잠옷은 쓸모없이 옷걸이에 걸려 있었다. 아버지는 옷을 다 입은 채 앉은자리에서 꾸벅꾸벅 졸았는데, 항상 근무 태세를 갖추고 상관의 호출을 기다리기라도 하는 것 같았다. 그러다 보니 원래 새 옷이 아니던 제복은 어머니와 여동생이 아무리 세심하게 주의해도 점점 더 후줄근해졌다. 그래서 그레고르는 수시로 광을 내서 금색 단추들만 반짝일 뿐 여기저기 얼룩이 밴 제복을 입은 노인네가 불편하기 그지없는 자세로도 평온하게 잠자는 모습을 바라보곤 했다.

괘종시계가 열 시를 울리자마자 어머니는 나직한 말로 아버지를 깨워 이렇게는 제대로 잠을 못 자니 침대에 가서 자라고 설득해 보려고 했다. 아침 여섯 시에 근무를 시작해야 하는 아버지에게는 절대 필요한 일이었다. 하지만 사환으로 취직하고부터 이상한 고집에 사로잡힌 아버지는 늘 식탁에 더 오래 머물러 있으려 했고, 어김없이 다시 잠이 들었다. 그러면 아버지를 의자에서 침대로 옮기는 일이 여간 힘겹지 않았다. 들어가서 주무시라고 어머니와 여동생이 아무리 채근해도 아버지는 십오 분 동안은 느릿느릿 고개를 저으며 눈을 감은 채 꼼짝하지 않았다. 어머니가 아버지의 소매를 잡아당기며 감언이설로 꾀듯 살가운 말을 속삭였고, 여동생도 숙제를 하다 말고 어머니를 거들었지만 아버지에겐 통하지 않았다. 그는 더 깊숙이 의자에 몸을 파묻을 뿐이었다. 그러다 모녀가 아버지의 겨드랑이를 추켜올리면 그제야 눈을 뜨고 어머니와 여동생을 번갈아 보면서 "이런 게 인생이지. 이게 내 말년의 평화로구나" 하고 말하곤 했다. 그러고는 두 여자의 부축을 받으면서 몸을 일으켰고, 여자들에 이끌려 마치 몸이 자신에게도 엄청 무거운 짐인 양 굼뜨게 문까지 가서 두 사람에게 가도 된다고 손짓을 한 다음 혼자서 걸어갔다. 그러나 어머니는 바느질감을, 여동생은 펜을 황급히 내던지고 아버지를 뒤따라가서 계속 부축했다.

식구 가운데 이렇게 일에 지치고 녹초가 됐는데도 그레고르에게 꼭 필요한 것 이상으로 신경을 써 줄 사람이 누가 있겠는가. 집안 살림은 점점 기울어 갔다. 이제는 하녀도 내보냈다. 대신 기골이 장대한 파출부가 흰머리를 휘날리며 아침저녁으로 와서 제일 힘든 일을 해 주었다. 다른 잔일은 어머니가 그 많은 바느질 일을 하면서도 맡아서 해냈다. 심지어 어머니와 여동생이 예전에 오락 행사와 축제 행사 때 너무나 행복해하며 착용하던 갖가지 장신구들을 내다 파는 일까지 있었다. 그레고르는 이런 사실을 저녁에 물건 가격을 얼마를 받아야 할지 모두가 상의하는 것을 듣고 알게 되었다. 그러나 가장 큰 고충은 지금 형편에서 너무 큰 이 집을 떠날 수 없다는 것이었다. 그레고르를 옮길 방법을 생각해 낼 수가 없었기 때문이다. 하지만 그레고르는 이사를 못하는 이유가 자신에 대한 배려 때문만은 아니라는 걸 잘 알고 있었다. 그를 옮기는 일이야 적당한 상자에 숨구멍을 몇 개 뚫어 주기만 하면 쉽게 가능했다. 오히려 식구들이 새로운 집으로 이사하지 못하는 주된 이유는 친척이나 지인을 통틀어 아무도 그런 불행을 당한 적이 없다는 막막한 절망감에 있었다. 세상이 가난한 사람들에게 요구하는 일을 식구들은 안간힘을 쓰면서 해냈다. 아버지는 말단 은행원들에게 아침 식사를 날라다 주었고, 어머니는 알지도 못하는 사람들의 속옷 바느질을 하느라 온 힘을 다 쏟았으며, 여동생은 고객들이 시키는 대로 판매대 뒤에서 이리저리 뛰어다녔다. 하지만 식구들에게 그 이상의 여력은 없었다. 어머니와 여동생이 아버지를 침대까지 데려다준 다음에 돌아와서 일거리를 그대로 둔 채 서로 뺨이 닿을 정도로 가까이 다가앉을 때면, 이제 어머니가 그레고르의 방을 가리키면서 "그레테야, 저 문 좀 닫아" 하고 말하고, 그레고르가 다시 어두운 방에 갇혀 있는 동안 모녀는 얼굴을 맞대고 눈물을 흘리고 혹은 눈물조차 흘리지 않으며 식탁을 멍하니 바라보고 있을 때면, 그레고르는 등의 상처가 마치 새로 생긴 것처럼 아프기 시작했다.

여러 밤과 낮들을 그레고르는 거의 잠을 자지 않고 보냈다. 이따금 그는 다음번에 문이 열리기만 하면 다시 이전처럼 집안의 일들을 도맡겠다는 생각을 했다.

오랜만에 그의 기억 속에 사장과 지배인, 점원과 견습생들, 도무지 말귀를 못 알아듣는 짐꾼, 다른 회사에 있는 두어 명의 친구들, 어느 지방 호텔의 여종업원 등이 떠올랐다. 짧게 지나간 애틋한 기억도 있었다. 그는 어느 모자가게의 계산대 아가씨에게 진지하게, 하지만 너무 뜸을 들여서 구애한 적이 있었다. 이들 모두가 낯선 사람들 또는 잊어버린 사람들과 뒤섞여 어른거렸다. 하지만 그들은 그와 식구들에게 도움이 되기는커녕 하나같이 가까이 다가갈 수도 없었기 때문에, 그들이 사라지고 나면 그는 기뻤다. 그런 다음에 그는 가족을 염려할 기분이 전혀 나지 않기도 했다. 열악한 대우에 대한 분노만 끓어올랐다. 어떤 음식을 먹고 싶은지 떠오르지도 않았지만, 어떻게 하면 음식 저장실로 가서 배는 고프지 않더라도 그에게 합당한 음식을 먹을 수 있을지 계획을 세웠다. 이제는 여동생도 어떤 음식이 특히 그레고르의 마음에 들지 깊이 생각하는 일 없이 아침과 점심에 가게로 나갈 때 아무 음식이나 되는 대로 그레고르의 방에 급하게 발로 밀어 넣었다. 그리고 저녁에는 음식을 한번 맛이라도 봤는지, 아니면 대개 그랬듯 전혀 건드리지도 않았는지에 상관없이 빗자루로 단번에 쓸어내 갔다. 방을 치우는 일은 언제나 저녁에 눈 깜짝할 사이에 해치웠다. 사방 벽에는 지저분한 줄무늬가 있었고, 여기저기 먼지와 오물이 뒤엉켜 널려 있었다. 그레고르는 처음에는 여동생이 들어오면 유난히 지저분한 구석으로 갔고, 그렇게 가 있음으로써 그녀에게 일종의 비난을 내비치려 했다. 하지만 그렇게 몇 주일씩 버텨도 여동생의 태도는 더 나아질 것 같지 않았다. 여동생도 지저분한 것을 봤지만 그대로 내버려두기로 작정한 듯했다. 그러면서도 그녀는, 사실 온 가족이 대체로 예민해져 있긴 했지만, 그레고르의 방을 치우는 일이 자기 일로 남겨져 있는지 새삼스럽게 신경을 곤두세우기 시작했다. 한번은 어머니가 그레고르의 방을 대청소한다며 물을 몇 양동이나 써서 일을 마친 적이 있었다. 그레고르는 너무 많은 습기 때문에 기분이 상해 소파 위에 널브러져 씁쓸한 심정으로 꼼짝 않고 누워 있었다. 그런데 이것이 어머니에겐 화근이 되었다. 왜냐하면 저녁에 여동생이 그레고르의 방이 달라진 것을 알아차리자마자 극도의 모욕감을 느끼며 거실로 달려갔고, 어머니가 두 손을 올리며 간청하다시피 달랬는데도, 몸을 부들부들 떨며 울음을 터뜨렸기 때문이다. 아버지는 당연히 깜짝 놀라 안락의자에서 일어났고, 부모는 처음에는 그저 놀라 어쩔 줄 모르고 바라만 보다가 마침내 움직이기 시작했다. 오른쪽에서는 아버지가 어머니에게 그레고르의 방 청소를 여동생에게 맡겨 놓지 않았다고 비난을 했고, 왼쪽에서는 여동생이 앞으로는 절대로 그레고르의 방을 청소하지 말라고 소리를 질러 댔다. 어머니가 흥분한 나머지 제정신이 아닌 아버지를 침실로 끌고 가려고 애쓰는 동안, 여동생은 흐느껴 우느라 몸을 들썩이며 작은 주먹으로 식탁을 마구 쳐 댔다. 그리고 그레고르는 아무도 그에게 문을 닫아 이 추태와 소음을 막아 줄 생각을 하지 않는다는 사실에 분노하며 힘껏 쉭쉭 소리를 냈다.

여동생이 직장 일에 지쳐서 그레고르를 전처럼 보살펴 주는 데 신물이 날 지경이라고 해도 아직은 어머니가 굳이 나서서 여동생의 일을 해 줄 필요는 없었고, 그레고르가 방치될 수밖에 없는 것도 아니었다. 이제는 파출부가 있었기 때문이다. 뼈대가 억세고 한평생 아무리 험한 일도 이겨 냈을 법한 이 늙은 과부는 그레고르를 그다지 꺼리지 않았다. 그녀는 호기심이 동해서가 아니라 우연히 그레고르의 방문을 열었다가 그를 보고 말았다. 그레고르는 아무도 자기를 몰아대지 않는데도 소스라치게 놀라서 이리저리 달아나기 시작했고, 파출부는 양 손바닥을 무릎에 댄 채 기가 막힌 듯 멍하니 서 있었다. 그때부터 파출부는 아침저녁으로 잠깐씩 문을 조금 열고는 그레고르 살펴보기를 게을리하지 않았다. 처음에는 그레고르를 자기 쪽으로 와 보라고 부르기도 했는데, 딴에는 친근하게 말을 붙인답시고 "이리 와 봐, 늙은 말똥구리!"라고 하거나 "저 늙은 말똥구리 좀 보게!"라고 했다. 그런 식으로 말을 걸면 그레고르는 아무 대꾸도 하지 않고 아예 문이 열린 적도 없다는 듯이 자리에서 꼼짝도 하지 않았다. 이 파출부가 기분 내키는 대로 그에게 쓸데없이 귀찮게 굴도록 내버려두지 말고 차라리 매일 그의 방을 청소하라고 시켰다면 좋았으련만! 한번은 벌써 봄이 오려는지 세찬 비가 유리창을 두들기던 어느 이른 아침에 파출부가 또 그런 투의 말을 내뱉기 시작하자 그레고르는 화가 치밀어서 느리고 허약한 동작이긴 했지만 공격이라도 할 듯이 그녀를 향해 몸을 돌렸다. 하지만 파출부는 겁을 내기는커녕 대뜸 문 근처에 있던 의자를 번쩍 들고는 입을 크게 벌린 채 서 있었다. 손에 든 의자로 그레고르의 등짝을 내리치면서 입을 다물겠다는 뜻인 게 분명했다. 그레고르가 다시 몸을 돌리자 "어때, 더는 안 되겠지?" 하고 말하며 그녀는 의자를 가만히 다시 구석에 내려놓았다.

그레고르는 이제 거의 아무것도 먹지 않았다. 차려 놓은 음식 옆을 지나가게 될 때나 어쩌다 장난삼아 한입 베어 물고는 몇 시간씩 입안에 가지고 있다가 대개는 다시 뱉어 버렸다. 처음엔 그가 음식을 멀리하게 된 것이 방의 상태에 대한 슬픔 때문이라고 생각했지만, 방에서 이런저런 바뀐 점들에 그는 금방 적응했다. 식구들은 다른 곳에 두기 마땅치 않은 물건을 이 방에 들여놓는 버릇이 들었는데, 이제는 그런 물건들이 많이 늘어났고, 그 이유는 방 하나를 세 명의 남자 하숙인들에게 세주었기 때문이다. 이 근엄한 신사들은 — 한번은 문틈으로 살펴보니 세 남자 모두 덥수룩한 수염을 기르고 있었는데 — 그들의 방뿐만 아니라, 어차피 이 집에 세를 들어왔으니 당연하다는 듯 온 집안 살림, 특히 부엌에 대해 과하다 싶을 정도로 정리정돈에 신경을 썼다. 이들은 쓸데없는 물건이나 더러운 잡동사니를 보면 참지 못했다. 게다가 각자 사용할 비품을 대부분 가지고 와서 많은 물건이 불필요하게 되었다. 그런 물건들은 내다 팔 가치는 없었지만 그렇다고 버리기도 아까웠다. 그런 물건들이 모조리, 부엌에 있던 재 담는 통이나 쓰레기통까지도 그레고르의 방으로 옮겨졌다. 늘 서두르는 파출부는 당장 사용하지 않는 물건이면 바로 그의 방에 던져 넣었다. 다행히 그레고르에겐 대개 해당 물건과 그 물건을 든 손만 보였다. 파출부는 적당한 때와 기회가 되면 물건들을 다시 가져가거나 아니면 모조리 한꺼번에 내다 버릴 작정인 듯했다. 하지만 실제로 물건들은 처음 던져진 곳에 그대로 있었고, 다만 그레고르가 잡동사니들 사이를 비집고 통과하느라 조금씩 움직였을 뿐이었다. 처음에는 기어다닐 자리가 없어서 하는 수 없이 그랬지만, 나중에는 점점 재미가 있어서 그랬다. 그렇게 돌아다니고 나면 죽도록 피곤하고 슬퍼져 몇 시간이고 꼼짝도 하지 못했다.

가끔은 하숙인들이 집에서 공동의 거실에 모여 저녁을 먹기도 했기 때문에, 저녁에는 거실로 통하는 문이 닫혀 있을 때가 있었다. 그러면 그레고르는 쉽게 단념하고 문 열기를 기대하지 않았다. 저녁에 문이 열려 있을 때도 그 기회를 이용하지 않고 그냥 가장 어두운 방구석에 드러누워 있곤 했으며, 그래도 식구들은 알아채지 못했다. 그런데 한번은 파출부가 거실로 통하는 문을 조금 열어 놓았을 때였다. 하숙인들이 저녁에 거실로 나와서 불을 켰을 때도 문이 그대로 열려 있었다. 하숙인들은 예전에 아버지와 어머니 그리고 그레고르가 앉던 식탁의 윗자리에 자리를 잡고 냅킨을 펴고 포크와 나이프를 집어 들었다. 어머니가 즉시 고기를 담은 대접을 들고 문간에 나타났고, 바로 뒤따라 여동생이 감자를 수북이 쌓은 대접을 들고 왔다. 음식에서는 김이 모락모락 났다. 하숙인들은 그들 앞에 내려놓은 대접 위로 고개를 숙이고 시식을 하려는 것 같았다. 실제로 가운데 앉은, 다른 두 사람한테 권위로 여겨지는 듯한 남자가 아직 대접에 놓여 있는 고기를 한 점 잘라서 잘 익어 연한지 아니면 혹시라도 부엌으로 돌려보내야 할지 확인했다. 그는 만족했고, 긴장해서 지켜보던 어머니와 여동생은 안도의 한숨을 내쉬며 미소 지었다.

정작 식구들은 부엌에서 식사를 했다. 그래도 물론 아버지는 부엌으로 가기 전 거실에 들어가서 딱 한 번 몸을 숙여 인사를 하고는 모자를 손에 든 채 식탁 주위를 한 바퀴 빙 돌았다. 그러면 하숙인들은 모두 일어나서 수염 속에서 뭐라고 웅얼거렸다. 다시 그들끼리만 있게 되면 거의 적막한 가운데 먹기만 했다.

그레고르는 식사할 때 나는 여러 소리 중에 유독 이로 씹는 소리만 도드라져 들리는 게 이상했다. 마치 음식을 먹으려면 이가 필요하며, 이가 없는 턱은 아무리 훌륭해도 아무것도 할 수 없다고 그레고르에게 보여 주는 것 같았다. 그레고르는 근심에 잠겨 중얼거렸다. "나도 식욕은 있지. 하지만 저런 건 먹고 싶지 않아. 저 하숙인들이 먹고 있는 걸 보라지, 나라면 죽고 말 거야!"

바로 이날 저녁 부엌에서 바이올린 소리가 울렸다. 그레고르는 벌레로 변한 이래 바이올린 소리를 들은 기억이 없었다. 하숙인들은 이미 저녁 식사를 마쳤고, 가운데 남자가 신문을 하나 꺼내 들고서 다른 두 사람에게 한 장씩 나눠 주었다. 그들은 몸을 뒤로 기댄 채 신문을 읽으며 담배를 피웠다. 바이올린 연주가 시작되자 그들은 귀를 기울이다가 자리에서 일어났다. 그리고 발끝으로 걸어 현관 쪽 문을 향해 가서는 나란하게 붙어 서 있었다. 부엌에서도 분명히 이들의 기척을 들은 모양이었다. 아버지가 큰 소리로 물었다. "신사분들, 혹시 연주가 듣기 싫으신가요? 그럼 당장 그만둘 수 있어요." 그러자 하숙인 중 가운데 남자가 대답했다. "천만에요. 따님이 우리 쪽으로 와서 거실에서 연주하면 어떨까요? 그래도 여기가 훨씬 편안하고 아늑하잖아요?"

"아, 그렇게 하지요!" 아버지는 자신이 바이올린 연주자라도 되는 양 외쳤다. 하숙인들은 거실로 돌아가서 기다렸다. 아버지가 금방 보면대를 들고 왔고, 어머니는 악보를, 여동생은 바이올린을 들고 따라왔다. 여동생은 차분하게 연주할 준비를 했다. 부모님은 지금까지 세를 주어 본 적이 한 번도 없었기에 하숙인들에게 과장되게 공손히 행동했고, 원래 자기 자리에 앉을 엄두도 내지 못했다. 아버지는 문에 기대서서 오른손을 제복을 여민 단추들 사이에 찔러 넣고 있었다. 어머니는 하숙인 한 사람에게 의자를 권해 받긴 했지만, 그가 별생각 없이 의자를 내려놓은 한쪽 구석에 그대로 떨어져서 앉아 있었다.

여동생이 연주를 시작했다. 아버지와 어머니는 각자의 자리에서 여동생의 손놀림을 주의 깊게 지켜보았다. 그레고르는 연주에 이끌려서 과감히 앞으로 조금 나아갔고, 어느새 머리를 거실로 내밀고 있었다. 최근에 그는 자신이 다른 사람들을 거의 고려하지 않고 행동하는 것을 별로 이상하게 느끼지 못했다. 예전에는 그런 배려가 그의 자부심이었다. 하지만 지금이야말로 몸을 숨길 충분한 이유가 있었을 것이다. 그의 방 안 곳곳에 쌓인 먼지 때문에 몸을 조금만 움직여도 먼지가 풀풀 날렸고, 그 역시 온몸이 먼지로 뒤덮여 있었다. 그는 실과 머리카락, 음식 찌꺼기를 등에 지고 옆구리에 달고 다녔다. 전에는 하루에도 몇 번씩 한 일이지만, 등을 대고 누워 양탄자에 몸을 비벼 대기엔, 그는 이제 모든 일에 너무나도 무관심해져 있었다. 이런 상태인데도 그는 반질반질한 거실 마룻바닥으로 기어 나가는 데 조금도 망설이지 않았다.

물론 그래도 아무도 그에게 주의를 기울이지 않았다. 식구들은 바이올린 연주에 온통 정신이 팔려 있었다. 반면 하숙인들은 처음에는 손을 바지 주머니에 넣고 악보를 볼 수 있을 정도로 너무 가까이 여동생의 보면대 쪽으로 다가가 서 있었고, 그래서 여동생의 연주에 방해될 것이 분명했는데, 그러다가 고개를 숙이고 무슨 대화인가를 쑥덕이며 창가로 물러나, 아버지가 마음을 졸이며 지켜보는 가운데 그대로 머물러 있었다. 그들은 근사하거나 즐거운 바이올린 연주를 들을 거라고 기대했다가 실망한 기색이 역력했다. 그들은 연주가 온통 지겹지만 그저 예의를 지키기 위해 휴식에 방해가 되는데도 참는 것 같았다. 특히 코와 입으로 담배 연기를 허공으로 내뿜는 모습에서 그들이 엄청나게 짜증이 난 것을 알아볼 수 있었다. 그래도 여동생은 참으로 아름답게 연주하고 있었다. 여동생은 얼굴을 옆으로 기울인 채 꼼꼼히 확인하면서 슬픈 눈길로 악보의 선을 따라갔다. 그레고르는 조금 더 앞으로 기어 나갔고 머리를 바닥에 바짝 댄 채 행여나 여동생의 눈길과 마주칠 수 있을까 바라고 있었다. 이렇게 음악에 사로잡히는데도 그가 과연 짐승이란 말인가? 그는 마치 동경하던 미지의 음식으로 통하는 길이 보이는 것만 같았다. 그는 여동생이 있는 데까지 나아가기로 마음먹었다. 여동생의 치맛자락을 잡아당겨서 바이올린을 갖고 자신의 방으로 가자는 뜻을 전할 생각이었다. 여기서는 아무도 그레고르처럼 이 연주에 대해 보상하지 않았기 때문이었다. 이제부터, 적어도 그가 살아 있는 동안에는 여동생을 그의 방에서 내보내지 않을 작정이었다. 그의 끔찍한 모습이 처음으로 쓸모가 있을 것이다. 그는 모든 방문을 동시에 지키고 있다가 침입자들에 맞서 날카로운 소리를 내지를 것이었다. 하지만 여동생은 강요에 의해서가 아니라 자발적으로 그의 곁에 있어야 한다. 여동생이 소파에 그와 나란히 앉아 그를 향해 고개를 숙이고 그의 말에 귀를 기울일 것이다. 그러면 여동생에게 정말로 음악원에 보내 줄 작정이었다고, 이런 불행만 닥치지 않았으면 지난번 크리스마스 때 ― 크리스마스는 벌써 지났겠지? ― 그 어떤 반대에도 개의치 않고 모두에게 이런 생각을 밝혔을 거라고 털어놓고 싶었다. 이런 말을 들려주면 여동생은 감동의 눈물을 흘리고, 그러면 그레고르는 여동생의 어깨까지 몸을 일으켜 세워 목에 키스를 할 것이다. 가게에 나가게 된 이후로 여동생은 리본이나 칼라를 하지 않은 채 목을 드러내고 다녔다.

"잠자 씨!" 하고 가운데 남자가 아버지를 향해 소리치고는 더 이상 아무 말도 하지 않고 집게손가락을 들어 천천히 앞으로 기어 오는 그레고르를 가리켰다. 바이올린 소리가 그쳤다. 가운데 하숙인은 처음에는 머리를 가로저으며 친구들을 향해 어이없는 웃음을 짓더니 다시 그레고르 쪽을 바라봤다. 아버지는 그레고르를 쫓아내는 것보다 하숙인들을 진정시키는 일이 더 먼저라고 여기는 것 같았다. 하지만 정작 하숙인들은 전혀 흥분하지 않았고, 그레고르를 바이올린 연주보다 더 재미있어 하는 듯했다. 아버지는 그들에게 달려가서 팔을 벌리고 방으로 몰아넣으려 하는 동시에 그들이 그레고르를 보지 못하게 몸으로 가리려고 했다. 그러자 하숙인들은 이제 정말로 약간 화를 냈는데, 그것이 아버지의 행동 때문인지, 아니면 옆방에 그레고르 같은 이웃이 있는 줄도 모르다가 이제야 알게 되었기 때문인지 더는 알 수가 없었다. 그들은 아버지에게 해명을 요구했고, 팔을 들어 불안하게 수염을 만지작거리며 느릿느릿 움직여 자기들 방 쪽으로 물러났다. 그러는 사이에 여동생은 갑자기 연주를 중단하고는 망연자실 서 있다가 마음을 추슬렀다. 그녀는 축 늘어뜨린 손으로 바이올린과 활을 들고 있다가 마치 아직도 연주를 하는 것처럼 한동안 악보를 계속 들여다보았고, 갑자기 벌떡 일어나더니 가쁜 숨을 몰아쉬며 자신의 자리에 앉아 있던 어머니의 무릎에 악기를 내려놓았다. 그러고서 여동생은 옆방으로 달려갔는데, 하숙인들은 아버지한테 떠밀려서 어느새 더 먼저 자신들의 방으로 다가가고 있었다. 여동생의 능숙한 손놀림으로 이불과 베개가 침대 위로 휙휙 날리며 정돈되는 광경이 보였다. 하숙인들이 방에 다다르기 전에 여동생은 잠자리 정돈을 마치고 살며시 방에서 빠져나왔다.

아버지는 다시 아집에 사로잡힌 듯 하숙인들에게 어쨌거나 갖추어야 할 예의를 깡그리 잊어버리고 그들을 무조건 밀어 대기만 했다. 마침내 방문에 다다르자 가운데 신사가 발로 바닥을 쿵쿵 굴러서 아버지를 멈춰 세웠다. 그는 한쪽 손을 쳐들고 시선을 어머니와 여동생에게까지 향하면서 말했다. "이 집과 가족의 역겨운 상황을 고려하여"—그는 여기까지 말하더니 한순간에 마음먹은 듯 바닥에 침을 탁 뱉었다—"이 집에서 당장 나가겠다는 것을 밝히는 바입니다. 물론 여기서 산 기간에 대해서는 한 푼도 내지 않을 것이며, 오히려 당신들에게 일종의 보상을 청구할지 생각해 보겠습니다. 그냥 하는 말이 아니고, 근거도 쉽게 제시할 수 있을 겁니다." 그는 말을 멈추고 뭔가를 기다리기라도 하듯 정면을 바라봤다. 아니나 다를까 바로 그의 두 친구가 즉시 말을 거들고 나섰다. "우리도 당장 해약하겠습니다." 그러자 가운데 하숙인은 문고리를 잡고 쾅 하고 문을 닫아 버렸다.

아버지는 비틀거리고 손으로 더듬으며 의자로 가더니 무너지듯 앉았다. 그러고는 평소의 습관처럼 초저녁잠을 청하려고 몸을 펴는 듯했지만, 머리를 심하게 끄덕이는 것으로 보아 전혀 잠을 자고 있지 않았다. 그레고르는 소동이 벌어지는 내내 그가 하숙인들에게 발각된 그 자리에서 꼼짝 않고 있었다. 계획이 수포로 돌아간 것에 실망했을 뿐 아니라 너무 많이 굶은 나머지 허약해져서 움직일 수가 없었다. 그는 모든 것이 그의 위로 무너지듯 닥쳐올 다음 순간에 대해 거의 확신하면서 두려운 마음으로 기다렸다. 바이올린이 어머니의 떨리는 손 아래에 있다가 품에서 떨어지는 바람에 퉁 하고 울리는 소리를 냈지만 그레고르는 조금도 놀라지 않았다.

"부모님, 보세요" 하고 여동생이 말을 시작하면서 손으로 식탁을 쳤다. "이렇게 계속 지낼 수는 없어요. 두 분은 모르실 수도 있겠지만 저는 알아요. 저는 이 흉악한 짐승을 오빠라고 부르지도 않겠어요. 우리는 저것에서 벗어나려고 시도해야 한다는 말만 할게요. 우리는 저걸 돌보고 참아 주면서 사람이 할 수 있는 일은 다 했어요. 그러니 아무도 우리를 털끝만큼도 비난할 수 없다고 생각해요."

"백 번 천 번 옳은 말이다." 아버지가 혼잣말처럼 대꾸했다. 아직도 제대로 숨을 쉬지 못하는 어머니는 넋 나간 눈빛을 하고 손으로 입을 가려 소리를 죽여 가며 기침을 하기 시작했다.

여동생이 급히 어머니한테 달려가서 이마를 짚었다. 아버지는 여동생의 말을 듣고서 어떤 생각에 도달하게 된 듯 보였다. 아버지는 똑바로 앉아서 하숙인들이 저녁 식사를 한 뒤 식탁 위에 남겨진 접시들 사이에 사환 모자를 만지작거렸으며, 이따금 가만히 있는 그레고르 쪽을 힐끗 쳐다보았다.

"우리는 저것에서 벗어나려고 해 봐야 해요." 여동생은 이제 아버지를 보고서만 이야기했다. 어머니는 기침을 하느라 아무 것도 알아듣지 못했던 것이다. "저것이 두 분을 죽이고 말 거예요. 그날이 다가오는 게 보여요. 우리처럼 힘들게 일해야 하는 처지에 집에서까지 이 끝없는 고통을 감당할 수는 없어요. 저도 더 이상은 못하겠어요." 여동생이 너무 격하게 울음을 터뜨려서 눈물이 어머니의 얼굴에 흘러내렸고 그녀는 기계적인 손동작으로 어머니의 눈물을 훔쳤다.

"얘야." 아버지가 그 괴로움을 안다는 듯 눈에 띄게 이해심 어린 어조로 말했다. "그럼 우리가 어쩌는 게 좋겠냐?"

여동생은 자신도 어찌할 방도를 모르겠다는 듯 어깨만 으쓱했다. 우는 동안에 그전까지 확신에 찼던 것과는 대조적으로 속수무책임을 실감한 것이다.

"만일 재가 우리 말을 알아듣는다면" 하고 아버지는 반쯤은 묻는 어조로 말을 꺼냈고, 그러자 여동생은 울다 말고 그런 일은 생각할 수도 없다는 표시로 마구 손사래를 쳤다.

"재가 우리 말을 알아들으면," 하고 같은 말을 되풀이하면서 아버지는 그건 불가능하다는 여동생의 확신을 받아들이는 표시로 눈을 감고 말을 이었다. "그럴 수만 있다면 혹시라도 저 애하고 어떤 합의를 볼 수도 있을 텐데. 하지만 그렇게…."

"저건 없어져야 해요!" 하고 여동생이 소리쳤다. "아버지, 그것이 유일한 해결책이라고요. 그냥 저게 그레고르라는 생각부터 버리셔야 해요. 그동안 그렇게 믿어 왔던 게 우리의 진짜 불행이에요. 어떻게 저게 대체 오빠일 수 있어요? 만일 저게 그레고르라면, 인간이 저런 짐승과 함께 사는 것은 불가능하다는 걸 진작 깨닫고 제 발로 떠나 주었겠죠. 그러면 우리는 오빠를 잃겠지만 추억을 간직한 채 계속 살아갈 수 있을 거예요. 그런데 우리를 이렇게 못살게 굴고 하숙인들을 쫓아내는 걸 보니 이 짐승은 집을 독차지하고 우리를 길거리에서 밤새우게 하려는 게 분명하잖아요. 저기 보세요, 아버지." 여동생이 갑자기 비명을 질렀다. "저게 또 시작해요!"

그러더니 여동생은 그로서는 무슨 영문인지 모를 공포에 사로잡혀 어머니마저 내버려두고 그레고르 가까이에 있느니 차라리 어머니를 희생시키는 편이 낫다는 듯이 의자를 박차고 일어나 아버지의 뒤로 달려갔다. 아버지는 순전히 여동생의 행동 때문에 흥분했고 덩달아 일어나서는 팔을 반쯤 쳐들어 보호해 주려는 듯 여동생의 앞을 막아 가렸다.

하지만 그레고르는 여동생은 물론이고 누구에게도 겁을 줄 생각이 전혀 없었다. 그저 자기 방으로 돌아가기 위해 몸을 돌리기 시작했을 뿐이다. 다만 그 동작이 유난히 눈에 띄긴 했는데, 몸 상태가 괴롭다 보니 힘겹게 몸을 돌릴 때 머리의 힘까지 빌려야 했고 여러 차례 머리를 들었다가 바닥에 부딪친 것이다. 그는 동작을 멈추고 주위를 살펴봤다. 그에게 악의가 없다는 것을 알아차린 듯했다. 그저 한순간 놀랐을 뿐인 것이다. 이제 모두가 그를 말없이 슬프게 바라보았다. 어머니는 다리를 모아 쭉 뻗은 채 안락의자에 누웠고 두 눈은 기진맥진해 거의 감겨 있었다. 여동생과 아버지는 나란히 앉아 있었는데, 여동생은 한쪽 팔을 아버지의 목에 걸치고 있었다.

'아마 이제는 몸을 좀 돌려도 되겠지' 하고 그레고르는 생각하며 다시 몸의 방향을 돌리기 시작했다. 힘이 들어 숨을 헐떡이지 않을 수 없게 되면 이따금 쉬기도 했다. 어차피 아무도 재촉하지 않았고 무엇을 하든 그의 일일 뿐이었다. 몸을 다 돌리자마자 그는 곧장 방으로 돌아가기 시작했다. 그는 방까지의 거리가 무척이나 먼 것에 놀랐다. 조금 전에는 어떻게 그가 허약해진 몸으로 의식하지도 못하면서 먼 거리를 지나왔는지 알 수가 없었다. 오로지 빨리 기어가야 한다는 일념에 그는 식구들이 어떤 말이나 외침으로도 그를 방해하지 않고 있다는 사실을 깨닫지 못했다. 어느새 문에 다다라서야 그는 고개를 돌려보았고, 목이 뻐근해서 완전히 돌리지는 못했지만, 그의 뒤쪽에서 여동생이 일어선 것 말고는 아무 변화도 없는 걸 보았다. 그의 마지막 눈길이 이제는 완전히 잠든 어머니를 스쳤다.

그가 방 안으로 들어서기가 무섭게 문이 닫히고 단단히 빗장이 걸려 잠겼다. 느닷없는 등 뒤 소음에 깜짝 놀란 그레고르는 다리 몇 개가 꺾이고 말았다. 그렇게 다급히 행동한 것은 바로 여동생이었다. 여동생은 진작부터 일어나서 기다리다가 재빨리 달려 나왔지만, 그는 여동생이 달려오는 소리를 전혀 듣지 못했다. "됐어요!" 하고 여동생은 자물쇠에 열쇠를 넣어 돌리면서 부모님에게 소리쳤다. '이제 어쩌지?' 그레고르는 스스로에게 물으며 어둠 속에서 주위를 둘러보았다. 그리고 이제는 조금도 움직일 수가 없다는 사실을 곧 깨달았다. 그는 놀라지도 않았다. 오히려 지금까지 이렇게 가냘픈 다리로 계속 움직일 수 있었다는 사실이 기이하게 느껴졌다. 그럼에도 어쨌든 비교적 편안한 느낌이 있었다. 온몸이 아프긴 했지만 어쩐지 통증은 점점 약해지고 또 약해져서 마침내 완전히 사라져 줄 것만 같았다. 등에 박힌 썩은 사과와 그 주위의 곪은 분위는 온통 솜털 같은 먼지로 뒤덮여 있었지만 아무 느낌도 없었다. 그는 가슴 저미는 사랑으로 가족들에 대해 돌이켜 생각했다. 그가 사라져야 한다는 생각은 어쩌면 여동생보다도 그가 훨씬 더 단호했을 것이다. 어느덧 시계탑의 시계가 세 시를 울릴 때까지 그는 이렇듯 공허하고 평화로운 상념에 잠긴 상태였다. 그는 창 너머에서 사방이 환해지기 시작하는 것까지 아직은 느낄 수 있었다. 그러고는 그의 머리를 자신도 모르게 푹 떨구었고 콧구멍에서 마지막 숨이 희미하게 새어 나왔다.

이른 아침에 파출부가 왔다. 그녀는 힘이 워낙 세고 성미가 급해서 제발 그러지 말라고 번번이 부탁해도 문이란 문은 모두 쾅쾅 닫았고, 그 바람에 그녀가 오고부터는 집 안 어디에서도 편안한 잠을 잘 수가 없었다. 그녀는 평소처럼 그레고르의 방을 잠깐 들여다봤지만, 처음엔 아무것도 특별한 점을 발견하지 못했다. 파출부는 그가 모욕감을 느낀 내색을 하느라고 일부러 꼼짝 않고 엎드려 있다고 생각했다. 그녀는 그레고르가 나름대로 온갖 생각을 할 줄 안다고 믿는 편이었다. 마침 긴 빗자루를 들고 있었기에 문간에 선 채 빗자루로 그레고르를 간질여 보았다. 그래도 아무런 반응이 없자 짜증이 난 그녀는 그레고르를 살짝 찔러 보았고, 그가 아무런 저항도 없이 자리에서 밀려나자 이상한 낌새를 알아차리게 되었다. 그녀는 곧 사태의 진상을 깨닫고 눈이 휘둥그레져 자기도 모르게 휘파람을 불었다. 하지만 더 지체하지 않고 침실 문을 활짝 열어젖히고 어둑한 안을 향해 큰 소리로 외쳤다. "좀 와 보세요! 이게 뒈졌어요. 여기 뻗어 있다고요. 완전히 뒈졌다니까요!"

잠자 씨 부부는 침대에서 벌떡 일어나 앉아 파출부가 하는 말의 뜻을 파악하기 전에 우선 파출부의 소동으로 놀란 가슴부터 진정시켜야 했다. 곧바로 잠자 씨와 부인은 침대 양옆으로 황급히 일어났고, 잠자 씨는 어깨에 담요를 걸친 채, 부인은 잠옷 바람으로 방에서 나왔다. 부부가 그레고르의 방으로 들어섰다. 그 사이에 거실문도 열렸는데, 하숙인을 들인 후로 그레테가 잠을 자던 곳이었다. 그레테는 옷을 다 차려입고 있어서 잠을 자지 않은 것처럼 보였고, 창백한 얼굴이 그런 사실을 알려 주는 듯했다. "죽었다고요?" 잠자 부인은 모든 것을 직접 살펴볼 수도 있었고, 굳이 살펴보지 않더라도 알 수 있었는데도 묻는 표정으로 파출부 쪽을 바라보았다. 파출부는 "그렇다니까요"라고 대답하고는 확인시켜 주려고 빗자루로 그레고르의 사체를 옆으로 죽 밀어 보였다. 잠자 부인은 빗자루를 제지하려는 듯한 몸짓을 하다가 그만두었다. "그렇다면" 잠자 씨가 말했다. "이제 하느님께 감사드릴 수 있겠군." 그는 성호를 그었고, 세 여자도 그를 따라 했다. 잠시도 시체에서 눈을 떼지 않고 있던 그레테가 말했다.

"얼마나 말랐는지 보세요, 그렇게 오랫동안 아무것도 먹지 않았거든요. 음식을 들여놓아도 그대로 다시 내왔죠." 실제로 그레고르의 몸은 납작하게 말라 있었는데, 짧은 다리로 몸을 일으키지도 못하고 그밖에 시선을 끌 만한 어떤 것도 없으니 이제야 그의 상태를 제대로 알게 된 것이다.

"그레테야, 잠깐 우리 방에 가자꾸나." 잠자 부인이 슬픈 미소를 띠며 말했다. 그레테는 시체 쪽을 돌아보면서도 어머니와 아버지를 따라 침실로 들어갔다. 파출부는 방문을 닫고 창문을 활짝 열었다. 이른 아침인데도 신선한 공기에 벌써 미지근한 기운이 섞여 있었다. 어느덧 삼월 말이었다.

세 명의 하숙인은 방에서 나와 어리둥절한 표정으로 아침 식사를 찾아 두리번거렸다. 식구들은 그들의 존재를 까맣게 잊고 있었다. "아침 식사는 어디 있지요?" 가운데 신사가 볼멘소리로 파출부에게 물었다. 하지만 파출부는 쉿 하고 손가락을 입에 대고는 아무 말도 없이 하숙인들에게 그레고르의 방으로 와 보라고 급한 손짓을 했다. 그러자 그들도 와서는 낡은 상의 주머니에 손을 넣은 채 이미 완전히 환해진 그레고르의 방에서 그의 시체 주위에 둘러섰다.

그때 잠자 씨 부부의 침실 문이 열리면서 사환 제복을 입은 잠자 씨가 한쪽 팔에는 부인을 다른 팔에는 딸을 대동하고 나타났다. 세 식구는 모두 조금 운 기색이 있었다. 그레테는 간간이 아버지의 팔에 얼굴을 묻었다.

"당신들 당장 이 집에서 나가시오!" 잠자 씨가 여자들을 떼어 놓지 않은 채로 현관문을 가리키면서 말했다. 그러자 가운데 남자가 "무슨 말씀이죠?"라고 되물으면서 약간 당황한 듯 유화적인 미소를 띠었다. 다른 두 남자는 뒷짐을 진 채 양손을 쉴 새 없이 비벼 댔는데, 대판 싸움이 벌어지고 틀림없이 자기들한테 유리하게 결판나기를 흥미진진하게 기대하는 눈치였다. "내가 하는 말 그대로요"라고 잠자 씨는 대답하고 동반자인 두 여자와 나란히 하숙인들에게로 다가갔다. 하숙인은 처음에는 가만히 있다가 바닥을 내려다보았다. 머릿속에서 상황이 새로운 질서로 짜맞춰지고 있는 것 같았다. 이윽고 남자는 "그럼 우리는 나가겠습니다"라고 말하며 잠자 씨를 쳐다봤는데, 갑자기 주눅이 들어서 자신의 결정에 대해 새삼 허락을 구하는 것 같았다. 잠자 씨는 눈을 부릅뜨고 그저 몇 차례 고개를 끄덕일 뿐이었다. 그러자 남자는 정말로 곧장 복도로 성큼성큼 걸어 나갔다. 두 친구는 진작에 손장난을 멈추고 귀 기울여 듣고 있다가 풀쩍 뛰듯이 곧장 그를 따라나섰다. 마치 잠자 씨가 그들보다 먼저 복도로 나와서 자기들과 지도자 사이를 막을까 봐 겁먹은 것 같았다. 현관에서 세 사람은 일제히 옷걸이에 걸려 있던 모자를 집어 들고 지팡이 통에서 지팡이를 꺼내고는 말없이 몸을 숙여 인사를 하고 집에서 나갔다. 잠자 씨는 그래도 왠지 모르게 미심쩍어서 모녀와 함께 현관 앞까지 나갔는데, 공연한 의심이었다. 세 식구는 난간에 기대어 세 남자가 비록 느리긴 해도 긴 계단을 따라 계속 내려가는 모습을 바라보았다.

그들은 층마다 계단실이 일정한 각도로 휘는 지점에서 모습이 사라졌다가 금세 다시 나타나곤 했다. 그들이 아래층으로 내려갈수록 그들에 대한 잠자 씨 가족의 관심도 식어갔다. 그리고 정육점 점원이 머리에 짐을 얹고 당당한 태도로 그들을 향해 다가오다 위층으로 높이 올라갔을 때, 잠자 씨는 모녀와 함께 난간을 떠났고, 그렇게 모두는 홀가분한 마음으로 집 안으로 돌아왔다.

세 사람은 오늘 하루를 푹 쉬고 나들이 가는 데 쓰기로 했다. 그들은 이렇게 하던 일을 중지하고 쉴 자격이 있을 뿐 아니라 반드시 쉬어야만 했다. 그래서 세 사람은 식탁에 앉아 양해를 구하는 세 통의 편지를 썼다. 잠자 씨는 감독관에게, 부인은 일감을 주는 사람에게, 그레테는 가게 주인에게 썼다. 편지를 쓰는 동안 파출부가 들어와서 아침나절 일을 마쳤으니 가 보겠다고 했다. 세 사람은 편지를 쓰느라 처음에는 올려다보지도 않고 그저 고개만 끄덕였다. 그래도 파출부가 나갈 기미를 보이지 않자 그제야 그들은 짜증스러운 표정으로 쳐다봤다. “뭐지요?”라고 잠자 씨가 물었다. 파출부는 미소를 지으며 문간에 서 있었는데, 마치 이 가족에게 알려 줄 무척 좋은 일이 있지만 캐묻기 전에는 말하지 않겠다는 표정 같았다. 파출부의 모자에 꼿꼿이 꽂혀 있는 작은 타조 깃털이 사방으로 한들거렸는데, 그렇지 않아도 잠자 씨는 그녀가 일하는 내내 그 깃털이 거슬렸었다. “대체 무슨 볼일이 있어요?” 잠자 부인이 다시 물었는데, 파출부는 그래도 그녀를 가장 존중하는 편이었다. 파출부는 “예”라고 대답하고는 친근함의 표시로 웃느라고 말을 바로 잇지 못했다. “그러니까 옆방에 있는 그 잡것을 어떻게 치울지는 걱정하지 않으셔도 돼요. 벌써 처리했으니까요." 잠자 부인과 그레테는 계속 편지를 쓰려는 듯 편지지 쪽으로 몸을 숙였다. 잠자 씨는 이제 파출부가 어떻게 치웠는지 자세히 설명하려고 하자 손을 뻗어서 그만하라고 단호히 막았다. 파출부는 이야기를 못 하게 되자 자기가 실은 굉장히 바쁘다는 걸 떠올리고는 모욕감을 느낀 게 분명한 말투로 "그럼 잘들 계슈!"라고 소리쳤다. 그녀는 홱 돌아서서 문을 무지막지하게 쾅 닫고는 집을 떠났다.

"저녁에 해고해야겠어." 잠자 씨가 말했지만, 부인도 딸도 아무런 대답을 하지 않았다. 그들이 간신히 되찾은 평온이 파출부 때문에 다시 망쳐질 것 같았기 때문이다. 모녀는 일어나 창문 쪽으로 가서 서로 껴안은 채 가만히 있었다. 잠자 씨는 의자에 앉은 채 몸을 돌려 잠시 모녀를 바라봤다. 이윽고 그가 소리쳤다. "이리로 좀 와. 지난 일은 제발 놓아 버리라고. 이젠 나도 좀 생각해 주고 말이야." 모녀는 그의 말을 따라 곧장 그에게 달려가서 살갑게 어루만져 주고는 서둘러 편지를 마무리했다.

그러고 나서 세 사람은 다 함께 집을 나섰는데, 벌써 몇 달 동안 하지 못한 일이었다. 그들은 전차를 타고 도시 근교의 야외로 갔다. 그들만 앉아 있는 차량 안 곳곳에 따뜻한 햇살이 고루 비쳐 들었다. 그들은 편안하게 의자에 기댄 채 미래의 전망을 이야기했다. 자세히 따져 보니 다가올 날들이 나쁘지만은 않게 보였다. 지금까지 서로 캐묻지는 않았지만, 세 식구의 일자리는 모두 썩 괜찮은 편이었고 특히 앞으로의 전망이 밝았기 때문이다.

물론 지금의 상황을 크게 호전시키는 것은 집을 바꿔 이사 가는 것만으로도 이룰 수 있었다. 그레고르가 직접 고른 지금 집보다 더 작고 비용이 적게 들지만 입지가 좋고 무엇보다 더 실용적인 집으로 옮겨 갈 생각이었다. 그런 이야기를 나누는 사이에 잠자 씨 부부는 갈수록 생기가 도는 딸을 바라보면서, 그녀가 뺨에 핏기가 가실 정도로 온갖 고역을 치르고서도 요즘 들어 아름답고 풍만한 처녀로 피어났다는 걸 거의 동시에 알아보았다. 부부는 점점 말이 없어지고 이심전심으로 눈길만 주고받으면서 이제는 딸을 위해 건실한 신랑감을 찾아봐야겠다고 생각했다. 그리고 나들이의 목적지에 도착해서 딸이 맨 먼저 일어나 젊은 육체를 쭉 펴며 기지개를 켰을 때, 그들에게는 그 모습이 그들의 새로운 꿈과 멋진 계획을 보증하는 듯 보였다.

16

학술원에 드리는 보고

존경하는 학술원 회원 여러분!

여러분께서는 영광스럽게도 제가 원숭이로 살던 시절에 관한 보고서를 학술원에 제출해 달라고 요청하셨습니다.

유감스러우나 저는 그런 요청에는 응할 수가 없습니다. 저는 거의 오 년째 원숭이의 삶에서 동떨어져 살고 있기 때문입니다. 달력으로 가늠하면 짧을 수도 있는 기간이지만, 제가 그랬듯이 내내 달리려면 또 한없이 긴 세월이지요. 일정한 구간까지는 뛰어난 사람들이 동행해 줬고, 갖가지 충고와 박수갈채, 오케스트라 음악도 함께해 주었습니다만, 근본적으로 저는 혼자였습니다. 그 모든 동행은, 비유를 계속하자면, 통행을 차단하는 장애물이 나타나기 한참 전에 멈추었기 때문입니다. 만약 제가 고집스럽게 저의 태생과 젊은 시절의 추억에 집착했더라면 이러한 성취는 가능하지 않았을 것입니다. 모든 아집을 포기한다는 것이야말로 제가 자신에게 부과한 최고의 계율이었습니다. 자유로운 원숭이, 저는 이 속박에 순응했습니다. 그러자 과거의 추억들이 저에게 점점 더 문을 닫았습니다. 만약 인간들이 바랐다면, 저는 하늘이 지상에 온전히 열어 두는 문을 통해 처음엔 얼마든지 되돌아갈 수도 있었습니다. 그러나 제가 채찍질을 통해 앞만 보고 달리며 발전할수록 그 문은 점점 낮아지고 좁아졌습니다. 저는 인간 세상에서 더 편안하고 아늑함을 느끼게 되었습니다. 저를 뒤쫓아 과거에서 불어오던 폭풍도 잠잠해졌습니다. 그것은 이제 저의 발꿈치를 서늘하게 하는 미풍에 불과합니다. 바람이 불어오고 제가 한때 통과해 온 저 멀리 있는 구멍은 너무나 작아졌기 때문에, 설령 거기까지 돌아갈 힘과 의지가 충분하다 해도 구멍을 통과하려면 살가죽이 벗겨지고 말 것입니다. 솔직히 말씀드리지요, 제가 이런 문제를 비유로 표현하길 좋아하긴 하지만, 명확히 말해 보겠습니다. 여러분의 원숭이다움 말입니다. 여러분에게도 한때는 원숭이 시절이 있었다면, 여러분이 과거의 원숭이 시절과 구별되는 차이는 지금의 제가 과거의 원숭이 시절과 구별되는 차이보다 크지 않을 것입니다. 땅 위에서 걸어 다니는 자 누구나 발꿈치가 근질거리는 건 똑같습니다. 하찮은 침팬지든 위대한 아킬레스든 간에 말입니다. 그러나 극히 한정된 범위 안에서라면 저는 여러분의 요청에 응답할 수가 있고, 그것도 매우 기쁜 마음으로 그렇게 하겠습니다. 제가 처음 배운 것은 악수였습니다. 악수는 열려 있음을 보여 줍니다. 이제 제 경력의 정점에 이른 오늘 제가 저 최초의 악수에 대해서도 역시 솔직한 말을 하게 될 듯합니다. 그것은 제가 학술원에 본질적으로 새롭게 무언가를 알려 드리는 것도 아니고, 저에게 요구된 것 그리고 제가 아무리 애를 써도 말할 수 없는 어떤 것에는 훨씬 못 미칠 것입니다. 그럼에도 원숭이였던 존재가 인간세계로 진입해 안착하기까지 따랐던 기본 노선을 보여 드릴 수는 있을 것입니다. 만약 제가 완전히 자신감에 차서 문명 세계의 온갖 커다란 버라이어티 무대에서 제 위치를 요지부동의 수준으로 확보하지 못했더라면, 그나마 다음에 진술할 보잘것없는 내용조차도 말씀드리지 못했을 것입니다.

저는 황금 해안 출신입니다. 제가 어떻게 붙잡히게 되었는지는 인간들이 작성한 보고서에 의존해야 합니다. 어느 저녁 제가 원숭이 무리에 섞여 물을 마시러 갔을 때, 하겐베크 회사의 사냥 원정대가 ― 나중에 그 원정대장하고 저는 좋은 적포도주를 여러 병 비우는 사이가 되었습니다만 ― 물기슭의 숲에 매복하고 있었습니다. 그들은 총을 쐈고 저는 총에 맞은 유일한 원숭이였습니다. 두 방을 맞았죠.

한 방은 뺨에 맞았습니다. 가벼운 총상이었지만 맞은 자리에서 털이 모조리 떨어져 나가서 붉고 커다란 흉터가 남았습니다. 그 흉터는 저에게 역겹고 전혀 어울리지도 않는, 분명 어떤 원숭이가 생각해 냈을 법한 '빨간 페터'라는 이름을 붙여 주었습니다. 마치 얼마 전에 뒈진, 여기저기 알려진 저 조련된 원숭이 페터와 제가 고작 뺨에 난 붉은 흉터 정도로밖에 구분되지 않는다는 듯합니다. 이건 부차적인 이야기지만요.

두 번째 총알은 저의 엉덩이를 맞혔습니다. 이번엔 중상이었습니다. 제가 지금도 약간 절뚝거리는 것은 그 탓입니다. 최근 저는 신문에서 저에 관한 생각을 늘어놓곤 하는 수많은 경박한 인간 가운데 어떤 작자가 쓴 글을 읽었습니다. 아직도 저의 원숭이 근성이 완전히 억제되지 않았다는 겁니다. 그 증거라는 것이, 손님이 찾아오면 총알이 박힌 자국을 보여 주려고 바지 벗기를 좋아한다는 겁니다. 그런 작자는 글 쓰는 손의 손가락을 하나씩 모조리 분질러 버려야 합니다. 저는 말입니다, 제가 그러고 싶은 사람 앞에서는 얼마든지 바지를 벗을 수 있습니다. 제 엉덩이에는 잘 손질한 털가죽과 흉터밖에 없습니다. 적확하고 오해의 여지가 없는 특정한 단어를 골라 보자면 '포악한' 사격으로 인해 생긴 흉터 말입니다. 모든 것은 훤히 드러나 있습니다. 숨길 것은 아무것도 없습니다. 고결한 사람은 누구나 진실이 걸린 문제라면 세련된 매너 따위는 내팽개쳐 버립니다. 반면에 만약 그 글을 쓴 작자가 방문객이 올 때 바지를 벗는다면 그건 다른 이야기가 될 것입니다. 그자가 그런 짓을 하지 않는 것을 저는 분별의 징표로 인정하겠습니다. 그런데 그 정도 분별이 있다면 그 섬세한 감각으로 저를 괴롭히지도 말아 주길 바랍니다!

그때 총에 맞은 후에 깨어나 보니 — 여기서부터 점차로 저 자신의 기억이 시작됩니다 — 저는 하겐베크 증기선의 중간 갑판에 있는 우리 속에 있었습니다. 그것은 사면이 창살로 된 격자 우리가 아니라 삼면의 창살이 궤짝 하나에 단단히 고정된 것이었습니다. 궤짝이 네 번째 벽이었던 셈입니다. 우리는 똑바로 서

기엔 너무 낮고 앉아 있기엔 양옆이 너무 좁았습니다. 그래서 저는 한없이 떨리는 무릎을 굽히고서 몸을 웅크린 채로 있었습니다. 처음에는 아무도 보고 싶지 않고 그저 어둠 속에만 있고 싶어서 궤짝 쪽을 마주했고, 그러자 뒤쪽에서 격자 창살이 저의 살 속으로 파고들었습니다. 거친 야생동물들을 잡으면 처음 얼마 동안은 그런 식으로 가두어 두는 것이 좋다고들 하는데, 오늘날 제 경험을 돌이켜 보았을 때, 인간적인 의미에서는 실로 그렇다는 것을 부인할 수 없습니다.

하지만 당시 그런 생각은 하지 않았습니다. 제 생에 처음으로 도망칠 출구가 없었습니다. 적어도 앞으로는 갈 수가 없었습니다. 판자를 단단히 잇대어 짠 궤짝이 가로막고 있었습니다. 물론 판자와 판자 사이에는 길게 틈새가 있어서, 그걸 처음 발견했을 때 저는 그저 무지한 탓에 환성을 지르며 기뻐했습니다. 그러나 그 틈새는 꼬리를 밀어 넣기도 어려울 만큼 좁았고, 아무리 애를 써도 원숭이의 기운으로는 넓힐 수가 없었습니다.

나중에 사람들이 저에게 말하길, 저는 보기 드물게 거의 소란을 피우지 않아, 틀림없이 곧 죽거나, 만약 첫 고비를 잘 넘기고 살아남으면 길들이기가 쉬울 것으로 예측했다 합니다. 저는 첫 고비를 잘 넘겼습니다. 멍하니 흐느끼고, 괴로워하며 벼룩을 잡고, 무기력하게 코코아 열매를 핥고, 머리로 궤짝을 두들기고, 누군가가 다가오면 혀를 내밀기도 했지요. 그것이 새로운 생활을 시작하던 무렵의 소일거리였습니다. 그런데 무엇을 하든 언제나 탈출구가 없다는 기분밖에는 들지 않았습니다. 물론 당시 원숭이답게 느낀 것을 지금에 와서 인간의 언어로 되짚어 보는 것이고, 그러다 보니 잘못 묘사하는지도 모르겠습니다. 그러나 설령 제가 저 예전 원숭이의 진실에 더 이상은 가닿지 못한다 하더라도, 최소한 제 진술 방향에는 진실이 들어 있고, 그 점에는 의문의 여지가 없습니다.

저에게는 수없이 많은 탈출구가 있었는데 이제는 하나도 없었습니다. 저는 옴짝달싹하지 못하게 되었습니다. 인간들이 저를 못 박아 놓았어도, 그 때문에 운신의 자유가 더 줄거나 하지는 않았을 것입니다. 어째서 그럴까요? 발가락 사이의 살을 상처가 나도록 긁어 봐도 그 이유를 찾아내지는 못할 것입니다. 쇠창살에 등을 대고 몸이 거의 두 조각이 날 때까지 눌러 보아도 그 이유를 모를 겁니다. 저는 탈출구가 없었지만, 그것을 마련해야만 했습니다. 그것 없이는 살 수가 없었으니까요. 언제까지고 저 궤짝 벽만 마주하고 있으면 저는 별도리 없이 뒈져 버릴 것 같았습니다. 하지만 하겐베크 회사에서 원숭이는 궤짝 벽을 면할 길이 없습니다. 그래서 저는 원숭이이기를 그만둔 것입니다. 이 명석하고 멋진 사고의 과정을 저는 배로 궁리해 낸 것이 틀림없습니다. 왜냐하면 원숭이는 배로 생각하니까요.

제가 말하는 탈출구가 무슨 뜻인지 사람들이 제대로 이해하지 못할까 걱정이 되는군요. 저는 이 말을 가장 평범하고도 가장 온전한 의미로 사용합니다. 일부러 자유라고는 하지 않습니다. 제가 말하려는 것은 사방으로 열린 저 위대한 감정이 아닙니다. 원숭이 시절에 저는 그런 자유를 알았을 겁니다. 그리고 그런 자유를 갈망하는 사람들도 알게 됐습니다. 그렇지만 저로서는 그 당시나 지금이나 자유는 요구하지 않습니다. 말이 나온 김에 덧붙이면, 인간들은 너무나 자주 자유라는 말로 자신을 속이곤 합니다. 자유가 가장 숭고한 감정에 속하듯이, 자유에 상응하는 착각 역시 가장 숭고한 감정에 속합니다. 저는 버라이어티쇼에서 무대에 오르기 전에 종종 한 쌍의 곡예사가 천장에 매단 공중그네를 타는 걸 보곤 했습니다. 그들은 그네에 날아올라 앞뒤로 왕복하고, 도약하여 서로의 품에 안기지요. 한 사람이 다른 사람의 머리카락을 이로 물고 버티기도 합니다. '저런 것도 인간들에겐 자유다' 하고 저는 생각했습니다. '자기도취 된 동작이야.' 신성한 자연을 조롱하는 그대들! 그런 광경을 보고 원숭이들이 웃어 댄다면 어떤 건물도 지탱하지 못할 것입니다.

그렇습니다, 저는 자유를 원하지 않았습니다. 제가 바란 것은 오직 하나, 탈출구였습니다. 오른쪽이든 왼쪽이든 상관없었습니다. 저는 다른 어떤 것을 요구하지 않았습니다. 설령 그 탈출구가 착각이라 해도 말입니다. 요구하는 것이 작으니 착각도 그보다 크지는 않을 것입니다. 계속 나아갈 것! 계속 나아갈 것! 다만 팔을 쳐들고 궤짝의 벽으로 몰려 멍하게 서 있는 것만은 면하길.

오늘에 이르러서 분명히 알게 된 사실이 있습니다. 지극한 마음의 평정이 없었더라면, 저는 도저히 빠져나올 수 없었을 겁니다. 실제로 지금의 저를 있게 한 모든 것은 처음 배에서 며칠을 보낸 뒤 저에게 다가온 마음의 평정 덕분입니다. 그리고 그 평온함은 그때 배에 타고 있던 인간들 덕분입니다.

여러 일을 차치하고 그들은 그래도 선량한 사람들입니다. 저는 오늘날까지도 여전히, 당시 제가 반쯤 잠이 들었을 때 울려오던 그들의 묵직한 발걸음 소리를 기꺼이 회상해 봅니다. 그들은 매사를 아주 굼뜨게 시작하는 습관이 있었습니다. 가령 눈을 비비려고 하면 손을 무거운 저울추처럼 천천히 들어 올립니다. 그들의 농담은 거칠긴 해도 정겨운 것이었습니다. 웃을 때는 늘 위태롭게 들리지만 사실 별문제 없는 기침 소리가 섞여 있었습니다. 입에는 늘 뭔가 뱉어 낼 것을 물고 있다가 무신경하게 아무 데나 뱉곤 했습니다. 그들은 제 몸의 벼룩이 자기들한테 옮아간다고 항상 투덜거렸습니다. 그렇다고 정색을 하고 화를 내지는 않았습니다. 그들도 제 털가죽이 원래 벼룩이 번식하기 좋고 또 벼룩은 높이뛰기 선수라는 걸 잘 알았으니까요. 그저 그러려니 하고 적응을 한 것입니다. 비번일 때면 가끔 몇몇이 제 주위를 반원 모양으로 둘러앉았습니다. 무슨 이야기를 나누는 일은 거의 없고 그저 서로 툴툴거리기만 했습니다. 궤짝 위에 몸을 쭉 뻗고 파이프 담배를 피웠습니다. 제가 조금 움직이기만 해도 자기들끼리 무릎을 쳤습니다. 가끔은 누군가가 막대기를 들고 제가 기분 좋아하는 부위를 긁어 주기도 했습니다. 만약 오늘 다시 그 배를 타고 함께 항해하자고 초대받는다면 저는 분명 거절할 것입니다. 그러나 제가 그곳 중갑판에서 되살리게 될 기억이 꼭 나쁜 것만 있는 게 아니라는 것도 분명합니다.

이 사람들과 함께 지내면서 얻은 마음의 평정이 저를 그 어떤 도주의 시도도 하지 않도록 만들었습니다. 오늘날 돌이켜 볼 때,

저는 살고자 한다면 탈출구를 찾아야 하지만, 그것을 도주로 얻을 수 없다는 것을 어렴풋이 예감했던 것 같습니다. 과연 도주가 가능했는지 이제는 잘 모르겠습니다만, 원숭이라면 언제라도 도주가 가능하다고 생각합니다. 지금 이빨로는 평범하게 호두를 까는 것도 조심해야 하지만, 당시에는 시간은 걸리더라도 철창의 자물쇠를 끊어 버릴 수도 있었을 것입니다. 하지만 그렇게 하지 않았습니다. 그런다고 해서 얻을 수 있는 게 무엇이었을까요? 밖으로 머리를 내밀자마자 저를 다시 잡아서 더 열악한 우리 안에 가뒀겠지요. 아니면 몰래 도망치다 다른 짐승, 예컨대 커다란 구렁이에게 칭칭 감겨서 죽고 말았을 것입니다. 아니면 갑판까지 몰래 빠져나가 뱃전에서 뛰어내릴 수도 있었겠지요. 그랬다면 망망대해에서 잠시 허우적대다 익사했을 겁니다. 다 절망에 내몰린 행동일 뿐입니다. 저는 인간들처럼 계산하지는 못했지만, 저를 둘러싼 환경의 영향을 받아서 마치 계산이라도 한 것처럼 처신했던 것입니다.

저는 계산을 하지는 않았지만 아주 차분하게 관찰했습니다. 오가는 사람들을 지켜봤는데, 언제나 같은 표정에 같은 동작이어서 저에겐 그들이 한 사람인 것처럼 보이곤 했습니다. 그 인간 혹은 인간들은 아무런 방해도 받지 않고 돌아다녔습니다. 어떤 높은 목표 하나가 저에게 어렴풋이 떠올랐습니다. 아무도 저한테 제가 그들과 같아진다면 창살을 걷어 올려 주겠노라고 약속하지 않았습니다. 실현 불가능해 보이는 일에 그런 약속을 하지는 않습니다. 그런데 실현 불가능한 일이 이루어지면, 전에는 헛되어 찾아다니기만 한 바로 그곳에서 뒤늦게 약속이 나타나는 것입니다. 그 사람들 자체에는 저의 마음을 강하게 유혹하는 것이 아무것도 없었습니다. 제가 만약 앞서 언급한 자유의 신봉자라면 틀림없이 사람들의 흐릿한 시선에서 보이는 탈출구보다는 차라리 망망대해를 택했을 겁니다. 어쨌든 저는 이런 생각을 하기 전에도 이미 그들을 오래도록 관찰해 왔고, 누적된 관찰은 저를 특정한 방향으로 몰아댔습니다.

인간들을 흉내 내는 건 무척 쉬웠습니다. 침 뱉기는 처음 며칠 만에 할 수 있게 되었습니다. 우리는 서로 얼굴에 침을 뱉었습니다. 차이가 있다면, 저는 나중에 제 얼굴을 핥아서 깨끗하게 했지만, 그들은 자기 얼굴을 그렇게 하지 않았다는 것뿐입니다. 파이프 담배도 금방 노인네처럼 피울 수 있게 됐습니다. 엄지손가락을 파이프의 대통에 밀어 넣을 때면 중갑판이 떠나가게 사람들은 환호성을 질렀습니다. 다만 저는 빈 파이프와 담배를 채워 넣은 파이프의 차이를 오랫동안 알아차리지 못했습니다.

저를 가장 힘들게 한 것은 독한 술병이었습니다. 그 냄새가 절 괴롭혔습니다. 억지로라도 견뎌 보려고 안간힘 썼지만, 저 자신을 이겨 내는 데 몇 주가 걸렸습니다. 사람들은 이상하게도 그런 내면적 투쟁을 저의 다른 어떤 면보다 더 진지하게 받아들였습니다. 저는 제 기억 속의 사람들도 잘 구분을 못 하는데, 어떤 사람이 있었고, 그는 혼자서나 혹은 동료들과 함께 낮이고 밤이고 때를 가리지 않고 찾아와서 술병을 들고 제 앞에 서서 저를 가르쳤습니다. 그는 저를 파악하지 못했고, 저라는 존재의 수수께끼를 풀고 싶었던 것입니다. 그는 천천히 술병의 코르크 마개를 따고는 제가 이해했는지 확인하려고 저를 살펴봤습니다. 고백하자면 저는 언제나 야생의 감각으로 돌진하듯이 주의를 집중해서 그를 지켜봤습니다. 지구상에서 그런 제자를 찾을 수 있는 선생은 인간들 중에 없을 것입니다. 그는 코르크를 다 따고서 술병을 입가로 치켜들었습니다. 저는 시선으로 그를 좇으며 그의 목젖까지 쳐다보았습니다. 그는 제 태도가 만족스러워 고개를 끄덕이더니 술병을 입술에 댔습니다. 저는 서서히 뭔가를 깨닫는 황홀감에 끽끽거리면서 온몸을 이리저리 닥치는 대로 긁어 댔습니다. 그가 기뻐하며 술병을 입에 대고 한 모금 마십니다. 저는 그를 따라 하고 싶어 절망적으로 안달한 나머지 그만 철창 안에서 오줌을 지리는데, 이번에도 그는 무척 만족합니다. 그러고서 그는 팔을 쭉 뻗어 술병을 높이 쳐들고는, 과장되게 시범 보이는 투로 몸을 뒤로 젖힌 채 단숨에 다 마셔 버립니다. 저는 따라 하고픈 너무도 커다란 욕구에 녹초가 되어 그 이상 지켜보지도 못하고 창살에 힘없이 매달려 축 늘어집니다. 이것으로 그는 이론 수업을 마친 것이고 자기 배를 쓰다듬으며 히죽 웃습니다.

이윽고 실습이 시작됩니다. 이론 수업만 해도 너무 지치지 않았느냐고요? 물론 기진맥진했지요. 그것은 저의 어쩔 수 없는 숙명입니다. 그래도 저에게 내민 술병을 재주껏 움켜잡고 떨면서 코르크 마개를 땁니다. 여기까지 성공하자 차츰 새로운 힘이 솟습니다. 저는 원래의 시범과 거의 똑같이 술병을 집어 듭니다.

그러고는 술병을 입에 갖다 대는데 너무 역겨워, 너무도 역겨워서 술병을 바닥에 내던지고 맙니다. 술병은 비어 있고 냄새만 가득한데도 질색을 하며 바닥에 내던집니다. 그렇게 내 선생님을 슬프게 하고, 저 자신은 더더욱 슬퍼합니다. 술병을 던지고 나서 잊지 않고 배를 쓰다듬고 히죽거리기까지 훌륭히 해내지만, 선생님이나 저나 그걸로 만족할 수는 없습니다.

너무나 자주 수업은 그런 식으로 진행되었습니다. 그리고 제 선생님의 명예를 위해 말씀드리자면, 그는 저에게 화를 내지 않았습니다. 물론 이따금 그는 불붙은 파이프를 제 털가죽에다 갖다 댔습니다. 그러다가 제 손이 잘 닿지 않는 곳에서 타기 시작하면 그는 다시 커다랗고 자비로운 손으로 불을 꺼 주었습니다. 그는 저에게 화를 내지 않았습니다. 그는 우리가 같은 편에서 원숭이의 본성에 맞서 싸우고 있다는 것과 제가 더 힘든 몫을 맡고 있다는 것을 잘 이해하고 있었습니다.

그러다가 마침내 그에게도 그리고 저에게도 엄청난 승리의 순간이 찾아왔습니다. 어느 저녁 많은 구경꾼들 앞에서 — 아마 무슨 축제였는지 축음기 소리가 나고 장교 한 사람이 사람들 사이를 지나가고 있었습니다 — 마침 관심을 받지 않는 순간에 저는 누군가가 무심코 철창 앞에 놓아둔 술병을 집어 들고, 사람들이 점점 흥미롭게 주시하는 가운데 수업에서 배운 대로 코르크 마개를 따고 술병을 입에 대고는 주저하지 않고 입을 찡그리지도 않고 진짜 술꾼처럼 눈알을 굴리면서 목젖에선 꿀꺽꿀꺽 소리를 내며 그야말로 한 병을 다 마셔 버렸던 것입니다. 그러고는 더 이상 절망한 자가 아니라 예술가의 자세로 술병을 내던졌습니다. 배를 쓰다듬는 건 깜빡했지만, 그 대신 충동이 들끓으며 잔뜩 감각에 도취된 나머지 달리 어쩔 수 없었기에 인간의 목소리로 짧고 당당하게 "안녕!" 하고 외쳤습니다. 이 외침과 더불어 저는 인간 사회로 도약했고, "들어 봐, 쟤가 말을 하네!"라는 사람들의 반응은 땀이 흥건한 제 온몸에 입맞춤처럼 와닿았습니다.

거듭 말씀드리지만 저는 인간을 흉내 내고 싶은 유혹은 느끼지 않았습니다. 오로지 탈출구를 찾고자 흉내를 냈을 뿐 다른 이유는 없었습니다. 그런데 앞에서 언급한 승리도 별것이 아니었습니다. 저의 목소리는 다시 말을 듣지 않았고, 여러 달이 지나서야 되찾을 수 있었습니다. 게다가 독주에 대한 거부감은 전보다 더 심해졌습니다. 하지만 어쨌든 제가 나아갈 방향은 확고해졌습니다.

함부르크에서 첫 번째 조련사한테 넘겨졌을 때 저는 곧 제 앞에 두 갈래 길이 열려 있다는 걸 깨달았습니다. 동물원 아니면 버라이어티 무대였습니다. 저는 주저하지 않았습니다. 저 자신에게 다짐했습니다. 버라이어티 무대로 가도록 전력을 다하라! 그것이 곧 탈출구다. 동물원은 그저 새로운 창살 우리에 불과하다. 그곳으로 간다면, 너는 끝장나는 거야.

여러분, 그래서 저는 배웠습니다. 궁하면 배우게 됩니다. 탈출구를 원하면 배우게 됩니다. 앞뒤 가리지 않고 배웁니다. 채찍으로 자신을 독려하고, 조금만 하기 싫어져도 자책감에 시달립니다. 제 안에 있던 원숭이의 근성이 굴러가듯 빠져나와 달아났고, 이를 접한 첫 번째 선생님 자신이 거의 원숭이처럼 되어 수업을 포기하고 정신병원 신세를 지게 되었습니다. 다행히도 곧 다시 거기에서 나오긴 했지만요.

저는 많은 선생님을 거쳤습니다. 심지어 여러 선생님에게 동시에 배운 적도 있습니다. 제 능력에 자신감이 생기고, 대중도 저의 진전에 관심을 기울이며, 제 미래가 빛을 발하기 시작할 무렵, 저는 직접 선생님들을 구해서 나란한 다섯 개의 방에 모셔 놓고는 이 방 저 방을 쉴 새 없이 뛰어다니며 모두에게서 동시에 배웠습니다.

이 놀라운 진보! 깨어나는 두뇌 속으로 사방에서 앎의 광채가 흘러드는 일! 그래서 제가 행복했다는 것을 저는 부인하지 않겠습니다. 하지만 솔직히 말씀드려서 저는 그 일을 과대평가하지는 않습니다. 당시에도 그랬고, 지금은 더더욱 그렇습니다. 저는 지금껏 지구상에 유례 없이, 각고의 노력 끝에 유럽인 평균 수준의 교양에 도달했습니다. 그것 자체는 아무것도 아닐지 모르지만, 저에게 창살 우리에서 벗어나는 이 특별한 탈출구를, 인간으로의 탈출구를 마련해 주었다는 점에서는 분명 뜻깊은 것입니다. 우리말에 '덤불 속으로 뛰어들 듯' 도망쳐 사라진다는 매우 적절한 표현이 있습니다. 그것이 바로 제가 한 일입니다. 저는 감쪽같이 사라졌습니다. 자유를 얻어 누릴 수는 없다고 항상 전제했기에 저에겐 다른 길이 없었습니다.

저의 발전 과정과 지금까지 목표를 개관해 볼 때 저는 불평도,

그렇다고 만족도 하지 않습니다. 두 손은 바지 주머니에 넣고 테이블에는 포도주병을 올려놓은 채 저는 반쯤 드러누운 자세로 흔들의자에 앉아서 창밖을 내다봅니다. 그러다 방문객이 오면 예의를 갖춰 접대합니다. 제 매니저는 현관 대기실에 있습니다. 초인종을 누르면 그가 들어와서 제가 하는 이야기를 듣습니다. 저녁에는 거의 언제나 공연이 있습니다. 더는 올라갈 수 없을 만큼 큰 성공을 저는 거두었습니다. 연회장이나 학술회의장, 즐거운 파티에 갔다가 밤늦게 집으로 돌아오면 반쯤 길든 작은 암컷 침팬지가 저를 맞아 주고, 저는 원숭이의 방식대로 그녀 곁에서 안락한 시간을 보냅니다. 낮에는 그녀를 보고 싶어 하지 않습니다. 그녀의 눈빛에서 조련당하며 혼란에 빠진 짐승의 착란상태가 느껴지기 때문입니다. 그걸 알아보는 건 저뿐이고 그 눈빛을 저는 견딜 수가 없습니다.

어쨌든 전체적으로 보자면 저는 제가 도달하고자 했던 것에 도달했습니다. 그렇게 애쓸 만한 가치가 없는 일이었다고 하지는 마시기 바랍니다. 덧붙여 말씀드리자면, 저는 인간이 판단해 주길 바라는 게 전혀 아니며, 단지 제가 겪어 아는 것을 전파하고자 할 따름입니다. 저는 단지 보고할 뿐이고, 고매하신 학술원 회원 여러분께도 단지 보고를 드렸을 뿐입니다.

17

요제피네, 여가수 또는 생쥐 종족

우리 여가수의 이름은 요제피네다. 그녀의 노래를 들어 보지 못한 이는 노래의 힘이라는 것을 알지 못한다. 그녀의 노래가 마음을 사로잡지 못할 이는 아무도 없으며, 이는 우리 종족이 대체로 음악을 사랑하지 않는 걸 생각할 때 더더욱 높게 평가할 만한 일이다. 평온한 고요함이 우리에겐 가장 반가운 음악이니까. 우리의 삶은 힘겹다. 한 번쯤 나날의 근심을 모두 떨쳐 버리려고 해 본들 평소 우리의 삶과는 그토록 먼 것, 음악 같은 것으로 자신을 고양하지는 못한다. 우리는 그 점을 별로 한탄하지도 않는다. 애석해할 지경까지 생각해 본 적이 없는 것이다. 어떤 실제적인 영악함을 우리는 당연히도 절실히 필요로 하고 또 그것을 우리의 최대 장점으로 여긴다. 그런 일이 있지도 않지만, 예를 들어 음악에서 비롯된 기쁨에 대한 욕구가 생겨날 때, 우리는 모든 것에 대해서 무마하듯 영악한 미소로 자신을 달래곤 한다. 오직 요제피네만 예외다. 그녀는 음악을 사랑할 뿐 아니라 음악을 전달할 줄도 안다. 그녀는 유일무이한 존재다. 그녀가 세상을 떠나면 얼마나 오래일지는 모르나 우리 삶에서도 음악은 사라질 것이다.

나는 그녀의 음악이 대체 어떠한 상황에 있는가를 자주 생각해 보곤 했다. 우리는 그야말로 음악과는 거리가 멀다. 그런데도 우리가 요제피네의 음악을 이해한다거나 혹은 — 요제피네는 우리가 이해한다는 것을 부정하기에 — 적어도 우리가 이해한다고 믿는 것은 어떻게 된 일일까. 가장 간단한 대답은, 그녀의 노래가 너무 아름다워서 아무리 감각이 무딘 자라도 저항할 수 없는 것일 테지만, 이 대답은 만족스럽지 못하다. 정말로 그렇다면 우리는 그녀의 노래 앞에서 우선 그리고 항상 비범한 것을 접한 느낌을 받아야 할 것이다. 저 목청에서 우리가 한 번도 들어 본 적이 없고 들을 능력조차 되지 않는 어떤 것이 울려 나온다는 느낌, 바로 요제피네 말고는 아무도 우리에게 그걸 들을 수 있도록 해 주지 못하는 그 무엇 말이다. 그러나 내 의견으로는 바로 이 점이 사실과 부합하지 않는다. 나는 특별한 것을 느끼지 못하고, 다른 이들이 그런 느낌을 받는 낌새도 알아차려 본 적 없다. 친밀한 무리에 있을 때면 우리는 서로 솔직하게 요제피네의 노래가 노래로서 전혀 특별한 것은 아니라고 시인한다.

그것이 과연 노래이기는 할까? 우리의 비음악성에도 불구하고 우리에게는 전승된 노래들이 있다. 옛 시절 우리 종족에겐 노래가 있었다. 전설들이 그것에 관해 이야기하고, 물론 아무도 더 이상 그걸 부를 줄 모르지만 가곡들까지 보존되어 있다. 그러니까 우리는 노래가 어떤 것이라는 어렴풋한 느낌은 갖고 있는데 그 느낌과 요제피네의 예술이 서로 맞아떨어지지 않는 것이다. 그것이 과연 노래란 말인가? 그것은 어쩌면 그냥 찍찍거리는 소리가 아닐까? 찍찍거림이라면 물론 우리가 다 아는 것이다. 그것은 우리 종족 본래의 숙련된 기예, 아니 그것은 어떤 기능이라기보다는 특징적인 삶의 표현인 것이다. 우리는 모두 찍찍거리지만 그걸 예술이라고 내세울 생각을 하는 이는 아무도 없다. 우리는 무심히 찍찍거리며, 그런다는 사실도 느끼지 못한다. 심지어 우리 중에는 찍찍거림이 우리의 고유한 특징 중 하나라는 것조차 모르는 이가 많다. 그러니까 만약 요제피네가 노래를 부르는 것이 아니라 그저 찍찍거릴 뿐이고, 적어도 내게 그렇게 보이는 것처럼 흔한 찍찍거림의 한계를 거의 넘어서지 못할 뿐만 아니라, 그녀의 기량이 토목공사 인부가 온종일 일하는 동안 힘들이지 않고 해내는 저 평범한 찍찍거림에도 미치지 못한다면, 이 모든 것이 사실이라면, 이로써 요제피네의 소위 예술성이란 것은 반박되겠지만, 비로소 그녀의 커다란 영향력에 관한 수수께끼를 제대로 풀어볼 수 있을 것이다.

그녀가 만들어 내는 것이 단지 찍찍거리는 소리만은 분명 아니다. 그녀에게서 충분히 멀리 떨어져서 귀를 기울여 보면, 또는 이 점에 관해 시험해 보기 위해, 예를 들어 요제피네가 다른 목소리들 틈에 끼여 함께 노래 부를 때 그녀의 목소리를 식별하려고 해 보면 더 정확할 텐데, 그러면 당연한 결과로 기껏해야 부드러움 또는 연약함이 약간 두드러지는 평범한 찍찍거림 말고는 다른 어떤 소리도 듣지 못할 것이다. 그러나 그녀 앞에 서 있으면 그것은 단지 찍찍거림만이 아니다. 그녀의 예술을 이해하려면 그녀의 노래를 들을 뿐만 아니라 눈으로 그녀를 보아야 한다. 비록 우리의 일상적인 찍찍거림과 다를 바 없는 것이라도, 이때는 벌써 누군가가 바로 그 평범한 짓을 하려고 엄숙하게 격식을 차리고 나선다는 어떤 특이함이 생겨난다. 호두 한 개를 깨뜨리는 것은 누가 봐도 예술이 아니다. 그렇기에 아무도 감히 관중을 불러모아 즐겁게 해 준다며 그들 앞에서 호두를 깔 엄두를 내지는 못할 것이다. 그런데도 만약 누군가가 그런 일을 해서 자신의 의도를 실행에 옮기는 데 성공한다면, 그것은 결코 단순한 호두 까기의 문제일 수만은 없는 것이다. 혹은 호두를 깬다는 그 자체에 관련하여, 우리가 모두 그것을 매끈하게 잘 해내기 때문에 그 예술성을 간과한 사실이 밝혀질 수도 있다. 그러면 새삼 호두를 깨뜨리는 자는 우리에게 그 행위의 본질을 보여 주는 것이며, 이때 그가 호두 까는 일에서 우리 대부분보다도 서툴다면 심지어 영향 면에서는 더 효과적일 수도 있을 것이다.

어쩌면 요제피네의 노래도 이와 비슷한 상황일 것이다. 우리는 자신한테서는 전혀 감탄하지 않는 것을 그녀한테서는 감탄한다. 그런데 우리에 대해 감탄하지 않는다는 점에서는 그녀도 우리와 완전히 일치한다. 나는 언젠가 한번 누군가 그녀에게 — 흔히 있는 일처럼 — 일반 대중의 찍찍거림에 대해 언급할 때 마침 그 자리에 있은 적이 있다. 그가 매우 겸손하게 한 말이 요제피네에게는 이미 너무 심한 말이었다. 그녀가 그 당시에 지었던 그런 오만하고 건방진 미소를 나는 그때까지 한 번도 본 적이 없었다. 외적으로는 그야말로 완성된 부드러움인 그녀가, 그런 모습을 한 여성들이 풍부한 우리 종족 중에서조차 빼어나게 부드러운 모습의 그녀가 그때는 정말 천하게 보였다. 그녀도 상당한 민감성으로 그런 자신을 자각했는지 곧 자세를 가다듬었다. 어쨌든 그녀는 자신의 예술과 찍찍거림의 연관성을 모조리 부인한다. 반대 의견을 가진 자들에 대해 그녀는 오로지 경멸과 그녀 자신은 인정하지 않을 증오심을 느낄 뿐이다. 그것은 평범한 자만심이 아니다. 왜냐하면 나 역시도 반쯤은 속해 있는 반대 그룹도 여느 군중 못지않게 그녀에게 감탄하고 있기 때문이다. 그러나 요제피네는 단지 군중이 자신에게 경탄하기만을 바라는 것이 아니라, 정확하게 자신이 결정한 방식대로 경탄하기를 원한다. 경탄 그 자체만으로는 그녀에게 아무런 가치가 없다. 게다가 그녀 앞에 앉아 있으면 그녀를 이해하게 된다. 그녀에 대한 반대는 멀찍이 떨어진 곳에서나 일어난다. 그녀 앞에 앉게 되면 우리는 그녀의 찍찍거리는 소리가 그냥 찍찍 소리가 아니라는 것을 알게 된다.

찍찍거리기는 우리의 별생각 없는 습관이기 때문에, 요제피네의 청중 가운데서도 찍찍거리는 소리가 날 거라고 생각할 수 있을 것이다. 그녀의 예술을 접하면 우리는 기분이 좋아지고 우리는 기분이 좋으면 찍찍거리기 때문이다. 그러나 그녀의 청중은 찍찍거리지 않으며 그저 쥐 죽은 듯이 고요하다. 우리는 마치 자신이 염원해 온 평화의 일부가 되어 버린 듯 침묵한다. 적어도 우리가 찍찍거리면서 가까이 다가갈 수는 없는 그런 평화 말이다. 우리를 매혹하는 것은 그녀의 노래인가, 아니면 오히려 그녀의 미약한 목소리를 에워싼 장엄한 고요함인가? 한 번은 어떤 어리석은 녀석이 요제피네가 노래하는 동안 그야말로 천진난만하게 찍찍거리기 시작한 적이 있었다. 그런데 그것은 우리가 요제피네에게서 들은 것과 완전히 똑같은 소리였다. 저 앞쪽에서 나는 소리는 늘 정해진 방식대로지만 여전히 수줍어하는 찍찍거림이었고, 여기 청중 속에서 들리는 것은 자기를 망각한 어린것이 찍찍거리는 소리였다. 그 차이를 설명하기는 불가능했을 것이다. 우리는 곧바로 쉿, 하고 찍찍거리는 소리를 내 그 방해꾼을 제압해 버렸지만 사실은 그럴 필요도 전혀 없었다. 우리가 그러지 않았어도 그 훼방꾼은 요제피네가 두 팔을 벌리고 목은 한껏 있는 대로 뺀 채 격분하여 승리의 찍찍 소리를 내지르는 동안 분명 두려움과 수치심으로 기가 죽어 버렸을 것이기 때문이다.

그녀는 언제나 이런 식이다. 모든 사소한 것, 모든 우연, 모든 반항적 반응, 상등석에서 나는 딱 하는 소리, 이빨을 가는 소리, 조명 고장 등을 그녀는 자기 노래의 효과를 높이는 기회로 여기는 것이다. 그녀의 판단으로 그녀는 귀머거리들 앞에서 노래 부르는 셈이다. 열광과 갈채는 부족하지 않지만, 그녀가 생각하는 진정한 이해에 관해서라면 이미 오래전부터 포기할 줄 알게 되었다는 것이다. 그러자 모든 방해, 외부로부터 가해져 그녀의 순수한 노래에 대립하는 모든 것이 매우 중요한 의미를 지니게 되었다. 그것은 가벼운 싸움을 통해서 혹은 싸움은 아니라도 그저 맞서는 것만으로도 군중을 압도하여 각성시키고, 이해까지는 못 시킨다 해도 예감으로 가득한 존경심을 그들에게 가르치는 데 유용할 수 있는 것이다. 사소한 것마저도 이렇게 그녀에게 도움이 된다면, 심지어 커다란 일은 어떻겠는가. 우리의 삶은 몹시 불안하고 날마다 경악과 불안, 희망과 공포를 안겨 준다. 그리하여 밤낮으로 동료들의 뒷받침을 받지 못하면 개인은 이 모든 걸 견뎌 낼 수가 없고, 또 그런 지원을 받으면서도 삶이란 말할 수 없이 힘들 때가 많다. 때로는 수천의 어깨들이 원래 한 개인이 감당할 것이었던 짐에 눌려 허덕이기도 한다. 그럴 때 요제피네는 자신의 시간이 왔다고 여긴다. 그리도 연약한 존재인 그녀는 이미 가슴 아래로 불안스럽게 음을 떨어 대면서 제 자리에서 있다. 그녀의 모습은 마치 모든 힘을 노래 속에 모으면서, 노래에 직접 도움이 되지 않는 그녀의 모든 면이 일체의 힘과 일체의 생존 가능성을 잃어버리도록 한 것 같다. 그 모습은 그녀가 완전히 발가벗긴 채 오로지 선한 정령들의 보호에 맡겨져 있는 것 같고, 그렇게 완전히 자기 자신에게서 벗어나 노래 속에 거주하는 동안에는 스쳐 가는 한 줄기 차가운 미풍이라도 그녀를 죽일 수 있을 것만 같다. 그런데 바로 그런 모습을 보면서 우리 적대자들은 이렇게 말하곤 하는 것이다. "저 여자는 찍찍 소리 한 번 제대로 못 내는군. 노래는 고사하고—노래에 관해서는 얘기도 하지 말자 — 흔하디흔한 찍찍거리는 소리라도 좀 내 보려고 저렇게 끔찍하게 자기를 쥐어짜야 한다니." 우리 눈엔 그렇게 보인다. 그러나 이것은 앞서 말한 대로 불가피하긴 하지만 순식간에 스쳐 지나가는 인상일 뿐이다. 이미 우리 역시도 서로 몸을 부대끼며 온정적으로 그리고 마음 졸여 숨을 죽여 귀를 기울이는 군중의 감정에 젖어 드는 것이다.

그리고 거의 언제나 움직이고 있는, 불분명한 목적으로 자주 이리저리 돌진하곤 하는 우리 종족의 군중을 자기 주위로 불러 모으기 위해 요제피네가 해야 할 일이라곤, 그 작은 머리를 뒤로 젖히고 입은 반쯤 벌린 채 눈으로는 높은 곳을 바라보면서 이제 자신이 노래를 부른다고 암시하는 자세를 취하는 것뿐이다. 그녀는 자신이 원하는 곳이면 어디서든 이렇게 할 수 있다. 탁 트여 잘 보이는 장소일 필요가 없으며, 우연히 순간적인 기분으로 선택한 어느 숨겨진 구석도 똑같이 쓸모가 있다. 그녀가 노래를 부르려고 한다는 소식은 순식간에 퍼져 나가고 즉시 긴 행렬이 이어진다. 그런데 가끔은 곤란한 상황이 생기기도 하는데, 이는 요제피네가 격앙된 순간에 즉시 노래 부르기를 좋아하기 때문이다. 우리는 겹겹의 근심과 곤란을 안고 여러 갈래 길에서 발길을 서둘지만, 아무리 애를 써도 요제피네가 원하는 대로 그렇게 빨리 모여들 수는 없다. 그러면 그녀는 한참 동안 충분한 관중도 없이 거창한 자세를 취한 채로 서 있다가, 당연히도 격노하여 발로 바닥을 구르고 전혀 숙녀답지 않은 욕설을 퍼붓다가 마침내는 물어뜯기까지 한다. 그런데 그런 태도조차 그녀의 명성에 금이 가게 하지는 않는다. 관중은 그녀의 과도한 요구를 제한하기보다는 오히려 그것에 맞춰 주려고 애쓴다. 그래서 청중을 끌어오기 위해 심부름꾼을 보낸다. 그런 일이 있다는 것을 그녀에게는 비밀로 한다. 그럴 때면 주변 길목들에서 오는 중인 이들에게 서두르라고 손짓하는 보초들이 세워진 걸 볼 수 있다. 이 모든 일이 마침내 상당수의 관중이 모일 때까지 계속된다.

무엇이 우리 종족으로 하여금 요제피네를 위해 그토록 애쓰게 하는 것일까? 이 질문이 요제피네의 노래에 대한 질문보다 더 쉽게 대답할 수 있는 것은 아니지만, 둘은 서로 연관되어 있다. 예컨대 우리 종족이 오로지 노래 때문에 요제피네에게 무조건 헌신하는 거라고 주장할 수 있다면, 우리는 위 질문을 삭제하고 두 번째 질문과 합쳐 하나로 만들 수도 있다. 그러나 전혀 그런 경우가 아니다. 우리 종족은 무조건적 헌신이라는 것을 거의 알지 못한다. 무엇보다도 저 무해한 영리함, 아이같이 천진한 속삭임, 단지 입술만을 움직이는 당연히 악의 없는 수다를 사랑하는 그런 종족은 무조건적인 헌신을 할 수가 없으며, 아마 요제피네도 이 점은 잘 느끼고 있을 것이다. 그녀가 자신의 약한 목청을 무리해 가며 애써 투쟁하는 대상이 바로 그것이다.

물론 이러한 일반적인 판단을 내릴 때 너무 극단으로 흘러서는 안 된다. 군중은 분명 요제피네에게 헌신하고 있으며, 다만 그것이 무조건적 헌신은 아닐 뿐이다. 예를 들면 요제피네를 비웃는 짓은 할 수 없을 것이다. 솔직히 고백하자면 요제피네를 보고 있자면 웃음이 터질 것 같을 때가 있다. 웃음은 언제나 우리

가까이에 있다. 삶의 모든 슬픔에도 불구하고 나직한 웃음은 언제나 우리와 어느 정도 함께한다. 그러나 우리는 요제피네를 비웃지 않는다. 가끔 나는 우리 종족이 요제피네와의 관계를 이렇게 파악하고 있다는 인상을 받는다. 즉 그녀를, 그러니까 아주 연약해서 깨지기 쉽고 무방비로 보살핌을 필요로 하는, 자기의 생각으로는 노래가 탁월한, 아무튼 탁월한 이 존재가 자신들에게 맡겨져 있으므로 그녀를 보살펴야 한다는 것이다. 그런데 이러한 사실만 확실해 보일 뿐, 그 근거가 무엇인지는 누구에게도 명확치가 않다. 그러나 어쨌든 믿고 맡겨진 것에 대해서는 비웃지 않는 법이다. 만일 비웃는다면 의무를 위반하는 짓일 터다. 가끔 우리 중의 가장 악의적인 자들이 요제피네에 관해 가장 악의적으로 말한다면 그저 이런 정도다. "요제피네를 보면 우린 웃을 기분이 사라진단 말이야."

그래서 우리 종족은, 부탁하는 것인지 요구하는 것인지 분간하기는 어렵지만, 작은 손을 자신에게 내미는 자식을 받아들이는 아버지 같은 느낌으로 요제피네를 보살핀다. 우리 종족이 그런 아버지다운 의무를 이행하는 데 무능하다고 생각할지도 모르지만, 현실적으로 우리 종족은 그 의무를 다하고 있으며, 적어도 이 경우에는 매우 모범적이다. 이와 관련하여 종족 전체가 할 수 있는 일을 어떤 개인이 혼자서 할 수는 없을 것이다. 종족과 개인은 힘의 차이가 매우 큰 것이다. 종족은 피후견자를 자신의 따뜻한 곁으로 끌어당기기만 하면 되고, 그것으로 피후견자는 충분히 보호받게 된다. 물론 요제피네에게는 감히 이런 내막을 말할 엄두도 내지 못한다. "나는 너희를 지켜 주려고 찍찍거린다"라고 그녀가 말할 것이다. 그러면 우리는 '그래, 그래, 너는 찍찍거리고 있구나' 하고 생각할 것이다. 게다가 그녀가 우리에게 반기를 들고 반항한다고 해도, 그것은 사실상 반항이라기보다는 그저 어리광일 뿐이며 자식이 감사를 표시하는 것으로, 이에 대해 마음을 쓰지 않는 것이 아버지다운 방식이다.

그런데 이제 우리 종족과 요제피네 사이의 이런 관계를 통해 설명하기에는 더 어려운 다른 문제가 나타난다. 말하자면 요제피네는 우리와 의견이 반대인데, 그녀는 우리 종족을 지켜 주는 것이 바로 자신이라고 믿고 있다. 이른바 그녀의 노래가 우리를 열악한 정치적 또는 경제적 상황으로부터 구해 주고 있으며, 또 이에 버금가지 않는 성취로서 그녀의 노래는 불행을 몰아내지는 못한다 해도 적어도 그걸 견뎌 낼 힘이라도 우리에게 준다는 것이다. 그녀가 대놓고 이렇게 말하지는 않지만, 그렇다고 이와 다르게 말하는 것도 아니다. 그녀는 워낙 말을 조금밖에 하지 않으며, 수다쟁이들 사이에서 침묵을 지킨다. 그러나 그녀의 눈빛이 그렇게 말하고 그녀의 굳게 다문 입에서 — 우리 종족 가운데 입을 굳게 다물고 있을 수 있는 자는 소수밖에 없는데, 그녀는 그걸 해낸다 — 그것을 읽어 낼 수 있다. 나쁜 소식이 들려올 때마다 — 어떤 날들엔 그런 소식들이 쏟아져 들고 아예 거짓이거나 절반만 맞는 소식까지 뒤섞여 든다 — 그녀는 즉시 몸을 일으켜 세운다. 나쁜 소식들이 그녀를 지치게 만들며 바닥으로 끌어 내려도, 그녀는 우뚝 일어서서 목을 곧게 펴고 마치 뇌우 앞의 목자처럼 자신이 이끄는 무리를 굽어보려고 애쓴다. 분명 아이들도 거칠고 자제하지 못하는 모습으로 이와 비슷한 도전을 하곤 하지만, 요제피네는 아이들처럼 아무 이유 없이 그러는 것이 결코 아니다. 물론 그녀는 우리를 구하지 못하며 우리에게 아무런 힘도 주지 못한다. 스스로가 이 종족의 구원자인 척하기는 쉬운 일이다. 이 종족은 고난에 익숙하고 몸을 사리지 않으며 결단이 빠르고 죽음을 잘 아는 데다, 겉보기엔 자신들이 노상 살아가는 무모한 환경 속에서 겁먹은 것 같지만, 알고 보면 대담할 뿐 아니라 생산력이 풍부하다. 말하건대, 희생하기의 방식으로라도 — 대체로 우리는 역사 연구에 전적으로 소홀한데, 역사 연구가들이 저런 희생에 대해 경악하여 몸이 굳어질 정도다 — 어떻게든 자신을 구제해 온 이런 종족에 대해 사후적으로 마치 구원자인 양 나서기란 쉬운 일이다. 그렇지만 우리가 다른 때보다 곤경에 처해 있을 때 요제피네의 목소리를 더 잘 들을 수 있다는 것은 사실이다. 우리의 머리 위에 드리운 위협들이 우리를 더 말없이 겸손하게 하고 사령관 같은 요제피네의 명령질에 순종하게끔 한다. 우리는 모이길 좋아하고 함께 북적거리길 좋아한다. 괴로운 중대사와는 동떨어진 어떤 사안으로 모일 때는 특히나 그렇다. 그럴 때 우리는 마치 전쟁을 앞두고 평화의 잔을 서둘러 — 그렇다. 서두를 필요가 있는데, 요제피네는 이 사실을 너무 자주 잊어버린다 — 마시는 것과 같다. 노래 공연이라기보다는 오히려 군중집회에 가까운, 저 앞쪽까지 작은 찍찍거림 하나 없이 완전히 조용한 그런 집회 말이다. 쓸데없이 지껄이기에는 너무나 엄숙한 그런 시간이다.

이런 상황에 요제피네는 물론 만족하지 못할 것이다. 온전하게 명시된 적이 없는 자신의 위상 때문에 그녀의 마음을 가득 채운 신경질적인 불쾌감에도 불구하고, 요제피네는 자의식에 눈이 멀어 분명히 어떤 점들을 보지 못하고 있고, 별로 애쓰지 않고도 그녀가 훨씬 더 많은 사실을 간과하도록 만들 수 있다. 이런 의미에서, 즉 일반적으로 유익한 목적으로 아첨꾼의 무리는 끊임없이 활약하는 것이다. 그러나 군중집회의 한구석에서 그저 곁다리로 주목받지 못한 채 노래하기 위해서 — 비록 그 자체로도 결코 사소한 일은 아니지만 — 그녀가 자신의 노래를 희생시키는 일은 분명 없을 것이다.

그러나 그럴 필요도 없는 이유는 그녀의 예술은 불가불 주의를 끌기 때문이다. 비록 우리의 관심사가 근본적으로는 노래가 아닌 전혀 다른 일들이고, 우리 가운데 정적이 흐르는 것도 결코 노래를 위해서 그런 것이 아니며, 어떤 이들은 요제피네를 올려다보지도 않고 옆 동료의 털에 얼굴을 파묻고 있지만, 그래서 그녀가 저 위에서 헛되이 애쓰고 있는 것처럼 보인다고 할지라도, 그녀의 찍찍 소리에는 우리가 저항할 수 없도록 다가드는 어떤 것이 있음을 부정할 수 없다. 다른 모든 이에게는 침묵의 의무가 부과된 가운데 솟아오르는 이 찍찍거림은 거의 종족의 복음처럼 개인들에게 다가온다. 어려운 결단 속에 이어지는 요제피네의 가냘픈 찍찍거림은 적대적인 세계의 소란에 처한 가엾은 우리 종족의 존재와도 흡사하다. 요제피네가 자신을 주장한다. 아무것도 아닌 목소리, 아무것도 아닌 성취가 자신을 주장하며 우리에게 이르는 길을 뚫어 내고 있다. 이런 일을 생각하는 것은 기분 좋은 일이다. 혹시라도 언젠가 우리 가운데서 진정한 성악가가 나타난다면, 우리는 분명히 그런 시대에는 그런 존재를 견뎌 내지 못하고 그런 공연의 무의미함을 만장일치로 거부할 것이다. 우리가 그녀에게 귀 기울이는 것이 그녀의 노래를 반대하는 증거임을 부디 요제피네가 깨닫지 못하길 바란다. 그녀도 그것을 막연히 감지하고는 있을 것이다. 그렇지 않다면 우리가 그녀에게 귀 기울인다는 사실을 그녀는 왜 그토록 격렬히 부인하겠는가. 그러나 그녀는 언제나 거듭해서 노래를 부르며 저 예감 너머로 그녀의 찍찍거리는 소리를 날려 보내고 있다.

그래도 그녀에게 아직 위안거리 하나는 남아 있을 터인데, 그것은 우리가 어느 정도는 정말로 그녀에게 귀를 기울인다는 사실이다. 그것은 어떤 성악가에게 귀를 기울이는 것과 흡사할 것이다. 그런데 성악가가 우리에게서 얻어 내려고 헛되이 애쓸 법한 그런 효과를 그녀는 단지 그녀에게 주어진 불충분한 수단으로 성취해 낸다. 이는 아마도 우리의 생활 방식과 주로 연관이 있을 것이다.

우리 종족은 청춘의 시기라는 것을 모르고 짤막한 유년기도 거의 알지 못한다. 물론 어린 새끼들에게는 특별한 자유와 특별한 보호를 보장하는 것이 좋겠다든가, 근심 걱정 없을 어느 정도의 권리, 아무 생각 없이 그냥 이리저리 쏘다닐 권리, 약간의 놀이에 대한 권리, 이러한 권리를 인정하고 그것이 실현되도록 도와주면 좋겠다는 등의 요구가 주기적으로 등장하고, 거의 모두가 그것에 동의하며 그 이상 더 동의할 수 있는 것이 없다. 그러나 우리 삶의 현실에서는 그보다 더 적게 승인할 수 있는 것 또한 아무것도 없다. 우리는 저 요구들을 인정하고 그 취지대로 이런저런 시도들을 해 보지만, 곧 다시 모든 것은 옛 상태로 돌아가고 만다. 우리의 삶이란 그저 아이가 어느 정도 걸을 수 있고 주위 환경을 분간할 줄 알게 되면 바로 어른과 마찬가지로 스스로를 돌봐야 하는 그런 것이다. 우리가 경제적인 상황을 고려해서 흩어져 살아야 하는 지역은 너무 광대하고, 우리의 적은 너무 많으며, 주변 사방에 깔린 위험들은 미처 가늠할 수조차 없다. 그래서 우리는 어린 새끼들을 생존 투쟁에서 멀찍이 떼어 놓을 수가 없다. 그랬다간 우리 새끼들은 때 이른 종말을 맞이하고 말 것이다. 물론 이런 슬픈 이유들에 덧붙일 고무적인 사항도 하나 있는데, 그것은 우리 종족의 다산 능력이다. 세대마다 머릿수가 수없이 많은데, 그 한 세대가 다른 세대를 밀어낸다. 어린 새끼들이 어린 새끼로 남아 있을 시간이 없는 것이다. 다른 종족의 경우 어린 새끼들은 세심하게 보살핌을 받고 그 어린 새끼들을 위한 학교가 세워지고, 날마다 그 학교에서 종족의 미래인 어린 새끼들이 쏟아져 나와도, 그렇게 해서 배출되는 아이들은 분명 오랫동안 매일 똑같은 어린 새끼들일 것이다. 우리에게는 학교가 없다. 그러나 우리 종족은 매우 짧은 기간 안에 헤아릴 수 없이 많은 어린 새끼 무리를 쏟아 낸다. 그것들은 아직 찍찍거리는 소리를 낼 수 없는 동안에는 즐겁게 쉿쉿 소리를 내거나 끽끽거리고, 아직 뛰어다닐 수 없는 동안에는 구르고 밀리는 힘으로 계속 굴러다니며, 아직 제대로 볼 수 없는 동안에는 한 덩어리로 뭉쳐져 모든 걸 휩쓸며 굼뜨게 움직인다. 이것이 바로 우리의 어린 새끼들이다! 그리고 이들은 저들의 학교에서처럼 결코 똑같은 새끼들이 아니다. 결코 아니다. 언제나, 언제나 거듭 다시, 끝없이, 끊임없이, 새로운 어린 새끼들이 나타난다. 어린 새끼는 나오자마자 더는 어린 새끼가 아니다. 그 아이의 뒤에는 벌써 새로운 어린 새끼들의 얼굴이 밀어닥치고 있다. 급속하게 수효가 많아진 탓에 서로 구별할 수 없는, 행복에 겨운 발그레한 얼굴들이. 물론 이것은 무척 아름다운 일이고 다른 종족이 이 때문에 우리를 당연히 부러워할 수도 있겠지만, 우리는 우리의 어린 새끼들에게 실제적인 어린 시절을 줄 수가 없다. 그리하여 후유증이 남게 된다. 사그라지지 않고 뿌리 뽑을 수도 없는 어떤 천진난만함이 우리 종족을 관통한다. 우리의 최고 장점인, 미혹됨이 없는 실용적 이성과는 완전히 모순되게도 우리는 때때로 아주 정신 나간 것처럼 행동한다. 그것도 마치 아이들이 바보스럽게 굴 때 그런 식으로 의미 없이 헤프고 넉넉하게, 종종 이 모든 것을 작은 재미 하나 때문에 그러는 것이다. 당연하게도 우리가 느끼는 재미는 아이다운 즐거움의 힘찬 기운을 더는 갖지 못하지만, 분명 무언가는 여전히 그 안에 살아 있다. 우리 종족의 이런 천진성에서 요제피네는 오래전부터 이득을 보고 있다.

그러나 우리 종족은 천진난만할 뿐 아니라 어느 정도는 일찍 늙어 버리기도 한다. 우리 종족의 경우에는 유년기와 노년기가 다른 종족들과 다르게 진행된다. 우리는 청소년기 없이 곧바로 어른이 되는데, 그러고 나서 너무 오랫동안 어른으로 살아간다. 이로부터 어떤 피로와 절망이 흘러나와, 전체로 보면 그토록 강인하고 희망을 잃지 않는 우리 종족의 본질에 넓은 흔적을 남기며 관통한다. 우리의 비음악성도 아마 이것과 관계가 있을 것이다. 우리는 음악을 하기에는 너무 늙었다. 음악의 고조된 감흥, 음악의 비상은 우리의 무거움과 잘 맞지 않기에 우리는 고단한 몸짓으로 음악을 거절하는 것이다. 우리는 찍찍 소리를 내는 것으로 후퇴했다. 여기저기서 약간씩 찍찍거리는 것, 그 정도면 우리에게는 가장 적당하다. 우리 가운데 음악적 재능을 가진 자가 있을지 누가 알겠는가. 그러나 설령 그런 재능의 소유자가 있다 해도, 그들이 재능을 펼치기도 전에 종족 동료들의 특성이 틀림없이 그들을 억누를 것이다. 반면에 요제피네는 찍찍거림이든 노래든, 그녀가 그걸 뭐라고 부르든, 자기가 원하는 짓을 해도 괜찮다. 그녀의 행동은 우리에게 거슬리지 않고 우리와 잘 맞으며, 우리는 그것을 감내할 수 있다. 만약 그 안에 음악이 들어 있는 거라면, 우리는 그것을 가능한 한 아무것도 아닌 것으로 치부한다. 모종의 음악 전통이 보전되지만, 그것도 우리가 전혀 불편해하지 않을 선에서다.

그런데 요제피네는 천성이 이러한 종족에게 더 많은 것을 가져다준다. 그녀의 음악회에서 한창 진지해지는 대목에서 가수로서의 그녀에게 관심을 갖는 것은 오로지 아직 어린 새끼들뿐이다. 오직 어린 그들만이 놀란 눈으로 그녀의 입술에 잔물결이

이는 것을, 그녀가 귀여운 앞니들 사이로 숨을 내쉬는 것을, 그녀 자신이 만들어 낸 소리에 감탄하면서 숨을 끊는 모습을, 그녀 스스로도 점점 이해가 되지 않는 새로운 성취를 향해 자신을 몰아가기 위해 이러한 도취를 이용하는 모습을 바라본다. 그러나 분명히 알 수 있는바, 군중 대다수는 뒷걸음질해 자기 자신에게로 물러선 상태다. 삶의 투쟁 와중에 이 빈약한 휴식 시간에 군중은 꿈을 꾸는 것이다. 그것은 마치 사지가 편하게 이완되는 것 같고, 쉬지 못하던 이들이 종족의 커다랗고 따스한 침대에서 한껏 몸을 펴고 기지개를 켜도 되는 것만 같다. 그리고 이 꿈속으로 이따금씩 요제피네의 찍찍거리는 소리가 들려오는 것이다. 그녀는 그 소리가 진주 굴러가는 소리라고 하지만, 우리는 찌르는 소리라고 부른다. 그러나 어쨌든 여기야말로 다른 어느 곳보다도 음악이 드물게라도 자신을 기다리는 순간을 발견하기에 제격인 곳이다. 그 안에는 가엾은 짧은 유년 시절, 그러니까 잃어버린, 다시는 되찾을 수 없는 행복이 어느 정도 들어 있다. 그러나 바쁜 오늘날의 삶도 어느 정도 들어 있는데, 작고 이해할 수 없지만 그럼에도 존재하며 결코 말살할 수 없는 쾌활함 말이다. 그러나 이 모든 것은 뚜렷하게 큰 소리로 말해진 것이 아니라, 가볍게 속삭이며 친밀하게, 가끔은 약간 쉰 목소리로 말해진 것이다. 물론 그것은 찍찍거리는 소리다. 어떻게 아닐 수 있겠는가? 찍찍거리는 소리는 우리 종족의 언어다. 평생을 찍찍 소리만 내면서도 그것을 알지 못하는 이들이 더러 있을 뿐이다. 그러나 이곳의 찍찍거림은 일상적인 삶의 결박에서 벗어난 것으로

서 잠시나마 우리들 역시 자유롭게 해 준다. 확실히 그렇다, 우리는 이런 공연 없이 지내기를 원치 않았다.

그러나 여기부터 요제피네의 주장까지는, 그러니까 그녀가 우리에게 어떠한 시기에 새로운 힘을 준다든가, 하는 등등의 주장까지는 여전히 아주 먼 길이 놓여 있다. 물론 이것은 평범한 대중에게 그렇다는 것이고 요제피네에게 아부하는 자들에겐 해당되지 않는다. "달리 어떻게 설명한단 말인가." 아첨꾼들은 거리낌 없이 대담하게 이야기한다. "그 많은 군중이 특히나 긴박하게 밀어닥치는 위험에 처하면서도 몰려든 것을 어떻게 달리 설명할 수 있는가. 그렇게 밀집할 때는 위험을 제때 방지하기 어려운 경우들도 이미 있었는데 말이다." 그런데 후자의 말은 유감스럽게도 맞긴 하지만, 그것을 요제피네의 명예로운 업적에 속한다고 볼 수는 없다. 덧붙여 말해, 그런 밀집한 모임이 적에게 불의의 공격을 받아 우리 가운데 목숨을 잃는 자가 나오기도 했었다면 말이다. 요제피네, 모든 것이 그녀의 책임이다. 사실이 그렇다. 그녀가 찍찍거리는 소리로 적을 꾀어낸 것이고, 언제나 가장 안전한 자리를 차지하고 있다가 추종자들의 보호를 받으며 소리 없이 잽싸게 맨 먼저 모습을 감추었다. 실은 이것도 모두가 원래부터 알고 있는 일이다. 그런데도 그들은 요제피네가 마음 내키는 대로 언제 어디선가 노래를 하려고 기립하면 또다시 서둘러 그곳으로 향한다. 이런 사실에서 우리는 요제피네가 거의 법 밖에 서 있다는 것, 그래서 그녀는 자신이 원하는 것이 설령 전체를 위험에 빠뜨린다 해도 허용받는다는 것, 그녀는 모든 것을 용서받는다는 것을 추정해 볼 수 있다. 만일 그렇다면 요제피네의 요구들도 완전히 이해될 수 있을 것이다. 아닌 게 아니라 우리 종족이 그녀에게 부여하게 될 이런 자유에서, 즉 그녀 말고는 다른 누구에게도 허용되지 않은, 원래는 법에 저촉되는 이 특별한 선물에서 어느 정도 우리 종족의 고백을 발견할 수 있는지도 모른다. 즉 우리 종족이 그녀가 주장하는 것처럼 그녀를 이해하지 못하면서 그녀의 예술에 놀라 무력하게 바라보고 있으며, 스스로를 그녀의 예술을 누릴 자격이 없는 존재라고 느낀다는 것, 종족이 요제피네에게 가하는 이런 고통을 절망적인 노력으로 보상하려고 애쓰며, 그녀의 예술이 우리의 이해 능력 밖에 있을 뿐만 아니라 그녀 자신과 그녀의 소망들까지 우리 종족의 명령권 밖에 있도록 한다는 것을 시인하는 그런 고백 말이다. 그러나 이는 전혀 맞지 않는 말이다. 어쩌면 개별적으로야 요제피네 앞에서 너무 빨리 항복하는지도 모른다. 그러나 우리 종족은 누구 앞에서도 무조건 항복하지 않는 것처럼 그녀 앞에서도 마찬가지다.

이미 오래전 예술가로서의 경력이 시작되면서부터 요제피네는 자신의 노래를 고려해서 모든 노동을 면제받고자 투쟁하고 있다. 다시 말해 우리가 그녀에게서 나날의 빵을 비롯하여 원래대로면 우리의 생존을 위한 전투와 연관된 모든 일에 대한 걱정을 없애 주고, 그것을 우리 종족 전체의 몫으로 돌려야 한다는 것이다. 쉽사리 열광하는 자라면 — 그런 이들은 있어 왔다 — 저 요구의 특이함과 저런 요구를 생각해 낼 수 있는 정신 상태만 보고서도 그 내적인 정당성을 인정할지도 모른다. 그러나 우리 종족은 다른 결론을 내리고 그녀의 요구를 조용히 거절한다. 그런 요청을 하는 이유에 대해서도 별로 심하게 반박하지 않는다. 요제피네는 예를 들어 노동하는 수고로움이 그녀의 목소리를 상하게 한다고—물론 노동의 힘듦은 노래 부르는 힘듦과 비교할 때 훨씬 적긴 하지만—그래도 노래를 부르고 나서 충분히 쉰 다음 새로운 노래를 부를 기운을 보충할 수 없게 한다고 말한다. 완전히 탈진하여 아무리 해도 자신의 역량을 최대한 발휘하지 못한다는 것이다. 우리 종족은 그녀의 말을 듣긴 하지만 한 귀로 흘려 버리고 만다. 그토록 쉽게 감격하는 이 종족이 때로는 요지부동인 것이다. 이 거절은 가끔 너무 완강해서 심지어 요제피네조차 깜짝 놀라서 멈칫한다. 그녀는 상황에 순응하는 듯 보인다. 그녀는 해야 할 일을 해내고 노래도 성의껏 잘 부른다. 그러나 이 모든 것도 잠시뿐, 그녀는 다시 새로운 힘으로 투쟁을 시작하고, 그러기 위한 힘은 무제한으로 지닌 것처럼 보인다.

요제피네가 요청하면서 말하는 것을 정말 그대로 얻어 내려는 게 아님은 확실하다. 그녀는 합리적이다. 우리 종족이 노동의 기피 그 자체를 모르는 것처럼, 그녀도 노동을 꺼리는 게 아니다. 그녀는 자신의 요구가 받아들여져도 분명 예전과 다르게 살지 않을 것이다. 노동이 그녀의 노래를 방해하지도 않을 것이고, 물론 노래가 더 아름다워지지도 않을 것이다. 그녀가 얻고자 애쓰는 것은 그러니까 오직 자신의 예술에 대해 공적으로 명확하게, 시대를 초월하여 지금껏 알려진 모든 것을 훨씬 넘어서는 그런 인정을 받는 것뿐이다. 그러나 그녀가 다른 모든 것은 거의 달성하는 것처럼 보여도 이 사안에선 완강하게 거부당한다. 어쩌면 그녀는 초반에 공격을 다른 방향으로 향했어야 할지도 모른다. 이제는 그녀도 자신의 실책을 알게 되었겠지만 더는 뒤로 물러설 수가 없다. 후퇴란 자신을 배반하는 것을 뜻하기에, 이제 그녀는 이 요구를 견지하며 서 있거나 아니면 쓰러져야만 한다.

그녀의 말대로 정말 그녀의 적들이 있다면 그들은 손가락 하나 까딱할 필요도 없이 이 싸움을 재밌게 구경할 것이다. 그러나 그녀에게는 적이 없다. 어쩌다가 그녀에게 이의가 있는 사람은 있어도, 이 싸움을 재밌어할 사람은 아무도 없다. 여기에서 대중이 재판관 같은 차가운 태도를 보이기 때문은 아니다. 평상시에 우리 종족은 아주 드물게 밖에 그런 태도를 보이지 않는다. 누군가 이 경우에 저런 차가운 태도에 동조하는 일이 있다고 해도, 언젠가는 자기에 대해서도 대중이 유사하게 거부하는 태도를 취할 수 있겠다는 상상만으로 모든 기쁨은 사라지고 마는 것이다. 거부에서 문제되는 것은, 요구할 때와 마찬가지로 사안 자체가 아니라 대중이 그의 한 동족 일원에게 저토록 이해할 수 없는 방식으로 거부 입장을 지킬 수 있다는 것이며, 이는 평소에는 아버지처럼, 아니 아버지 이상으로 온유하게 동족을 돌보는 것보다도 더 의중을 알 수 없는 그런 일이다.

여기서 대중의 자리에 한 개인을 세워 보기로 하자. 우리는 이 개인이 그동안 내내 요제피네에 관한 일에서 양보해 왔지만, 양보하는 일에 마침내 종지부를 찍고 싶다는 마음이 간절했다고 생각해 볼 수 있다. 초인적으로 많은 양보를 해 왔지만, 양보라는 것도 한계에 이를 것임을 굳게 믿었다고 말이다. 그렇다. 그는 단지 사태를 가속화하려고 필요한 것보다 더 많은 양보를 한 것이고, 그래서 요제피네의 허파에 바람이 들어 자꾸 새로운 소망을 품도록 만든 끝에, 정말로 그녀가 마지막 요구를 하도록 한 것은 아닌가. 그런 다음에 그는 이제 오래전부터 준비가 되었던 터라 아주 간단하게 최종적인 거절을 행사한 것이다. 그러나 사태가 이와 같지는 않다. 우리 종족은 그런 술수가 필요치 않다. 게다가 요제피네에 대한 그들의 존경심은 솔직하고 확실하다. 물론 요제피네의 요구는 너무 강렬해서 얽매인 데 없는 아이라면 누구나 그녀에게 결과를 예고해 줄 수도 있을 정도였다. 그렇지만 요제피네가 이 일에 대해 가지고 있는 생각은, 그러한 추측 역시 함께 작용해서 거절당한 자의 고통에 쓴맛을 더해 주게 된다는 것일 수 있다.

그러나 그녀는 설령 그런 추측을 한다고 하더라도 결코 겁을 먹고 투쟁을 그만두지는 않는다. 최근에는 심지어 그 투쟁이 더 격렬해지고 있다. 그녀가 여태까지는 말로만 투쟁해 왔다면 이제는 다른 수단을 사용하기 시작하는데, 그것은 그녀의 생각엔 더 효과적이라지만 우리 생각으로는 그녀 본인에게 더 위험한 것들이다.

어떤 이들은 요제피네가 절박하게 구는 이유가, 스스로 늙어감을 느끼고 목소리도 예전 같지 않기 때문에 지금이야말로 자기를 인정받기 위한 마지막 투쟁을 벌여야 할 시기라고 보기 때문이라고 믿는다. 나는 그렇게 생각하지 않는다. 만약 이것이 사실이라면 요제피네는 요제피네가 아닐 것이다. 그녀의 입장에서는 노화도 없으며 목소리의 약점도 없다. 그녀가 무엇인가를 요구한다면, 그것은 외적인 것들이 아니라 내적인 일관성 때문에 그렇게 하는 것이다. 그녀가 최고의 월계관을 잡으려고 팔을 뻗는 것은, 그것이 마침 낮게 매달려 있기 때문이 아니라 가장 높은 곳에 있기 때문이다. 그녀의 힘이 미치는 일이라면, 그녀는 그것을 더 높은 곳에 매달 것이다.

이렇게 외적인 어려움을 경시한다고 해서 그녀가 가장 졸렬한 방법을 사용하는 데 주저하는 것은 아니다. 그녀의 정당성은 그녀에게는 의심할 여지가 없다. 그녀가 그것을 성취하겠다는 데 뭐가 문제가 되겠는가. 특히나 이 세상에서는 그녀에게 보이는 바대로 고상한 방법은 거부당할 수밖에 없다. 어쩌면 바로 그 때문에 그녀는 자신의 권리를 위한 투쟁을 노래의 영역에서 그녀에겐 별로 중요치 않은 다른 영역으로 옮겼는지도 모른다. 그녀의 추종자는 그녀의 말을 퍼뜨렸는데, 그 말에 따르자면, 그녀는 가장 깊숙이 숨어 있는 반대편에 이르기까지 종족의 모든 계층에게 진정한 즐거움이 될 그런 노래를 부를 자신이 있다고 느낀다. 그런데 그 진정한 즐거움이란 대중이 요제피네의 노래에서 오래전부터 느낀다고 주장하는 그런 즐거움이 아니라 요제피네가 말하는 그녀 자신의 갈망으로부터 나오는 즐거움이다. 그리고 덧붙여 말하기를, 그녀는 고매한 것을 위조할 수도, 비천한 것에 아첨할 수도 없으므로, 지금의 이 상태 그대로 계속될 수밖에 없다는 것이다. 그러나 노동을 면제받기 위한 그녀의 투쟁은 문제가 다르다. 이것 역시 그녀의 노래를 위한 투쟁이기는 하지만, 여기서는 그녀가 노래라는 귀중한 무기를 직접 사용해 싸우는 것이 아니므로, 그녀가 사용하는 수단은 어떤 것이든 상관이 없다.

그래서 예를 들면, 우리가 요제피네에게 굴복하지 않으면 그녀가 콜로라투라*를 단축할 작정이라는 소문이 퍼뜨려졌다. 나는 콜로라투라에 대해 아무것도 알지 못하고 그녀의 노래에서 콜로라투라가 뭔지 알아챈 적도 없다. 그런데 요제피네는 콜로라투라를 단축하려고 한다. 당분간 아예 없애지는 않고 다만 단축하려고만 한다는 것이다. 언뜻 보기에 그녀는 자신의 협박을 실행에 옮긴 듯했지만, 나에게는 그녀의 예전 공연과 달라진 게 전혀 느껴지지는 않았다. 우리 종족 전체는 콜로라투라에 대해 자신의 견해를 표명하지 않은 채 언제나처럼 말없이 귀를 기울였으며, 요제피네의 요구를 다루는 태도에도 아무 변화가 없었다. 다른 이야기지만, 요제피네는 그녀의 모습이 그런 것처럼 때때로 사고방식에서도 그야말로 부인할 수 없는 어떤 우아함을 갖고 있다. 예를 들면, 그녀는 공연이 끝난 다음에 콜로라투라에 대한 자신의 결심이 대중에게 너무 가혹하거나 너무 갑작스러

* 아리아의 장식음으로, 마치 구슬을 굴리는 듯 기교적이고 화려한 소리로 노래하는 선율.

운 것이기라도 했던 것처럼, 다음에는 콜로라투라를 다시 온전한 길이로 노래하겠노라고 선언했다. 그러나 막상 그다음 음악회가 끝나고 나면 그녀는 또다시 마음이 달라져서, 이제 훌륭한 콜로라투라는 영구히 끝났으며 그녀에게 유리한 결정이 내려지기 전에는 콜로라투라는 다시 돌아오지 않으리라고 했다. 그러나 대중은 마치 생각에 잠긴 어른이 아이의 재잘거리는 소리를 흘려듣는 것처럼 이 모든 설명과 결심 그리고 결심의 번복에 관한 이야기를 근본적으로 호의적이긴 하지만 받아들일 생각은 없이 그저 흘려듣고만 있다.

그러나 요제피네는 굴복하지 않는다. 일례로 그녀는 최근 일을 하다가 발을 다쳐서 노래 부르는 동안 서 있기 힘들게 되었다고 주장했다. 그런데 노래를 부르려면 서 있어야 하기 때문에 이제는 심지어 노래의 길이까지 줄여야 한다는 것이었다. 그런데 그녀가 절뚝거리며 동료들의 부축을 받아도 아무도 그녀가 정말로 다쳤다고 믿지는 않는다. 아무리 그녀의 작은 몸의 유별난 민감성을 인정해도 우리는 분명 노동의 종족이며 요제피네 또한 그런 종족에 속해 있다. 만약 우리가 찰과상을 한 번 입을 때마다 절뚝거릴 작정이라면 종족 전체가 절뚝거리기를 그쳐서는 안 될 것이다. 그녀가 마치 다리가 마비된 여인처럼 행동하면서 자신의 가엾은 상태를 여느 때보다 더 자주 내보인다고 해도, 대중은 예전과 마찬가지로 감사하는 마음으로 매료되어 그녀의 노래를 듣고 있으며, 노래가 단축되었다고 소란을 피우는 일은 없다.

언제까지나 절뚝거릴 수는 없기 때문에 이제 그녀는 뭔가 다른 걸 생각해 낸다. 그녀는 짐짓 피곤한 것처럼, 기분이 나쁜 것처럼, 기운이 없는 것처럼 꾸민다. 우리는 이제 음악회 말고도 연극까지 보는 셈이다. 우리는 요제피네 뒤에서 그녀의 추종자가 그녀에게 노래를 불러 달라고 간절히 애원하는 걸 보게 된다. 그녀는 기꺼이 그러고 싶지만 그렇게 할 수가 없다. 우리는 그녀를 위로하고 아양을 떨고 그녀가 노래를 부르도록 물색해 둔 장소로 그녀를 거의 떠받치듯이 데려간다. 마침내 그녀는 뭐라고 해석할 수 없는 눈물을 보이며 양보한다. 하지만 그러고 나서 그녀는 어떻게 마지막 의지를 발휘하는 게 분명한 듯한 노래를 시작하는지. 그녀는 기운이 없고 두 팔은 여느 때와 달리 크게 벌리지 않은 채 오히려 몸에 힘없이 매달려 있으며, 이때 그녀의 팔은 어쩐지 너무 짧아 보인다. 그녀는 그런 모습으로 노래를 시작해 보려 하지만 잘 되지가 않고, 내키지 않는 듯 머리를 젓는가 싶더니 그대로 우리 눈앞에서 주저앉아 버린다. 그러고도 그녀는 다시 벌떡 일어나서 노래를 부르는데, 내가 보기엔 다른 때와 그다지 다른 점이 없다. 만일 가장 세세한 뉘앙스까지도 들을 수 있는 귀가 있다면 그녀의 노래에서 약간의 특이한 흥분을 느낄 수도 있을 테지만, 그러나 그것은 공연에 오직 도움이 될 뿐이다. 그리고 마지막에 이르면 그녀는 심지어 앞서보다 덜 무기력해져서, 휙 지나가는 총총걸음을 이렇게 부를 수 있다면, 확고한 걸음걸이로 추종자들의 모든 도움을 다 뿌리친 채 경외심에 가득 차 그녀에게서 물러서는 대중을 시험하듯 차가운 눈빛으로 바라보면서 멀어져 간다.

이것이 지난번에 있었던 일이다. 그런데 최근에는 그녀가 노래 부를 거라며 기다리는 시간에 그녀가 모습을 감추었다. 그녀의 추종자뿐 아니라 많은 이들이 그녀를 찾아 나섰지만 헛수고였다. 요제피네가 사라졌다. 그녀는 노래하지 않으려 하고 노래를 불러 달라는 부탁조차 받지 않으려 한다. 이번에는 그녀가 우리를 완전히 떠나 버린 것이다.

그녀의 오판은 기이하다. 그 영리한 여자가 얼마나 착각하고 있냐 하면, 우리가 그녀는 계산 따위는 하지 않으며 단지 우리가 사는 세계에서는 매우 슬프게 될 수밖에 없는 그런 운명에 계속 쫓겨 다니는 것으로 믿을 거라고 그녀는 착각하는 것이다. 그녀 스스로가 노래를 피해 달아난 것이고, 대중의 마음을 얻어 갖게 된 권력을 스스로 파괴해 버린 것이다. 대중의 마음을 그렇게나 모르면서도 어떻게 권력을 얻을 수 있었는지. 그녀는 숨어 버리고 노래하지 않지만, 우리 종족은 태연하고 실망한 기미도 보이지 않으며 당당하다. 우리는 실은 겉모습과는 정반대로 내면으로 침잠하는 종족이며, 우리는 선물을 주기만 할 뿐 요제피네로부터도 결코 받을 수는 없는 그런 종족으로서 계속해서 자신의 길을 간다.

그러나 요제피네는 내리막길을 걸을 수밖에 없다. 곧 그녀의 마지막 찍찍 소리가 울리다가 그치는 때가 올 것이다. 그녀는 우리 종족의 영원한 역사에서 하나의 작은 에피소드이고, 우리 종족은 그녀를 잃은 상실을 극복할 것이다. 물론 우리에게는 쉽지 않을 것이다. 완전한 침묵 가운데서 어떤 집회가 가능하겠는가? 요제피네가 함께 있을 때도 집회는 침묵 상태가 아니었던가? 그녀의 실제 찍찍 소리가 그것에 대한 기억 속에서보다 두드러지게 더 크고 생기 넘쳤을까? 그것이 그녀가 아직 살아 있는 동안에는 단순한 추억 이상의 것이었던가? 오히려 우리 종족은 나름의 지혜를 발휘해 요제피네의 노래를 그렇게 높은 위치에 세웠던 것은 아닐까? 그런 방식을 취함으로써 그녀의 노래를 잃지 않을 수 있었으니 말이다.

아마도 우리는 그녀가 없다고 해서 몹시 아쉬워하지는 않을 것이다. 그러나 요제피네는, 그녀의 견해에 따르면 선택받은 자들에게만 마련된 지상의 괴로움에서 구원받아 우리 종족의 수많은 영웅의 무리 속으로 명랑하게 사라질 것이고, 우리는 옛날이야기를 파고들지 않기 때문에, 그녀는 곧 자신의 모든 형제들처럼 한층 더 승화된 구원 속에서 잊히게 될 것이다.

18

어느 개의 연구

내 삶은 얼마나 변했는지, 그러면서도 근본에 있어선 또한 얼마나 변하지 않았는지!

이제 와 지난날을 돌아보며, 내가 아직은 견족의 일원으로서 그들이 근심하는 일이면 무엇이든 마음을 썼던 시절을 떠올려 볼 때, 개들 무리 속의 한 마리 개인 나는 좀 더 상세히 관찰하는 과정에서 예로부터 무언가 딱 맞아떨어지지 않고 어떤 작은 균열이 존재해 왔음을 발견한다. 가장 신성한 종족 행사의 한가운데에서 어떤 편치 않은 감정이 나를 엄습했고, 가끔은 친밀한 동료들 틈에 끼어 있을 때조차 그러했다. 아니 가끔이 아니라 매우 자주였다. 어느 친근한 동료 개를 그저 보기만 하는데, 보는 것만으로도 어쩐지 새롭게 보이며 곤혹스러워지고 충격을 받고 도움받을 데도 없이 그야말로 절망에 빠지곤 했다. 나는 어떻게

든 마음을 가라앉히려고 애썼고, 내가 이런 사실을 털어놓은 친구들이 도와줘서 다시금 평안한 시간이 찾아왔다. 물론 그 시기에도 뜻밖의 놀라운 일들이 없지는 않았지만 나는 비교적 무덤덤하게 받아들였고 그 사건들은 무덤덤하게 삶의 일부가 되었다. 그 놀라운 사건들은 나를 슬프고 지치게도 했지만, 다른 한편으로는 나를 어느 정도 냉정하고 소극적이며 겁 많고 계산적이면서도 전체로 보아서는 정상적인 한 마리의 개로서 존재하도록 하는 것이었다. 만일 회복을 위한 이런 휴식의 시간이 없었다면 지금 내가 기꺼워하는 이 나이까지 어떻게 이를 수 있었겠는가. 젊은 시절의 놀라움을 관찰하고 노년의 놀라움을 견디도록 해 주는 이 평온한 마음을 어떻게 얻을 수 있었겠으며, 내가 인정한 바대로 나의 불행한, 또는 더 신중하게 표현하자면, 그다지 행복하지는 않은 처지로부터 결론을 끌어내 거의 전적으로 그것에 상응하여 살아갈 수 있었겠는가. 세상에서 물러나 외롭게, 가망은 없지만 내겐 너무도 중요한 작은 연구들에만 몰두한 채 그렇게 나는 살아가고 있지만, 그러면서도 멀리에서 나의 종족에 대한 조망을 잃지는 않았으며, 자주 소식들이 내게로 오는가 하면 나 역시도 가끔 내 소식을 전한다. 모두들 나를 존경스럽게 대하고, 나의 생활 방식을 이해하는 것 같지는 않지만 그렇다고 나쁘게 받아들이지도 않는다. 나는 먼발치에서 이리저리 뛰어다니는 젊은 개들을 보게 되는데, 그들의 유년 시절이 어렴풋해 거의 기억나지 않는 새로운 세대들까지도 내게 존경에 찬 인사를 보내고 있다.

모두에게 잘 알려진 대로 나에겐 특이한 점들이 있긴 하지만, 그렇다고 내가 결코 종족과 다른 별종은 아니라는 사실을 도외시하면 안 된다. 그 특이성은, 곰곰이 생각해 보건대 — 내겐 생각할 만한 시간적 여유와 의향과 능력이 있다 — 사실 견족에게 매우 잘 어울리는 것이다. 우리 개들 외에도 주변에는 여러 종류의 생물들, 그러니까 가엾은, 비천한, 또 말을 못 하여 극히 제한된 소리밖에 내지 못하는 그런 생물들이 존재하는데, 우리 개들 중에는 이런 생물들을 연구하는 자들이 많아서, 그 생물들에게 이름을 부여하고, 그들을 도와 육성하고 향상시키는 등등의 노력을 하고 있다. 나는 이런 생물들이 나를 방해하려고 하지 않는 한 전혀 신경을 쓰지 않으며, 그것들을 곧잘 혼동하고 건성으로 보아 넘긴다. 그러나 한 가지 사실만은 너무 두드러져 그냥 간과할 수가 없는데, 그것은 그것들이 우리 개들에 비할 때 서로 결속하는 일이 거의 없다는 것, 서로 말도 없이 낯설게 모종의 적대감까지 품고서 지나쳐 버린다는 것, 가장 기초적인 이해관계로만 어느 정도 외적으로 연결될 수 있을 뿐인데 심지어 그러한 이해관계로부터도 자주 증오와 싸움이 일어난다는 것이다. 우리 개들은 그 반대다! 우리에겐 오랜 세월이 흐르는 동안 헤아릴 수 없이 많은 뿌리 깊은 차이가 생겨났지만, 그럼에도 우리는 모두가 단일한 한 덩어리로 살아간다고 말해도 지나치지 않다. 모두가 한 덩어리로 말이다! 우리는 충동처럼 서로에게 끌리고 그 어떤 것도 우리가 끝없이 이 충동을 좇는 것을 저지할 수 없다. 우리의 모든 법과 제도, 내가 아직도 알고 있는 몇 가지와 잊어버린 수많은 법과 제도는 우리가 누릴 능력이 있는 가장 큰 행복, 따뜻한 공생에 대한 갈망으로 거슬러 올라간다. 그러나 이와 정반대의 경우도 있다. 내가 아는 한 어떤 생물도 우리 개만큼 널리 흩어져 살지 않으며, 계급과 종, 직무에 있어서 한눈에 파악할 수 없을 만큼 다양한 차이를 갖고 있지 못하다. 함께 뭉쳐 살기를 원하는 우리, 그 어떤 극단적인 순간에도 우리는 거듭 언제나 그 일에 성공하는데, 바로 그런 우리가 서로 동떨어져서, 때로는 이웃 개도 모르는 독특한 일을 하며 견족이 아니라 오히려 그 반대에 해당되는 규정들을 고수하면서 살아가는 것이다. 이 얼마나 어려운 이야기인가. 차라리 건드리지 않는 편이 나은 그런 문제들이다. 그렇다는 입장을 나는 잘 이해하고, 어쩌면 나 자신의 입장보다도 더 잘 이해한다. 그럼에도 나는 이 문제에 완전히 빠져들어 있는 것이다. 왜 나는 다른 이들처럼 나의 종족과 일치하여 살아가면서 일치됨을 방해하는 것은 말없이 삭이고 커다란 셈에서의 작은 오차 정도로 무시하고 넘어가 버리며, 거듭 언제나 우리를 불가항력으로 종족에서부터 끌어내려는 그 어떤 것이 아니라 우리를 행복하게 함께 묶어 주는 것을 향해 있지 않은가.

나는 젊은 시절에 일어났던 한 사건을 회상해 본다. 당시 나는 어린 시절에 누구나 체험할 법한 그런 행복감이 깃든 무어라 설명하기 어려운 흥분 상태에 빠져 있었다. 나는 아직 매우 젊은 개였고 모든 것이 마음에 들었으며 모든 것이 나와 연관되어 있었다. 나는 내 주위에 커다란 일들이 일어나고 있으며 내가 그것들의 지휘자여서 목소리를 빌려주어야 한다고 믿었다. 내가 그것들을 위해 뛰고 내 몸을 흔들어 주지 않으면 비참하게 바닥에 누워 있어야 할 것이라고. 그것은 세월과 함께 사라지고 마는 아이들의 환상이었다. 그러나 당시 그 환상들은 강력해서 나는 그것에 완전히 사로잡혀 있었고, 실제로 나의 맹렬한 기대에 부합하는 듯한 어떤 특이한 일이 일어나기도 했다. 그것은 자체로는 특이한 일이 아니었으며, 훗날 나는 그런 일뿐만 아니라 훨씬 더 특이한 일도 드물잖게 보았다. 그러나 당시로선 그 일이 내게 이후에 일어날 많은 일의 방향을 알려 주는, 지울 수 없이 강렬한 최초의 인상을 각인시켜 주는 것이었다. 그것은 다름 아니라 내가 한 작은 개 집단을 만난 일이었다. 아니 내가 그들을 만났다기보다는 그들이 나를 향해 왔다. 나는 당시 오랫동안 커다란 사건을 예감하며 어둠을 뚫고 달리고 있었다. 물론 그것은 쉽사리 실망으로 이어지곤 했는데, 왜냐하면 나는 예감을 항시 갖고 있었기 때문이다. 나는 오랫동안 어둠 속을 이리저리 아무것도 보거나 듣지 못한 채로, 불확실한 갈망 말고는 그 무엇의 인도도 받지 못하면서 달렸다. 그러다 문득 이곳이 바로 그곳이구나 하는 느낌이 들어 멈추어 서서 위를 올려다보았다. 환하기 이를 데 없는 날이었고 다만 약간 안개가 꼈는데, 모든 것이 뒤섞여 취하게 하는 냄새가 가득했다. 나는 혼란스럽게 짖으며 그 아침을 맞아들였다. 그때 — 마치 내가 그들을 주문으로 불러내기라도 한 것처럼 — 어떤 알지 못할 어둠으로부터 내가 그때까지 한 번도 들어 본 적 없는 엄청난 소음과 함께 일곱 마리의 개가 모습을 드러냈다. 그 개들이 어떻게 그런 소음을 내는지 알 수 없었지만, 만일 내가 그들이 개라는 것, 그리고 소음을 낸 것이 바로 그 개들이라는 것을 분명히 보지 못했더라면, 나는 즉시 달려 도망쳤을 것이다. 그러나 나는 그 자리에 그대로 있었다. 당시만 해도 아직 나는 오로지 견족에게만 부여된 창조적인 음악성에 관해 거의 아무것도 모르고 있었다. 그때까지 겨우 서서히 발달하고 있던 나의 관찰력으로는 당연하게도 그 음악성을 알아채지 못했지만, 그래도 이미 젖먹이 시절부터 음악은 자명하고도 필수 불가결한 삶의 기본 요소로서 나를 에워싸고 있었고, 그 무엇도 이런 음악을 나의 삶으로부터 강제로 격리하지는 않았고, 다만 유년기의 이해력에 걸맞게 암시적으로만 그것을 알려 주려 했기에, 저 일곱 마리의 위대한 음악가들은 나에게 그만큼 더 놀랍게, 그야말로 압도적으로 다가왔다. 그들은 말하지 않았고 노래를 부르지도 않았으며 대개 완강할 정도로 침묵을 지키기 일쑤였지만, 그러나 마법의 힘으로 텅 빈 공간에서 음악이 솟아나게 했다. 모든 것이 다 음악이었다. 그들이 발을 올리고 내리는 것, 머리를 돌리는 방식, 그들의 달리고 멈춤, 그들이 서로에게 취하는 자세, 원무(圓舞)를 출 때처럼 서로 연결하여, 이를테면 한 개가 다른 개의 등에 앞발을 얹어 디디고 맨 앞의 개는 꼿꼿이 서서 다른 모든 개의 하중에 버티도록 정렬한다든가, 또는 바닥에 닿을 만큼 몸을 낮게 움직여 복잡하게 짜맞춘 형상을 이룰 때 그들은 결코 헛갈리는 일이 없었다. 약간 불안정해서 다른 개와 즉시 연결하는 데 조금 서툴고 멜로디를 울리는 데 흔들리곤 했던 마지막 개조차도 그랬다. 그 개가 불안정하다는 것은 다른 개들의 뛰어난 안정감에 비해 그렇다는 것이지, 설령 훨씬 더 아니 극도로 불안정한 경우였어도 다른 위대한 명견들이 흔들림도 없이 박자를 유지해 주었으므로, 그 무엇도 대형을 망쳐 버릴 수는 없었을 것이다. 그러나 그들을 만날 때는 거의 없었다. 그들은 거의 볼 수 없었다. 그들이 나타나면 개의 입장에서 그들에게 마음속으로 인사를 보냈다. 그들이 동반하는 소음이 혼란스럽게 느껴지긴 했지만, 그들은 어쨌든지 나와 당신과 같은 개였다. 길에서 만난 그 개들을 우리는 평소에 그러듯이 지켜보았고, 그들에게 가까이 다가가 인사를 나누려 했다. 그들은 아주 가까이 있었다. 나보다 훨씬 나이 많은 개들은, 나처럼 털이 긴 부류는 아니었지만, 크기나 모양이 낯설지 않고 친숙한 편이었다. 그런 종류의 개를 나는 알고 있었다. 그러나 이런 생각에 붙들려 있는 동안 음악은 점점 강력해져서 듣고 있는 쪽을 사로잡고 우리를 현실의 작은 개들로부터 동떨어지게 했다. 그리고 마치 고통이 기다리는 것처럼 울부짖으며 털을 곤두세우고 온 힘을 다해 저항해 보아도 의지와는 반대로 음악에 몰입하는 것 말고는 할 수 있는 일이 없었다. 음악은 사방팔방에서, 높은 곳에서, 깊은 곳에서, 도처에서 와서는 그 음악을 듣는 자를 한가운데로 끌어들여 쏟아붓고 숨 막히게 하며 소멸시켜 버렸으며, 음악이 멀어져 트럼펫 팡파르가 거의 들리지 않게 된 다음에도 여전히 가까이에 느껴졌다. 다시 음악에서 풀려나는 것은 너무 지치고 존재는 사라져 버리며 허약해진 나머지 더는 계속 듣고 있을 수가 없게 될 때였다. 음악에서 풀려나면 작은 일곱 마리의 개가 행렬을 지어 나아가고 뛰어오르는 것이 보였다. 거부하는 듯한 그들의 모습에도 불구하고 소리쳐 가르침을 청하고 여기서 무엇을 하는지 물어보고 싶었다. 나는 아이답게 언제든 누구에게나 질문을 해도 되는 줄 알았다. 그러나 막 그러려는 찰나에 내가 그 일곱 마리 개들과 선의에 찬 친숙한 연결을 느끼는 그 순간에 또다시 그들의 음악이 들려와 내 의식을 혼미하게 했고 내 주위를 빙빙 돌았다. 마치 나 자신이 그 음악대의 일원이기라도 한 것 같았다. 그러나 실은 나는 그 희생자에 지나지 않았고, 음악은 내가 그토록 자비를 청했음에도 불구하고 나를 이쪽저쪽으로 내동댕이치더니, 끝내는 아무렇게나 쌓여 있는 목재 더미로 밀쳐 버림으로써 그 자신의 폭력으로부터 나를 구해 주었다. 근처에 쌓여 있던 목재는, 그것이 있는 줄도 몰랐지만 이제 나를 감싸며 고개를 숙이게 만들고, 저기 바깥 넓은 곳에서는 여전히 천둥처럼 울리는 것 같은 와중에 내게 잠시 숨 돌릴 기회를 주었다. 진실로 나는 저 일곱 마리 개들의 예술 그 자체보다는—그 예술은 내가 파악할 수 없는 것일뿐더러 내 능력이 미치는 영역 바깥에 있어 전혀 연결될 수가 없는 그런 것이었기에—스스로가 만들어 낸 것에 온전하게 자신을 내맡기는 그들의 용기 그리고 줏대를 꺾지 않고 조용히 견뎌 내는 역량에 감탄했다. 내가 숨어든 구멍에서 좀 더 자세히 관찰한 바에 따르면, 그 개들의 작업은 그렇게 안정된 것이 아니라 극도의 긴장을 동반하는 것이었다. 겉보기에는 자신 있게 움직이는 것 같던 발들은 매번 내디딜 때마다 겁먹은 듯 끊임없는 경련을 일으키며 떨었고, 그들은 서로를 절망에 찬 눈초리로 경직되어 바라보았으며, 뜻대로 놀리는가 싶은 혀는 곧 다시 주둥이에 축 늘어져 버리곤 했다. 성공 여부에 대한 불안 때문에 그들이 그토록 초조해한 것일 수는 없었다. 그런 일을 감행한 자, 그런 일을 성취해 낸 자라면 어떤 불안감도 가질 리 없었다. 대체 무엇을 불안해하겠는가? 대체 누가 그들이 여기에서 그런 행동을 하도록 강요했단 말인가? 나는 더 이상 자제할 수가 없었다. 특히나 그들이 이제 이해하긴 어렵지만 도움이 필요한 것처럼 보이는 마당이었다. 나는 모든 소음을 뚫고 큰 소리로 답변을 요구하며 질문을 던졌다. 그러나 그들은 — 이해할 수 없게! 도저히 이해할 수 없게도! — 내게 대답을 하지 않았고, 마치 내가 거기에 없는 것처럼 행동했다. 개들이 개들의 부름에 대해 응답하지 않는 것은 미풍양속을 거스르는 짓이며, 가장 작은 개든 가장 큰 개든 어떤 상황에서도 용서받지 못할 행동이다. 그렇다면 그들이 실은 개가 아니었단 말인가? 그러나 어떻게 개가 아닐 수 있단 말인가? 내가 귀 기울여 더 자세히 들어 보았을 때 그들이 나직하게 서로 부르는 소리를 들었다. 그들은 어려운 일들에 대해 서로 주의를 환기하고 실수하지 않도록 조심하라며 경고하고 있었다. 나는 그 대부분의 지적을 받고 있던 맨 끝 가장 작은 개가 나를 곁눈으로 힐끔거리는 것을 보았다. 마치 내게 대답해 주고 싶은 마음은 있지만 그러는 게 허용되지 않아서 참고 있는 것 같았다. 그러나 어째서 허용되지 않았을까? 우리의 법에 따르면 언제나 조건 없이 하도록 요구되는 일이 왜 이번에는 안 된다는 말인가? 곧 내 마음속에 분노가 들끓었고 나는 거의 그 음악을 잊을 지경이 되었다. 여기에 있는 이 개들은 법을 어기고 있었던 것이다. 설령 아무리 위대한 마법사들이라 할지라도 그들에게도 법은 적용된다는 것을 어린 나도 벌써 정확하게 이해하고 있었다. 그리하여 나는 더 많은 것을 알아차리게 되었다. 만일 그들이 죄책감 때문에 침묵한 거라고 가정하면, 그들은 실제로 침묵할 만한 이유가 있었다. 그들이 연출하는 장면을 나는 너무나 소란스러운 음악 때문에 미처 알아채지 못했지만, 그들은 정말로 수치심을 모조리 던져 버렸고, 가련한 그들은 우스꽝스러운 동시에 상스럽기 이를 데 없는 짓을 했으니, 바로 뒷다리로 똑바로 서서 걸어갔던 것이다. 젠장, 그건 역겨웠다! 그들은 벌거숭이가 되어 잘난 듯이 알몸을 전시하고 있었다. 그들은 자랑스러운 일인 양 그 짓을 했는데, 어쩌다 한번 순간적으로 올바른 충동에 따라 앞발을 내려뜨리게 되면 마치 그것이 실수인 양, 마치 자연의 본성이 오류라는 듯 그들은 깜짝 놀라 앞발을 신속하게 다시 들어 올렸다. 그때 그들의 눈빛은 마치 자신들이 죄를 범하는 바람에 잠시 중단할 수밖에 없었던 데 대해 용서를 구하는 것처럼 보였다. 세상이 거꾸로 뒤집혔던가? 그러면 나는 어디에 있었나? 도대체 무슨 일이 일어난 것일까? 이쯤에서 나는 나 자신의 존재가 걸린 일에 더는 머뭇거릴 수가 없었기에 나를 둘러싼 목재 더미에서 빠져나와 단숨에 그 개들에게로 뛰어가려고 했다. 어린 학생인 내가 교사가 되어야 했으며 그들이 한 짓이 무엇인지 깨닫게 해 주어야 했다. 그들이 더 이상 죄를 범하지 않도록 내가 막아야만 했던 것이다. "저렇게 늙은 개가, 저렇게 늙은 개가!" 하고 나는 자꾸만 되뇌었다. 그러나 내가 몸이 자유로워져 두세 번만 뛰면 그 개들에게 닿을 거리에 이르렀을 때, 또다시 소음이 들려와 나를 지배하기 시작했다. 어쩌면 나는 흥분한 상태에서 익히 겪어 본 그 소음에 심지어 맞섰을지도 모르겠다. 만일 그때 소음의 한복판에 흐르는 본래의 선율일지 모를 어떤 선명하고 강력한 음이, 내내 유지되면서 마치 먼 곳에서 변함없이 들려오는 듯한 그 소리가, 끔찍스럽지만 어쩌면 맞서 싸울 수도 있을 그런 밀도로 울리면서 나를 무릎 꿇리지만 않았다면 말이다. 아, 이 개들은 얼마나 마음을 홀리는 음악을 만들어 냈던가. 나는 더는 어쩔 수가 없었다. 그들이 계속 다리를 쩍 벌리든, 죄를 짓든, 남들에게 말없이 지켜보는 죄를 짓도록 유혹하든 말든, 나는 더 이상 그들을 깨우치려 들지 않았다. 나는 그저 한 마리 작은 개에 불과한데 누가 내게 그토록 무거운 임무를 요구할 수 있었겠는가. 나는 원래의 나보다 몸을 더 작게 만들고는 낑낑대며 울었다. 이후에 그 개들이 내게 소감을 물었다면 나는 그들이 옳다고 인정했을지도 모르겠다. 그러나 이윽고 그들은 자신들이 나타났던 어둠 속으로 모든 소음, 모든 빛과 함께 사라져 버렸다.

이미 말했듯이 이 일 전체에 특별히 이상한 점은 아무것도 없었다. 긴 인생을 살다 보면 맥락에서 떼어 놓고 보았을 때, 그리고 어린아이의 눈으로 보았을 때 훨씬 놀랍게 여겨질 어떤 일들을 만나게 되곤 한다. 게다가 우리는 적절히 표현하자면 "무심코 비밀을 누설할" 수도 있는데, 그렇게 드러나는 사태의 진상은 이러하다. 여기 일곱 마리의 음악가들이 고요한 아침에 음악을 연주하려고 모였다. 그런데 그 자리에 강아지 한 마리가 길을 잃고 끼어들었다. 그들은 이 귀찮은 관객을 특별히 무시무시한 또는 숭고한 음악으로 쫓아 버리려 했지만, 유감스럽게도 헛수고에 그쳐 버린 것이다. 그 강아지는 질문을 던지며 그들을 성가시게 했다. 낯선 존재만으로도 이미 충분히 방해받은 그들이 귀찮은 질문 공세에 대응하는 대답까지 하느라고 더 크게 방해를 받아야만 했을까? 그리고 비록 법이 '누구에게나 대답하라'라고 명령한다고 하더라도, 그렇게 작은 굴러온 개 한 마리가 과연 이렇다 할 '누군가'일 수나 있었을까? 그리고 아마도 음악가들은 그 강아지가 무슨 말을 하는지 전혀 알아듣지 못했을 것이다. 그 강아지가 짖어 대며 한 질문을 제대로 알아듣기 어려웠을 것이다. 아니면 그 음악가들은 강아지의 말을 잘 알아듣고서는 내키지 않는 것을 참아가며 대답해 주었건만, 음악이 생소한 그 강아지가 대답과 음악을 분간하지 못했을 수도 있다. 그리고 뒷다리에 관해 말하자면, 아마도 그들이 뒷다리로만 걸은 것은 정말 예외적인 일이었을지도 모른다. 물론 그것은 죄악이다! 그러나 오로지 그들만, 친구들 가운데서 친밀한 일곱 명만 자리를 함께하고 있었고, 이를테면 자신들만의 네 벽에 둘러싸인 실내에 있는 것처럼 완전히 그들끼리만 있었다고 볼 수 있다. 왜냐하면 친구들은 일반 대중이 아니고, 일반 대중이 없다면 호기심 많은 길거리의 작은 강아지 한 마리도 등장할 리 없기 때문이다. 그런데 이번엔 그런 일이 발생했다. 그렇다면 역시 아무 일도 일어나지 않은 것에 가깝지 않을까? 전적으로 그렇지는 않지만 거의 그런 셈이다. 부모들은 자신의 어린 자식들이 덜 싸돌아다니도록, 그 대신에 더 잘 침묵하고 늙은 개를 존경하도록 가르쳐야 할 것이다.

이쯤이면 저 사건은 마무리된 셈이다. 물론 어른 개들에게는 마무리된 일이지만, 그러나 어린 개들에게는 아직 다 끝난 것이 아니다. 나는 이리저리 뛰어다녔고 이야기를 들려주며 질문을 했고, 죄를 고발하며 진상을 조사했으며 모든 일이 일어났던 현장으로 누구든 데려가 내가 어디 서 있었는지, 그리고 어디에 그 일곱 마리 개가 있었는지, 어디서 그들이 어떻게 춤을 추었고 음악을 연주했는지 알려 주고 싶었다. 나를 귀찮다고 뿌리치거나 비웃는 대신에 누군가 나와 함께 가 주었다면, 나는 내 무죄함을 희생해서라도 모든 걸 정확하게 보여 주기 위해 뒷다리로 서는 짓까지도 감행했을 것이다. 그건 그렇고, 아이가 하는 일은 다들 나쁘게 받아들여도 결국엔 모든 것을 다 용서해 주는 법이다. 그런데 나는 이 어린 존재의 본질을 간직한 채로 어느새 늙은 개가 되어 버렸다. 당시에 나는 그 사건을 — 물론 지금의 나는 훨씬 중요치 않게 평가하고 있지만 — 요란스럽게 논하고 사건의 요소들을 분석하며, 내가 몸담은 사회는 고려하지 않은 채 내 주위에 있는 개들을 기준으로 가늠하기를 그만두지 않았다. 나는 그 주제에만 몰두했다. 나나 다른 개들 모두 그 일이 번거롭다고 여겼지만, 차이가 있다면 나는 쉬지 않고 연구를 계속해 문제를 풀려고 했다는 것이다. 그리하여 마침내 평범하고 조용하며 행복한 삶이 열리는 시각을 얻고 싶었다. 나는 지난 그때와 똑같이 — 비록 수단은 덜 아이다운 것이지만 큰 차이가 있는 것도 아니다 — 이후에도 작업을 해 왔고 오늘날에도 멈추지 않고 있다.

그것은 저 연주회로부터 시작되었다. 그것을 내가 한탄하는 것은 아니다. 여기서 작용하는 것은 나의 타고난 본성이며, 이 본성은 만일 그 연주가 아니었다면 다른 기회를 통해 나타났을 것이다. 다만 본성의 발현이 그토록 곧장 일어난 사실이 이전에는 이따금 유감스럽기도 했다. 그 사건은 내 유년기의 상당 부분을 집어삼켰다. 젊은 개들이 누리는 기쁨 넘치는 삶, 어떤 개들은 그런 삶을 수년씩 연장할 수도 있었지만, 내게는 그것이 겨우 몇 달밖에 주어지지 않았다. 그러나 그것은 아무래도 좋다. 유년 시절보다 더 중요한 것들이 있다. 어쩌면 힘든 삶을 소화하여 노년에 이르렀을 때 실제의 아이라면 감당할 힘이 없을 더 천진한 행복이 반갑게 손짓을 할지도 모른다. 그때 가면 나는 그런 행복을 누릴 힘을 가질 것이다.

나는 당시에 가장 간단한 문제부터 연구하기 시작했는데, 연구 자료는 부족하지 않았다. 나를 암담한 시간 속에서 절망케 하는 것은 유감스럽게도 너무 많은 자료였다. 나는 '개들은 무엇을 먹고 사는지'를 연구하기 시작했다. 우리가 아득한 옛날부터 몰두해 온 그것은 당연히 결코 간단한 문제가 아니며 우리 사유의 주된 대상이다. 이 분야에서 이루어진 관찰과 탐구와 견해는 셀 수 없이 많아서 그것은 하나의 학문이 되었고, 그 규모는 엄청나게 커서 개별 학자들뿐만 아니라 모든 학자들 전체의 이해력을 넘어설 정도다. 이 학문은 다른 누군가도 아닌 바로 전체 견족에 의해서만—그마저도 탄식하며 겨우 미흡하게만—수행될 수 있는 것이다. 내 연구의 어려운 점들과 좀처럼 충족할 수 없는 전제 조건들은 차치하고라도, 옛날부터 소유된 재산인 이 학문은 계속해서 부스러져 가기에 힘겹게 보완되어야만 한다. 이 모든 것에 대해 내게 이의를 제기하지는 말아 주기 바란다. 여느 평균적인 개들이라면 다 알고 있듯이 나는 그 모든 것을 안다. 내가 진정한 학문에 참견한다는 것은 생각조차 할 수 없는 일이고, 나는 다만 그 학문에 대해 마땅한 경외감을 갖고 있을 뿐이다. 내게는 그 학문을 증대시킬 지식도 근면함도 안정된 마음도 없으며, 그리고—특히 몇 년 전부터는—그것에 구미가 당기지 않는다. 나는 학문이라는 음식을 삼켜 내려보내기는 하지만, 그렇다고 그것이 나에게 잘 정돈된 농업적 고찰을 선행할 만한 가치가 있는 것은 아니다. 이와 관련해서 나로서는 모든 학문의 정수인 작은 규칙, 즉 어미 개들이 어린 강아지들을 젖에서 떼어 세상의 삶 속에 내보낼 때 하는 말인 "무엇이든지 될 수 있는 대로 적셔라"로 충분하다. 이 문장에 사실상 거의 모든 것이 들어 있지 않은가? 우리의 조상이 시작한 연구가 추가해 줄 수 있는 결정적으로 본질적인 것이 대체 무엇일까? 세부 사항들이 있지만 그 모든 것은 얼마나 불확실한 것인가. 그러나 저 규칙은 우리가 개인인 동안에는 존속할 것이다. 그것은 우리의 주된 양식에 관한 규칙이다. 분명히 우리는 다른 보조 수단들도 있지만,

그러나 비상시 그리고 상황이 그리 나쁘지 않은 해에는 이 주식으로 살아갈 수가 있을 것이다. 이 양식을 우리는 땅 위에서 발견하는데, 땅은 우리의 오줌이 필요하다. 오줌에서 양분을 취한 대가로만 우리에게 양식을 제공해 주는 것이다. 물론 어떤 주문, 노래, 동작을 통해 양식의 수확을 촉진할 수 있다는 사실도 잊어서는 안 된다. 내 생각에는 이것이 전부이며, 이런 측면에서 이 일에 대해서는 근본적으로 더 말할 것이 없다. 이 점에서는 나 역시 견족의 절대다수와 같은 의견이며 이런 관점에서 이단적 견해들을 엄격히 배제하고 있다. 솔직히 말하건대 나는 유별나게 굴거나 독선적 태도에 빠질 생각이 없으며, 내 동족들과 의견의 합치를 볼 수 있다면 그것으로 행복하다. 이 경우에 바로 그 일이 일어난 셈이다. 그러나 나의 독자적 시도들은 방향이 다르다. 학문이 규정하는 바에 따라 땅에 물을 뿌리고 경작하면 땅은 양식을 내준다는 것을 눈으로 확인할 수 있다. 학문에 의해 전부 또는 부분적으로 세워진 법칙대로, 일정한 성질과 일정한 분량과 일정한 종류의 것이 일정한 장소와 시간에 산출되는 것이다. 이것을 나는 인정하는 바이지만, 내 물음은 “땅은 양식을 어디에서 얻는가?” 하는 것이다. 이런 질문을 하면 대체로 무슨 말인지 이해할 수 없다고 회피해 버리며, 기껏 한다는 대답이 이러하다. “네가 먹을 게 부족하면 우리의 것을 나눠 줄게.” 이 대답에 주목하기 바란다. 일단 얻은 양식을 분배하는 것은 우리 견족의 장점에 속하지 않는다는 사실을 나는 알고 있다. 삶은 힘들고 땅은 거칠며 학문은 인식은 풍부해도 실용적 성과는 빈약하기 짝이 없다. 양식을 가진 자는 그걸 내놓지 않는다. 이것은 사리사욕이 아니라 오히려 개들의 법도이며, 소유한 자들은 언제나 소수이기 때문에 사리사욕을 극복하려고 동족들이 만장일치로 결의한 것이다. 따라서 "네가 먹을 게 부족하면 우리의 것을 나눠 줄게"라는 대답은 상투적으로 늘어놓는 미사여구거나 농담 아니면 일종의 조롱인 것이다. 나는 그 점을 잊지 않았다. 그러나 내가 의문을 품고 세상을 떠돌아다니던 당시에 그들이 나를 조롱하지 않았다는 사실이 내게는 한층 더 큰 의미가 있었다. 그들은 나에게 여전히 먹을 것을 아무것도 주지 않았지만, 그들이라고 어디서 당장 먹을 것을 가져오겠는가? 설령 먹을 것을 우연히 얻었다 해도 그들은 당연히 미칠 듯한 허기에 사로잡혀 다른 일은 까맣게 잊어버리고 말았다. 그러나 그들도 자신들의 제안을 진지하게 생각했던지 어쩌다가 내가 그들에게서 정말로 작은 먹을거리를 받은 적도 있었다. 그럴 때면 나는 그것을 잡아채기 위해 잽싸게 쫓아가야 했다. 왜 그들은 나를 특별히 대하며 보살피고 우대했을까? 내가 영양 상태가 나쁘고 너무 적게 먹어서 삐쩍 마르고 허약한 개였기 때문이었을까? 그러나 영양 상태가 나쁜 개들은 주변에 이미 많이 돌아다녔고, 그들은 그 개들이 입에 물고 있는 형편없는 먹이조차 가능하면 빼앗곤 한다. 그러는 것은 탐욕이 아니라 대체로 원칙 때문이었다. 그렇다, 그들은 나를 우대했는데, 일일이 그 증거를 제시할 수는 없지만 확실히 그렇다는 인상을 받았다. 내 질문이 그들을 기쁘게 하고 그들은 그것을 영리하다고 여겨서였을까? 아니다, 그들은 기뻐하지 않았고 내 질문을 모두 어리석은 것으로 여겼다. 그렇지만 내가 주목받게 된 것은 오로지 그 질문들 덕분일 수도 있다. 그들은 내 질문을 견디느니 차라리 터무니없는 일—하지는 않았지만 하고 싶어 했다—즉 음식으로 내 입을 틀어막기를 원하는 것 같았다. 하지만 정말 그랬다면 차라리 나를 쫓아 버리거나 내 질문을 아예 거절할 수도 있었을 터다. 아니다, 그들은 그것을 원하지 않았다. 그들은 내가 하는 질문을 듣고 싶어 하지 않았지만, 바로 그 질문들 때문에 그들은 나를 쫓아 버리고 싶지 않았던 것이다. 나는 심하게 웃음거리가 되고 어리석은 작은 짐승으로 취급당하며 이리저리 떠밀려 났지만, 다른 일면 최고의 명성을 얻은 시기이기도 했으니, 그 이후 그런 일은 결코 다시 일어나지 않았다. 나는 어디든 마음대로 드나들었고 아무것도 거칠 것이 없었으며, 그들은 얼핏 나를 거칠게 다루는 것 같았지만 실제로는 내 비위를 맞춰 준 것이다. 이 모든 것이 그러니까 오직 나의 질문, 나의 조급함, 연구에 대한 나의 갈증 덕분이었다. 그들은 그렇게 해서 나를 진정시키려 했던 걸까, 폭력 없이, 거의 사랑하는 마음으로 나를 어떤 잘못된 길에서 돌려세우려 한 것일까? 그 길의 잘못된 정도가 과연 폭력을 사용해도 될지 의심할 여지가 있었고, 어떤 존중과 두려운 마음도 그들에게 폭력의 사용을 자제시켰을 것이다. 나는 이미 당시에 그것을 어렴풋이 느끼고 있었고 오늘날엔 더 분명하게 알고 있다. 당시의 당사자들보다도 훨씬 더 정확하게 아는 것이다. 그들이 내가 나의 길을 가지 못하도록 막으려 한 것은 사실이다. 그 기도는 성공하지 못하고 정반대의 결과에 도달했고, 나의 주의력은 더 날카로워졌다. 심지어 다른 개들을 유혹하고자 했던 것이 바로 나였으며, 이는 실제로 어느 정도까지 성공했다는 점이 내게 분명해졌다. 견족의 도움으로 비로소 나는 나 자신의 질문들을 이해하기 시작했다. 예를 들어 "땅은 양식을 어디에서 얻는가?" 하고 질문했다면, 겉보기에 내가 관심을 가진 것은 땅인 것 같지만, 그러나 과연 땅에 대한 근심이 내 관심사였을까? 전혀 그렇지 않았으며, 내가 바로 깨달은 것처럼 그런 것은 나와 완전히 거리가 멀었고, 내 관심을 끈 것은 오직 개들일 뿐, 그 외에는 아무것도 없었다. 그도 그럴 것이 개들 말고 또 무엇이 존재한단 말인가? 이 넓고 공허한 세상에서 개 말고 누구를 부를 수 있는가? 모든 지식, 모든 질문과 대답의 총합이 개 안에 담겨 있다. 만일 이 지식이 효력을 발휘하도록 할 수만 있다면, 그것을 백일하에 드러낼 수만 있다면, 만일 개들이 시인하고 자신에게도 고백하는 것보다 엄청나게 더 많은 것을 알지 못했다면, 하고 나는 생각한다. 가장 수다스러운 개조차 최상의 음식이 있는 장소에 있을 때보다 더 입의 빗장을 닫아건다. 동료 개들의 주위를 살금살금 걷고 입에 욕망의 거품을 물고 꼬리로 제 몸뚱이를 치고 뭔가를 묻고 간청하고 짖어 대고 물어뜯으면서 도달한다. 무엇에? 전혀 애쓰지 않아도 얻을 수 있을 그것, 애정 어린 귀 기울임, 친근한 접촉, 존경이 담긴 킁킁거림, 친밀한 껴안음 같은 것에 말이다. 나와 네가 울부짖는 소리가 하나로 섞이고, 모든 것이 황홀과 망각 그리고 발견을 향하여 간다. 그러나 무엇보다 우선하여 도달하고자 했던 한 가지, 바로 지식의 인정은 거부된 채로 남아 있다. 무언의 간청이든 큰 소리로 간청한 것이든, 아무리 극한까지 유혹을 시도해 보아도 돌아오는 응답은 기껏해야 무감각한 표정, 외면하는 시선, 베일 드리운 듯 흐릿한 눈빛뿐이다. 이는 강아지였던 내가 그 음악가 개들에게 소리쳤을 때 그들이 침묵한 상황과 별로 다르지 않다.

내게 이렇게 말할 수도 있을 것이다. "너는 네 동족 개들에 대해 불평을 늘어놓고 있다. 어떤 결정적인 사실에 관한 그들의 침묵에 대하여. 너는 이렇게 주장한다. 그들은 자신들이 고백하는 것보다, 삶 가운데서 인정하려는 것보다 더 많은 것을 알고 있으며, 이러한 침묵, 그 이유와 비밀에 대해서까지 함께 함구하고 마는 이 침묵이 삶에 독이 퍼지게 한다고. 너는 그런 삶을 견딜 수가 없어서, 그것을 변화시키거나 아니면 떠나야 한다고 말이다. 그럴지도 모른다. 그러나 너도 한 마리의 개이고 너도 개들의 지식을 갖고 있으니, 네가 한번 그것을 말해 보라. 질문이 아니라 대답의 형식으로. 네가 그것을 소리 내어 말한다면 누가 이의를 제기하겠는가? 마치 기다리고 있었다는 듯 견족의 대합창이 시작될 것이다. 그러면 너는 진리와 명확성과 인정하는 고백을 얻을 것이다. 네가 원하는 만큼. 네가 그렇게나 매도하는 이 저급한 삶의 천장이 열리고 우리 개들은 모두 나란히 저 드높은 자유를 향해 상승하게 될 것이다. 설령 마지막 일이 성공하지 못하더라도, 지금까지보다 사정이 더 나빠지더라도, 전체의 진리가 절반의 진리보다 더 견디기 어려운 것이어도, 침묵하는 자들이 삶을 보존하는 자로서 옳았다는 사실이 입증되더라도, 우리가 여전히 품고 있는 약한 희망이 완전한 절망으로 변해 버리더라도, 그 말은 시도해 볼 만한 가치가 있는 것이다. 너는 자신에게 허용된 방식대로 살기를 원치 않기 때문이다. 자, 이러할 때 너는 왜 남들의 침묵을 비난하면서 정작 본인은 침묵하는가?"
대답은 간단하다. 그것은 내가 개이기 때문이다. 본질상 다른 개와 똑같이 완고하게 침묵하며 자신의 질문에 저항하고 불안 때문에 경직되어 있다. 최소한 어른이 된 이후에 내가 견족을 상대로 그들이 대답하도록 질문한 적이 있던가? 내가 그토록 어리석은 희망을 품고 있을까? 우리 삶의 토대를 보고 그 깊이를 가늠하면서, 그 토대를 쌓아 가는 암담한 작업에 종사하는 개들을 보고 있으면서 내가 여전히 나의 질문으로 이 모든 게 종말을 고하고 파괴되고 버려질 거라고 기대한단 말인가? 아니다, 나는 진실로 더는 그런 기대를 하지 않는다. 나는 그들을 이해한다. 나는 그들과 똑같은 피를 가졌다. 가련하고 언제나 거듭 젊은, 언제나 거듭 갈망하는 피다. 우리는 피만 같은 것이 아니라 지식도, 아니 지식만이 아니라 지식에 이르는 열쇠도 함께 나누어 갖고 있다. 다른 개들 없이 나는 그것을 얻지 못하고, 그들의 도움 없이는 그것을 가질 수가 없다. 귀한 골수가 들어 있는 강철 같은 뼈는 모든 개가 모든 이빨로 함께 물어뜯어야 얻을 수 있는 것이다. 물론 이것은 하나의 비유에 불과하며 과장된 말이다. 만일 모든 이빨이 준비되어 있다면 더는 물어뜯을 필요도 없을 것이다. 뼈는 저절로 열릴 테고 골수는 가장 힘이 약한 강아지가 잡아도 훤히 드러날 것이다. 이런 비유로 말하자면, 나의 의도, 나의 물음, 나의 연구는 뭔가 엄청난 것을 목표로 삼고 있는 셈이다. 나는 모든 개를 강제로 모이게 하여 그들이 준비된 상태에서 나오는 압력 때문에 뼈가 저절로 열리도록 하려고 한다. 그런 다음엔 그들이 바라는 생활로 그들을 돌려보내고 주변에 아무도 없이 나 혼자 홀가분하게 그 골수를 빨아먹고 싶다. 터무니없는 이야기처럼 들릴 것이다. 마치 내가 어떤 뼈 한 개의 골수가 아니라 견족 자체의 골수에서 양분을 취하려는 것 같으니까. 그러나 이것은 단지 비유일 뿐이다. 여기에서 말하는 골수는 음식이 아니라 정반대의 것, 바로 독이다.

나는 내 질문들로 그저 자신을 몰아세우고 있을 뿐이며, 침묵으로써 나를 고무시키고자 한다. 내 주위를 에워싸고 유일하게 내게 응답하는 저 침묵 말이다. 네가 너의 연구를 하면서 갈수록 깨닫고 있듯이 견족은 침묵하고 언제나 침묵하리라는 사실을 너는 얼마나 오랫동안 참아 낼 수 있을까? 얼마나 오랫동안 견뎌 낼 것인가? 이것이 개별적인 질문들 모두를 넘어선 나의 생사의 물음이다. 이 질문은 오직 나에게만 던져진 것으로 다른 누구도 괴롭히지 않는다. 유감스럽게도 개별적 질문보다 이 질문은 더 쉽게 대답할 수 있다. 예상컨대 나는 자연사할 때까지는 견뎌 낼 것이다. 저 불안한 질문에 노년의 평온한 삶은 갈수록 더 많이 맞닥뜨린다. 나는 아마도 침묵을 지키며 침묵에 둘러싸인 채 거의 평화롭게 죽을 것이다. 이 사실을 나는 태연하게 마주한다. 경탄할 만큼 강한 심장, 때가 되기 전에는 결코 망가져 버리는 일이 없는 폐, 이런 것은 마치 어떤 악의에서 우리 개들에게 주어진 것 같다. 우리는 모든 질문에 대해, 심지어 우리 자신의 질문에 대해서도 저항한다. 침묵의 보루, 그것은 바로 우리인 것이다.

요즘 나는 점점 더 내 인생을 곰곰이 생각해 보며 어쩌면 내가 저질렀을 수도 있을, 모든 잘못의 원인이 되는 결정적 실수를 찾아보려 하지만 찾아낼 수가 없다. 하지만 분명 그런 잘못을 저질렀을 것이다. 그런 잘못을 저지르지도 않았는데 긴 생애 동안 성실히 작업하고서도 내가 원한 것을 이루지 못했다면, 이는 내가 원한 것이 불가능한 일이었음을 입증하는 셈이며, 따라서 완전히 절망적이라는 뜻이 되기 때문이다. 네가 인생에서 한 작업을 보라! 우선, 땅은 우리를 위한 이 양식을 어디서 얻는가? 하는 질문에 관한 연구는 어떤가. 근본적으로 나는 탐욕스러운 삶의 욕망이 충만한 젊은 개였지만, 모든 향락을 포기하고 모든 유흥을 멀리했으며 유혹 앞에선 머리를 두 다리 사이에 파묻은 채 작업에 열중했다. 그것은 학자의 작업이 아니었다. 박식함이란 면에서나 방법론이란 면에서, 또한 의도에서도 그러했다. 그것이 오류였을 수도 있지만 결정적일 리는 없었다. 나는 일찍이 어머니를 떠나 독립생활에 적응하며 자유로운 삶을 영위했기 때문에 배운 것이 적었다. 너무 이른 독립은 체계적인 학습에는 악조건인 것이다. 그러나 나는 많은 것을 보고 들었으며 다양한 직업을 가진 다양한 종류의 개들과 대화를 나누기도 했다. 그러면서 내 생각엔 모든 것을 꽤 잘 파악했고 개별적인 관찰의 결과들을 연결 짓는 능력도 나쁜 편이 아니어서, 이것이 어느 정도 박학다식함을 대체해 주었다. 게다가 독립생활이란 것이 학습에는 단점이 될 수도 있지만 독자적인 탐구에는 유리한 점도 있었다. 내 경우 독립생활은 더욱더 필요했는데, 내가 학문 본래의 방법들을 따를 수 없었기 때문이다. 말하자면 나는 전임자들의 연구 결과를 이용하거나 동시대의 학자들과 연결될 수가 없었다. 나는 전적으로 나 자신에 의지할 수밖에 없었기에, 내가 찍게 될 우연한 마침표가 분명히 최종적인 것이 될 거라는, 젊은이라면 행복해하겠지만 노인에겐 극도로 압박감을 줄 그런 생각을 갖고서 그야말로 맨 처음부터 시작했다. 그런데 내가 과연 나의 연구를 정말로 혼자서만 이루어 온 것일까, 지금까지 줄곧? 그렇기도 하고 아니기도 하다. 그 언제든 그리고 오늘날에도 나 같은 처지에 놓인 개들이 없었을 수가 없다. 내 형편이 그토록 나쁠 수는 없는 것이다. 나는 개라는 존재에서 털끝만치도 벗어나 있지 못하다. 어떤 개든 모두 나처럼 묻고 싶은 충동을 품고 있다. 나 또한 다른 모든 개들과 마찬가지로 침묵하려는 억압이 있다. 누구에게나 묻고 싶은 충동이 있는 것이다. 그렇지 않았다면 내 질문이 다른 개들에게 과연 가벼운 충격이라도 줄 수 있었을까. 나는 그런 광경을 보고 종종 황홀감 — 물론 과장되긴 했지만 — 에 빠지곤 했다. 나의 사정이 이와 같지 않았다면, 나는 훨씬 더 많은 것을 이룰 필요 또한 없었을 것이다. 내 안에 침묵하려는 억압이 있음은 특별히 증명할 필요가 없는 일이다. 나는 근본적으로 다른 모든 개와 다르지 않기 때문이다. 그래서 아무리 의견이 다르고 혐오감을 느끼더라도 누구나 근본적으로는 나를 인정해 줄 것이며, 나 역시 모든 개와 다르게 행동하지는 않을 것이다. 다만 우리를 이루는 요소들의 구성만 다를 뿐인데, 그 차이는 개별적으로 보면 크지만 종족 전체로는 의미가 없는 것이다. 그렇다면 과거와 현재를 통틀어 이런 요소들의 구성이 나와 비슷한 경우가 결코 없었겠으며, 나의 구성을 불행이라고 부르겠다면 훨씬 더 불행할 수도 있는 것이 아닐까? 통상적인 경험으로는 이런 사안을 헤아리기 어렵다. 우리 개들은 아주 놀라운 직업, 가장 믿을 만한 정보가 없다면 믿지 않을 그런 직업에 종사하고 있다. 내가 들 수 있는 가장 좋은 예는 하늘을 나는 공중견(空中犬)이다. 처음 누군가에게서 들었을 때 나는 웃으면서 전혀 믿으려고 하지 않았다. 어떻게 믿을 수 있겠는가? 아주 작은 견종이 있다고, 다 자랐을 때도 내 머리보다 크지 않은 이 개는 당연히 연약하고 인위적이며 미성숙하고 지나치게 다듬은 외모를 가졌는데, 제대로 뛰어오를 능력도 없다고 했다. 들리는 바로는 이 개는 대개 공중에 떠서 앞으로 가며 눈에 보이는 일을 하는 것은 없고 그저 가만히 쉬고만 있다고 했다. 그럴 수는 없었다. 나보고 그런 걸 믿으라는 것은 젊은 개의 자유분방함을 지나치게 믿고 떠보는 수작이라고 생각했다. 그런데 바로 얼마 뒤에 나는 또 누군가로부터 다른 공중견에 관한 이야기를 듣게 되었다. 모두 나를 놀려 먹으려고 한통속이라도 된 것인가? 그러고 나서 나는 음악가 개들을 보게 된 것이었는데, 그때부터 나는 어쩌면 가능할 수도 있다고 생각했다. 나는 선입견 때문에 판단을 한정하지 않고 터무니없는 소문이라도 힘닿는 데까지 추적하여 조사해 보았다. 이런 터무니없는 삶에서 내게는 터무니없는 것이 의미심장한 것보다 더 있을 법하게 보였고, 내 연구를 위해서 특히 생산적인 것으로 보였다. 공중견의 경우도 마찬가지였다. 나는 그들에 관해 여러 가지를 들어 알게 되었다. 물론 오늘날까지도 나는 그들을 한 마리도 볼 기회는 없었지만, 그 존재에 대해서는 이미 오래전부터 확실히 믿어 왔고, 나의 세계상 속에서 그들은 중요한 위치를 차지하고 있다. 평소와 마찬가지로 여기서 나를 생각에 잠기도록 하는 것은 그들의 기예가 아니다. 누가 부정하겠는가. 이 개들이 공중에 떠 있을 수 있다는 것은 놀라운 일이며 다른 개들처럼 나도 그것을 놀랍게 여긴다. 그러나 내 기분에 훨씬 더 놀라운 것은 이들 존재의 말없는 무의미함이다. 그들은 일반적인 삶에는 전혀 근거를 갖지 못한 채 공중에 떠서 계속 그러한 채로 있고, 삶은 평소대로 진행된다. 가끔 누군가가 예술과 예술가에 대해 언급하기도 하지만 그저 거기서 그친다. 그런데 선량한 견족이여, 왜, 대체 개들이 공중에 떠다니는가? 그들의 직업은 무슨 의미가 있나? 왜 그들의 해명은 전혀 들을 수 없는가? 왜 그들은 저 위에서 우리 개들의 자존심인 다리도 쓰지 않고 영양분을 주는 땅과는 분리된 채, 뿌리지 않으면서도 거두고, 듣자 하니 견족의 희생으로 좋은 영양분을 얻는가. 나는 이러한 문제에 대한 나의 질문이 약간의 동요를 일으켰다고 자부할 수 있다. 그러면 저마다 근거를 찾기 시작하고, 이러한 시작에서 결코 멀리 가지는 못하겠지만, 실타래를 감듯이 일종의 근거를 헤아려 보는 것이다. 그것만 해도 어디인가. 그 과정에서 진리가 드러나지는 않지만 — 결코 거기까지 이르지는 못할 것이다 — 거짓의 깊은 혼란상 일부를 깨닫게 된다. 즉 우리 삶의 모든 말도 안 되는 현상, 특히 가장 무의미한 것의 근거를 탐구할 수 있다. 물론 완전하게는 할 수 없지만 — 완전이라니, 그것은 악마의 농담이다 — 그러나 곤혹스러운 질문으로부터 자신을 지켜 내기에는 이것으로 충분하다. 다시 공중견들을 예로 들어 보자. 그들은 거만하지 않다. 처음엔 다들 그렇게 믿을 수도 있겠지만 말이다. 그들은 오히려 동료 개들을 특히나 필요로 한다. 그들의 입장이 되어 보면 이해할 수 있는 일이다. 공개적으로 말하는 것은 침묵의 의무를 위반하는 행위일 것이므로 그들은 뭔가 다른 방법으로 그들의 생활 방식에 대해 양해를 구하거나, 혹은 적어도 관심을 딴 데로 돌려 잊도록 해야 하는데, 내가 들은 바로 그들은 거의 참을 수 없는 수다스러움으로 그 일을 해낸다고 한다. 그들은 끊임없이 이야기해야만 하는데, 육체적인 수고는 완전히 포기한 그들이 지속적으로 몰두할 수 있는 철학적 성찰들에 대해서나 또는 그들의 높아진 위치에서 관찰한 것을 이야기하는 것이다. 한량 같은 생활을 하니 당연한 일이지만 그들이 정신력에서 아주 뛰어난 것도 아니고 그들의 철학도 그들의 관찰과 마찬가지로 가치가 없는 것이기에 학문적으로 활용할 만한 것도 없다. 학문은 그와 같이 빈약한 참고자료에 의존할 수는 없다. 그럼에도 누군가 공중견이 하려는 것이 대체 무엇이냐고 물으면, 돌아오는 대답은, 그들이 학문에 많은 공헌을 하고 있다는 말이다. 그리고 이렇게들 말한다. "그 말은 맞지만 그들의 기여는 쓸모없고 성가시기만 하지." 이어지는 반응은 어깨를 으쓱하거나 화제를 바꾸거나 짜증을 내거나 웃음을 터뜨리는 것이다. 잠시 후에 다시 물으면, 또다시 그들은 학문에 공헌한다는 말을 듣게 되며, 자신이 질문을 받았을 때 자제력을 발휘하지 못하면 역시 똑같은 대답을 하고야 만다. 어쩌면 지나치게 고집을 부리지 말고 주위에 순응하여 이미 존속하는 공중견의 삶의 권리를—그대로 인정하기는 불가능하더라도—그럭저럭 용인하는 것은 괜찮은 일일 수 있겠다. 그 이상을 요구하는 것은 지나친 일이 될 것이다. 그런데도 그것을 요구하고 있다. 자꾸만 새로 나타나는 공중견들을 용인하라고 요구하는 것이다. 그들이 정확히 어디에서 오는 것인지 알 수 없다. 그들은 번식을 통해 수가 많아지는 것일까? 도대체 그럴 기운이 남아 있기는 할까? 그들은 아름다운 털에 지나지 않는데, 여기에서 무엇이 번식한단 말인가? 그런 불가능해 보이는 일이 가능하다 해도, 그 일은 또 언제 일어나는가? 그들은 항상 혼자서 자족하는 모습으로 공중에 높이 떠 있고, 가끔씩 달리기를 하려고 내려와도 그저 잠시일 뿐이다. 몇 발짝 꾸민 듯한 걸음을 내딛지만 그들은 엄격하게 혼자이며, 아무리 애를 써도 헤어날 수 없다고 그들이 주장하는 이른바 사색에 잠겨 있다. 그런데 만일 그들이 번식을 하는 것이 아니라면, 이 평탄한 땅에서의 삶을 자발적으로 포기하고 공중견이 되어 쾌적한 편리함과 어떤 숙련된 기예를 얻는 대가로 공중 쿠션 위에서 사는 황량한 삶을 택하는 그런 개들이 있다고 생각해 볼 수 있지 않을까? 아니 그것은 생각할 수 없는 일이다. 번식한다고 생각할 수도 없고, 자발적으로 공중견이 되었다고도 생각할 수 없다. 그러나 현실에서 보면 거듭 새로운 공중견들이 생겨나고 있다. 이 사실로부터 다음과 같은 결론을 끌어낼 수 있다. 비록 우리가 이해하는 바로는 극복 불가능해 보이는 장애물이 있더라도, 일단 존재하는 견종은 아무리 특이하더라도 멸종하지 않으며, 적어도 그렇게 쉽사리 죽어 없어지지는 않는다는 것, 적어도 각 종(種) 안에서 성공적으로 저항하는 무언가가 있는 게 아닌 다음에는 멸종하지 않는다는 것이다.

그토록 유별나고 무의미하며 외관상 기묘하기 이를 데 없는, 생활 능력이 없는 공중견과 같은 종에게 적용되는 바를 나는 나의 종에도 받아들여야 하는 건 아닐까? 하기야 내 겉모습은 전혀 이상한 점이 없으며 나는 적어도 이 지역에서는 흔히 볼 수 있는 평범한 중산층 개로서 특별히 뛰어난 점도 없고 멸시받을 만한 점도 없으며, 청년기와 부분적으로 장년기에도 여전히 자신을 소홀히 하지 않고 움직임이 많던 동안에는 정말 매력적이기까지 한 개였다. 특히 정면에서 보이는 모습은 칭찬을 받았는데, 날씬한 다리며 머리를 멋지게 든 자세 그리고 끄트머리만 말린 회색-흰색-노란색의 털은 무척 호감을 주는 것이었다. 이 모든 것은 유별난 것이 아니며, 이상한 것은 오직 나의 존재뿐이다. 그러나 이것 역시 내가 결코 잊으면 안 되는 바대로 일반적인 개의 존재에 근거를 둔 것들이다. 공중견조차 혼자만 지내지는 않고 넓은 개들의 세계 이곳저곳에 나타나 무로부터 언제나 새로운 후계자를 끌어올린다면, 나 역시 길을 잃은 것은 아니라는 확신으로 살아갈 수 있을 것이다. 물론 나와 동류인 개들은 어떤 특별한 운명을 가졌음에 틀림이 없다. 그들의 존재가 내게 가시적으로 도움이 되는 일은 결코 없을 텐데, 그건 내가 그들을 알아보지 못한다는 이유만으로도 그렇다. 우리는 침묵에 짓눌려서 말 그대로 신선한 공기를 마시기 위해 침묵을 깨고 싶어 하는 개들이다. 다른 개들에게는 우리가 침묵 속에서 잘 지내는 것처럼 보인다. 이는 평온하게 연주하는 것처럼 보였던 음악가 개들이 실제로는 몹시 흥분해 있던 것과 마찬가지로 단지 겉으로 그렇게 보일 뿐이지만, 이 겉모습은 매우 강력해서 그 실체에 근접하려는 모든 시도를 비웃는다. 그렇다면 나와 동류인 개들은 어떻게 서로를 돕는가? 어떻게든 살아 보려는 그들의 시도는 어떤 모습으로 나타나는가? 그것은 제각기 다를 것이다. 아직 젊었을 때 내가 한 시도는 질문하기였다. 그러니까 나는 질문을 많이 하는 개들이 나의 동류이므로 그들과 어울릴 수 있는지도 모른다. 실로 나는 한동안 극기하는 마음으로 그런 시도를 했다. 극기가 필요했던 이유는 무엇보다도 나는 대답을 해 줘야 하는 자들에게 괴로움을 느끼기 때문이다. 대부분 내가 대답하지 못할 질문들로 끊임없이 나를 방해하는 자들을 참아 주기는 어렵다. 젊은 시절에는 누가 질문하는 것을 좋아하지 않을까? 그런데 이 질문이나 저 질문 모두 비슷하게 들리는데, 그 많은 질문에서 나는 어떻게 올바른 질문을 찾아내야 한단 말인가? 질문의 의도가 중요한 문제지만, 그것은 숨겨져 있고 질문하는 자에게조차 그럴 때가 많다. 그건 그렇고 질문은 원래 견족의 한 가지 특성으로서 모두가 중구난방으로 질문을 해 댄다. 마치 그렇게 해서 올바른 질문의 자취가 말끔히 지워져 버릴 것만 같다. 그러니, 아니다, 질문하는 젊은 개들 가운데서는 나의 동류를 찾을 수가 없고, 지금 내가 속해 있는 침묵하는 늙은 개들 가운데서도 마찬가지다. 그 질문들로 얻으려는 것은 대체 무엇인가? 나는 사실 그 질문들로 인해 좌절했는데, 내 동료들은 나보다는 훨씬 현명하여 이 삶을 견뎌 내기 위하여 전혀 다른 훌륭한 수단들을 사용한다. 그 수단들은 물론, 내 입장을 덧붙여 말하자면, 위급한 경우에는 그들을 도와 마음을 진정시켜 주고 안심시키며 성향을 변화시키는 작용을 할지도 모르지만 일반적으로는 내 수단들과 마찬가지로 무력하다. 아무리 보아도 성공하는 경우가 없기 때문이다. 나는 동료들이 성공하는 것이 아니라 다른 모습들을 보게 될까 봐서 두렵다. 나와 동류인 동족들은 어디에 있는가? 그렇다, 나는 분명 탄식하고 있다. 그들은 어디에 있는가? 어디에나 있고 어디에도 없다. 어쩌면 그들은 뛰어서 세 번이면 만날 거리에 있는 이웃 개일 것이다. 우리는 서로 소리쳐 부르고 그가 내게로 오기도 한다. 내가 그에게 가지는 않는다. 그 이웃이 나와 동류인 개인가? 모르겠다. 그에게서 그런 점을 발견하지는 못하지만 가능한 이야기다. 가능할 수는 있지만 그보다 더 믿기 어려운 일도 없다. 그가 멀리 있을 때는 장난처럼 공상의 힘을 빌려 그가 지닌 이상하게 애틋한 점들을 떠올려

보지만, 그가 눈앞에 나타나면 내가 허구로 꾸며 낸 그 모든 것이 우스워지고 만다. 보통 크기가 안 되는 나보다도 약간 더 작은 늙은 개, 그는 갈색이고 털이 짧고 머리는 피곤하게 내려뜨린 채 발을 끌면서 걷는데, 왼쪽 뒷다리는 병 때문에 약간 절기까지 한다. 나는 벌써 오래전부터 아무하고도 그 친구하고 만큼 가깝게 교류하고 있지 않다. 아직도 내가 견뎌 내고 있어서 기쁘다. 그가 돌아갈 때면 나는 그의 등 뒤에 대고 소리치듯이 가장 다정한 말들을 하는데, 이는 물론 애정 때문이 아니라 나 자신에게 화가 치밀어 그러는 것이다. 그를 뒤따라 걸을 때 그가 허리 뒤쪽을 너무 낮춘 채 다리를 질질 끄는 모습이 새삼 너무나 흉해 보이기 때문이다. 가끔은 그를 생각하며 동료라고 불러 본 것이 내가 자신을 조롱하기 위해서였던 것처럼 느껴진다. 우리가 대화를 나누는 중에도 그는 어떤 동료다움을 보여 주지 않는다. 물론 그는 영리하고 이곳 우리의 실정에 비추어 충분히 교양도 있어 내가 그에게서 많은 것을 배울 수도 있을 테지만, 그러나 내가 구하는 것이 영리함과 교양이던가? 우리는 만나면 대개 지역 문제를 두고 이야기를 나누는데, 그때 나는, 고독하게 살다 보니 이 문제에 더욱 눈이 밝아진 상태에서, 평범한 개로 삶을 유지해 나가고 흔히 일어나는 위험천만한 일들로부터 자신을 지키려면 그다지 불리하지 않은 평균적인 상황에서도 얼마나 많은 지력이 필요한지 깨닫고 깜짝 놀라게 된다. 학문은 규칙들을 제공하긴 하지만 그것을 멀리서 거칠게 주요 면모만 이해하는 것도 결코 쉬운 일은 아닌데, 규칙들을 이해하고 나면 본격적으로 더 힘든 과제가 비로소 닥친다. 바로 규칙들을 지역의 상황에 맞게 적용하는 일이다. 여기선 아무도 도와줄 수 없고 거의 매시간 새로운 과제들이 생기며 새로운 땅 조각마다 그곳만의 문제를 안고 있다. 그 누구도 자신은 어딘가에 자리를 잡았으니 삶은 이제 어느 정도 저절로 흘러간다고 주장할 수가 없으며, 하루하루 필요한 것들이 줄어들어 가는 나조차도 그러하다. 그런데 이 모든 끝없는 노력이라니—무슨 목적을 위한 걸까? 그저 자기 자신을 계속해서 침묵 속에 파묻고, 다시는 누구에 의해서도 거기서 끄집어내지지 않기 위해서다.

여러 시대를 거쳐서 이루어진 견족의 일반적인 진보는 자주 칭찬의 대상이 되는데, 그것이 의미하는 바는 주로 학문의 진보다. 분명히 학문은 진보하고 중단되지 않으며 심지어 가속도가 붙어 점점 더 빠르게 진보한다. 그러나 그런 사실에서 칭찬받을 만한 점이 무엇이란 말인가? 이것은 마치 누군가가 해가 갈수록 늙어 가고, 그 결과 죽음이 점점 더 빨리 다가오기 때문에 그를 칭찬하려는 것과 같다. 노화는 자연스러운 과정이고 게다가 보기 흉한 과정이어서, 나는 거기에서 칭찬할 만한 것을 찾을 수가 없다. 나는 그저 쇠퇴만을 발견할 뿐이지만 그렇다고 예전의 세대들이 본질적으로 더 낫다는 뜻은 아니다. 그들은 단지 더 젊었고, 이는 그들의 큰 장점으로 아직 그들의 기억은 오늘날처럼 과도한 부담을 안고 있지 않았다. 그들이 입을 열도록 하기는 더 쉬웠고, 설령 아무도 해내지 못했다 하더라도, 그 가능성이 더 컸다. 바로 이 더 큰 가능성이, 우리가 사실 단순하기 짝이 없는 오래전 이야기를 들을 때 우리를 그토록 흥분케 하는 것이다. 우리는 때때로 그것을 암시하는 것 같은 어떤 말을 듣는데, 만일 수 세기에 걸친 부담을 우리가 느끼지 않는다면 흥분하여 뛰어오르고 싶을 것이다. 아니 그렇지 않다. 내가 비록 나의 시대에 대해 불평할 것이 있다고 해도 이전의 세대가 새로운 세대보다 더 낫지는 않았다. 어떤 면에서는 구세대가 훨씬 더 뒤떨어지고 허약했다. 당시라고 해서 기적이 누구든지 붙잡을 수 있도록 거리를 활개치며 돌아다니는 것은 아니었다. 그러나 개들은, 이를 달리 표현할 수가 없는데, 오늘날의 개들처럼 그렇게 개답지 못했고, 견족을 구성하는 조직도 여전히 느슨한 상태였다. 그 당시만 해도 아직은 진실한 말이 관여하여 구조를 결정하고 기능을 바꾸고 소망대로 변화시키거나 반대로 방향을 돌릴 수도 있었을 것이다. 그런 진실한 말이 그때에는 있었고, 적어도 가까이에는 있어서 혀끝에 맴돌았다. 누구나 그것을 경험할 수 있었다. 그러던 것이 오늘날에는 어디로 가 버렸는지, 내장을 손으로 뒤져 봐도 찾아내지 못할 것이다. 우리 세대는 어쩌면 길을 잃었을지 모르나, 그러나 당시의 세대보다 무구하다. 나는 내 세대의 망설임을 이해하지만 그것은 더는 망설임이 아니다. 그것은 수천 번 밤마다 꿈꾸고 수천 번 잊어버린 어떤 꿈에 대한 망각이다. 그런데 다른 것도 아닌 이 수천의 망각 때문에 우리에게 분노할 자가 누구인가? 나는 우리 선조들의 망설임도 이해한다고 믿고 있다. 우리는 아마도 그들과 다르게 행동하지 않았을 것이다. 나는 거의 이렇게 말하고 싶다. 죄책감을 가져야 하는 것은 우리가 아니었으며, 대신 우리는 이미 남들에 의해 어두워진 어떤 세계에서 거의 죄 없는 침묵 가운데 죽음을 향해 서두르도록 허용받았다고. 우리 선조들은 길을 잘못 들었을 때 아마도 끝없이 헤매리라고는 생각하지 못했을 것이다. 그들에겐 아직 갈림길이 보였기 때문에 언제라도 쉽게 되돌아갈 수 있었다. 그들이 되돌아가기를 주저했다면 그것은 오로지 짧은 시간이나마 개의 삶을 좀 더 즐기고 싶었기 때문이었다. 그것은 아직 개의 고유한 삶이 전혀 아니었지만 이미 그들을 도취케 할 만큼 아름다워 보였다. 나중에는 어떻게 될까, 적어도 아주 조금만 더 있어 본다면. 그렇게 해서 그들은 더 멀리 길을 잃고 방황했다. 그들은 우리가 역사의 경과를 고찰하면서 직감하는 것, 즉 영혼이 삶보다 더 일찍 바뀐다는 것, 영혼이 개의 삶을 즐기기 시작했을 때 그들은 이미 진짜 옛날 개의 영혼을 지녔어야만 하기에 더는 출발점에 그렇게 가까이 있지 않다는 것을 알지 못했다. 그들 눈에 그렇게 보인 것과는 달리, 또는 개로서 누리는 기쁨을 만끽하는 눈이 그렇게 믿도록 하려고 한 것과는 달리. 누가 오늘날 여전히 젊음에 관해 말할 수 있을까. 그들은 본래 젊은 개였으나 그들의 유일한 공명심이 목표로 삼은 것은 유감스럽게도 늙은 개가 되는 것이었다. 그것은 물론 실패할 수 없는 그런 목표였다. 모든 후속 세대가 특히 마지막 세대인 우리가 가장 잘 입증하듯이.

이 모든 일에 대해 나는 물론 이웃 개와는 이야기하지 않는다. 그러나 내가 이 전형적인 늙은 개와 마주 앉아 있거나 노쇠한 냄새를 풍기기 시작하는 그의 털에 주둥이를 파묻고 있을 때면 자주 이 일들을 생각할 수밖에 없다. 그와 이 일들에 관해 이야기하는 것은 무의미할 것이고, 다른 누구와도 마찬가지일 것이다. 나는 대화가 어찌 흘러갈지 알고 있다. 그는 이따금 사소한 반대 의견을 몇 가지 말하다가 결국엔 동의할 것이다. 동의야말로 가장 좋은 무기다. 그것으로 사안은 묻히고 말 텐데, 왜 그것을 묻혀 있던 무덤에서 파내려고 애쓰겠는가? 그럼에도 내 이웃과는 어쩌면 단순한 말들을 넘어서는 더 깊은 일치가 있는 것 같다. 나는 그렇다고 계속해서 주장할 수밖에 없다. 그가 오래전부터 내가 교류하는 유일한 상대이고 그에게 의존할 수밖에 없기 때문인지 모르지만 말이다. '너는 너 나름대로 나의 동료가 아닌가? 그런데 모든 일을 다 실패했다고 너는 부끄러워하는가? 이봐, 괜찮아, 나도 마찬가지였네. 혼자 있을 때면 나는 그 일로 울부짖는다네. 자, 이리 와. 둘이 있으면 기분이 더 나을 거야.' 가끔 이런 생각을 하면서 나는 그를 뚫어지게 바라본다. 그러면 그는 시선을 낮추지는 않지만, 그의 눈빛에서 무언가를 읽어 낼 수도 없다. 그는 왜 내가 침묵하는지, 대화가 왜 중단되었는지 의아해하며 멍하니 나를 쳐다본다. 그러나 바로 그런 눈빛이 그가 질문하는 방식일지도 모른다. 그리고 그가 나를 실망시키는 것처럼 나도 그를 실망시키는 것이다. 내가 젊었을 때라면, 그리고 당시 내게 다른 질문들이 더 중요하지 않았거나 나 혼자서도 충분하지 않았더라면, 나는 아마도 큰 소리로 그에게 질문하고 어정쩡한 동의를 받아 냈을 것이다. 침묵을 지키고 있는 지금보다 더 적은 동의를. 그러나 저마다 마찬가지로 침묵하고 있지 않은가? 무엇이 나로 하여금 믿지 못하게 하는가. 내게는 보잘것 없는 성과로 몰락하고 잊힌, 그리고 앞이 보이지 않는 어두운 과거를 관통하지 못하여 또는 현재의 혼잡함 때문에 어떤 방법으로도 접근할 수 없는 그런 동료 연구자가 여기저기에 있을 뿐만 아니라, 오히려 예전부터 모든 방면에서 가망 없는 연구가 그렇듯이 모두가 그들의 방식으로 애를 쓰고 모두가 그들의 방식으로 실패하며 모두가 그들의 방식으로 침묵하거나 교묘하게 수다를 떠는 그런 동료들을 두고 있다는 사실을? 만일 그런 사실들을 믿었더라면 나는 전혀 자신을 고립시킬 필요 없이 조용히 다른 동료들 사이에 머물 수 있었을 것이다. 마치 버릇없는 강아지처럼, 실은 나와 마찬가지로 바깥으로 나가고 싶은 어른들의 대열을 뚫고 바깥으로 나갈 필요도 없었을 것이다. 아무도 바깥으로 나가지 않으며 모든 충동은 어리석다고 스스로에게 말하는 그들의 사리 판단, 그것만이 나를 혼란스럽게 한다.

이런 생각들은 분명 내 이웃 개의 영향인데, 그는 나를 혼란스럽게 하고 나를 우울하게 하지만 자기는 혼자서 유쾌하다. 그가 잘 아는 이야기를 하며 소리치고 노래하면, 나는 그걸 들어주기는 하지만 꽤 고단하다. 이 마지막 교제도 포기해 버리고, 아무리 마음을 단단히 먹어도 개들의 교류에는 으레 따르는 막연한 공상에 젖는 일도 중단하고 내게 남은 많지 않은 시간을 오로지 연구에만 사용한다면 좋을 것이다. 그가 다음에 찾아오면 나는 슬슬 기어들어 자는 척하고, 그러기를 그가 그만 찾아올 때까지 반복할 생각이다.

내 연구도 흐트러지고 말았다. 한때는 활기에 넘쳐 뛰었지만 나는 느슨해지고 지쳐 그저 터벅터벅 기계적으로 걸을 뿐이다. 내가 '땅은 우리의 양식을 어디에서 얻는가'라는 물음을 탐구하기 시작했던 시절을 되돌아본다. 그 당시에 나는 동족에 둘러싸여 살면서 개들이 가장 밀집한 곳으로 비집고 들어갔고, 모두를 내 작업의 증언자로 삼고자 했다. 어쩌면 증인이 내게는 연구 자체보다 더 중요했다. 그때만 해도 어떤 일반적인 효과를 기대했기 때문에 당연히 커다란 자극을 받았지만, 홀로 지내는 자인 내게는 다 지난 일일 뿐이다. 그 당시에 너무 힘이 넘쳐서 아무도 들어 본 적이 없는, 우리의 모든 원칙과 상반되는 어떤 일을 해냈다. 당시의 목격자라면 누구나 그 일을 확실히 뭔가 기괴한 사건으로 기억하고 있을 것이다. 나는 대체로 무한정한 전문화를 추구하는 학문에서 어떤 관점에서는 기묘한 단순화 현상을 발견했다. 학문은 커다란 명제로서 땅이 우리의 양식을 생산한다는 사실을 가르친다. 그리고 이 사실을 전제로 하여, 어떻게 최고의 질과 충족감을 주는 각양각색의 음식에 도달할 수 있는가 하는 방법들을 제시한다. 물론 땅이 양식을 생산한다는 것은 옳은 말이며, 이는 의심할 여지가 없다. 그러나 그 외의 모든 연구를 배제하면서 통상적으로 서술되는 것처럼 그렇게 간단한 문제는 아니다. 가장 원시적인, 날마다 반복되는 사태들만 살펴보기로 하자. 이미 내가 거의 그러고 있지만, 만일 우리가 아무런 활동 없이 잠시 땅을 갈아엎고 몸을 웅크린 채로 무언가가 나오기를 기다린다면, 물론 우리는, 무언가가 나오기는 한다는 전제하에, 땅 위에서 양식을 발견하게 될 것이다. 그러나 그것은 일반적인 규칙에 따른 일이 아니다. 학문에 구애받지 않는 자세를 어느 정도만이라도 지닌 자라면 — 학문이 포섭하는 영역이 점점 넓어지기 때문에 그런 자들은 극히 적다 — 특별히 주의 깊게 관찰하지 않고서도 땅 위에 놓여 있는 양식의 주된 부분은 위쪽에서 내려온다는 것을 쉽게 알아챌 것이다. 그리고 우리는 각자 민첩하게 욕구에 따라 음식이 땅에 닿기도 전에 잡아낸다. 이렇게 말한다고 해도 아직 학문에 어긋난 점은 전혀 없다. 땅은 이 양식도 생산해 내는 것이다. 땅이 어떤 양식은 자기 안에서 끌어내고 또 다른 양식은 위에서 끌어내린다는 차이는 어쩌면 본질적인 것이 아니다. 학문은 두 경우에 모두 경작이 필요하다고 단언하기 때문에 그런 구분에 관심을 가질 필요가 없을 것이다. 이런 말이 있지 않은가. "입안에 먹이가 있으면, 일단 모든 문제를 해결한 셈이다." 다만 내게는 학문이 은폐된 형식으로 적어도 부분적으로는 이 일들에 몰두하고 있는 것처럼 보인다. 왜냐하면 학문은 식량 생산의 두 가지 중요한 방법인 본래적 경작과 주문(呪文), 춤, 노래 등의 보충적 개량 작업에 관해 분명하게 인식하고 있기 때문이다. 나는 여기서 정확하게 일치하지는 않지만 뚜렷하게 나의 구분 방식에 상응하는 이분법을 발견한다. 내 생각에 위의 두 가지 방법으로 양식을 얻으려 할 때 경작은 언제나 필수적인 요소다. 그러나 주문, 춤, 노래는 좁은 의미의 경작과는 별로 상관이 없고, 주로 위로부터 양식을 끌어내리는 데 사용된다. 나의 이런 견해는 전통에 의해 더 확실해진다. 이 점에서 우리 종족은 자신도 모르는 사이에 학문을 정정하는 것처럼 보인다. 그리고 학문은 저항할 시도도 생각하지 못하는 것이다. 만일 학문의 견해대로 양식을 위쪽에서 끌어내릴 힘을 땅에 주기 위해 저 의식들을 땅에 바쳐야 한다면, 의식들은 오직 땅에서 행하는 것이 마땅할 것이다. 땅에다 모든 주문을 외고 뛰고 춤춰 보여야 할 것이다. 내가 알기로 학문이 요구하는 것도 이와 다른 게 아니다. 그런데 희한하게도 우리 종족은 모든 의식을 행할 때 허공 높은 곳을 향하는 것이다. 이것은 결코 학문과 상충하는 것이 아니다. 학문은 저것을 금지하지 않고 농부에게도 그럴 자유를 허용한다. 학문의 가르침은 오직 땅만을 염두에 두며, 농부가 땅과 관련한 가르침을 실천에 옮기면 만족한다. 그러나 내가 보기에는 학문의 사고 과정에 사실 더 많은 것을 요구해야 마땅하다. 단 한 번도 학문에 깊이 헌신해 본 적이 없는 나는 학자들이 우리 종족이 그지없이 열정적으로 하늘을 향해 주문을 외치고 우리의 옛 민요를 공중에 호소하듯 불러 대며 마치 땅을 잊고 언제까지나 솟아오르려는 듯 도약하는 춤을 추는 것을 어떻게 묵인할 수 있는지 상상하기 어렵다. 나는 이 모순점을 강조하는 것으로 시작하여 학문의 가르침에 따라 수확기가 다가올 때마다 전적으로 땅에만 집중했다. 나는 춤을 추며 땅을 긁어 댔고 가능한 한 땅과 가까워지려고 머리를 옆으로 비틀기도 했다. 나중에는 주둥이가 들어갈 만큼 구멍을 파고는 오직 땅만 들을 수 있도록, 내 옆이나 위나 곁의 누구도 듣지 못하도록 노래를 부르고 암송을 했다.

이러한 연구의 성과는 미미했다. 어쩌다 음식을 얻지 못하면 나는 그런 사실에 성급하게 환호를 올리려 했다. 그러나 그런 다음엔 다시 음식이 나타났는데, 그것은 마치 어떤 존재가 처음엔 내 특이한 공연 행위로 인해 혼란에 빠졌다가 그 행위의 장점을 알아차리고는 내가 소리치거나 뛰지 않는 것에 대해서도 묵인하는 것만 같았다. 음식은 심지어 예전보다 더 풍성하게 나올 때도 많았지만, 이윽고 다시 전부 사라져 버리곤 했다. 나는 젊은 개에게선 보기 드문 근면한 노력으로 나의 시도를 이뤄 보려 했고, 가끔은 내 연구를 진척시켜 줄 어떤 실마리를 발견했다고 생각할 때도 있었지만, 그러고 나면 단서는 다시 오리무중에 처하곤 했다. 내 학문적 준비가 미비해서 막힌 것도 의심할 여지가 없다. 예를 들어 음식이 나타나지 않은 것이 내 실험이 아니라 학문적으로 잘못된 경작으로 인한 것이라는 보증이 어디 있었는가, 만일 그런 증거가 없다는 게 사실이라면, 나의 추론들은 모두 근거가 없는 것이었다. 어떤 조건 아래서 정확한 실험이 가능했을 수도 있다. 그러니까 내가 경작을 전혀 하지 않은 채 한 번은 위쪽을 향한 의식(儀式)으로만 음식을 아래로 끌어내리고, 그다음엔 오직 땅을 향한 의식으로만 음식이 오지 않게 하는 데 성공했다면 말이다. 나는 그런 실험을 해 보기도 했지만, 내게 확고한 믿음은 없었고 실험 조건도 완전하지 않았다. 내가 확고히 믿는 바로는, 적어도 일종의 경작 행위는 늘 필요하기 때문이다. 설령 이것을 믿지 않는 이단자들이 옳다손 쳐도 그들의 생각은 결코 증명될 수 없는데, 그 이유는 어느 한계선이란 것이 있어서 충동적으로 땅을 적시는 일은 피할 수 없이 일어나고야 말기 때문이다. 나는 또 다른, 약간은 정상에서 벗어난 실험을 더 잘 해내서 어느 정도 주목을 받기도 했다. 통상 행해지는 공중에서 양식을 잡아채는 일과 관련하여, 나는 양식을 아래로 끌어내리면서도 그것을 잡아채지는 않기로 해 보았다. 그럴 목적으로 나는 양식이 나타날 때면 나의 도약이 충분한 높이까지 이르지 않도록 미리 계산해 둔 만큼만 아주 가볍게 뛰어 보았다. 그래도 양식은 대체로 무관심하게 땅바닥에 떨어졌고, 그러면 나는 화를 내면서 그 양식에 달려들었다. 그것은 배고픔의 분노였을 뿐만 아니라 실망의 분노이기도 했다. 그러나 그러다가도 어떨 때는 다른 현상이, 실로 놀라운 어떤 일이 일어나기도 했는데, 음식이 땅에 떨어지지 않고 공중에서 나를 따라왔던 것이다. 그러니까 음식이 굶주린 자를 쫓아온 것이다. 그런 일이 오랫동안 일어난 것은 아니고, 다만 짧은 구간에서만 일어났다. 그러고 나서 음식은 땅에 떨어지거나 몽땅 사라져 버렸고, 가장 흔한 결과는 내가 허기 때문에 서둘러 실험을 끝내고 그것을 먹어 치워 버리는 것이었다. 어쨌든 당시에 나는 행복했는데, 내 주위로 수군거리는 소리가 지나갔고 동요와 관심이 일어났다. 내 지인들이 나의 질문에 더 마음을 여는 것이 느껴졌고 그들의 눈에서, 어쩌면 내 시선의 반영에 지나지 않을지도 몰랐지만, 도움을 구하는 기색을 보았다. 나는 다른 아무것도 원치 않았고 만족하고 있었다. 물론 그러다가 이 실험이 이미 오래전부터 학문적으로 기술되어 있었고, 이 실험이 요구하는 자기 억제의 어려움 때문에 오랫동안 행해질 수 없었지만, 나보다 훨씬 더 훌륭하게 성공한 사례가 있음을 알게 되었다(다른 이들도 이 사실을 나와 함께 알게 되었다). 그러나 이 실험은 소위 학문적으로 의미가 없기 때문에도 반복할 필요가 없었다. 이 실험이 입증하는 바는 단지 모두가 이미 알고 있는 것, 즉 땅은 양식을 위에서 아래로, 수직으로만이 아니라 비스듬히나 심지어 나선형으로도 끌어내린다는 사실뿐이었다. 그리하여 나는 여기에서 멈춰 섰지만 그렇다고 사기가 꺾인 것은 아니었다. 그러기에 나는 아직 너무 젊었고, 오히려 이를 통해 내 생애에서 아마도 가장 위대한 업적이 될 그런 일을 하도록 고무받았다. 나는 내 실험의 학문적 가치가 사라졌다고 믿지 않았지만, 그러나 여기서 증명이 아닌 믿음은 아무 소용이 없었다. 나는 그 증명을 시작하고 싶었고, 그럼으로써 본래 약간 부적절했던 이 실험을 환한 빛 가운데 세우고 연구의 중심으로 삼고 싶었다. 내가 입증하려 한 것은, 내가 식량을 피해 물러났을 때 땅이 그 식량을 비스듬하게 아래로 끌어당긴 것이 아니라, 그것이 나를 뒤따르도록 유인한 것은 바로 나라는 사실이었다. 물론 나는 이 실험을 더 확장해 나갈 수 없었는데, 눈앞에서 먹이를 보며 그것을 학문적 실험으로 지속하기는 어려웠다. 그러나 나는 다른 방법을 써 보려고 했는데, 그것은 아예 참아낼 수 있는 만큼 단식하는 것이었다. 물론 그러는 도중에 모든 유혹을, 음식을 보는 일도 피할 작정이었다. 만일 내가 뒤로 물러나 밤이건 낮이건 눈을 감고 드러누운 채, 양식을 들어 올리는 일에도 가로채는 일에도 관심을 두지 않고, 감히 주장할 엄두는 내지 못하지만 희망하는 바로, 그 어떤 조처도 취하지 않고 오직 땅을 적시는 그 불가피하고 비합리적인 일만으로, 그리고 주문과 노래를 조용히 읊조리는 일만으로 (원기를 아껴야 하기에 춤은 포기하기로 했다) 식량이 위로부터 저절로 내려와 준다면, 땅 같은 것에 구애됨 없이 내게로 들어오려고 나의 이빨을 두드린다면, 만일 이런 일이 일어난다면, 학문은 예외와 특수한 사례에 대해 충분한 융통성을 갖고 있기에 자가당착에 빠지지는 않겠지만, 그렇게 많은 융통성은 없는 우리 종족은 무슨 말을 할 것인가? 이것은 역사가 전해 주는 예외적인 경우와는 성격이 전혀 다른 일일 것이다. 이를테면 누군가 신체적 질병이나 우울한 기분 때문에 양식을 마련하고 찾아내고 받아들이는 일을 거부할 때 견족들이 하나로 합심하여 주문을 외고, 이로써 식량이 통상적인 경로에서 벗어나 그 병든 개의 입안으로 직행하게 된다는 그런 이야기 말이다. 나는 저 경우와는 반대로 힘이 넘쳤고 건강했으며 식욕은 종일 다른 일은 생각하지 못할 정도로 왕성했다. 이런 내가 남들이 믿거나 말거나 자발적으로 단식을 감행한 것이다. 나는 식량이 아래로 내려오도록 할 능력이 있었고, 또 그렇게 할 생각도 있었지만, 견족의 도움은 필요하지 않았으며, 내가 그런 도움을 받는 것조차 자신에게 단호히 금지했다.

나는 음식에 관한 이야기도, 쩝쩝거리는 소리도, 뼈를 깨무는 소리도 들리지 않을 외딴 숲에서 적당한 장소를 물색하여 한번 배불리 먹고 난 다음 몸을 눕혔다. 나는 가능한 한 계속 눈을 감고 지내 보려고 했다. 음식이 나타나지 않는 한 내게는 이런 상태가 며칠 몇 주가 지나든 끊임없이 밤이나 마찬가지일 터였다. 이때 양식을 아래로 끌어내리는 주문을 욀 뿐 아니라 잠을 자느라 양식의 도착을 놓치는 일이 없도록 경계하려면, 잠을 아주 조금만 자거나 가장 좋은 방법으로는 아예 자지 않아야 했는데, 그것은 이만저만 힘든 일이 아니었다. 다른 한편으로는 잠을 자는 것이 아주 바람직할 수도 있었는데, 왜냐하면 잠을 자면서는 깨어 있을 때보다 훨씬 더 오래 단식할 수 있을 것이었기 때문이다. 이런 이유에서 나는 시간을 세심하게 나누어 잠을 많이 자되 아주 잠깐씩만 자기로 마음먹었다. 그러기 위해서 나는 잘 때는 언제나 머리를 약한 나뭇가지에 기댔고, 그렇게 하면 곧 가지가 꺾이면서 나를 잠에서 깨어나게 했기 때문에 내 목적을 이룰 수 있었다. 그렇게 나는 잠을 잤고 깼으며, 꿈을 꾸었고 혼자 조용히 노래를 불렀다. 첫 시기는 아무 일도 없이 지나갔다. 아마도 식량이 나오는 곳에서 내가 이곳에서 평상시와 같은 진행에 저항하고 있다는 것을 눈치채지 못한 것 같았다. 모든 것이 고요했다. 나는 이렇게 애쓰는 동안에 다른 개들이 내가 없음을 깨닫고 나를 찾아낸 다음 무언가를 내 의지에 반하여 시도하면 어떡할까 하는 우려 때문에 다소 정신이 흐트러졌다. 두 번째 우려는, 적셔지기만 한 땅은 학문에 따르자면 불모지임에도 불구하고, 그 땅이 우연한 양식을 생산하여 그 냄새가 나를 유혹하지 않을까 하는 것이었다. 그러나 당장은 그런 일이 일어나지 않았으며, 나는 단식을 계속할 수 있었다. 이런 우려를 제외하면 나는 그때까지 한 번도 그래 본 적이 없을 정도로 평온을 느꼈다. 나는 사실 이곳에서 학문을 지양하는 작업을 하고 있었음에도 나를 가득 채운 것은 쾌적함, 그리고 학문작업자의 격언에 나올 법한 그런 평안함이었다. 나는 몽상 속에서 학문으로부터 용서를 받았다. 학문 안에는 내 연구를 받아 줄 여분의 공간도 있었던 것이다. 나를 위로하는 듯한 소리가 귓가에 들렸다. 내 연구가 아무리 성공하게 된다 해도, 아니 그러면 더욱더 개의 삶을 잃게 되지는 않을 것이고, 학문은 내게 우호적으로 기울어, 학문 스스로가 내 연구 성과의 해석에 앞장서게 될 것이었다. 이러한 약속은 이미 실현된 것과 다를 바 없어 보였다. 지금까지 마음 깊은 곳에서 배척당한 듯 느끼며 동족의 장벽을 야수처럼 공략했던 나는 커다란 영예를 누리며 받아들여질 것이었다. 개들이 모이고 내가 갈망하던 그들의 따스한 체온이 나를 감싸고 흐를 것이었다. 나는 종족의 어깨 위로 태워지는 바람에 몸이 흔들릴 것이었다. 최초 허기의 기묘한 효과. 나는 내 업적이 무척 대단한 것처럼 여겨져 감동과 자신에 대한 연민에 휩싸여 조용한 덤불 숲속에서 울기 시작했다. 그것은 온전히 이해하기는 어려운 일이었다. 그도 그럴 것이, 만일 내가 마땅한 보상을 받으리라 예상한다면 울 이유가 무엇이란 말인가? 아마 기분이 좋았기 때문일 것이다. 내가 기분이 좋은 경우는 드물었지만, 나는 기분이 좋을 때면 언제나 울었다. 그러고 나면 그 기분은 곧 사라져 버렸다. 아름다운 영상들은 허기가 심각해짐에 따라 점차 사라져 버렸고, 오래 지나지 않아 나는 모든 환상과 감동에 빠른 작별을 고하고, 내장 속 타는 듯한 허기와 함께 완전히 혼자 남았다. "이것이 굶주림이라는 것이다." 나는 그때 수없이 나 자신에게 말했다. 마치 굶주림과 내가 아직은 여전히 별개인 둘이므로 굶주림을 귀찮은 구애자처럼 뿌리칠 수 있다고 스스로 믿게 하려는 듯이. 그러나 실제로 우리는 더할 수 없이 고통스럽게 하나였고, 내가 나에게 "이것이 굶주림이라는 것이다"라고 말했을 때, 그 말을 한 것은 실은 굶주림이었으며, 그렇게 말함으로써 나를 비웃은 것이었다. 끔찍한 시간이었다! 그때를 생각하면 몸서리가 쳐진다. 물론 내가 겪은 고통 때문만이 아니라 무엇보다도 당시 내가 끝장을 보지 못했기 때문에, 그래서 내가 뭔가를 이루려고 한다면 그 고통을 다시 한번 겪어야 할 것이기 때문이다. 내가 오늘날에도 여전히 굶기야말로 내 연구의 가장 강력한 최후의 수단이라고 여기기 때문이다. 길은 굶주림을 통해 나 있다. 최고의 것은, 만일 가능한 것이라면, 오직 최고의 실행으로만 도달할 수 있으며, 최고의 실행은 우리에게 자유의지에 의한 단식이다. 옛 시간을 곰곰이 돌아볼 때 — 기꺼이 나는 그 시절을 되짚어 보며 인생을 보낼 것이다 — 나는 나를 위협하는 시간 역시 깊숙이 들여다본다. 그런 단식의 시도를 하고 나서 회복되려면 일평생이 걸리는 것 같다. 저 단식과 나 사이에는 나의 온 장년기가 놓여 있으며, 내가 그것과 분리되기는 하지만 회복된 것은 아니다. 만일 다음번에 단식을 또 시작한다면, 경험도 풍부해지고 그 시도의 불가피성도 더 잘 통찰하게 되었기 때문에 이전보다 더 결연해질 수는 있겠지만, 그러나 단식 이후로 내 힘은 약해졌고 익숙한 두려움을 그저 기다리는 것만으로도 벌써 지쳐서 뻗어 버리고 말 것이다. 나의 약해진 식욕도 도움이 되지는 못할 텐데, 그것은 단지 단식 시도의 가치를 낮추어, 내가 예전에 필요했던 기간보다 더 오랫동안 단식할 수밖에 없도록 만들 것이다. 나는 이런저런 전제 조건들을 잘 알게 되었다고 여긴다. 중간의 긴 시간 동안에도 시도를 하지 않은 것이 아니다. 나는 여러 차례 굶기에 이빨을 박아 넣듯 덤벼 봤지만, 극단까지 갈 만큼 강인하지는 못했다. 그리고 이제 청춘의 거칠 것 없는 공격욕도 자연스레 영영 사라져 버렸다. 이미 단식하던 도중에 공격욕은 사그라져 있었다. 갖가지 생각이 나를 괴롭혔다. 우리 조상들이 협박하는 모습으로 내 앞에 나타났다. 나는, 감히 공개적으로 말할 엄두는 못 내지만, 모든 것에 책임이 있다고 여긴다. 그들이 개의 삶에 저지른 잘못이 있으므로 나는 그들의 협박에 어렵잖게 협박으로 맞대응할 수 있었다. 그러나 그들의 지식 앞에서 나는 고개를 숙이는데, 그 지식은 우리가 더는 알지 못하는 원천에서 나온 것이라서 내가 아무리 맞서 싸우고 싶은 충동이 생겨도 나는 결코 그들의 법을 대놓고 벗어나는 일은 하지 않을 것이다. 다만 내가 특별한 후각으로 알아차릴 수 있는 법의 틈새만을 이리저리 노려서 달려든다. 단식과 관련해 나는 저 유명한 대화를 인용하고자 한다. 대화가 진행되던 중에 우리의 현자들 가운데 하나가 단식을 금지하겠다는 뜻을 밝히자, 이에 대해 두 번째 현자가 "대체 누가 과연 굶어 보려고 할까요?"라는 질문으로 단식 금지를 만류했고, 이에 첫 번째 현자는 설득되어 금지 계획을 철회했다는 것이다. 자, 그런데 여기서 다시 다음과 같은 의문이 생긴다. "단식은 원래 금지된 것이 아니란 말인가?" 이에 대해 대다수의 주석자는 그렇다고 보며, 단식은 자유롭게 선택할 수 있는 것이라고 간주한다. 그들은 두 번째 현자의 편에 서며, 주석을 잘못 붙여서 나쁜 결과를 초래할까 봐 겁내지 않는다. 나는 단식을 시작하기 전에 이런 점을 잘 알고 있었다. 그런데 이제 내가 굶주린 나머지 몸을 비틀고 웅크리며, 벌써 정신이 혼란하여 내 뒷다리에서 끊임없이 구원을 찾으려고 하며 절망적으로 핥고 깨물고 빨아 대다가, 나중에는 엉덩이에까지 그 짓을 하게 되었을 때, 나에게는 저 대화에 관한 일반적인 해석이 모조리 거짓으로 여겨졌고, 나는 주석을 붙인 학문을 저주했으며, 그 해석을 믿고 길을 잘못 들어선 나 자신을 저주했다. 저 대화에는, 어린애라도 알 법한 것인데, 그저 단식을 금지한다는 것 이상의 내용이 담겨 있었다. 첫 번째 현자는 단식을 금지하려고 했다. 현자의 이러한 의도는 이미 실현되어 있다. 단식이 그러니까 금지된 것이다. 두 번째 현자는 그에게 동의했을 뿐만 아니라 심지어 단식을 불가능한 것이라고까지 여겨서, 첫 번째 금지령에다 두 번째 것, 즉 개의 본성 자체에 대한 금지령을 얹어 놓았다. 첫 번째 현자는 그렇게 된 것을 인식하고는 저 명시적인 금지령을 철회했다. 즉 그는 개들에게 모든 것을 설명한 다음, 개들이 통찰을 발휘하여 스스로 단식을 금하도록 지시한 것이다. 그러니 항간의 금지령 하나가 아니라 세 겹의 금지령이 있고, 나는 그것을 위반한 셈이었다. 그리고 이제 늦게나마 금지령에 복종하여 단식을 중단할 수도 있었을 텐데, 나는 고통의 와중에서도 단식을 계속하고픈 유혹을 느꼈으며, 마치 모르는 개를 따라가듯이 갈망하며 그 유혹을 뒤쫓았다. 멈출 수가 없었다. 어쩌면 이미 너무 허약해져서 몸을 일으켜 거주 지역으로 되돌아가 목숨을 보전할 기운조차 없었을 것이다. 나는 숲속 마른 낙엽 위를 이리저리 뒹굴었고 더 이상 잠을 잘 수도 없었다. 사방에서 시끄러운 소리가 들려왔는데, 그건 마치 내가 이제껏 살아오는 동안 잠을 자고 있던 세계가 나의 단식을 통해 눈을 뜨고 깨어난 것 같았다. 나는 더 이상 아무것도 먹을 수 없을 거라는 생각도 들었다. 내가 먹게 되면 자유롭게 풀려나 시끄러운 소리를 내는 그 세계가 틀림없이 다시 침묵하게 될 것 같았기 때문이다. 그리고 나는 그런 일을 할 수 없을 것이다. 가장 큰 소음은 내 배 속에서 들려왔다. 나는 자주 귀를 배에 대 보았는데 믿가지 않는 소리에 깜짝 놀란 눈이 되지 않을 수 없었다. 그리고 사정이 더 나빠지자 혼미함은 내 본성까지 엄습해 오는 듯했다. 나는 음식 냄새를 맡기 시작했던 것이다. 오래전부터 더는 먹지 못한 정선된 음식, 내 유년의 기쁨 — 그렇다, 나는 내 어머니의 젖가슴 향기를 맡았다. 나는 냄새에 저항하겠다는 결심을 까맣게 잊었다. 더 정확히 말하면 나는 잊어버린 것이 아니었다. 나는 결심하고서 하는 일이라는 듯이 가까스로 몸을 끌고 사방으로 몇 걸음씩만 내디디며 킁킁 냄새를 맡았다. 마치 음식으로부터 나 자신을 지키기 위해 음식을 탐지한다는 듯. 나는 아무것도 찾지 못해서 실망하지는 않았다. 음식은 있었다. 다만 언제나 나의 몇 걸음 너머에 있을 뿐이었고 지레 다리가 꺾여 버렸을 뿐이었다. 그러나 동시에 나는 거기 아무것도 없음을 알고 있었다. 내가 미미하게나마 동작을 한 것은 더는 떠날 수 없을 장소에서 최종적으로 무너지는 일에 대한 두려움 때문이었다. 마지막 희망이 사라졌다. 마지막 유혹이. 비참하게 나는 여기서 몰락하는구나. 내 연구는 어떻게 되는 것인가, 행복했던 유년기의 아이다운 시도들은. 여기 이곳은 너무도 중요했다, 여기서 나는 내 연구의 가치를 입증할 수 있었을 것이다. 그런데 연구는 어디로 가 버렸나? 여기엔 그저 어쩔 줄 모르고 허공을 물어뜯는 개가 있을 뿐이다, 경련하듯 허둥대며 자기도 모르게 거듭 땅에 오줌을 누고 있지만, 더 이상 온갖 혼란스러운 주문들에서 아무것도 기억해 떠올릴 수 없었고 갓 태어난 강아지가 어미의 몸 아래로 기어들며 내는 짤막한 소리조차 낼 수 없었다. 나는 마치 여기서 뛰어가면 금방일 거리에서 형제들과 헤어진 게 아니라 모두에게서 영원히 멀리 떨어져 나온 것 같았다. 그리고 내가 죽어 가는 것은 굶주림이 아니라 고독 때문인 것 같았다. 아무도, 땅 밑의 누구도, 땅 위의 누구도, 공중의 누구도 내게 관심을 기울이지 않는다는 것은 분명한 사실이었다. 나는 그들의 무관심 때문에 죽어 갔고 그 무관심은 이렇게 말했다. "그가 죽어 가는구나, 그렇게 될 것이다." 내가 동의하지 않았던가? 나도 똑같은 말을 하지 않았던가? 내가 이렇게 버림받기를 원하지 않았던가? 아마 그럴 것이다. 그대 개들이여, 그러나 여기에서 이렇게 끝내기 위해서가 아니었다. 거짓의 원주민인 나를 비롯하여 진실을 들려줄 자가 아무도 없는 이 허위의 세계에서 벗어나 저 너머 진실로 건너가기 위해서였다. 어쩌면 진실은 그렇게 멀리 떨어진 곳에 있지 않았고, 나도 내가 생각한 것처럼 그렇게 남들에게 버림받은 게 아니었다. 다만 내가 거부한 나 자신으로부터 버림받았을 뿐이고, 그래서 죽어 간 것이다.

그러나 신경 예민한 어떤 개가 생각하는 것처럼 그렇게 간단하게 개가 죽지는 않는다. 나는 그저 기절했을 뿐이며, 깨어나 눈을 뜨니 내 앞엔 웬 낯선 개가 서 있었다. 나는 허기를 느끼지 않았고 힘이 넘쳤으며, 시험 삼아 일어서지는 않았지만, 관절도 탄력 있게 움직이는 것 같았다. 내가 평소보다 더 많은 것을 보는 게 아니었는데, 아름다운, 그렇다고 매우 특이할 정도는 아닌 어떤 개가 내 앞에 서 있다. 내가 본 것은 그게 다였지만, 어쩐지 나는 그에게서 평소보다 더 많은 것을 본다고 생각했다. 내 아래엔 피가 고여 있었고, 처음 그것을 본 순간엔 음식이라고 생각했지만 곧이어 그것이 내가 토해 낸 피라는 것을 알게 되었다. 나는 피에서 고개를 돌리며 낯선 개 쪽을 바라보았다. 그 개는 말랐고 긴 다리에 몸 여기저기 흰 반점이 있었으며, 탐구하는 듯한 아름답고 강렬한 눈빛을 하고 있었다. "너 여기서 뭘 하고 있어?" 그가 말했다. "너 여기서 떠나 주어야겠는데." "난 지금은 떠날 수가 없어." 나는 더 이상의 설명 없이 말했다. 그가 아무리 급해 보인들 내가 모든 일을 그에게 어찌 다 설명할 수 있을까. "제발 좀 떠나 줘." 그가 진정되지 않는 모습으로 다리를 차례로 들어 올렸다. "내버려 둬" 하고 내가 말했다. "저리 가. 그리고 나한테는 신경 쓰지 말아. 다른 개들도 나한테 신경 안 쓰잖아."

"너를 생각해서 그러는 거야" 하고 그가 말했다. "네가 어떤 이유 때문인지 모르지만" 하고 내가 말했다. "설령 내가 원해도 난 걸을 수가 없어." "못할 리 없을 텐데" 하고 그가 미소 지으며 말했다. "넌 걸을 수 있어. 네가 약해진 것 같아서 우선 천천히 떠나 달라고 하는 거야. 망설이고만 있다면 나중에는 뛰어가야 할 거야." "내 걱정은 그만둬" 하고 내가 말했다. "그것은 내 걱정이기도 해" 하고 그는 내가 고집을 부리자 슬프게 말했는데, 이제 그는 분명 나를 잠시 여기에 있도록 놔두면서 기회를 보아 사랑하듯 나에게 접근하려는 것 같았다. 다른 때 같았으면 상대가 아름다운 개이므로 기꺼이 용인했겠지만, 그때는 왠지 모르게 소름이 끼쳤다. "저리 가!" 하며 나는 소리를 질렀다. 나를 지킬 다른 방법이 없기에 더욱 큰 소리를 냈다. "그래, 네 마음대로 해" 하고 그는 천천히 물러서며 말했다. "너 신기하구나. 내가 마음에 들지 않아?" "네가 떠나고 나를 내버려두면, 마음에 들 거야" 하고 나는 말했지만, 그에게 믿게 하려던 나의 말에 더는 자신이 없었다. 나는 굶주림으로 예민해진 나의 감각으로 그에게서 무언가를 보고 들었다. 그 느낌은 처음에 시작되더니 점점 커져다가들었고, 나는 깨달았다. 너는 지금 네가 어떻게 몸을 일으킬 수 있을지 생각도 못하지만, 이 개는 너를 쫓아 버릴 힘을 갖고 있다. 나는 내 퉁명스러운 대답에 그저 가만히 고개를 젓는 그를 점점 더 커지는 갈망을 품고 바라보았다. "넌 누구야?" 하고 내가 물었다. "난 사냥개야" 하고 그가 말했다. "그런데 왜 넌 날 여기에 가만 놔두려고 하지 않는 거야?" 하고 내가 물었다. "네가 날 방해하고 있어" 하고 그가 말했다. "네가 여기 있으면 난 사냥을 할 수 없어." "한번 해 봐" 하고 내가 말했다. "어쩌면 사냥할 수 있을 거야." "안 된다니까" 하고 그가 말했다. "미안하지만, 네가 떠나야 해." "오늘은 사냥을 그만둬!" 하고 내가 부탁했다. "안 돼" 하고 그가 말했다. "난 사냥을 해야 해." "난 떠나야만 하고, 너는 사냥을 해야만 하고"라고 내가 말했다. "해야만 하는 것밖에 없네. 왜 우리가 꼭 해야만 하는지 너는 그 이유를 이해하고 있어?" "아니" 하고 그가 말했다. "그런 건 굳이 이해하고 말 것도 없잖아. 자명하고도 당연한 일이니까." "그렇지 않아" 하고 내가 말했다. "네가 나를 쫓아내는 것이 미안한데도 넌 그 일을 하고 있잖아." "그건 그래" 하고 그가 말했다. "그건 그래" 하고 나는 화가 나서 그 말을 그대로 되풀이했다. "그건 대답이 아니야. 사냥을 포기하는 것과 나를 쫓아내길 포기하는 것 중에서 어느 것이 너에게 더 쉬운 일인 것 같니?" "사냥을 포기하는 것이지" 하고 그는 망설임 없이 말했다. "그런데 그러면" 하고 내가 말했다. "여기에는 분명히 하나의 모순이 있어." "도대체 무슨 모순이지?" 하고 그가 말했다. "작고 사랑스러운 개야, 넌 내가 꼭 해야만 한다는 걸 이해하지 못하겠니? 그렇게 당연한 것을 모르겠어?" 나는 더 이상 대꾸하지 않았다. 왜냐하면 그때 나는 새로운 생명력이, 두려움이 만들어 낸 것 같은 생명력이 나를 통해 흐르며, 아마도 나 말고는 아무도 모를 은연중의 낌새들로 그 개가 가슴 깊은 곳으로부터 노래를 부르려 하는 것을 알아챘기 때문이다. "너 노래를 부를 거구나" 하고 내가 말했다. "그래" 하고 그가 진지하게 말했다. "노래를 부를 거야, 곧 말이야, 하지만 아직은 아니야." "넌 벌써 시작하고 있어" 하고 내가 말했다. "아니야, 아직은. 하지만 너는 들을 준비는 하고 있어" 하고 그가 말했다. "너는 아니라고 하지만 나는 벌써 노랫소리가 들려" 하고 나는 떨면서 말했다. 그는 침묵했다. 그리고 그때 나는 일찍이 어떤 개도 보거나 들은 적이 없는 어떤 것, 적어도 전승된 것에서는 조금의 암시조차 없는 어떤 것을 깨달았다고 믿었다. 나는 끝없는 불안과 수치심에 사로잡혀서 서둘러 내 앞에 고여 있는 핏물로 얼굴을 숙였다. 나는 그 개가 자기도 모르는 채 노래를 부르고 있으며, 멜로디가 그와는 별개로 자신의 법칙에 따라 공기 중에 떠돌아다니고, 그에게 속하지 않는다는 듯 그를 넘어서 오직 나를 향해 내 쪽으로만 온다고 생각했다. 물론 오늘에 와서 나는 그런 종류의 생각을 모두 부인하고, 그 당시 내가 신경이 과민했기 때문이었다고 기술한다. 그러나 착각이었다고 해도 그것은 모종의 대단함을 지니고 있다. 그것은 비록 가상의 현실이긴 해도 내가 저 단식으로부터 이 세상으로 구해 내 가지고 온 유일한 것이며, 적어도 우리가 완전히 자기를 벗어났을 때 얼마나 멀리까지 도달할 수 있는가를 보여 준다. 나는 정말로 완전히 내 바깥에 있었다. 보통의 상황이었다면 나는 심하게 병들어 몸을 움직일 수 없었겠지만, 그 개가 방금 자기 자신의 것으로 받아들인 것 같은 그 멜로디에 나는 저항할 수가 없었다. 그 멜로디는 점점 더 강해졌다. 멜로디는 한계가 없는 것처럼 커져서 이제는 거의 내 청력을 파괴해 버릴 지경이었다. 그러나 가장 나

빴던 것은, 그 멜로디가 오직 나만을 위해, 그 숭고함 앞에 숲이 침묵하는 목소리가 오직 나 때문에 존재하는 것 같은 점이었다. 나는 누구인가, 여전히 여기에 감히 머무르려고 하며 자신의 오물과 피에 젖어 주제넘게 굴고 있는 나는? 나는 비틀거리며 몸을 일으켜 아래쪽으로 내려다보았다. 이런 몸으로 걸을 수 없을 거야, 하고 여전히 생각하는데, 어느새 나는 멜로디에 쫓겨 훌륭한 도약을 하면서 날아가듯 저편을 향해 뛰고 있었다. 내 친구들에게는 아무 이야기도 하지 않았다. 내가 도착한 직후였다면 아마도 모든 이야기를 다 했겠지만, 그때는 내가 몸이 너무 허약했고, 나중이 되었을 땐 다시 사실을 전하는 것이 불가능하게 느껴졌다. 내가 자제하지 못하고 암시하는 말을 할 때도 있었지만, 그런 것은 대화 도중에 흔적도 없이 사라져 버렸다. 나는 신체적으로는 불과 몇 시간 만에 회복되었지만, 정신적으로는 오늘날까지도 여전히 후유증을 안고 있다.

그러나 나는 나의 연구를 개의 음악에까지 넓혀 갔다. 학문은 분명 이 방면에서도 활동이 없지 않았다. 음악에 관한 학문은, 내가 알고 있는 것이 맞는다면, 어쩌면 양식에 관한 학문보다 더 범위가 넓고 더 견고하게 기초가 세워져 있다. 이는 음악 영역이 양식의 영역보다 더 감정적인 흔들림 없이 연구될 수 있다는 사실, 그리고 음악 영역은 순전한 관찰과 체계화가 더 중요한 데 반하여, 양식 영역은 무엇보다도 실용적인 결론이 중요하다는 사실을 통해 설명될 수 있다. 이것은 음악학에 대한 존경심이 양식학에 대한 경우보다 더 크지만, 전자가 후자처럼 민중 깊숙이 스며든 적은 결코 없다는 사실과 연관이 있다. 나도 숲속에서 목소리를 듣기 전에는 음악학이 다른 어떤 학문보다도 낯설었다. 물론 음악견과의 체험이 이미 내게 이 학문을 가리켜 보였지만, 당시만 해도 아직 나는 너무 젊었다. 또 이 학문은 가까이 접근하는 것만도 쉽지 않다. 음악학은 특별히 어렵게 여겨지고 일반 대중에 대해서는 고상하게 닫혀 있다. 물론 음악견들의 음악이 처음에 내 주의를 끌었지만, 내가 그 음악보다도 중요하게 여긴 것은 침묵을 지키는 개의 본질이었다. 그들의 끔찍한 음악과 비슷한 것을 나는 다른 어디서도 발견하지 못했기에 오히려 나는 그것을 무시할 수 있었다. 그러나 그들의 본질은 그 당시 모든 곳의 개들에게서 다시 마주치게 되는 것이었다. 그런데 개들의 본성 안으로 파고들기 위해서는 양식에 대한 연구가 가장 적절하며 우회하지 않은 채 목표에 이르는 방법처럼 보였다. 어쩌면 내 생각이 틀렸을지도 모르겠다. 두 학문 사이의 경계 영역이 그 당시에 이미 나 자신을 의심하도록 했다. 즉 식량을 아래로 불러 내리는 노래에 관한 이론 말이다. 여기서 나를 매우 곤란하게 하는 사실이 있는데, 그것은 내가 지금까지 음악학에 진지하게 파고들어 본 적이 없고, 그런 점에서 학문이 언제나 유난히 경멸해 온 사이비 학자 축에도 결코 끼지 못한다는 것이다. 이러한 난점을 나는 언제나 떨쳐 버리지 못할 것이다. 만일 내가 어떤 학자 앞에 선다면, 아무리 쉬운 학문적인 시험을 보더라도 합격하기가 무척 어려울 것이다. 유감스럽지만 내겐 그렇다는 증거들이 있다. 그 원인은 물론 이미 언급한 생활환경은 차치하고라도 우선 나의 학문적인 무능력, 부족한 사고력, 나쁜 기억력, 그리고 무엇보다도 내가 학문적인 목적을 항상 유념하지 못한다는 데 있다. 이 모든 것을 나는 기쁜 마음으로까지 솔직히 고백하는 바이다. 왜냐하면 내 학문적 무능력의 더 깊은 원인은, 내가 보기에는 어떤 본능, 실로 전혀 나쁘지 않은 어떤 본능인 것 같기 때문이다. 허풍을 떨자면, 바로 이 본능이 나의 학문적 능력을 파괴했다고 말할 수도 있을 것이다. 왜냐하면 분명 간단하다고만 할 수 없는 범속한 일상사에서 미흡한 대로 괜찮은 사고력을 보여 준 내가, 그리고 무엇보다도 나의 결과로 확인할 수 있듯이 학문은 아니라도 학자들은 무척 잘 이해하는 내가, 그런 내가 본래부터 학문의 최초 단계에조차 앞발을 올려놓을 능력이 없었다고 하는 것은 최소한 매우 이상한 현상일 터이기 때문이다. 바로 본능이 내게 아마도 학문을 위해, 오늘날 행해지는 학문과는 다른 학문, 어떤 궁극적인 학문을 위해 다른 모든 것보다 더 자유를 높이 평가하도록 한 것이다. 자유! 물론 오늘날 가능한 자유는 빈약한 식물 같은 것이다. 그래도 어디까지나 자유이기는 하며 어디까지나 하나의 자산이다.

19

튀기

나는 반은 새끼 고양이, 반은 새끼 양인 진기한 동물 한 마리를 갖고 있다. 아버지 소유였던 것을 내가 상속받은 것이다. 그런데 녀석이 변모한 것은 내가 데리고 있은 다음의 일이고, 그 이전에는 고양이보다는 양에 훨씬 가까웠다. 그러나 이제는 대략 양쪽의 요소를 같은 비율로 갖게 되었다. 고양이 같은 머리와 발톱에 양 같은 크기와 모습을 하고 있는 것이다. 양쪽에서 다 닮은 부분이라면, 불빛이 가물거리는 듯한 야생의 눈과 부드럽고 몸에 달라붙은 털, 그리고 폴짝 뛰고 살금살금 기는 동작을 물려받았다. 창턱 위 햇볕 속에서 몸을 동그랗게 말고 고르륵 소리를 내고 풀밭에서는 미친듯이 달려 거의 붙잡을 수가 없다. 고양이들과 마주치면 도망치고 양들을 보면 덮치려 든다. 달밤의 처마가 녀석이 가장 좋아하는 길이다. 야옹 소리를 못 내고 쥐도 몹시 싫어한다. 닭장 옆에서 몇 시간이고 매복할 수는 있지만, 아직 살해할 기회를 이용한 적은 결코 한 번도 없다.

나는 달콤한 우유를 먹여 녀석을 키우고 녀석에게 우유가 가장 잘 맞는다. 중간에 멈추지도 않고 녀석은 맹수 같은 이빨 너머로 우유를 들이마신다. 녀석이 아이들에게 큰 구경거리인 건 당연하다. 일요일 오전이 방문 시간이다. 내가 작은 동물을 무릎에 올려놓고 있으면 온 이웃의 아이들이 내 주위를 둘러싼다.

그럴 때면 어떤 사람도 답하지 못할 놀라운 질문들이 나온다. 그런 동물은 왜 있는지, 왜 하필이면 내가 그 동물을 키우고 있는지, 그 녀석 이전에도 그런 동물이 있었는지, 이 동물이 죽으면 그다음에 어떻게 되는지, 이 동물은 외로움을 느끼는지, 왜 새끼가 없는지, 이름이 무엇인지 등등.

나는 대답하려 애쓰지 않고 더 길게 설명하지 않으며 내가 가진 동물을 보여 주는 것으로 만족한다. 이따금 아이들은 고양이들을 데려오고, 심지어 한번은 양 두 마리를 데려오기도 했다. 그러나 아이들의 기대와 달리 동물들끼리 서로 알아보는 장면은 벌어지지 않았다. 동물들은 서로를 조용히 동물의 눈으로 바라보았고, 분명 서로의 존재를 신의 섭리로 받아들이고 있었다.

내 무릎 위에 있을 때 이 동물은 불안을 모르고 추격하고 싶은 욕망도 모른다. 내게 밀착해 있을 때 녀석의 기분이 가장 좋다. 자기를 키워 준 가족 대하듯이 군다. 그것은 어떤 특별한 충직함이 아니라 한 동물이 지닌 정확한 본능일 것이다. 지상에 친척이야 무수히 많지만 피붙이는 단 하나도 없기에, 우리 집에서

찾은 보살핌을 성스럽게 여길 수밖에 없는 동물의 본능 말이다.

가끔씩 녀석이 내 주위를 돌며 킁킁 냄새를 맡거나 내 다리 사이로 비집고 가고, 어떻게 해도 내게서 떼어 놓을 수 없을 때면 웃지 않을 수가 없다. 양이면서 고양이인 것으로도 모자라 녀석은 개까지 되어 보려고 한다 — 한번은 내가, 누구에게나 그런 일이 일어날 수 있듯이, 사업과 이에 연관된 모든 일에서 궁지에 몰려 모든 걸 포기하고 싶어 하면서, 그런 기분으로 집에서 저 동물을 안은 채 흔들의자에 기대앉아 있을 때였다. 우연히 한번 내려다보니 녀석의 수북한 수염에서 눈물이 뚝뚝 떨어지고 있었다 — 그것이 내 눈물이었을까, 녀석의 눈물이었을까? 양의 마음을 지닌 이 고양이가 인간이려는 야심까지 가졌단 말인가? — 내가 아버지에게서 물려받은 것은 많지 않지만, 이 유산은 정말 볼만하다.

이 녀석은 두 가지 종류의 불안, 그러니까 고양이의 불안과 양의 불안을, 그 종류가 무척이나 다른 데도 내면에 지니고 있다. 그런 까닭에 녀석에게는 자기의 살갗이 너무 꽉 끼어 답답한 것이다. 이따금 녀석은 내 옆의 안락의자로 뛰어올라 앞발로 내 어깨를 짚고는 주둥이를 내 귀에 갖다 댄다. 녀석은 마치 나에게 무슨 말인가를 하는 것 같다. 그런 다음에는 실제로 몸을 앞으로 숙이고 자기가 한 말이 나에게 어떤 인상을 주었는지 관찰하기 위해 내 얼굴을 들여다본다. 나는 녀석의 마음에 들도록 무언가 알아들었다는 듯이 고개를 끄덕인다. 그러면 녀석은 바닥으로 뛰어내려 춤추듯이 돌아다닌다.

어쩌면 이 동물에게는 푸주한의 칼이 하나의 구원일지도 모르겠다. 하지만 내가 상속받은 녀석에게 그런 구원을 떠안길 수는 없다. 그러니 녀석의 숨이 저절로 다할 때까지 기다리지 않으면 안 된다. 제아무리 녀석이 마치 분별 있는 행동을 요구하는 분별 있는 사람의 눈빛으로 나를 가만히 바라보더라도 말이다.

20

술 취한 자와의 대화

내가 작은 발걸음으로 집 문을 나섰을 때 달과 별들이 떠 있는 거대한 하늘의 궁륭이, 그리고 시청과 마리아 입상과 성당이 있는 원형 광장이 나를 갑자기 덮쳐 왔다.

나는 조용히 그늘진 곳으로부터 달빛으로 나와 오버코트의 단추를 끄르고 몸을 따뜻하게 했다. 그러고는 두 손을 들어 올려서 밤의 소란한 소리를 잠재우고는 곰곰이 생각하기 시작했다.

'너희가 마치 실제 존재하는 척하다니, 어떻게 된 것이지. 너희는 녹색 포장도로에 우스꽝스럽게 서 있는 나를 스스로 비현실적인 존재라고 믿게 하려는 건가? 하지만 하늘아, 네가 실제로 존재했던 것은 이미 오래전 일이잖아. 그리고 너, 원형 광장은 한 번도 실제로 존재한 적이 없었어.'

'물론 너희는 여전히 나보다 우월하지. 그건 사실이야. 하지만

내가 너희를 가만히 놓아둘 때만 그렇단다.'

달아, 다행스럽게도 너는 더는 달이 아니구나. 그런데도 달로 불리는 너를 여전히 달이라고 부르는 것은 내가 소홀한 탓이겠지. 너를 '잊혀 버린 이상한 빛깔의 종이 등(燈)'이라고 부르면, 너는 왜 더 이상 그렇게 우쭐하지 못하지. 그리고 내가 너를 '마리아 입상'이라고 부르면, 왜 거의 물러나 버리는 거야. 마리아 입상아, 너를 '달, 노란빛이여' 하고 부르면 너는 위협적인 자세를 더는 보이지 않는구나.

'사람들이 너희에 대해 곰곰이 생각하면 정말로 너희에게 좋지 않은 것 같구나. 너희의 용기도 건재함도 사그라드니 말이야.'

'세상에, 깊이 생각하는 사람이 술 취한 사람에게서 배운다면 분명히 유익할 텐데!'

'왜 모든 게 잠잠해졌을까? 바람도 더는 없는 것 같고 작은 바퀴를 단 것처럼 광장 위를 굴러다니던 작은 오두막들도 단단히 자리에 붙어 있네 — 적막, 적막하구나 — 평소 오두막을 땅에서 구분해 주던 가늘고 검은 선이 전혀 보이지 않는군.'

그리고 나는 달리기 시작했다. 아무런 방해 없이 큰 광장 주위를 세 바퀴나 돌았지만 술 취한 사람 하나 만나지 못했기에, 나는 속도를 늦추지 않고 힘든 줄도 모르며 카를 골목을 향해 달렸다. 내 그림자가 자꾸만 담벼락과 길바닥 사이 오목한 길을 갈 때처럼 실제의 나보다 작은 모양으로 내 옆 벽 위에서 달렸다.

소방서 건물을 지나갈 때 작은 원형 광장에서 소음이 들려왔다. 내가 그곳으로 접어들자 분수의 격자 울타리 앞에 선 어떤 술 취한 사람이 보였다. 그는 두 팔을 수평으로 들고 나막신 신은 두 발로 땅을 구르고 있었다.

나는 우선 숨을 고르느라 멈추어 서 있다가 그에게로 다가가 머리에 쓴 실크 모자를 벗고는 나를 소개했다.

"안녕하십니까, 귀하신 나리. 저는 스물세 살이지만 아직 아무 이름도 없습니다. 그러나 당신은 저 대도시 파리 태생으로 확실히 놀랄 만한, 노래처럼 부를 수도 있는 이름을 갖고 계시겠지요. 매끄러운 프랑스 궁정의 인공적인 냄새가 당신을 감싸고 있군요."

"분명 당신은 높고 밝은 테라스에서 날씬한 허리를 하고 몸을 돌려 아이러니하게 바라보는 대단한 귀부인들을 보셨겠지요. 그림으로 장식된 그들의 긴 옷자락은 계단에 걸쳐져 그 끝은 여전히 정원의 모래 위에 펼쳐져 있겠지요. 긴 장대 기둥이 여기저기 설치되어 있고 하인들은 대담하게 재단된 회색 연미복과 하얀 바지를 입고서 두 다리로 장대를 끼고 상체는 자주 뒤쪽과 옆으로 구부린 채 기어오르지요. 그렇지 않나요. 그건 밧줄에 매인 거대한 회색 아마포 천을 땅에서 들어 올려 공중에서 팽팽하게 당겨 펼쳐야 해서 그러는 거지요. 대단한 귀부인께서 아침이 안개 낀 듯 흐릿하길 원하기 때문에요."

그가 트림했을 때 나는 깜짝 놀란 듯 말했다. "신사 양반, 정말 당신이 우리의 파리, 저 폭풍우 치는 파리에서, 아, 이 미친듯이 우박이 쏟아지는 날씨에 온 것이 사실인가요?" 그가 다시 트림을 했을 때 나는 곤란한 듯 말했다. "큰 영광으로 알겠습니다."

그리고 나는 재빨리 손가락으로 코트의 단추를 채우고 나서 열정적이면서 수줍게 말했다.

"당신이 나를 대답할 만한 가치가 없는 사람이라고 여기는 것 알아요. 하지만 만약 오늘 내가 당신에게 묻지 않으면 나는 분명 울면서 인생을 보낼 거예요."

"그래서 말씀인데, 잘 차려입으신 신사 양반, 사람들이 나에게 해 준 이야기가 사실인지요? 파리에는 잘 치장된 의상만으로 이루어진 사람들이 있나요, 그리고 거기엔 오직 현관밖에 없는 집들이 있나요, 또 그게 사실인가요? 여름날 하늘은 하트 모양으로 뭉쳐진 작은 구름으로만 장식된 덧없는 파란색이라는 것이? 그리고 방문객들로 붐비는 밀랍 인형 전시관이 있는데, 거기엔 그냥 가장 유명한 영웅들, 범죄자들과 연인들의 이름이 적힌 작은 명판이 달린 나무들만 서 있다면서요."

"그리고 또 이런 소식도 있지요! 명백한 거짓말 같은 얘기 말이에요!"

"파리의 거리는 갑자기 가지처럼 갈라진다던데, 그렇지 않은가요, 그 거리들은 불안하다는데, 사실인가요? 모든 게 항상 질서가 잡혀 있지는 않다는데, 어떻게 그럴 수가 있지요! 사고가 한번 나면 사람들이 모여들지요. 길바닥을 거의 건드리지도 않는 대도시의 발걸음으로 옆길들에서 모여들고, 그들은 물론 호기심도 있지만 실망할까 봐 두려워합니다. 그들은 숨을 헐떡이며 작은 머리를 앞으로 내밀지만 서로 몸이 닿게 되면 깊이 머리를 숙이며 이렇게 용서를 구한다면서요. '정말 미안합니다 — 고의로 그런 것은 아닙니다 — 너무 혼잡해서 그런 것이니 제발 용서하세요 — 제가 아주 서투른 탓입니다 — 그 점을 인정합니다. 제 이름, 제 이름은 제롬 파로쉬고요, 카보탱 거리에 있는 식품점 상인입니다 — 제가 내일 점심에 당신을 초대해도 되겠습니까 — 제 아내도 무척 기뻐할 겁니다.' 그들이 이렇게 말하는 동안 좁은 길은 마비되고 굴뚝 연기가 집들 사이로 내려앉지요. 그렇답니다. 그리고 이럴 수도 있을까요, 어느 상류층 주택가의 번화한 도로에서 자동차 두 대가 멈춰 섭니다. 그러면 하인들이 정중하게 문을 열고 족보 있는 시베리아산 사냥개 여덟 마리가 춤추듯 내려와 짖어 대며 차도로 뛰어오릅니다. 그러면 사람들이 말한다지요. 놈들은 변장한 파리의 젊은 멋쟁이들이라고.

그는 두 눈을 꼭 감고 있었다. 내가 말없이 가만히 있자 그는 두 손을 입에 집어넣고 턱을 잡아당겼다. 그의 옷은 온통 더럽혀져 있었다. 사람들이 그를 술집에서 밖으로 내던져 버린 것 같은데 그는 아직 무슨 일이 있었는지 잘 모르고 있었다.

이것은 어쩌면 낮과 밤 사이에 아주 고요하고 작은 멈춤이었을 것이다. 예상치 않게 우리는 고개를 푹 숙이고, 우리가 모르는 사이에 모든 게 고요히 정지하는데, 우리가 바라보지 않으므로 모든 것은 이윽고 사라져 버린다. 그동안에 우리는 몸을 웅크리고 홀로 있는데, 주위를 둘러봐도 아무것도 더는 보지 못하고 공기의 저항조차 더는 느끼지 못한다. 마음으로는 어느 만큼 떨어진 곳에 집들이 있다는 것과 지붕과 운 좋게 각진 굴뚝이 있다는 것, 어둠은 굴뚝을 통해 집 안으로 다락방을 통해 제각기 다른 방과 방으로 흘러든다는 기억에 매달리는 것이다. 믿기 어렵더라도 내일이면 모든 걸 다 볼 수 있는 날이라는 것은 하나의 행운이다.

그때 술 취한 사람이 눈썹을 높이 치켜세우며 눈썹과 눈 사이에 어떤 광채를 띠면서 띄엄띄엄 이렇게 말했다. "그건 그러니까 말이오—나는 그러니까 졸려요, 그래서 자러 갈 거라오—벤첼 광장에 내 동서가 한 명 있어요—거기로 갈 거요, 왜냐하면 내가 거기 살거든. 거기 내 침대가 있다니까요—나는 이제 갈 건데—그런데 그 동서 이름이 뭔지 그리고 어디 사는지 그걸 모르겠네요—내가 잊어버린 것 같아요—그래도 상관없어요, 왜냐하면 나는 사실 모르겠거든, 나한테 동서가 있기는 한지도—이제 정말 갑니다—당신은 내가 그 동서를 찾아낼 거라고 생각하시오?"

그의 말에 나는 주저 없이 말했다. "그렇고 말고요. 그런데 당신은 외국에서 왔고요, 마침 당신의 하인들이 곁에 없으니까 내가 당신을 안내하도록 해 주세요."

그는 대답하지 않았다. 그래서 나는 그가 팔짱을 끼도록 내 팔을 내어 주었다.

21

나이 든 독신주의자, 블룸펠트

나이 든 독신주의자인 블룸펠트는 어느 날 저녁 그가 사는 집으로 올라갔다. 칠 층에 살고 있었으므로 그것은 힘든 일이었다. 올라가는 동안에 그는 요즘 들어 버릇처럼 그러듯이 완전히 고독한 이 생활이 정말 힘겹다고 생각했고, 위에 있는 자신의 빈방에 도착해 남몰래 침실 가운을 입고 파이프에 불을 붙이고 몇 년째 구독 중인 프랑스 신문을 조금 읽고 또 자기가 만든 체리 브랜디를 맛보고 뭐라고 지적해도 우이독경인 하녀가 언제나 기분대로 내던져 놓는 침구의 위치를 처음부터 다시 정리하고 나서 결국 반 시간 후에는 잠자리에 들기 위해 이 칠 층짜리 건물을 남몰래 올라가야 하는구나, 생각했다. 이러한 일과에 어떤 동반자나 관객이 있다면 블룸펠트는 무척 환영했을 것이다. 그는 작은 개를 한 마리 사면 어떨까, 전부터 생각한 적이 있었다. 그런 동물은 재미나고 무엇보다 배은망덕하지 않고 충직하다. 블룸펠트의 동료 한 사람도 개 한 마리가 있었는데, 그 개는 자기 주인 말고는 아무도 따르지 않으며 주인을 잠시라도 못 본 다음이면 곧장 큰 소리로 짖으면서 주인을 맞이하는데, 그렇게 특별한 은인인 자기 주인을 되찾은 기쁨을 표시하는 것이 분명했다. 물론 개도 단점이 있긴 하다. 개는 아무리 깨끗이 기른다고 해도 방을 더럽힌다. 그것은 피할 수 없는 일이다. 개를 방 안으로 들여놓기 전에 매번 뜨거운 물로 목욕을 시킬 수도 없고, 그게 가능하다고 해도 개의 건강이 견뎌 내질 못할 것이다. 블룸펠트는 방이 불결한 것을 못 견디고, 방의 청결은 그에게 필수불가결한 것이어서, 일주일에 몇 번씩이나 그는 이 점에서 유감스럽게도 별로 꼼꼼하지 않은 하녀와 말다툼을 벌이곤 한다. 하녀가 잘 듣지 못해서 그는 청결 문제를 항의하려면 대개 그녀의 팔을 당겨서 방 안 어떤 자리로 데리고 간다. 그는 이런 엄격성으로 방 안의 정돈 상태가 자신이 원하는 바에 대충이나마 일치하도록 했다. 그런데 만약 개를 들여온다면 지금까지 그토록 세심하게 방어해 낸 불결함을 그의 의지로 방 안에 끌어들이는 셈이다. 개의 지속적 동반자인 벼룩도 출몰할 것이다. 일단 벼룩이 한번 생기면 블룸펠트가 자신의 쾌적한 방을 개에게 내주고 다른 방을 구하게 되는 건 머잖아 일어날 정해진 일이었다. 게다가 불결함은 개의 단점들 가운데 하나일 뿐이다. 개도 병이 드는데, 또 개의 병을 아는 사람이 사실 아무도 없다. 병이 들면 이 동물은 한 모퉁이에 쭈그리고 앉았거나 절룩거리며 돌아다니고 낑

낑거리고 잔기침을 하고 고통에 헐떡이기도 한다. 사람들은 담요로 개를 감싸 주고 개에게 휘파람을 불어 주고 우유를 밀어주고, 한마디로 개의 고통이 일시적이기를 바라면서 보살펴 준다. 하지만 개의 병이 심각하고 역겨운, 게다가 옮기까지 하는 병일 수도 있다. 설령 개가 건강하게 산다고 해도 언젠가는 결국 늙게 될 것이고, 그럴 때 사람들은 그 충직한 동물을 때맞춰 보내 버리는 결정을 내릴 수 없어 한다. 그러다 보면 눈물이 흐르는 개의 눈에서 자기 자신의 나이를 보게 되는 시간이 온다. 그러면 사람들은 눈이 반쯤 보이지 않고 폐가 약한, 너무 지방이 끼어 거의 움직이지 못하는 그 동물 때문에 고생하면서 그 개가 예전에 주었던 기쁨에 대한 비싼 대가를 치러야 한다. 그래서 블룸펠트는 지금은 개 한 마리가 있었으면 좋겠지만, 나중에 자기보다 더 크게 헐떡거리고 몸을 질질 끌며 자기 곁에서 한 계단 한 계단씩 올라가는 그런 늙은 개 때문에 부담스럽게 되느니, 차라리 앞으로 삼십 년 동안 혼자서 층계를 오르내리기 원하는 것이다.

그러니까 블룸펠트는 역시나 혼자 살 것이다. 그에게는 예컨대 말 잘 듣는 어떤 살아 있는 존재를 자기 곁에 두고 싶어 하는 노처녀의 강한 욕망 같은 것이 없다. 그녀는 그것을 보호하고 다정하게 굴면서 계속 돌봐 주고 싶어 하는 것인데, 그런 목적이라면 고양이 한 마리나 카나리아 한 마리 또는 심지어 금붕어로도 충분할 것이다. 그게 안 되면 그녀는 심지어 창 앞의 꽃에도 만족할 수 있다. 이와 반대로 블룸펠트는 그저 한 마리 반려동물을, 별로 신경을 많이 쓰지 않아도 되고 어쩌다 발로 밟아도 상처를 입지 않으며 비상시에는 골목길에서도 밤을 넘길 수 있고, 그러나 블룸펠트가 원하면 금방이라도 짖으면서 뛰어와 안기고 손을 핥아 주는 그런 동물을 갖고 싶은 것이다. 이런 종류의 어떤 동물을 블룸펠트는 원하는데, 상당한 단점을 감수하지 않고는 그런 동물을 가질 수 없음을 잘 알기에 그는 단념하는 것이다. 그러나 그는 자신의 철저한 성격에 걸맞게 가끔, 예를 들면 오늘 저녁에 다시 똑같은 생각으로 돌아오곤 한다.

그가 위층에 있는 자기 방문 앞에 이르러 열쇠를 호주머니에서 꺼낼 때 방에서 뭔가 이상한 소리가 들린다. 특이한 달그락 소리가 매우 생생하고 규칙적으로 난다. 블룸펠트는 방금까지 개를 생각하고 있었기 때문에, 그 소리는 개가 바닥을 번갈아 가며 짚을 때 나는 소리를 떠올리게 한다. 그러나 앞발은 달그락 소리를 내지 않으므로 그것은 발소리가 아니다. 그는 급히 서둘러 문을 열고 전깃불을 켠다. 이런 광경을 볼 준비가 그는 되어 있지 않았다. 그것은 정말이지 마술이었다. 파란 줄무늬의 작고 하얀 셀룰로이드 공 두 개가 마루에서 나란히 오르락내리락 튀고 있다. 하나가 바닥을 치면 다른 하나는 공중으로 솟으면서, 그것들은 지칠 줄 모르고 놀이를 계속하고 있다. 언젠가 한 번 김나지움에서 블룸펠트는 어느 유명한 전기 실험에서 아주 작은 공들이 이와 비슷하게 튀어 오르는 것을 본 적이 있었다. 그러나 이 공들은 비교적 크고 빈방에서 튀어 오르고 있으며 어떤 전기 실험을 하는 것도 아니다. 블룸펠트는 공들을 자세히 살펴

보려고 허리를 굽힌다. 의심할 여지 없이 평범한 보통 공인데, 아마 내부에 작은 공이 몇 개 더 들어 있어 달그락 소리를 내는 것 같다. 블룸펠트는 그것들이 줄에 매달려 있는 것은 아닌지 확인해 보려고 허공을 쥐어 보는데, 아니었다. 그것들은 완전히 독자적으로 움직이고 있다. 블룸펠트는 자기가 작은 아이가 아닌 것이 유감스럽다. 저 두 개의 공을 보면 어린애는 놀라고 신이 났을 텐데, 반면에 그에게는 지금 이 모든 것이 더 기분 나쁜 인상을 주고 있다. 주의를 끌지 못하는 어느 독신자가 그저 남모르게 살아간다는 것이 완전히 무가치한 일은 아니다. 그런데 지금 누군가가, 누구든 상관없는 일이지만, 그 비밀을 들추어내서 그에게 저 이상한 공 두 개를 들여보낸 것이다.

그는 공 하나를 잡아 보려 하지만 그것들은 뒤로 물러나 방 안에서 자기들을 뒤쫓아 오도록 유인한다. 이렇게 공을 따라가다니 정말 바보 같군, 하고 생각하면서 그는 멈춰 서서 눈으로만 공을 쫓는다. 추격이 멈춘 듯하니 공들도 가만히 자리에 머물러 있다. 그래도 나는 저것들을 잡을 거야 하고 다시 생각하면서 그는 공들 쪽으로 재빠르게 다가간다. 공들은 즉시 달아나지만, 블룸펠트는 다리를 벌려 그것들을 방 한구석으로 몬 다음 거기 있는 트렁크 앞에서 공 하나를 잡는 데 성공한다. 서늘한 작은 공이 빠져나가려고 안달하며 그의 손안에서 돌고 있다. 그러자 다른 공도 마치 자기 동료의 고난을 보고 있는 것처럼 더 높이, 블룸펠트의 손에 닿을 정도로 높이 튀어 오른다. 공이 그의 손을 친다. 점점 더 빨리 튀어 오르면서 공격 지점을 바꾸고, 공을 움켜쥔 손에 아무것도 할 수 없자 더 높이 튀어 올라 블룸펠트의 얼굴까지 닿으려는 것 같다. 블룸펠트는 남은 공도 마저 잡아서 어딘가에 가둬 버릴 수 있을 것 같지만, 문득 작은 공 두 개한테 그런 조처를 취한다는 게 너무 품위 없는 일인 것만 같다. 저런 공을 두 개 갖는 것도 분명 재미있는 일이고, 공들도 곧 충분히 지쳐 서랍장 밑으로 굴러 들어가 잠잠해질 것이다. 이런 생각을 하면서도 블룸펠트는 일종의 분노를 느끼며 공을 바닥에 내던져 버린다. 그런데도 약하고 거의 투명한 셀룰로이드 공 껍질이 부서지지 않는 것은 기적 같은 일이다. 두 개의 공은 언제 무슨 일이 있었냐는 듯 조금 전에 하던, 서로 호흡을 맞춘 낮은 튀어 오르기를 다시 시작하고 있다.

블룸펠트는 조용히 옷을 벗어 장롱에 정리해 둔다. 그는 하녀가 모든 것을 잘 정돈했는지 항상 자세히 확인하는 습관이 있다. 한두 번 그는 어깨너머로 공들을 돌아보는데, 이제 그것들은 그에게 쫓기는 게 아니라 오히려 그를 쫓는 것처럼 바싹 다가들어 그의 바로 뒤에서 튀어 오르고 있다. 블룸펠트는 침실 가운을 입고 맞은편 벽 쪽으로 가 그곳 선반에 걸려 있는 파이프 하나를 가져오려고 한다. 몸을 돌리기 전에 무의식적으로 그가 한 발을 뒤쪽으로 빼지만 공들은 피할 수 있어 발에 부딪히지 않는다. 그가 파이프 주변으로 가자 공들이 바짝 따라붙는다. 슬리퍼를 끌며 불규칙하게 걸음을 떼자 공들은 그가 한 걸음 걸을 때마다 쉬지 않고 튀어 오르며 그의 발걸음에 보조를 맞춘다. 블룸펠트는 공들이 어떻게 그러는지 보려고 돌연 몸을 돌린다. 그러나 그가 몸을 돌리자마자 공들은 반원을 그리며 벌써 그의 등 뒤로 돌아가 있으며, 그가 몸을 돌릴 때마다 같은 일이 반복된다. 마치 부하 수행원들처럼 그것들은 블룸펠트 앞에 나서기를 피하고 있다. 지금까지는 단지 그에게 자신을 소개하기 위해 앞에 나서기를 감행한 듯, 이제는 그것들이 자신들의 임무를 시작한 것이다.

여태까지 블룸펠트는 상황을 극복하기에 자신의 힘이 미치지 못하는 예외적인 경우에는 늘 아무것도 알아채지 못한 것처럼 행동하는 임시방편적 수단을 취해 왔다. 그런 방법은 도움이 될 때가 많았고, 대부분 상황을 조금이라도 호전시켰다. 그래서 그는 지금도 똑같은 태도로 파이프 진열대 앞에 서서 입술을 모으고 파이프 한 개를 고른 다음 준비된 담배쌈지를 꺼내 유난히 꼼꼼하게 파이프를 채우면서, 아무 신경도 쓰지 않고 자기 뒤에서 공들이 계속 튀어 오르게 내버려둔다. 다만 탁자로 가기는 망설이는데, 공들이 동일한 박자로 튀어 오르는 소리와 그 자신의 발걸음 소리를 듣는 것이 그를 고통스럽게 하는 것이다. 그래서 그는 불필요하게 오랫동안 파이프를 채우고 서 있으면서 탁자와 그 사이의 거리가 어느 정도인지 가늠해 본다. 그러다 마침내 느슨한 마음을 극복하고는 공 소리가 그에게 전혀 들리지 않을 정도로 쿵쿵 발을 구르면서 탁자로 돌아간다. 그가 앉자 공들도 다시 그의 안락의자 뒤에서 아까처럼 분명히 들리는 소리를 내며 튀고 있다.

탁자 위쪽에는 손 닿을 정도로 가까이 벽에 선반 하나가 붙어 있고, 그 위에는 체리 브랜디 술병 하나가 작은 잔들에 둘러 싸여 있다. 그 옆에는 프랑스 잡지 더미가 놓여 있다(바로 오늘 새로운 호가 나왔는데, 블룸펠트는 그걸 집어 내린다. 그는 브랜디를 까맣게 잊어버리고 있다. 그는 자신이 평소대로의 일을 하는 것이 그저 마음을 진정시키기 위해서인 것 같은 기분마저 든다. 정말 뭔가를 읽어야 할 필요를 느끼지는 않는 것이다. 그는 신문을 펼친다. 그는 한 장 한 장 세심하게 넘기는 자신의 평소 습관과는 다르게 아무 데나 펼치고는 커다란 사진 한 장을 발견한다. 그는 억지로 사진을 더 자세히 들여다본다. 러시아 황제와 프랑스 대통령의 만남을 보여 주는 사진이다. 그 만남은 어느 배에서 이루어지고 있다. 배 주위에는 멀리까지 다른 배들도 많이 보이고 연통에서 나오는 연기는 밝은 하늘로 흩어지고 있다. 두 사람, 황제와 대통령은 서로를 향해 큰 보폭으로 걸어가 막 손을 마주 잡고 있다. 대통령 뒤에도, 황제 뒤에도 각각 두 명의 신사가 서 있다. 기쁜 기색의 황제와 대통령의 얼굴 맞은편에 수행원들의 얼굴은 매우 진지하고, 각 수행원단의 시선은 자신들의 통치자에게 집중되어 있다. 행사는 분명히 배의 가장 높은 갑판에서 진행되고 있는데, 저 멀리 아래쪽에는 사진 가장자리에서 잘린, 길게 도열한 채 경례하는 선원들이 서 있다. 블룸펠트는 사진을 점점 더 흥미롭게 살펴보고 나서 그것을 약간 멀리 들어 눈을 깜빡거리며 바라본다. 그는 언제나 그런 성대한 장면을 즐겨 보는 취미가 있다. 그 주요 인물들이 그렇게 편견 없이 진심으로 격의 없이 손을 잡는 것이 매우 진솔하다고 생각한다. 그리고 수행원들도 역시 매우 고귀한 신사들로서 아래에 이름이 적혀 있는데, 그들이 역사적 순간의 진지함을 간직하는 태도라는 점 또한 마찬가지로 합당한 일이다).

필요한 물건을 모두 아래로 가져오는 대신 블룸펠트는 조용히 앉아 여전히 불을 붙이지 않은 파이프 대통 안을 들여다본다. 그는 벼르고 있다가 느닷없이 몸의 경직을 풀면서 단숨에 의자와 함께 몸을 휙 돌린다. 그러나 공들도 그와 마찬가지로 각성 상태에 있고, 또는 아무 생각 없이 자신들을 지배하는 법칙에 따라서 블룸펠트가 몸을 돌림과 동시에 자기들도 자리를 옮겨 그의 등 뒤로 숨어 버린다. 블룸펠트는 불을 안 붙인 서늘한 파이프를 손에 든 채 탁자를 등지고 앉아 있다. 이제 공들은 탁자 밑에서 튀고, 거기엔 양탄자가 깔려 있어 소리가 조금밖에 들리지 않는다. 안성맞춤이다. 약하고 둔탁한 소리만 날 뿐이어서 그것을 청각으로 감지하려면 매우 주의를 기울여야만 한다. 블룸펠트는 물론 매우 주의를 기울이므로 그 소리를 정확하게 듣는다. 그러나 오직 지금 그러할 뿐으로, 잠시 뒤에는 아마 그것들의 소리를 전혀 들을 수 없게 될 것이다. 그가 보기에 양탄자 위에 있을 때는 잘 감지되지 않는다는 점이 공들의 큰 약점인 것 같다. 공들 밑으로 양탄자 한 장이면, 아니면 더 확실하게 두 장 넣어주면 그것들은 거의 무력해질 터였다. 물론 일정 시간 동안만 그러할 뿐이고 그것들은 이미 존재 자체를 무시 못 할 힘을 지니고 있다.

블룸펠트는 개를 활용할 수 있을지도 모른다. 젊고 사나운 개라면 순식간에 저것들을 끝장내 버릴 것이다. 그는 개가 앞발로 공들을 잡으려고 애쓰는 모습, 그것들을 자리에서 몰아내는 모습, 그것들을 방 안에서 이리저리 몰아대다가 마침내는 이빨로 무는 장면을 상상해 본다. 단시간 내에 개 한 마리를 사는 것은 어려울 게 없다.

그러나 당분간 공들은 오직 블룸펠트만 두려워하면 되는데, 그는 지금 공들을 부숴 버릴 생각은 없다. 단지 결단력이 부족한 때문인지도 모른다. 저녁에 지쳐 일터에서 돌아온 그가 휴식을 필요로 하는 곳에 이런 놀라운 일이 마련되어 있다. 그는 그제야 자신이 얼마나 피곤한지 느낀다. 그는 분명히 공들을 부서뜨리긴 할 것이다. 그것도 되도록 빠른 시간 내에. 그러나 지금 당장은 아니고 아마 내일이나 되어야 할지 모르겠다. 전체 상황을 있는 그대로 보건대, 공들은 충분히 겸손하게 처신하고 있다. 예를 들어 그것들은 시시때때로 튀어나와 모습을 보인 다음 다시 자기들 자리로 되돌아간다거나, 양탄자 때문에 소리가 죽은 것을 만회하기 위해 더 높이 튀어 올라 탁자를 두들길 수도 있었을 것이지만, 그런 짓을 하지는 않는다. 공들은 블룸펠트를 불필요하게 자극할 마음이 없는 것이다. 그것들은 꼭 필요한 일만 하기로 자신들을 제한하고 있음이 분명하다.

물론 꼭 필요한 그 일만 해도 블룸펠트가 탁자 옆에 머물기 싫어지도록 하기엔 충분하다. 그는 겨우 몇 분 동안만 그곳에 앉아 있는데 벌써 자러 갈 생각을 하고 있다. 그가 그러고 싶어 하는 이유 한 가지는 여기서 담배를 피울 수 없다는 것이다. 성냥을 침실 탁자 위에 놓아두었기 때문이다. 그러면 성냥을 가져와야 할 텐데, 일단 침실용 탁자 옆에 가게 되면 아예 거기서 몸을 눕히는 편이 더 나은 것이다. 그에게는 또 다른 속셈이 있는데, 맹목적으로 그의 뒤에만 있으려는 공들이 침대 위로 튀어 올라오면 그가 몸을 눕혀 의도적이든 아니든 그것들을 눌러 터뜨리게 될 거라고 믿는 것이다. 터져 버린 공의 파편들 역시 튀어 오를 수도 있다는 반론을 그는 거부한다. 괴상한 일에도 한계가 있어야 하는 법이다. 온전한 공은 계속은 아니어도 어쨌든 튀지만, 공의 파편은 결코 튀지 않으므로, 여기서도 튀어 오르지 않을 것이다.

이런 생각을 하다가 불끈 충동이 인 그는 "일어나!" 하고 소리치면서 공들을 뒤에 거느리고 침대로 쿵쿵거리며 걸어간다. 그가 일부러 침대 바짝 가까이 다가서자 공 하나가 즉시 침대 위로 튀어 오르며 그의 희망대로 되어 가는 것 같다. 반면에 다른 공은 침대 밑으로 들어가 버리는 예상치 못한 사태가 발생한다. 공이 침대 밑에서도 튈 가능성을 블룸펠트는 전혀 생각하지 않았다. 그는 그 공에게 격분하지만, 그러면서도 그러는 것이 얼마나 부당한지 느낀다. 침대 밑에서 튀어 오름으로써 어쩌면 그 공은 침대 위의 공보다 임무를 더 잘 수행하고 있는지도 모르기 때문이다. 이제 문제는 공들이 어느 장소를 택하느냐에 달려 있다. 왜냐하면 공들이 오래 서로 떨어진 채로 일할 수 있다고 블룸펠트는 생각하지 않기 때문이다. 아니나 다를까 바로 다음 순간 밑에 있던 공도 침대 위로 튀어 오르는 것이다. 이제 저것들을 잡았군, 하고 블룸펠트는 득의만만하게 침대로 몸을 던지기 위해 침실 가운을 급하게 벗었다. 그러나 바로 그 순간 공이 다시 침대 밑으로 튀어 들어가 버린다. 블룸펠트는 땅이 꺼질 듯 실망하며 바닥에 털썩 주저앉는다. 공은 아마 침대 위를 그냥 둘러만 보고 마음에 들지는 않은 모양이었다. 그리고 이제 다른 공도 다른 공을 따라 당연하다는 듯 아래에 머물러 있다. 아래가 더 좋은 것이다. '이제 북 치는 녀석들을 밤새 여기 두게 생겼군' 하고 생각하며 블룸펠트는 입술을 깨물고 고개를 끄덕인다.

공들이 밤에 그에게 어떤 피해를 끼칠지 잘 모르지만 그는 슬프다. 그는 깊이 잠드는 편이라 작은 소리에 방해받지는 않을 것이다. 그래도 확실히 해두기 위해 앞서 얻은 경험에 따라 공들 밑으로 두 개의 양탄자를 밀어 넣는다. 마치 작은 개 한 마리를 키우며 푹신한 잠자리를 마련해 주는 것 같다. 공들도 피곤하고 졸음이 오는지 조금 전보다 더 낮고 느리게 튀고 있다. 블룸펠트는 침대 앞에 무릎을 꿇고 침실용 전등으로 아래를 비춰 보면서 공들이 언제까지나 양탄자 위에 있으려나, 하고 생각해 본다. 그렇게 공들은 약하게 튀고 느리게 옆으로 굴러가는가 싶더니, 의무를 수행하듯 다시 솟아오른다. 그래도 어쩌면 블룸펠트가 아침 일찍 침대 밑을 들여다보았을 때 해로울 게 없는 어린이용 공 두 개를 발견하게 될 수도 있을 것 같다.

아니 심지어 공들은 아침까지 튀어 오르기를 계속하지도 못할 것 같아 보인다. 블룸펠트가 침대에 누워 있을 때 벌써 공의 소리가 더 이상 들리지 않았기 때문이다. 그는 어떤 소리라도 들으려고 애쓰며 몸을 침대 밖으로 숙여서 귀를 기울이지만, 아무 소리도 들리지 않는다. 양탄자의 효과가 그렇게나 강력할 수는 없기 때문에, 유일한 설명은 공들이 더 이상 튀지 않는다는 것이다. 공들이 푹신한 양탄자 때문에 충분히 부딪히지 못해 일시적으로 튀어 오르기를 포기했거나, 더 그럴듯하게 이제 튀어 오르지 않는다는 것이다. 블룸펠트는 일어나서 어떻게 된 것인지 확인해 볼 수도 있지만, 마침내 평온한 고요가 찾아왔다는 만족감 때문에 차라리 누워 있고 싶다. 그는 잠잠해진 공들에게 아예 눈길조차 주고 싶지 않다. 그는 담배 피우는 것조차 기꺼이 단념하고 옆으로 돌아누워 곧바로 잠이 든다.

그러나 방해받지 않는 상태가 이어지지 못한다. 평소와 마찬가지로 그는 이번에도 꿈 없이 잠을 자지만, 매우 불안정하다. 밤중에 누군가 문을 두드리는 듯한 착각에 그는 셀 수 없이 여러 번 깜짝 놀란다. 아무도 문을 두드리지 않는다는 것을 그도 분명히 알고 있다. 누가 밤에, 그것도 고독한 독신자의 문을 두드리겠는가. 그걸 분명히 알면서도 자꾸만 깜짝 놀라 몸을 일으켜 멍하니 입을 벌리고 눈을 크게 뜬 채로 문 쪽을 바라본다. 그의 젖은 이마 위에 머리카락이 흐트러져 있다. 그는 자신이 얼마나 자주 깼는지 횟수를 세어 보려 하지만 엄청난 횟수에 정신이 가물거려 다시 잠 속으로 빠져든다. 그는 어디서 두드리는 소리가 나는지 안다고 생각한다. 문에서 나는 소리가 아니라 어딘가 전혀 다른 곳에서 나는 소리다. 그러나 잠에 취한 그는 자신의 추측이 무엇에 근거하는지 기억해 낼 수가 없다. 그는 다만 크고 강하게 두드리는 소리가 나기 전에 아주 작고 불쾌하게 두드리는 소리가 많이 모인다는 사실만 알고 있을 뿐이다. 크게 두드리는 소리를 피할 수만 있다면 작게 두드리는 소리가 일으키는 모든 불쾌감을 견뎌 낼 수 있을 것이다. 그러나 어떤 이유에선가 너무 늦었다. 지금은 손을 댈 수가 없다. 기회를 놓친 것이다. 뭐라고 말로 할 수도 없다. 단지 말없이 하품하느라 입을 열 뿐이다. 이런 상황에 화가 치밀어 얼굴을 베개에 처박는다. 그렇게 밤이 지나간다.

아침에 하녀가 문을 두드리는 소리가 그를 깨우고, 구원받은 그는 한숨을 내쉬며 반긴다. 소리가 작아 안 들린다고 늘 불평하던 그녀의 조용한 노크 소리에 그는 벌써부터 "들어와요" 하고 외치려 한다. 바로 그 순간 또 하나의 활기차고, 약하기는 하지만 그야말로 전투적인 두드림이 들린다. 침대 밑에 있는 공들이다. 놈들이 깨어났다는 말인가? 그와는 달리 밤새 새로운 힘을 모은 것인가? "곧 가요." 블룸펠트는 하녀에게 외치고 침대에서 뛰듯이 내려온다. 그러나 조심스럽게 공들이 그의 등 뒤에 있도록 등을 돌린 채 바닥에 내려서서는 고개를 돌려 그것들을 바라본다. 그리고 — 거의 저주를 퍼붓고 싶어진다. 마치 밤중에 귀찮은 이불을 차 버리는 아이들처럼 공들도 밤새 작은 움찔거림으로 침대 밑에서 양탄자를 밀어내 다시 맨바닥을 부딪는 소음을 만들어 낼 수 있게 된 것 같았다. "양탄자 위로 돌아가!" 블룸펠트가 화난 얼굴로 말한다. 공들이 양탄자 덕분에 다시 조용해지고서야 그는 하녀를 안으로 불러들인다.

뚱뚱하고 둔한, 언제나 뻣뻣하게 걷는 이 여자가 식탁에 아침밥을 차려 주고 필요한 일 몇 가지를 봐주는 동안 블룸펠트는 공들을 침대 밑에 가둬 두려고 침실 가운을 입은 채 꼼짝 않고 침대 옆에 서 있다. 그는 하녀가 혹시라도 무언가를 눈치채는지 확인하기 위해 눈길로 그녀를 좇고 있다. 귀가 잘 안 들리는 하녀가 뭔가 눈치채는 일은 거의 있을 수 없다. 그래서 블룸펠트는 하녀가 어쩌다 멈춰 서서 가구에 몸을 가까이하고 눈썹을 치켜세운 채 귀를 기울이는 것처럼 보일 때마다, 불면으로 인한 자신의 신경과민 탓으로 돌린다. 하녀가 일을 더 서두르도록 할 수 있다면 정말 좋을 텐데 평상시보다 더 느리게 움직이는 것 같다. 그녀는 번잡스럽게도 블룸펠트의 옷과 장화를 들고 복도로 끌고 가더니 한동안 돌아오지 않는다. 그녀가 밖에서 옷들을 손질하며 두드리는 소리가 단조롭게 어쩌다 한 번씩 들려온다. 그동안 블룸펠트는 줄곧 침대 위에서 참고 견뎌야 한다. 등 뒤에 공들을 이끌고 다닐 생각이 없다면 몸을 움직여도 안 되고 뜨끈하게 마시고 싶은 커피도 식게 내버려두어야 하며, 흐린 날이 서서히 밝아 오는 창문에 내려뜨린 커튼을 뚫어지게 바라보는 것 말고는 할 일이 아무것도 없다. 마침내 하녀가 일을 끝내고 좋은 아침을 바란다는 인사를 하며 돌아가려고 한다. 그런데 떠나기 전 그녀는 문가에 잠깐 멈춰 서더니 입술을 달싹이며 지긋한 눈빛으로 블룸펠트를 바라본다. 무슨 말을 하는지 들어 보려는데, 그녀는 결국 그대로 가 버린다. 블룸펠트는 문을 열어젖히고 하녀의 등 뒤에서 그녀가 얼마나 멍청하고 늙고 둔한 여자인지 소리쳐 주면 속이 시원할 것 같았다. 그러나 가만 생각해 보면, 그

너가 아무것도 눈치채지 못한 게 분명한데도 마치 무언가 알아낸 척했다는 것밖에는 못마땅한 점이 없다. 밤잠을 제대로 못 잤을 뿐인데 그의 생각은 얼마나 뒤죽박죽인가! 잠을 잘 못 이룬 것은 어제저녁 평소 습관과 달리 담배도 피우지 않고 브랜디도 마시지 않았기 때문이라는 사소한 해명을 찾아낸다. 담배를 안 피우고 브랜디를 안 마시면 나는 잠을 잘 못 잔다고 그는 최종 결론을 내린다.

그는 이제부터 좀 더 안락한 상태를 유지하는 데 신경을 쓰려고 한다. 그는 침실용 탁자 위에 걸려 있는 가정상비약 상자에서 솜을 꺼내 작은 공 두 개를 만든 다음 귀를 틀어막는 일부터 시작한다. 그런 다음 일어나서 시험 삼아 발걸음을 떼어 본다. 공들이 따라오긴 하지만 소리는 거의 들리지 않는다. 솜을 한 번 더 밀어 넣자 공 소리가 전혀 들리지 않는다. 블룸펠트는 몇 걸음 더 걸어가 보지만 별로 불편한 점이 없다. 블룸펠트와 공들은 다 각각이다. 그들은 물론 연결되어 있지만 서로 방해하지 않는다. 다만 블룸펠트가 몸을 빨리 돌리자 공 하나가 이에 재빨리 대응하지 못해 그의 무릎과 부딪힌 것이 유일한 돌발 사건이다. 블룸펠트는 편안히 커피를 마실 수 있고, 밤잠을 안 자고 긴 거리를 이동한 것처럼 배가 고프며, 엄청나게 상쾌한 찬물로 몸을 씻고 옷을 입는다. 여태 그는 블라인드를 올리지 않았고 조심하느라 어둑한 곳에 그대로 있었다. 괜히 모르는 눈들이 공들을 볼 필요는 없는 것이다. 하지만 이제 나갈 준비가 되자 그는 공들이 — 그럴 것 같지는 않지만 그래도 — 감히 골목길까지 따라

나설 경우를 대비해 조치를 취해 두어야 한다. 그는 좋은 방법이 떠오른다. 그는 큼직한 옷장을 열고서 그쪽으로 등을 보이고 선다. 공들은 그게 무슨 의도인지 예감이라도 한 듯 경계하며 옷장 안으로 들어가려 하지 않는다. 공들은 블룸펠트와 장롱 사이에 있는 아무리 작은 공간이라도 활용하고, 어쩔 수 없을 때만 잠깐 옷장 안으로 들어갔다가 곧바로 어둠을 피해 다시 도망쳐 나온다. 공들을 옷장 문턱 너머로 깊숙이 들여놓을 수가 없다. 공들은 차라리 자신들의 의무를 위반하고 블룸펠트 곁을 지키다시피 한다. 그러나 그런 잔꾀도 공들에게 도움이 되지 않는다. 블룸펠트가 직접 장롱 안으로 뒷걸음쳐 들어가서 이제 공들도 그를 뒤따라야 하기 때문이다. 이로써 공들의 처지는 결정되었다. 옷장 바닥에는 장화, 상자, 작은 트렁크 같은 온갖 잡다한 물건들이 놓여 있었는데, 모두 잘 정리가 되어 있기는 하지만 — 지금 블룸펠트는 그것을 유감스럽게 생각한다 — 그래도 공들에게는 심히 방해가 되기 때문이다. 옷장 문을 거의 닫고 있던 블룸펠트가 지난 수년간 한 번도 그래 본 적이 없는 만큼 훌쩍 크게 한 걸음을 뛰어 옷장 밖으로 나오고 문을 눌러 닫은 뒤 열쇠를 돌리자, 공들은 꼼짝없이 그 안에 갇히고 만다. '성공이야' 하고 생각하며 블룸펠트는 얼굴에서 땀을 닦아 낸다. 장롱 안에서 공들이 요란하군! 마치 공들이 절망하고 있는 것 같다. 그와는 반대로 블룸펠트는 매우 만족스럽다. 방을 나선다. 썰렁한 복도조차 기분 좋게 느껴진다. 솜을 꺼내 두 귀를 자유롭게 하자 깨어나는 집의 수많은 소음이 그를 매혹한다. 사람들은 거의 보이지 않는다. 아직은 아주 이른 새벽이다.

아래쪽 현관, 하녀의 지하실 거처로 들어가는 낮은 문 앞에 그녀의 열 살짜리 어린 아들이 서 있다. 자기 어머니를 판에 박은 듯 닮은 아이, 그 아이의 얼굴도 늙은 어머니의 못생긴 구석이 어디 갔겠냐는 듯 그대로였다. 휜 다리에 손은 바지 주머니에 찌른 채 아이는 거친 숨소리를 내며 서 있다. 어린 나이에 벌써 갑상샘종이 있어 숨 쉬기가 힘들기 때문이다. 블룸펠트는 평소에 소년을 마주치면 되도록 연극하는 듯한 장면을 생략하고자 발걸음을 재촉하곤 하지만, 오늘은 거의 곁에 서 있고 싶은 마음이다. 비록 소년이 그 여자에 의해 이 세상에 나왔고 제 근원인 그녀의 모든 특징을 다 지녔더라도, 아이는 그래도 지금은 어린아이다. 그 볼품없는 머릿속에는 물론 어린애의 생각이 들어 있어서, 사람들이 그에게 다정하게 말을 걸고 무언가를 물어본다면, 아이는 십중팔구 밝은 목소리로 순진하고 공손하게 대답할 것이다. 그러면 어른들도 내키지 않는 마음을 이겨 내고서 아이의 뺨도 쓰다듬어 줄 수 있을 것이다. 이렇게 생각하면서도 블룸펠트는 아이를 그냥 지나친다. 골목길에서 그는 날씨가 방 안에서 생각했던 것보다 푸근하다는 것을 깨닫는다. 아침 안개가 흩어지며 세찬 바람이 휩쓸고 지나간 자리에 푸른 하늘이 모습을 드러낸다. 블룸펠트는 평소보다 훨씬 더 일찍 방을 나올 수 있었던 것이 공들 덕분이라고 생각한다. 그는 신문도 읽지 않은 채 탁자 위에 두고는 잊어버렸지만, 어쨌든 그 덕에 시간을 아껴서 이제 천천히 가도 괜찮은 것이다. 공들을 떼어 놓고 온 이후로 그것들이 그에게 거의 걱정거리가 되지 않는다는 것이 신기하다. 공들이 그의 뒤를 따라다니면 사람들이 그걸 그에게 속하는 것으로 여길 수도 있었다. 그의 인격을 판단할 때 어떻게든 함께 고려해 봐야 하는 어떤 것으로 말이다. 하지만 지금 공들은 그저 그의 집 옷장 속에 있는 장난감에 불과했다. 그리고 이때 블룸펠트에게 어떤 생각이 퍼뜩 떠오른다. 즉 공들의 피해를 없애는 가장 좋은 방법은 그가 공들을 원래의 용도로 이끄는 것뿐이라는 생각이다. 저기 현관에는 아직 소년이 서 있다. 저 아이에게 공들을 선물할 것이다. 빌려주는 게 아니라 분명하게 선물을 하는 것이다. 이는 공들을 없애라는 명령과 다를 바 없다. 설령 망가지지는 않더라도 공들은 옷장에 있을 때보다 소년의 손아귀에서 더 별것이 아니게 된다. 집에 사는 모두가 소년이 공들을 갖고 노는 것을 볼 것이다. 다른 아이들도 끼어들게 될 것이다. 여기 이것은 놀이용 공이며 블룸펠트의 인생 동반자 같은 것이 아니라는 상식적인 판단이 확고부동하고 부인할 수 없게끔 될 것이다. 블룸펠트는 뛰어서 집으로 되돌아간다. 소년은 막 지하 계단을 내려가 아래에서 문을 열려는 참이다. 블룸펠트는 이제 소년의 이름을 불러야 한다. 소년과 연관된 모든 것이 그렇듯이 우스꽝스러운 이름이다. "알프레트, 알프레트" 하고 그가 부른다. 소년은 한참을 망설인다. "자, 이리 와 봐!" 하고 블룸펠트가 부른다. "내가 너한테 뭐를 줄 거야." 건물 관리인의 작은 두 딸이 맞은편 문에서 나와 호기심에 차서 블룸펠트의 오른쪽과 왼쪽에 선다. 소녀들은 상황을 훨씬 더 빨리 파악하고 소년이 왜 곧장 오지 않는지 이해하지 못한다. 소녀들은 소년에게 손짓하면서 블룸펠트에게서 눈을 떼지 않고 있지만, 어떤 선물이 알프레트를 기다리는지는 알아낼 수가 없다. 호기심 때문에 안달이 난 소녀들은 두 발을 번갈아 가며 구른다. 블룸펠트는 소년과 소녀들을 바라보면서 소리 내 웃는다. 소년이 마침내 모든 것을 제대로 알아들은 듯, 뻣뻣하고 힘겹게 계단을 올라온다. 걸어올 때도 소년은 마침 지하실 문에 나타난 제 어머니와 모습이 판박이다. 블룸펠트는 하녀도 자신의 말을 알아듣도록, 그래서 필요하다면 그녀가 그를 지켜볼 수 있도록 큰 소리로 말한다. "저 위에" 하고 블룸펠트가 말한다. "내 방에 예쁜 공 두 개가 있단다. 너 그걸 가지고 싶니?" 소년은 그저 입만 삐죽거릴 뿐 어쩔 줄을 모르다가 몸을 돌리고는 어머니에게 물어보려는 듯 아래를 내려다본다. 소녀들이 블룸펠트 주위를 폴짝폴짝 뛰기 시작하면서 공들을 달라고 조른다. "너희도 공을 갖고 놀아도 된단다" 하고 블룸펠트는 소녀들에게 말하면서도 소년의 대답을 기다린다. 그는 곧장 그 공들을 소녀들에게 선물할 수도 있다. 그러나 그들은 너무 경솔해 보이고, 그는 지금 소년에게 더 많은 신뢰감을 갖고 있다. 소년은 그사이에 어머니에게서 무언중의 조언을 구한 듯 블룸펠트가 재차 물었을 때 고개를 끄덕여 동의한다. "그럼, 잘 들어!" 하고 블룸펠트는 말한다. 그는 자신의 선물에 대해 아무런 감사를 받지 못하리라는 것을 기꺼이 모른 척한다. "내 방 열쇠는 네 어머니가 가지고 계셔. 너는 어머니에게서 열쇠를 빌려야 해. 여기 너에게 내 옷장 열쇠를 주마. 옷장 안에 공이 들어 있단다. 옷장하고 방의 문은 다시 잘 닫아라. 공들은 네 맘대로 해도 좋아. 다시 돌려줄 필요도 없고. 내 말 알아들었지?" 그러나 유감스럽게도 소년은 무슨 말인지 알아듣지 못했다. 블룸펠트는 끝없이 말귀를 알아듣지 못하는 이 존재에게 모든 걸 분명하게 설명하려다 보니 너무나 반복해서, 열쇠와 방과 옷장을 번갈아 가며 말하게 되었고, 그 결과 소년은 그를 은인이 아니라 유혹자처럼 뚫어지게 바라본다. 그러나 소녀들은 곧바로 모든 것을 알아듣고 블룸펠트에게 다가들어 열쇠로 손을 뻗는다. "좀 기다려" 하고 말하며 블룸펠트는 아이들 모두에 대해 화가 난다. 시간도 지나고 있고 그는 이제 더 오래 지체할 수가 없다. 하녀라도 그의 말을 이해하고 소년을 위해 다 알아서 처리하겠다고 말해 준다면 좋으련만. 그러기는커녕 그녀는 여전히 아래 문가에 서 있으며, 잘 듣지 못해 창피한 듯 어색한 듯 웃고만 있다. 그녀는 어쩌면 블룸펠트가 위쪽에서 갑자기 자기 아들에게 마음이 가서 구구단같이 간단한 것을 물어보는 것쯤으로 생각하는 모양이다. 그러나 블룸펠트 역시 지하실로 통하는 계단을 내려가 하녀의 귀에다 대고 제발 신의 자비로 그녀의 아들이 그를 공들로부터 해방시키도록 해 달라고 큰 소리로 부탁할 수 없음은 물론이다. 자신의 옷장 열쇠를 온종일 이 가족에게 믿고 맡기는 것만으로도 그는 이미 싫은 일을 충분히 감수한 것이다. 그가 직접 소년을 위로 데리고 가서 공들을 넘겨주는 대신 열쇠만 건네준 것은 자신의 수고를 아끼기 위해서가 아니다. 그가 위에서 공들을 준 다음에 분명히 예상되는 대로 그것들이 마치 시종처럼 자기 뒤를 따르게 해서 다시 소년에게서 공들을 빼앗을 수는 없는 것이다. "내 말을 아직도 이해 못 하니?" 블룸펠트는 거듭 설명해도 소년의 텅 빈 눈빛 아래서 금방 벽에 부딪히자, 거의 슬픈 기색으로 묻는다. 그런 텅 빈 눈빛은 사람을 무방비하게 만든다. 그 눈빛은 상대방이 오직 그 공허를 이해로 채우기 위해 하려던 것보다 더 많은 말을 하도록 유혹한다. "우리가 쟤한테 공들을 갖다 줄게요" 하고 소녀들이 외친다. 소녀들은 영리해서 어쨌든 소년의 중재를 통해야만 공을 얻을 수 있다는 것, 그런데 중재 역시도 직접 성취해 내야 한다는 걸 알아차린 것이다. 건물 관리인의 방에서 시계가 울리면서 블룸펠트에게 서두르라고 경고한다. "그럼 너희가 열쇠를 받아라!" 하고 블룸펠트는 말한다. 그러자 열쇠는 그가 주기도 전에 손에서 잡아채인다. 소년에게 열쇠를 주었더라면 비교가 안 될 만큼 훨씬 더 안심할 수 있었을 것이다. "방 열쇠는 아래에 있는 부인에게서 받아라!" 하고 블룸펠트가 다시 말한다. "그리고 너희가 공을 갖고 오면 열쇠 두 개는 부인에게 드려야 한다." "네, 네" 하고 소녀들은 소리치고, 계단 아래로 뛰어 내려간다. 소녀들은 모든 것을 훤히, 모든 것을 알고 있으며, 블룸펠트는 마치 소년의 우둔함이 전염이라도 된 듯 소녀들이 어떻게 그렇게 빨리 자신의 설명을 다 알아들었는지 정작 이해하지 못하고 있다.

소녀들은 벌써 아래로 내려가 하녀의 치마에 매달리고 있다. 그러나 블룸펠트는 아무리 궁금해도 소녀들이 과제를 실행하는 모습을 더 오래 보고 있을 수가 없다. 이미 시간이 늦었기 때문이기도 하지만, 공들이 바깥으로 나오면 그것들과 마주치고 싶지 않기 때문이다. 그는 심지어 소녀들이 위층 자기 방문을 열 때쯤엔 자신은 벌써 골목길을 몇 개 지난 거리만큼 떨어져 있고자 한다. 공들에게 해 둘 일이 아직 남아 있는지 그는 알 수 없다. 이렇게 그는 이날 아침에 두 번째로 바깥으로 나선다. 그는 하녀가 소녀들의 성화에 저항하고 소년이 어머니를 도우러 가려고 휜 다리를 움직이는 모습까지만 보았다. 블룸펠트는 왜 하녀 같은 사람들이 이 세상에 나서 또 번식하는지 도통 이해가 가지 않는다.

블룸펠트가 직원으로 일하는 내복 공장으로 가는 동안 업무에 관한 생각이 점차 다른 모든 것을 압도해 버린다. 소년 때문에 지체되었지만 그는 발걸음을 재촉하여 사무실에 맨 처음으로 도착한다. 사무실은 유리로 칸을 막은 공간으로 블룸펠트의 책상이 한 개, 블룸펠트 밑의 실습생들을 위한 스탠드 책상 두 개가 있다. 서서 작업하는 책상은 마치 초등학생용처럼 작고 폭이 좁았는데도, 사무실이 너무 좁아서 실습생들은 자리에 앉으면 안 되었다. 그들이 앉게 되면 블룸펠트의 안락의자를 놓을 공간이 없었기 때문이다. 그래서 실습생들은 종일 자신의 스탠드 책상을 짚고 서 있다. 그러자면 그들도 몹시 불편한 게 당연해서 그걸 지켜보는 블룸펠트도 덩달아 마음이 무거워진다. 그들은 자주 그 책상에 모여 있는데, 일하기 위해서가 아니라 서로 속닥이거나 심지어 꾸벅거리며 졸기 위해서다. 블룸펠트는 그들에게 짜증이 날 때가 많다. 그에게 부과된 엄청난 양의 업무를 그들이 충분히 거들지 않기 때문이다. 그 업무는 공장이 발주한 특정 고급 제품의 제작에 종사하는 가내 여성 노동자들과의 물품 및 금전 거래를 총괄 처리하는 것이다. 이 일의 규모를 판단할 수 있으려면 전체 상황을 상세히 들여다보아야 한다. 그런데 블룸펠트의 직속상관이 몇 년 전에 죽고 난 다음부터는 그렇게 할 사람이 아무도 없다. 그래서 블룸펠트 역시 자신의 일에 대한 판단을 아무에게도 위임할 수가 없다. 예를 들자면, 공장주 오토마 씨는 블룸펠트의 일을 공공연하게 과소평가한다. 물론 그는 블룸펠트가 지난 이십 년 동안 공장에서 세운 공적을 인정하지만, 그것은 그럴 수밖에 없기 때문만이 아니라 그가 블룸펠트를 성실하고 신뢰할 만한 사람으로 생각하기 때문이다. 그럼에도 그는 블룸펠트의 일은 과소평가한다. 말하자면 그는 그 일을 블룸펠트가 하는 것보다 훨씬 더 간단히, 따라서 모든 면에서 더 효율적으로 처리할 수 있다고 믿는 것이다. 사람들은 오토마가 블룸펠트의 부서에 거의 모습을 나타내지 않는 이유가 그의 작업 방식을 보고 화가 나는 걸 피하기 위해서라는 것이 못 믿을 이야기만은 아니라고 말한다. 자신의 진가를 몰라 주는 것이 블룸펠트로서는 분명 서글픈 일이지만 아무런 대책이 없다. 왜냐하면 블룸펠트가 오토마에게 대략 한 달 동안 자신의 부서에 계속 머물면서 여기서 처리해야 하는 다양한 종류의 일을 파악하고 오토마 자신이 더 좋다고 하는 방법들을 적용해서 그 필연적 결과로 초래될 부서의 파산을 보고 나서야 블룸펠트가 옳았음을 깨달으라고 강요할 수는 없기 때문이다. 따라서 블룸펠트는 그의 일을 예전과 마찬가지로 아무런 동요 없이 맡아 하고 있으며, 오랜만에 한번 오토마가 나타나면 약간 놀라서 부하 직원의 의무감으로 오토마에게 이런저런 처리 방법을 설명하려는 열없는 시도를 하는 것이다. 그러면 오토마는 눈을 내리깔고 아무 말도 없이 고개를 끄덕이며 멈추지 않고 계속 지나간다. 덧붙이자면, 블룸펠트는 자신이 진가를 인정받지 못하는 것보다 언젠가 그가 자리에서 물러나야 할 거라는 생각을 할 때가 더 고통스럽다. 그가 물러나면 아무도 해결하지 못할 일대 혼란이 닥칠 것이다. 그가 알기로는 공장 안에서 자신을 대체해서 자리를 물려받은 다음 수개월에 걸쳐 닥치게 될 가장 힘든 영업 부진 상태를 피해 낼 사람은 없기 때문이다. 사장이 누군가를 과소평가하면 직원들은 한술 더 떠 그렇게 하려고 한다. 그래서 누구나 할 것 없이 모든 직원들이 블룸펠트의 일을 과소평가하고, 아무도 직업 교육을 위해 얼마 동안 블룸펠트의 부서에서 일하는 것이 필요하다고 여기지 않는다. 또 신입 직원들이 채용되어도 아무도 자발적인 의사에 따라 블룸펠트에게 배정되지 않는다. 이래서 블룸펠트의 부서에 후임 직원이 없는 것이다. 블룸펠트가 단 한 명의 도움만 받으면서 부서의 모든 일을 도맡아 해 오다가 실습생 한 명을 보충해 달라고 요구했을 때가 가장 힘든 투쟁을 한 몇 주간이었다. 거의 매일 블룸펠트는 오토마의 사무실에 가서 왜 그의 부서에 실습생이 필요한지 차분하고 자세하게 설명했다. 블룸펠트는 자기의 수고를 아끼려고 실습생이 필요한 것이 아니라고 했다. 그는 수고를 아끼려 하지 않으며 엄청난 양의 일을 해내고 있고 그러기를 그만둘 생각도 없지만, 오토마 씨는 오로지 시간의 경과에 따라 사업이 어떻게 진척되었는지만 염두에 두는 것 같고 모든 부서가 그에 상응하여 확장되었는데도 오직 블룸펠트의 부서만 늘 잊혔다고 말했다. 그의 부서에는 일이 얼마나 많아졌는가! 블룸펠트가 처음 입사했을 때를 오토마 씨는 분명 더는 기억하지 못할 텐데, 그때 여자 재봉사들은 약 열 명이 일했지만 지금은 그 숫자가 오십에서 육십 명 사이를 오간다. 이런 일을 하려면 힘이 필요한데 블룸펠트는 자신이 최선의 노력을 다할 것을 장담할 수 있지만, 그 일을 다 감당할 수 있을지는 자신할 수 없다고 했다. 그런데 사실 오토마 씨는 한 번도 블룸펠트의 청원을 대놓고 거절한 적은 없었다. 나이 든 직원에 대해서는 그렇게 할 수가 없었다. 그러나 거의 귀 기울여 듣지 않는다든가, 부탁하고 있는 블룸펠트를 놔두고 저 너머로 다른 사람들과 이야기를 나눈다든가, 반승낙을 했다가 며칠 후 다시 모든 일을 잊어버리는 그런 방식은 정말이지 모욕적이었다. 사실 블룸펠트에게 있어서 — 그는 몽상가가 아니다 — 명예와 인정은 그리 아름다운 것이 아니다. 그런 것 없이도 블룸펠트는 잘해나갈 수 있다. 그는 어떻게든 참을 수 있는 만큼은 참고 견딜 것이다. 어쨌든 그는 정당하며, 정당함은 때로는 시간이 오래 걸리기는 해도 결국 인정을 받을 수밖에 없다. 그리하여 마침내 블룸펠트는 실습생을 두 명이나 받게 되었지만, 그런데 그 실습생들이 가관이었다. 어쩌면 오토마는 실습생 배당을 거절하기보다 오히려 이런 실습생들을 허락함으로써 이 부서에 대한 자신의 경멸을 더 분명하게 보여 줄 수 있다고 생각했는지도 모르겠다. 심지어 오토마가 그런 실습생 두 명을 찾으려 했지만 좀처럼 발견할 수 없었기 때문에 — 쉽게 찾기 어려운 실습생들이었다 — 그토록 오랫동안 블룸펠트에게 희망을 주며 달랜 것일 수도 있다. 이제 블룸펠트는 불평할 입장이 못 되었으며, 불평한대도 대답은 예상 가능했다. 그는 실습생 한 명을 요구했는데 두 명씩이나 받게 된 것이다. 그토록 용의주도하게 오토마는 모든 것을 안배했다. 블룸펠트는 불평했지만, 이는 단지 궁지에 몰린 나머지 그랬을 뿐 여전히 대책을 기대하기 때문은 아니었다. 그는 힘주어 불평하지 않았고, 적당한 기회가 생기면 그저 부차적인 일처럼 덧붙여 말할 뿐이었다. 그럼에도 악의를 품은 동료들 사이에서 즉각 다음과 같은 소문이 퍼졌다. 누군가가 오토마에게 그렇게 통례를 넘어 보조 인원을 받은 블룸펠트가 여전히 불평을 한다는 게 가당키나 한지 물었다는 것이었다. 그러자 오토마는 블룸펠트가 여전히 불평을 늘어놓는 것은 맞지만, 그것은 정당한 일이라고 대답했다고 한다. 자기는, 그러니까 오토마는 마침내 깨달은 바가 있어서 블룸펠트에게 점차적으로 여자 재봉사 한 명당 실습생 한 명을, 도합 약 육십 명을 배속시킬 생각이며, 그것도 충분치 않다면 더 많이 보내 줄 것이고, 이미 수년에 걸쳐 블룸펠트의 부서에서 진척되어 온 정신병원이 완성되기 전까지는 그 일을 그만두지 않겠다고 했다는 것이다. 물론 이런 이야기는 오토마의 말투를 잘 모방하긴 했지만, 블룸펠트는 오토마가 자신에 대해 아주 조금이라도 비슷한 방식으로 말했을 리가 없음을 의심치 않았다. 이 모든 것은 이 층 사무실들에 있는 게으름뱅이들이 꾸며 낸 허구였고, 블룸펠트는 대수롭지 않게 넘겨 버렸다. 그런데 실습생들의 존재에 대해서도 그렇게 마음 편히 넘길 수 있다면 얼마나 좋으랴. 그 애들은 엄연히 와 있고 더는 쫓아 버릴 수가 없었다. 핏기 없고 허약한 아이들. 서류에 의하면 그 애들은 벌써 학교를 마칠 나이였지만 그것을 그대로 믿을 수가 없었다. 정말로 한 번 더 교사에게 맡길 생각이 들 만큼 아이들은 아직 분명히 어머니 슬하에 있는 게 더 어울렸다. 그들은 아직 제대로 행동할 줄을 몰랐고, 특히 처음엔 오래 서 있느라 몹시 지쳤다. 바라보고 있지 않으면 그들은 허약해서 금방 무릎이 꺾였고 한구석에 몸을 구부리고 비스듬히 서 있었다. 블룸펠트는 실습생들에게 언제나 그렇게 편안함의 유혹에 지고 만다면 평생 불구처럼 지내게 될 거라고 이해시키려 애썼다. 그 실습생들에게 조금 움직이도록 지시하는 것도 아슬아슬한 일이었다. 한 번은 한 실습생이 두세 발자국을 떼어 놓다가 지나치게 의욕을 부려 뛰는 바람에 무릎을 책상에 부딪혀 다친 적이 있었다. 그 방엔 여자 재봉사들이 가득했고 책상엔 물건들이 널려 있었지만, 블룸펠트는 모든 일을 제쳐 두고 울고 있는 실습생을 사무실로 데려가 작은 붕대를 감아 줘야 했다. 그러나 실습생들의 이러한 열의도 단지 겉보기에 그럴 뿐이었다. 그들도 가끔은 보통 아이들처럼 눈에 띄게 잘하고 싶어 했지만, 훨씬 더 자주, 아니 오히려 거의 언제나 상사의 배려를 기만하고 상사를 속이려고 들었다. 한 번은 최고로 일감이 많았을 때 블룸펠트는 땀을 뻘뻘 흘리며 그들 곁을 지나 뛰어가다가 그들이 상품 바구니들 틈에 숨어서 표를 교환하고 있다는 걸 알게 되었다. 그는 주먹으로 그 애들의 머리통을 갈기고 싶었다. 그런 짓에는 그게 유일하게 가능한 벌 같았지만, 그들은 애들이었고 블룸펠트는 당연히 아이들을 때려눕힐 수는 없었다. 이런 식으로 그는 그들 때문에 계속 괴로워했다. 원래 그의 상상대로라면 상당한 노고와 주의가 필요한 물품 분배 시 실습생들이 직접 자신을 도와주어야 했다. 그는 언제나 중앙의 책상 뒤에 서서 전체를 살피며 기록하는 작업을 하고, 그동안에 실습생들은 그의 명령에 따라 이리저리 뛰어다니며 모든 것을 분배하게 될 것으로 생각했다. 그가 예리하게 감독하기는 하지만 혼잡한 상황에서는 충분치 못할 수 있기에 실습생들의 세심한 주의를 통해 보완하고, 실습생들은 점차 경험을 쌓아 모든 일에 자신의 명령에 의존하지는 않게 되는 걸 상상했었다. 실습생들은 마침내 스스로 상품 수요 및 신용도와 관련해 재봉사들 간의 차이도 파악할 줄 알게 될 것이었다. 하지만 이 실습생들에게 그것은 완전히 헛된 희망 사항이었다. 블룸펠트는 곧 그들을 여자 재봉사들과 이야기하도록 놔두어서는 결코 안 된다는 것을 깨닫게 되었다. 그들은 일부 여자 재봉사들에게는 아예 처음부터 다가가지도 않았는데, 왜냐하면 어떤 여자 재봉사들에게는 혐오감이나 두려움을 느꼈기 때문이었다. 반면에 자기들이 좋아하는 다른 여자 재봉사들에게는 자주 문까지 뛰어가곤 했다. 이 여자 재봉사들에게 실습생들은 그녀들이 원하는 것을 들고 가, 당연히 수령할 권리가 있는 것인데도 꼭 은밀히 주는 것처럼 손에 쥐여 주었다. 그들은 빈 선반 하나에 좋아하는 여자 재봉사들을 위해 다양한 천 조각과 쓸모없는 자투리, 그리고 아직 쓸 만한 작은 물건을 함께 모아 두었다가, 여자 재봉사들이 오면 그걸 손에 들고는 블룸펠트의 등 뒤 먼발치에서부터 기쁨에 넘쳐 흔들어 댔다. 그 대가로 그들의 입엔 사탕이 물려졌다. 블룸펠트는 이런 폐해를 곧바로 근절했고, 여자 재봉사들이 오면 실습생들을 칸막이 된 방 안으로 몰아넣었다. 그러자 그들은 그걸 오랫동안 엄청나게 부당한 행태로 여기면서 고의로 펜을 망가뜨리는가 하면 유리창을 크게 두드리기도 했다. 물론 감히 고개를 들 엄두는 내지 못했지만 그들 생각에 블룸펠트에게 당해야만 했던 부당한 처우를 여자 재봉사들에게 알리기 위해서였다.

그들은 자신들이 저지르는 부당한 행동을 깨닫지 못하고 있다. 그래서 그들은 예를 들면 거의 언제나 사무실에 너무 늦게 온다. 그들의 상사인 블룸펠트는 아주 젊은 시절부터 적어도 사무실이 시작되기 삼십 분 전에 도착하는 것이 당연하다고 여겨왔다. 야심이나 과장된 책임 의식이 아니라 예의를 지킨다는 느낌으로 그렇게 했다. 블룸펠트는 대개 한 시간 이상씩 그의 실습생들을 기다려야만 한다. 그는 보통 아침 식사로 제멜 빵을 씹으면서 넓은 방의 책상 뒤에 서서 여자 재봉사들의 작은 장부에 기록된 계산을 마무리한다. 그리고 곧 일에 깊이 빠져들어 다른 것은 아무것도 생각나지 않는다. 그러다 갑자기 소스라치게 놀라 손에 잡은 펜이 잠시 떨릴 지경이다. 한 실습생이 쓰러질 것처럼 허둥지둥 뛰어 들어와, 한 손으로는 어딘가를 꽉 붙들고 다른 손으로는 가쁜 숨을 몰아쉬며 가슴을 누른다. 그러나 이 모든 행동은 너무 늦게 출근해서 죄송하다는 시늉일 뿐 다른 의미는 없다. 그게 가소로워서 블룸펠트는 일부러 못 들은 척 흘려버리는데, 그렇게 하지 않으면 그는 소년을 응당 두들겨 팰 수밖에 없기 때문이다. 그는 소년을 잠시 쳐다보고 손을 뻗어 칸막이 방을 가리키고는 하던 일로 되돌아간다. 그러면 실습생은 이제 상사의 호의를 알아차리고 자기 자리로 서둘러 갈 법도 한데, 그는 서두르지 않으며 춤추듯 사뿐사뿐 발끝으로 한 걸음씩 앞으로 걸어간다. 상사를 비웃고 싶어 하는 것일까? 그것도 아니다. 그 행동은 이번에도 두려움과 자기 만족감의 혼합에 불과하고, 그것에 대한 방책은 아무것도 없다. 이런 상황은 달리 어떻게 설명할 수 있을까. 평소와 달리 늦게 사무실에 온 블룸펠트가 오늘, 한참을 기다린 연후인 지금 — 그는 작은 장부들을 검사하고 싶은 마음이 나지 않는다 — 어리석은 하인이 빗자루로 허공에 피워 올리는 먼지구름 사이로 실습생 두 명이 골목길에서 무사태평하게 오고 있는 모습을 보게 되는 일을. 그들은 서로 엉켜서 붙들고 안은 채로 중요한 이야기를 나누는 듯 보이지만, 그건 분명 업무와는 상관이 없는 기껏해야 금지된 내용의 이야기일 것이다. 유리문에 가까이 오면 올수록 그들은 발걸음을 더 늦춘다. 마침내 그중 한 명이 문에서 손잡이를 쥐지만 내리누르지 않은 채 여전히 서로 그들의 이야기를 하고 또 들으면서 웃고 있다. "우리 신사들에게 문을 열어 드리게." 블룸펠트는 손을 쳐들고 하인에게 소리친다. 그러나 실습생들이 들어와도 블룸펠트는 더 이상 야단치지 않고 그들의 인사에 대꾸도 하지 않은 채 자기 책상으로 간다. 그는 계산을 시작하지만 실습생들이 무얼 하는지 보려고 가끔씩 눈을 들어 쳐다본다. 한 명은 몹시 피곤한지 눈을 비벼 대고 있다. 그는 외투를 못에 걸면서 그 기회를 이용해 잠시 벽에 몸을 기대고 있다. 골목길에선 팔팔했지만 일 가까이에 있으니 피곤해진 것이다. 반대로 다른 실습생 한 명은 일할 마음은 있지만, 몇 가지 일만 하고 싶어 한다. 오래전부터 그의 소원은 청소하는 것이다. 그런데 청소는 그의 일이 아니다. 청소는 오직 하인에게 맡기는 일이다. 블룸펠트 자신은 실습생이 청소하는 것에 물론 반대하지 않을 것이다. 실습생이 청소를 해도 하인보다 더 못할 수는 없을 것이다. 그러나 실습생이 청소를 하려면 하인이 청소를 시작하기 전에 더 일찍 와야 하고, 전적으로 사무실 작업만 해야 할 때는 청소하는 데 시간을 써서는 안 될 것이다. 이 어린 소년이 끝내 사리 판단을 못 하면, 적어도 하인이 양보해서 잠시나마 소년에게 빗자루를 넘겨줄 수도 있을 것이다. 하인은 반쯤 눈이 먼 노인으로, 사장이 그가 블룸펠트의 부서 말고 다른 어느 부서에서 일하는 것도 분명 허락하지 않을 사람이었다. 그는 오로지 신과 사장의 은총으로 살아가는 셈이다. 어쨌든 서툴기 짝이 없는 소년은 곧바로 청소하고 싶은 생각이 사라질 테고, 그러면 그는 다시 하인이 청소를 하도록 만들려고 빗자루를 들고 그의 뒤를 쫓아갈 것이다. 그런데 하인은 다른 일도 아닌 청소에 특별한 책임감을 느끼는 것 같다. 소년이 가까이 다가가자마자 그는 떨리는 손으로 빗자루를 더 잘 쥐려고 애쓰는 모습이다. 그는 모든 주의를 빗자루를 지키는 데 쏟기 위해 차라리 가만히 서서 빗자루 청소를 멈춰 버린다. 실습생은 말을 꺼내 부탁하지는 않는데 계산에 몰두한 것처럼 보이는 블룸펠트를 두려워하기 때문이다. 게다가 하인에게는 아주 크게 소리쳐야 들을 수가 있기 때문에 조용조용 말하는 건 아무 소용이 없을 것이다. 그래서 실습생은 우선 하인의 소매를 잡아당긴다. 하인은 소년이 왜 그러는지 알지 못한다. 그는 실습생을 수상쩍게 쳐다보고 머리를 흔들며 빗자루를 가슴 가까이 끌어당긴다. 이제 실습생은 두 손을 펼쳐 간청한다. 간청해서 무언가를 얻을 수 있으리라는 희망이 있는 것은 아니고, 단지 간청하는 것이 재미있어서 그러는 것이다. 다른 실습생도 소리 죽여 웃으면서 사태에 동참하는데, 왜 그렇게 생각하는지 모르지만 블룸펠트가 그의 소리를 듣지 못한다고 믿는 게 분명하다. 간청해도 하인에게 전혀 통하지 않는다. 하인은 이제 몸을 돌리고 빗자루를 안심하고 다시 사용할 수 있을 것으로 생각한다. 그러나 실습생은 발끝으로 폴짝폴짝 뛰고 두 손을 애원하듯이 비벼 대며 그를 뒤쫓아 가서 간청한다. 하인이 방향을 바꾸면 실습생이 폴짝 뛰며 뒤따라가기가 여러 차례 반복된다. 마침내 하인은 사방이 막힌 것처럼 느끼면서 자신이 실습생보다 더 일찍 지치게 될 것을 깨닫는다. 지각이 어느 정도 둔하다고 해도 처음부터 알아챌 수 있는 사실이었다. 결국 그는 다른 사람의 도움의 손길을 구하다가, 손가락으로 블룸펠트를 가리키며 실습생에게 그만두지 않으면 이르겠다고 위협한다. 실습생은 빗자루를 잡아 보기라도 하려면 서둘러야 한다는 것을 깨닫고 당돌하게 빗자루를 향해 손을 내뻗는다. 다른 실습생이 저도 모르게 지른 고함이 다가오는 결정을 암시한다. 하인은 이번에는 뒤로 한 걸음 물러나면서 빗자루를 끌어당겨 겨우 그것을 지켜 내지만, 실습생도 이제 더는 양보하지 않는다. 실습생이 입을 벌리고 눈을 번뜩이면서 앞으로 덤벼들자 하인은 도망치려 해 보지만 그의 늙은 두 다리는 뛰는 대신 비틀거린다. 실습생은 빗자루를 잡아채 그걸 손으로 쥐지는 못하지만 그래도 바닥에 떨어뜨리는 데는 성공하고, 이로써 하인은 빗자루를 잃은 셈이 된다. 그런데 실습생의 입장도 마찬가지인 듯한 것이, 빗자루가 바닥에 떨어지면서 세 사람, 즉 두 명의 실습생들과 하인은 얼음처럼 굳었고 이제 블룸펠트가 모든 상황을 알게 될 게 분명하기 때문이다. 아니나 다를까 블룸펠트가 엿보는 창에서 이쪽을 바라보고 있다. 마치 이제야 알아챘다는 듯 그는 엄격하고 조사하는 눈빛으로 한 사람 한 사람을 똑똑히 쳐다본다. 바닥에 있는 빗자루 역시 그의 눈을 벗어나지 못한다. 침묵이 너무 오래 계속되어선지 잘못을 저지른 실습생이 욕망을 억누르지 못해서인지, 어쨌든 그는 몸을 숙여 조심조심 빗자루가 아닌 무슨 동물을 잡는 것처럼 빗자루를 집더니, 바닥을 쓸다가 블룸펠트가 벌떡 일어나 칸막이 방에서 나오자 깜짝 놀라 바로 내동댕이쳐 버린다. “둘 다 일하러 가고 꿍얼거리지 마.” 블룸펠트는 손을 뻗어 실습생 두 명에게 그들의 스탠드 책상 쪽으로 가는 통로를 가리키며 소리친다. 그들은 그의 말에 곧장 따르지만 머리를 숙이며 부끄러워하는 것이 아니라 오히려 자신들을 때리지 못하게 하려는 것처럼 블룸펠트 곁을 지나며 몸을 꼿꼿이 세우고 그의 눈을 뚫어지게 쳐다본다. 블룸펠트가 원래부터 그들을 결코 때리지 않는다는 걸 경험으로 충분히 알 수도 있었을 텐데, 그러나 그들은 지나치게 불안해하고 늘 어떤 부드러움도 알지 못한 채 그들의 실질적이거나 실속 없는 권리를 지키려고 애쓴다.

22

가장의 근심

어떤 이들은 오드라데크(Odradek)라는 말이 슬라브어에서 온 것이라며 이를 바탕으로 저 단어의 형성을 입증하려고 한다. 또 다른 이들은 그 어원이 독일어이며 슬라브어의 영향을 받았을 뿐이라고 한다. 그러나 두 해석의 불확실성으로 보아, 특히 그 어느 해석으로도 말의 의미를 찾을 수 없기에, 그 어느 편도 맞지 않는다고 추론해야 마땅할 것이다.

물론 오드라데크라고 불리는 존재가 실제로 없다면 아무도 그런 연구에 골몰하지는 않을 것이다. 그것은 우선 납작한 별 모양의 실패처럼 보이며 실제로 실이 감겨 있는 것처럼 보이기도 한다. 물론 그저 서로 엉키고 매듭지어진, 종류와 색깔이 다양하기 이를 데 없는 낡고 오래된 실뭉치에 불과한지도 모른다. 그런데 그것은 실패일 뿐만 아니라 별 모양 한가운데에 작은 가로

막대가 하나 튀어나와 있고, 이 작은 막대의 오른쪽 모서리에는 다른 막대 하나가 더 붙어 있다. 한편으로는 이 두 번째 막대에, 다른 한편으로는 빛을 발산하는 별의 형상에 의지하여 그 전체는 마치 두 발로 지탱하듯 똑바로 서 있을 수가 있다.

사람들은 이 물체가 예전에는 어떤 목적에 알맞은 형태를 지녔다가 지금은 부서졌을 뿐이라고 믿고 싶어질 것이다. 그러나 이건 그런 경우가 아닌 것 같다. 적어도 그런 흔적이 보이지 않는다. 어디를 봐도 그런 것을 가리키는 단서나 깨진 부분을 찾을 수 없다. 그 전체는 의미가 없으면서도 나름대로 완결된 것처럼 보인다. 더 자세하게 말하기는 어렵다. 오드라데크는 희한하게 잘 움직여서 붙잡을 수가 없기 때문이다. 그는 다락이나 계단, 복도, 현관 등으로 장소를 옮겨 다닌다. 어떨 때는 몇 달씩 보이지 않기도 한다. 그럴 때는 아마 다른 집들로 옮겨 간 것이겠지만, 그러다가도 그는 어김없이 우리 집으로 되돌아온다. 간혹 문을 나서다 그것이 마침 계단 입구 난간에 기대 서 있는 것을 보면 말을 걸고 싶어진다. 물론 어려운 걸 질문하지는 않고 그를 — 작은 생김새부터가 그러도록 유혹하기에 — 어린아이처럼 다룬다. "너 대체 이름이 뭐야?" 하고 묻는다. "오드라데크." 그가 대답한다. "그럼 어디 살아?" 하고 물으면 "정해진 데 안 살아"라고 말하며 웃는다. 그러나 그것은 허파 없이 내는 것 같은 웃음소리일 뿐이다. 마치 낙엽 속 바스락거리는 소리 같다. 대화는 대개 이것으로 끝난다. 게다가 이런 대답들도 언제나 들을 수 있는 것은 아니다. 그는 생긴 모양 그대로 나무토막처럼 오래 아무 말도 안 할 때도 많다.

부질없이 나는 그가 앞으로 어떻게 될지 자문하곤 한다. 그는 죽을 수도 있을까? 죽는 것은 모두가 죽기 전까지는 어떤 목표를 갖고 활동을 하며, 그러느라 닳고 소진되는 법인데, 이는 오드라데크의 경우엔 맞지 않는다. 그러면 훗날 내 아이들과 그 아이들의 아이들 발 앞에서도 그는 실타래를 질질 끌면서 여전히 계단을 굴러 내려갈 것인가? 그는 분명히 아무에게도 해를 끼치지 않는다. 그러나 내가 죽은 후까지 그가 살아 있으리라는 상상은 나에게는 거의 고통스러운 것이다.

23

인디언이 되고 싶은 마음

정말 인디언일 수 있다면! 순식간에 준비되어, 달리는 말 위에서, 허공에 비스듬한 채로, 떨리는 대지 위를 거듭 짧게 전율하며, 박차가 없으니 박차를 내버리고, 말고삐가 없으니 말고삐도 내버리고, 눈앞 땅이 평평히 풀 베어 낸 광야일 때면 말의 목덜미도, 말의 머리도 없이.

24

세이렌의 침묵

불충분하고 유치하기까지 한 수단도 목숨을 구하는 데 쓰일 수 있다는 증명.

세이렌들로부터 자신을 지키기 위해 오디세우스는 밀랍으로 귀를 틀어막고 자신을 돛대에 단단히 결박하도록 했다. 물론 이전부터 모든 여행자가 이와 비슷한 방책을 취했을 수도 있다. 이미 멀리서부터 세이렌이 유혹한 사람들을 제외하고 말이다. 그러나 그런 방책이 전혀 도움이 되지 못했다는 것은 온 세상에 알려진 일이었다. 세이렌의 노래는 무엇이든 다 꿰뚫었고, 유혹당한 사람들의 격정은 사슬과 돛대보다 더한 것이라도 깨뜨렸을 것이다. 그러나 오디세우스는 이런 이야기를 들었을 텐데도 더는 생각하지 않았다. 그는 한 줌의 밀랍과 한 묶음의 사슬을 철석같이 믿었고, 자기의 작은 도구에 대한 순진한 기쁨에 차서 세이렌들을 마주하며 항해해 간 것이다.

그런데 세이렌은 노래보다 더 무서운 무기가 있으니, 그것은 바로 그들의 침묵이다. 실제로 일어나진 않았지만 어쩌면 생각해 볼 수도 있는 일로서 누군가 그녀들의 노래로부터는 목숨을 부지했을 수도 있다. 그러나 분명코 그녀들의 침묵 앞에서는 그럴 수 없다. 자기 힘으로 그녀들을 이겼다는 감정과 이것에서 솟아난 모든 것을 휩쓰는 자만심에는 지상의 어떤 존재도 맞설 수 없다.

그리고 실제로 오디세우스가 왔을 때 저 위력적인 가녀(歌女)들은 노래를 부르지 않았다. 이 적수는 오직 침묵으로만 이길 수 있다고 믿었든지, 아니면 오로지 밀랍과 쇠사슬 생각뿐인 오디세우스의 얼굴에 가득한 행복감을 보자 그녀들이 모든 노래를 잊고 말았든지 말이다.

그러나 굳이 말하자면 오디세우스는 그녀들의 침묵을 듣지 않았고, 그녀들이 노래를 부르지만 오직 자기만 듣지 못하도록 보호받고 있다고 믿었다. 처음에 그는 힐끗 그녀들의 고개 돌림, 깊은 숨결, 눈물 가득 고인 눈, 반쯤 벌어진 입을 보았는데, 그는 이런 것들이 자신이 듣지 못하는 가운데 그의 주변을 감돌다 사라지는 아리아의 일부라고 믿었다. 그러나 그 모든 것은 곧 그의 먼 곳을 향한 시선 앞에서 미끄러지듯 떨어졌다. 세이렌들은 그야말로 그의 단호함 앞에서 사라져 버리고, 그리하여 그녀들에게 가장 가까이에 갔을 때, 그는 이제 그녀들에 대해 아무것도 알지 못했다.

그러나 그녀들은 어느 때보다 아름답게 몸을 펴고 틀었으며, 그 섬뜩한 머리카락을 온통 바람결에 나부끼며 바위 위에서 발톱을 드러내 놓고 있었다. 그녀들은 더는 유혹하려 하지 않았고, 다만 오디세우스의 커다란 두 눈에서 반사되는 광채를 오랫동안 붙들어 두고 싶어 할 뿐이었다.

만약 세이렌이 의식을 가졌더라면 그때 모두 절멸하고 말았을지도 모른다. 그러나 그녀들은 그렇게 남아 있었고, 다만 오디세우스만 그녀들에게서 벗어났다.

그 외에도 덧붙여진 이야기 하나가 전해져 내려온다. 오디세우스는 워낙 꾀가 많은 여우 같은 사람이라 심지어 운명의 여신조차 그의 가장 깊은 마음을 꿰뚫을 수가 없었다고 한다. 어쩌면 그는, 인간의 지식으로는 알 도리가 없는 일이지만, 세이렌이 침묵한다는 것을 정말로 알아차리고서 앞서 말한 가상(假像)의 과정을 세이렌과 신들에 맞서 일종의 방패처럼 내세우고 있었던 것이다.

그린비 도슨트 세계문학 06

도슨트 이진경과 함께 읽는 『변신 · 어느 개의 연구』

세계의 바깥 혹은 알 수 없는 것들의 매혹

그린비

차례

도슨트 이진경과 함께 읽는 『변신·어느 개의 연구』

카프카는 작품의 끝에 답을 내는 대신 기대하던 답을 지우거나 아무 답도 제시하지 않습니다. 반대로 다 읽고 난 뒤에 '이거 뭐지?'라는 물음을 던지게 합니다. 그렇게 그는 답을 지워 물음을 던집니다. 답이 지워질 때, 끝도 지워집니다. 완결의 감각은 길을 잃고 새로 출현한 물음을 따라 새로운 길을 가기 시작합니다. 카프카의 작품에서 뭔가 허전하고 당혹스러운 느낌을 받는다면, 내가 여전히 전통적 완결의 감각에 갇혀 있는 건 아닌가 물어야 합니다. 그 허전함과 당혹이 물음으로 바뀌는 것, 그것은 여러분이 카프카를 '제대로' 읽고 있음의 미약한 증거입니다.

세계의 바깥 혹은 알 수 없는 것들의 매혹

끝없는 길, 끝없는 소설

카프카는 유대인이지만 가장 친한 친구 막스 브로트가 빠져 있던 시온주의는 거부했고, 심판에 함축된 유대적—기독교적 종말론에도 거리를 두었습니다. 오히려 당시로선 드물게도 노자(老子)와 장자(莊子)에 매혹되었던 작가입니다. 그래서인지 카프카는 심판의 '종말'은 물론 도달해야 할 '목적'마저 끝없는 '과정'(process)으로 대체하려는 시도를 여러 층위에서 반복합니다. 제목이 『심판』으로 오랫동안 잘못 번역되어 온 장편소설 『소송』의 제목은 '과정'을 뜻하기도 합니다. 그 작품에서 어느 날 아침 이유도 모르는 채 체포되어 소송을 벌이게 된 주인공 요제프 K에게 제안되는 전략은 '최종심을 끝없이 연기시키는 것'입니다.

그것만으로도 '심판'은 무효가 되지요. 신의 심판 또한 마찬가지여서 '최후의 심판'은 '최후 없는 심판'이 됩니다. "이 소송은 시인에 의해서 구전된 의도에 의하면 결코 최고법원까지 나가지 않을 것이었기 때문에, 어떤 의미에서 이 소설은 미완, 즉 무한히 계속되어야 할 것이었다"(막스 브로트, 『소송』의 「편집자 후기」). 그러나 이처럼 카프카의 핵심적인 발상을 잘 알고 있었음에도, 브로트는 단편 「어떤 꿈」에서처럼 하나의 꿈으로 처리되었을 수도 있었을 K의 죽음을 마지막에 넣어 '심판'으로 종결되는 소설로 만들었습니다. 완결에 대한 감각 때문이었을까요, 아니면 유대-기독교의 신학적 통념 때문이었을까요?

「만리장성을 쌓을 때」는 한없는 연기의 시간적 끝없음을 한없이 넓은 공간의 공간적 끝없음으로 바꾸어, 그 끝없는 공간 속에 놀랍고 익살스러운 상상력을 불어넣습니다. 먼저 끝없이 긴 장성을 쌓는 방법을 묻습니다. 어느 한 지역에서 시작해서 차례로 쌓아 간다면, 장성의 완성은 끝없는 시간 저편으로 미루어지게 될 겁니다. 그래서 카프카는 중간중간에서 쌓고, 목표치에 이르면 또 이동하여 쌓고 했으리라 상상합니다. 그러니 장성에는 막을 수 없는 틈이 수없이 있을 겁니다. 한없이 기니, 누구 한 사람이 확인할 길도 없겠지요. 그 장성은 북방 오랑캐를 막아 준다고 하는데, 중국 남동부 출신인 '나'로선 그들을 평생 본 적 없고 또 볼 가능성도 없습니다. 그러니 성을 쌓을 이유를 납득하기 어렵습니다. 황제가 있다지만 수도는 끝없는 공간 저편에 있으니 확인할 수 없는, 그저 소문으로 전해지고 상상력으로 덧칠된 이

야기일 뿐입니다. 권력의 실질적 촉수라 할, 황제의 명령을 전해 줄 칙사는 궁궐 성문을 나서지만, 다시 너머에 있는 성문을 통과해야 하고, 그걸 지나도 또다시 끝없이 이어지는 성문들을 통과해야 합니다. 황제의 명령을 실행하기 위해 그는 계속해서 달리지만 끝없는 공간으로 인해 우리에게 도달할 수 없을 겁니다. 심판의 끝없는 연기와 권력의 끝없는 연기는 이처럼 동형성을 갖습니다.

그래도 황제의 권력은 작동합니다. 무한히 넓은 그 공간을, 황제가 있으리라는 소문과 상상 혹은 황제가 있기를 바라는 욕망이 채우고, 그로 인해 황제의 명령이라는 것을 따르지 않으면 안 된다 믿기 때문입니다. 끝없는 장성은 메울 수 없는 틈으로 가득하고 황제의 명령은 끝없는 공간을 넘지 못하지만, 그 텅 빈 공간을 대중은 소문과 상상으로 채웁니다. 그로써 스스로 황제에게 복종하고 있는 겁니다. 기발하고 놀랍지만 대중과 권력의 관계에 대한 아주 탁월한 통찰이라 하겠습니다.

이는 다른 유사한 작품에서 약간 다른 양상으로 발견됩니다. 단편 「도시의 문장」은 아마도 바벨탑을 염두에 두었을, 하늘에까지 이르는 끝없는 탑을 쌓으려는 기획을 다룹니다. 최대한의 높이에 이르려는 욕망, 거대함(the great)을 위대함(the Great)이라 믿는 오인은 인간이 존재하는 한 사라질 수 없을 겁니다. 탑을 쌓는 작업은 함께 쌓는 자 서로 간에, 또 이어지는 세대 간에 새로운 시샘과 싸움을 야기합니다. "두 번째, 세 번째 세대는 이미 하늘에 닿는 탑을 짓는 것이 무의미하다고 인식하게 되었"지만,

사람들은 거기를 떠나기에는 “너무도 서로 결속되어 있었다”고 합니다. 반감이나 적대로 인해 경쟁자의 이득을 참을 수 없어서, 혹은 그만두어도 별로 할 것도 없어서 등등의 이유로 하던 걸 계속하는 일들이 얼마나 많은지 안다면, 대단히 뼈아픈 이야기라 하겠습니다. 대중 스스로 텅 빈 공백을 채우는 또 하나의 방법이라 하겠습니다.

또 하나, 수도로부터 멀리 떨어진 도시, 수도에서 왕조가 바뀌어도 아무 영향을 받지 않은 작은 도시를 배경으로 하는 단편 「거절」도 이런 작품의 계열에 속합니다. 뒤에 실은 아무것도 없고 권력을 행사할 증빙서류 하나 없는 지배자가 대중의 부탁을 거절하는 이야기인데, 그 거절에 대중들은 오히려 안도합니다. 거절당하면 어쩌나 하는 불안과 공포 때문이었을 겁니다. 이는 텅 빈 공백을 대중 스스로 메워 복종하게 하는 또 하나의 요인입니다. 이것이 근거 없는 지배를 가능하게 해 준다고 하겠습니다. 여기에 수록되지 않았지만 장편 『성』은 이런 대중의 불안과 두려움이 이웃에 대한 참혹한 권력이 됨을, 아말리아의 가족에 대한 이야기를 통해 날카롭게 지적합니다. 한 관리의 요구를 거절했다는 소문만으로 관리의 처벌을 상상하며, 자신도 연루되면 피해를 볼까 두려워 그 가족과 절연하는 이웃들, 성에서는 아무것도 하지 않았지만 아말리아의 가족은 그런 이웃으로 인해 철저하게 몰락합니다. 그들의 아버지는 성의 관리를 찾아가 용서를 빌지만, 딱히 지은 죄도 없고 성 또한 아무 처벌도 한 적이 없기에 ‘용서’조차 해 줄 수 없는 극한의 권력이 바로 이웃에

의해 행사된 겁니다. 혐오나 앙심, 오해를 바탕으로, '했다더라'는 소문이 옆으로 번져 가며 사실과 무관하게 누군가를 몰락으로, 죽음으로 몰고 가는 지금의 SNS 대중의 권력도 이와 다르지 않습니다. 이 얼마나 시대를 앞선 통찰입니까.

다른 한편 카프카는 '끝없는 소설'을 쓰고 싶어 했습니다. 가령 그의 장편소설 세 편은 모두 '미완'인 채 남아 있지만 그 완성도를 의심할 수 없는 작품입니다. 새로운 인물이 등장하는, 시작하다 중단된 『성』의 유고들은 이 작품이 새로운 장들이 더해지며 이어질 것이었음을 보여 줍니다. 하지만 그것이 더해지지 않아도 『성』은 이미 충분히 완성되었다 할 작품입니다. 카프카가 『소송』을 '미완'으로 생각하고 있었다는 브로트의 전언은, 그 작품 또한 『성』처럼 완결 없이 완성된 소설임을 보여 줍니다. 확실히 완결되었지만 완성도가 떨어지는 많은 작품들과 대비되지요. 완결되지 않았으나 충분히 완성된 작품, 그것은 분명 '끝없는 소설'이란 말에 부합합니다. 이는 '발단 - 전개 - 위기 - 절정 - 결말'의 플롯으로 대표되는, 아리스토텔레스 이래의 완결된 구성을 뒤엎는 근본적 혁신을 뜻하기도 합니다. 카프카 이후 소설에 하나의 새로운 시대가 시작되었다고 하겠습니다. 적어도 문학에서라면 카프카 없는 20세기란 바늘 없는 시계 같은 것이라 하겠습니다.

완결을 포기하고 플롯을 해체하는 게 끝없는 소설의 '부정적' 방법이라면, 끝없는 소설의 '긍정적' 방법 또한 있습니다. 그것은 끝을 시작으로 바꾸는 방법입니다. 이는 충분히 완성되었다

고 해야 할 중단편 소설에서 특히 두드러집니다. 삶이나 사건은 우리에게 물음을 던지고, 우리는 그걸 풀어야 할 문제로 바꿉니다. 그 점에서 물음은 사유의 시작입니다. 우리는 그렇게 물음을 던지고 답을 찾습니다. 답이 발견되면 하나의 과정이 끝납니다. 소설을 읽거나 영화를 볼 때, 우리는 결말의 답을 향해 갑니다. 그 답이 충분하지 않으면, 글자가 없어도 우리는 '계속'(to be continued)이란 말을 읽습니다. 그러나 카프카는 작품의 끝에 답을 내는 대신 기대하던 답을 지우거나 아무 답도 제시하지 않습니다. 반대로 다 읽고 난 뒤에 '이거 뭐지?'라는 물음을 던지게 합니다. 그렇게 그는 답을 지워 물음을 던집니다. 답이 지워질 때, 끝도 지워집니다. 완결의 감각은 길을 잃고 새로 출현한 물음을 따라 새로운 길을 가기 시작합니다. 카프카의 작품에서 뭔가 허전하고 당혹스러운 느낌을 받는다면, 내가 여전히 전통적 완결의 감각에 갇혀 있는 건 아닌가 물어야 합니다. 그 허전함과 당혹이 물음으로 바뀌는 것, 그것은 여러분이 카프카를 '제대로' 읽고 있음의 미약한 증거입니다.

그렇게 그의 소설은 중단편이든 장편이든, 중간이든 끝이든, 모두 물음으로 가득 차 있습니다. 답을 지워 끝을 시작으로 바꾸는 물음을 통해 끝없는 소설을 쓰는 겁니다. 완결 없음과 대비되는 새로운 완결 방법이라 하겠습니다. 그렇게 쓰였기에 그의 소설은 모두 일종의 수수께끼입니다. 독자에게 어떤 물음을 던지는 수수께끼입니다. 「프로메테우스」의 마지막 문장은 '전설'을 '소설'로 바꾸면 이런 발상을 명확히 보여 줍니다. "전설이란

진실을 근거로 생겨나기에 다시금 수수께끼로 매듭지어져야 한다.” 카프카의 작품을 읽으면 항상 떠오르는 의문, 그것이 바로 그가 던지는 물음이고 수수께끼입니다. 그렇게 의문이 일어났다면 여러분은 반은 성공한 겁니다! 따라서 이 짧은 작품은 카프카의 세계로 들어가는 문이라 하기에 충분합니다.

끝없는 소설이나 최종심을 끝없이 연기시켜 심판을 무력화하려는 전략에서 우리는 노자나 장자가 말하는 ‘도’(道) 개념의 영향을 보게 됩니다. ‘도’란 길이고, 길을 가는 것이며, 길을 가며 만나는 사건들을 통해 이르는 ‘높은’ 경지를 뜻합니다. 길에는 끝이 없고, 도에는 목적이 없습니다. ‘높은’ 경지조차 목적이 아닙니다. 높은 경지라 했지만, 이는 높은 데 이르려는 목적과 무관하게, 길을 가며 만나는 사건을 통해 이르는 것이니, 목적 바깥에서, 얻으려는 생각 바깥에서 오는 것입니다. 길을 가는 과정 자체가 주는 ‘뜻밖의’ 선물입니다. 물론 어디서든 주어지는 선물을 제대로 받는 사람이 많지 않기에, 길을 가고 사건을 겪는다고 언제나 도에 이르는 건 아니란 말을 추가해야 하겠지요. 많은 일을 겪으며 점점 편협해지고 천해져 ‘낮은’ 경지에 이르는 분들도 많으니까요. 길을 그저 가는 게 아니라 ‘잘’ 가는 것이 도에 이르는 길입니다. 그것은 길을 가는 과정이 주는 선물을 제대로 선물로 받는 것입니다. 그때 ‘도’는 ‘높은 경지’라는 말과 부합합니다.

도는 길을 어찌 가는가에 따라 달라지는 ‘답’이기에 정해진 답이 없습니다. 그러니 도를 얻으려면 ‘도란 무엇인가?’를 길을 가는 내내 반복하여 묻는 수밖에 없습니다. 주어진 답들을 지우며

던지는 물음을 통해 스스로 얻어야 하는 답입니다. 답 아닌 답, 목적 없는 목적, 그것이 도입니다. 끝없이 던져지는 물음, 그것이 우리를 도에 이르게 합니다. 『서유기』의 손오공은 이처럼 낯선 것과 만나고 뜻밖의 사건을 겪으며 길을 가는 과정이 바로 도라는 것을 잘 보여 주는 인물이지요. 우리는 손오공의 여행에 매혹되어 읽지요. 사실 『서유기』의 결말이 무엇인지는 잘 알지 못합니다. 그래도 상관없는 소설이기에 그렇습니다. 중요한 건 과정이고, 손오공이 길에서 만나는 사건이니까요. 물론 『서유기』에는 결말이 있습니다. 손오공이 목적지에 도달해 경전을 얻는 것이지요. 그러나 그가 얻은 경전에는 아무 글자가 적혀 있지 않습니다. 얻으려던 답이, 여행의 목적이 지워지는 결말이지요. 그래도 그는 그것이 그저 비어 있는 것만은 아님을 압니다. 길을 가며 던진 물음, 여행의 과정이 준 선물들, 그런 사건에 의해 달라진 자신이 거기 있음을 알기 때문입니다. 카프카가 쓴 끝없는 소설들, 그것은 그가 그려 낸 낯설고 기이한 길을 따라가면서, 시작할 때 갖고 있던 통념이나 답을 지워 물음으로 바꾸도록 해 주는 작품들입니다. 길을 가면서 만나는 사건들이 준 것들을 적어 넣도록 비어 있는 손오공의 경전들 같은 것입니다.

시선 바깥의 고독과 흡혈귀 카프카

카프카는 체코의 프라하에서 살며 독일어로 작품을 쓰던 유대인 작가입니다. 괴테의 유려하고 아름다운 독일어와 반대로, 틀렸다고는 할 수 없지만 낯설고 생소한 독일어로 글을 썼던 작가

인데, 이 이야기를 할 때면 일본에 살면서 일본어에 없는 일본어를 끼워 넣어 낯설고 생소한 일본어로 시를 썼던 김시종이라는 재일 시인이 생각납니다. 일본의 전통적인 음률을 잘게 조각내거나 거기서 벗어난 음률을 만들어 사용하고, 일본 시어에서 중요하게 여기는 계절을 묘사하는 단어를 뜻밖의 것으로 바꾸어 버리고, 한자를 조선어식으로 읽게 표시하고, 가타카나로 표시된 조선어를 일본어 어미와 연결해 새 단어를 만들거나 하는 경우를 생각해 보면 낯선 독일어가 어떤 것일지 이해하는 데 좀 더 쉬울 듯하네요.

낯선 말들로 주류 언어를 '더듬거리게' 하며 쓰인 이런 문학을 주류적인(major) 문학과 대비하여 '소수적인(minor) 문학'이라고 합니다(들뢰즈·가타리, 『카프카: 소수적인 문학을 위하여』). 그 낯설지만 반복해서 소리 내 읽으면 기묘한 매력이 서서히 감겨드는 문장들, 생소하지만 달라붙어 떨어지지 않는 기이한 강렬함으로 인해 살 속으로 파고드는 매혹의 힘으로 인해 이런 작품은 주류적인 문학 속에 파고들게 됩니다. 이 낯설고 생소한 문장들은 흔히 생각하는 '아름다움'과는 아주 다른 미감을 우리의 신체에 새겨 넣습니다. 그렇게 감각이 달라지면 삶이 달라질 겁니다. 감각이란 지성보다 앞서 신체를 끌고 가는 키잡이니까요. 눈먼 오이디푸스를 끌고 가는 딸 안티고네 같은 것이죠. 카프카도, 김시종도 그런 식으로 우리를 다른 삶으로 유혹하는 악마들입니다. 우리의 혈관에 다른 세계의 피를 흘려 넣는 흡혈귀들입니다.

흡혈귀가 흔히 그렇듯, 작가 카프카는 밤의 인간입니다. 카프

카는 낮에는 보험회사 직원으로 살았지만 밤에는 글을 썼던, "글을 쓰지 않고는 살 수 없"었던 작가였지요. 하지만 골방에서 밤새 글을 썼다 지우기만 했을 듯한, 흔히 알려진 외골수스러운 작가의 이미지와는 달리, 그는 보험회사 직원으로서 노동자의 삶에 애정 어린 관심을 갖고 있었고, 사회주의자나 아나키스트들의 집회에 열성적으로 참가하기도 했습니다(바겐바흐, 『카프카』). 아니 노동자만이 아니라 외면된 사람들, 다시 말해 사람들의 '시선 바깥으로' 밀려난 사람들의 삶에 애정을 갖고 있었다 해야 더 적절하겠네요. 대낮의 어둠 속에 있는 사람들이지요. 흔히 '소수자'라고 불리는 사람들이기도 합니다.

카프카 자신도 실은 다르지 않았습니다. 몇몇 작품을 발표하긴 했지만 대부분은 발표하지 않았고, 발표된 작품들 또한 독자의 시선 바깥에 오랫동안 방치되어 있었지요. 그것은 사실 스스로 택한 '운명'이기도 합니다. 강한 의미의 예술이란 널리 공유된 감각이나 통념에서 벗어나는 것이 아니면 안 되니까요. 그렇기에 대중의 지지가 있을 때에도 실은 충분히 이해되기 힘든 것이기 마련입니다. 그런 점에서 카프카는 고독이 자신에게 운명적인 것임을 잘 알고 있었을 겁니다. 카프카는 환한 대낮의 어둠 속에 있는 작가입니다. 그러나 그 고독은 자기만의 남다른 세계를 추구하는 자의 고독이 아니라 남들이 보지 못하는 것으로 그들의 시선을 돌리게 하고, 사람들이 열지 않는 출구로 그들이 빠져나가도록 하기 위한 것이었습니다. 자신의 '내면'에 빠져 있는 내면주의자의 고독이나 자신만의 자유에 심취한 '실존주의자'의

고독이 아니라 벌건 대낮에 캄캄함 어둠에 갇힌 이들과 더불어 닫힌 세계의 출구를 찾는 작가였습니다.

그런 만큼 그는 삶이 걸린 것, 삶을 걸고 행하는 것을 보지 못하는 세계에 대해 비판적 관심 또한 갖고 있었습니다. 그러나 카프카는 그런 삶을 결코 연민의 눈으로 보지 않았습니다. 차라리 역설과 익살 속에서 보고 썼습니다. 아침에 일어나 보니 흉측한 벌레로 변해 있었다는 「변신」이나 어느 날 아침 체포되는 것으로 시작하는 『소송』을 낭독할 때, 듣던 이들이 모두 웃음을 터뜨렸다는 이야기는 이제 꽤 알려져 있지요. 「시골 의사」나 「어느 개의 연구」는 내용도 문장도 모두 더욱 익살스럽습니다. 닫혀 있고 보지 못하는 세계에 대한 비판 또한 저항과 투쟁이라는 익숙한 방식과 거리가 멀었습니다. 그런 비판은 사실 빛을 갖겠다고 다투는 것이 되기 십상이니, 빛이 있는 곳에서 어둠을 보는 방식이란 생각에서 그랬을 겁니다. 그건 어둠을 그저 사라져야 할 것으로 부정하는 시선이지요. 소수자의 삶, 소수자의 문학이란 어둠이 있는 곳에서 어둠을 보는 것, 어둠마저 긍정하는 어떤 것이 되어야 하지 않을까요? 칭찬의 의미를 담아 카프카가 '리얼리즘적'이라고 할 때조차, 좌파 비평가들이 끝내 수긍하지 못했던 게 바로 이것입니다.

제목부터 익살스러운 「양동이를 탄 사내」는 카프카의 이런 관심과 감각이 잘 드러나는 작품일 겁니다. 날은 추운데 석탄을 다 써 버려서 석탄 한 삽을 외상으로 사기 위해 양동이에 올라타고 석탄 장수에게 날아간 사내는 거듭 석탄을 좀 달라고 소리를 지

르지만, 그런 호소는 아무리 강해도 잘 들리지 않게 마련이지요. 무언가 소리가 들린 것 같다고 생각하는 석탄 장수는 그가 오랜 단골 같다고, “이렇게 내 가슴에다 말을 할 줄 아는 걸 보니 말이야”라고 합니다. 그러나 그의 아내는 아무도 아니라고, 거리는 비어 있다고 말합니다. 사내는 “제발 이 위를 좀 보세요”라고 외치지만, 석탄 장수 아내는 그를 보지 못합니다. 뜻밖의 장소, 시선이 가지 않던 곳에서 오는 소리는 보던 것만을 보는 눈에는 보이지도 들리지도 않습니다. 가슴으로 말하는 것인데도 말입니다. “굶주림에 그르렁대다 문지방에서 숨이 다할 것 같”은 이로선 양동이라도 타고 날아가야 할 만큼 황급했던 셈인데, 일상에서 벗어난 그 고통은, 사고파는 일상으로부터 벗어난 자리에서 말해지기에 더욱더 들리지 않았던 겁니다. 상인들에게 물건을 사러 온 사람은 잘 보이지만, 살 게 아니면서 물건을 달라는 소리는 있어도 들리지 않지요. “그 사람이 뭘 달라고 해?” 그것은 들리는 소리를 애써 지워, 없다고 믿으려는 의지의 산물이기도 할 겁니다. “아무것도 안 보이고 안 들려.” 들리는 소리를 따라 애써 보려는 게 아니라 안 보인다는 이유로 들리는 소리를 외면하는 것이지요. “그녀는 아무것도 보지 못하고 아무 소리도 듣지 못하지만, 앞치마를 풀더니 그것으로 나를 날려 보내려 한다. 유감스럽게도 그것은 성공한다.” 결국 사내는 욕을 하고 “빙산 지대”, 즉 견딜 수 없는 추위 저편으로 가서, “다시 보이지 않게 사라져” 버립니다.

시선 바깥의 고독이란 아무도 시선을 주지 않는 이들이나 흔

히 말하는 소외된 사람들뿐 아니라 열광적인 시선을 받는 가운데 있는 이들의 삶 속에도 있습니다. 남들과 다른 세계를 갖기에 보여도 보이지 않는 그런 삶, 그것이 카프카의 중요한 관심사였습니다. 「단식 광대」가 그렇습니다. 단식 광대는 한때 도시 전체의 관심사였으나 그때조차 한 번도 이해된 적이 없으며, 얼마 후 다른 오락거리를 따라 흘러가 버린 대중에게 버림받아 잊혔으나 그래도 단식을 계속하고 있습니다. 단식이란 매일 먹는 일상에서 벗어난 삶의 단면이고, 대중들은 하지 않는, 목숨이 걸린 행위입니다. 그러니 이런 행위를 보여 주고 돈을 버는 흥행주도 있습니다. 단식 광대는 더 긴 기간을 단식할 수 있지만, 흥행주는 대중의 관심이 지속될 기간을 넘지 못하게 합니다. 단식 광대는 단식 자체에 진지하기에 "겉보기에 그럴듯한 영광 속에 세상의 경탄을 받아 가면서" 단식을 했지만 "대체로 우울했"습니다.

그렇게 그는 단식의 몰이해 속에서도 진심으로 하는 '진정성'을 갖고 있지만, 동시에 "그는 몰려드는 관중을 마주 바라보며 황홀감에 빠"지기도 합니다. "세상의 경탄"을 바라고 있었던 겁니다. 진심으로 하려는 단식도 그걸 보는 대중 없이는 지속될 수 없기에, 대중이 다른 구경거리를 찾아 떠난 후 그나마 약간의 시선이나 지나가는 시선을 기대할 수 있는 서커스단으로, 그리고 동물 우리 옆으로 옮겨 가 단식을 계속합니다. 여기서 카프카는 진정성조차 그걸 봐 주는 시선 없이는 지속될 수 없다는 역설을 보여 줍니다. 대중이 사라진 뒤에도 단식을 계속 했던 것은 그의 단식이 단지 시선에 대한 욕망 때문만은 아니었음을 보여 주지

만, 아무도 관심을 갖지 않는 단식을 보이지 않는 곳에서 지속한 단식 광대는 어쩌다 그를 발견한 감독관에게 자신의 단식에 대해 용서를 빌게 됩니다. 그리고 치워지듯 조용히 죽음 속으로 사라져 갑니다. 이 단식 광대를 예술가나 작가로 바꾸어 읽는 것은 쉬운 일입니다. 대중의 몰이해에서 오는 울적함과 대중의 경탄에 대한 욕망은 고독한 예술가를 동요하게 하는 두 개의 극이라 해도 좋겠습니다. 예술가와 대중의 역설적인 관계가 거기 있습니다.

여기서 놓쳐선 안 될 것은 「양동이를 탄 사내」나 「단식 광대」가 결국 사라지거나 죽지만, 카프카에게 이런 사라짐이 부정적 비극만은 아니라는 점입니다. 「요제피네, 여가수 또는 생쥐 종족」의 마지막 부분이 이를 명시적으로 보여 줍니다. 밀쳐 낼 수 없는 매력으로 인해 사랑받았던 가수 요제피네는 "그녀 스스로가 노래를 피해 달아난 것이고, 대중의 마음을 얻어 갖게 된 권력을 스스로 파괴해 버린 것이다. 그녀는 숨어 버리고 노래하지 않지만, 우리 종족은 태연하고 실망한 기미도 보이지 않으며 당당하다. [···] 아마도 우리는 그녀가 없다고 해서 몹시 아쉬워하지는 않을 것이다". '몰락'이라고 명명되는 이러한 사라짐에 대해 카프카는 이렇게 씁니다. "그녀는 곧 자신의 모든 형제들처럼 한층 더 승화된 구원 속에서 잊히게 될 것이다." 「요제피네, 여가수 또는 생쥐 종족」의 마지막 문장입니다. 단식 광대도 그럴 것입니다.

사람들이 사후에라도 얻기를 꿈꾸는 '불멸의 명예'란, 생각해

보면 단식 광대가 진정성을 실어 단식을 할 때조차 내려놓지 못한 대중에 매료된 욕망, '대중의 경탄'에 대한 욕망입니다. "사랑도 명예도 이름도 남김없이 한 평생 나가자"라고 맹세하고 노래하면서도 실은 버리기 힘든 욕망이지요. 고난이나 어둠마저 멋진 반전에 의한 '결말'을 위해 끼워 넣는 오래된 서사의 플롯에 사로잡힌 꿈이 거기 있습니다. 하지만 그것이야말로 외면된 삶을 더욱 쓸쓸하고 비참하게 만드는 것 아닐까요? 영광은 아무리 빛나도 잠시일 뿐이고, 소멸은 무상한 세계에서 피할 수 없는 것이지요. 그렇다면 한때 주어진 영광조차 내려놓고 조용히 소멸해 가는 것이야말로, 누구는 '해방'이라 부르고 누구는 '구원'이라 부르는 고귀한 '결말' 아닐까요? 카프카가 어둠 속의 삶을 주목할 때, 그가 어둠에서 어떻게든 벗어나 빛이 든 세계로 들어가 멋진 조명을 받는 것을 꿈꾸었을 리 없습니다. 그건 어둠 속에서 살아도 어둠을 살 줄 모르는 것입니다. 어둠 속의 삶에 시선을 준다는 것은 그 어둠을 긍정하는 법을 배우는 일일 겁니다. 그렇게 어둠 속에서 조용히 사라지는 구원을 긍정할 줄 아는 것일 겁니다.

감각의 외부, 세계의 외부

우리가 사는 시대인 근대는 특히 눈에 기대어 있고, 눈에 가장 큰 신뢰를 보내며, 눈을 가장 많이 사용합니다. 가령 "그때 거기서 저 사람을 보았어요"라는 말은 범죄를 확증하는 결정적 증언이 되지만 "그때 거기서 저 사람 냄새를 맡았어요"는 그렇지 못

합니다. 그런데 눈은 빛에 반응하기에 빛이 없다면 있어도 보지 못합니다. 그래서 무언가를 잘 보기 위해 빛을 비추지만 그 빛으로 인해 어둠이 생기지요. 그래서 무언가가 잘 보일 때면, 항상 그로 인해 안 보이는 게 있게 마련입니다. 시선과 대응하는 말 '퍼스펙티브'(perspective)는 '잘'(per)과 '보인다'(specere)가 결합된 말인데, 시선이 닿는 것만 잘 보입니다. 시야에서 벗어난 것, 빛의 이면에 있는 것은 있어도 보이지 않습니다. 그러나 눈에 대한 믿음이 크기에, 보이지 않으면 다른 징후가 있어도 대개 없다고 판단합니다. 무슨 소리가 들렸어도 눈에 보이지 않는다면 잘못 들었다고 하지, 없는 게 안 보인다 생각하지 않습니다. 보이는 게 확실하기에 보던 대로만 봅니다. 지금 내가 보는 저것이 내가 알던 것과 다른 모습일 수 있음을 생각하지 못합니다.

카프카에게 문학이란 있어도 보이지 않는 것을 보이게 하는 것, 흔히 알던 것과 다른 것으로 만날 수 있도록 안 쓰던 방식으로 감각을 쓰고, 안 보던 방식으로 보는 것입니다. 눈으로 듣고, 귀로 만지는 것입니다. "더듬거리기 위해 눈감기"(진은영, 「modification」)입니다. 「양동이를 탄 사내」에서도 보이듯, 카프카는 눈을 믿지 않습니다. 소리나 냄새, 몸짓과 같은, 무언가 '있음'을 알려 주는 다른 징후들을 사랑합니다.

「요제피네, 여가수 또는 생쥐 종족」이나 「어느 개의 연구」는 음악에 대한 애정을 확실하게 표현합니다. 하지만 여기서 음악은 흔히 생각하는 그런 음악이 아닙니다. 탁월한 가수 요제피네의 노래는 노래라곤 할 수 없는 어떤 소리, "우리가 한 번도 들어

본 적이 없고 들을 능력조차 되지 않는 어떤 것이 울려 나온다는 느낌"입니다. 그걸 포착하려면 "그녀의 노래를 들을 뿐만 아니라 눈으로 그녀를 보아야" 합니다. 또 그것은 "상등석에서 나는 딱 하는 소리, 이빨을 가는 소리, 조명 고장" 등 모든 사소하고 우연적인 것을 포함합니다. 그런 것이 섞여 들도록 그녀의 소리는 비어 있어야 하는데, 우리는 이를 "아무것도 아닌 목소리"라고, "그 안에 음악이 들어 있는 거라면, 우리는 그것을 가능한 한 아무것도 아닌 것으로 치부한다"고 말합니다. 아무런 연주를 하지 않아 소리 없음을 통해 음악회장의 모든 소리들이 들리게 했던 존 케이지의 유명한 퍼포먼스 <4분 33초>를 생각나게 합니다.

「어느 개의 연구」에서 주인공 개를 새로운 삶으로 휘감고 들어간 일곱 마리 개들의 음악은 소리조차 동반하지 않는 몸짓입니다. "모든 것이 다 음악이었다. 그들이 발을 올리고 내리는 것, 머리를 돌리는 방식, 그들의 달리고 멈춤, 그들이 서로에게 취하는 자세, 원무(圓舞)를 출 때처럼 서로 연결하여 [···] 바닥에 닿을 만큼 몸을 낮게 움직여 복잡하게 짜맞춘 형상을 이룰 때 그들은 결코 헛갈리는 일이 없었다." 리듬이란 음악적 개념이지만, 동시에 춤이나 동작에서 보이는 반복을 표현하는 개념임을 안다면, 이 글이 그저 상상적 은유가 아님을 이해할 수 있을 겁니다.

있는 것도 보지 못하는 것을 그저 눈의 죄라고만은 할 수 없습니다. 「단식 광대」나 「학술원에 드리는 보고」는 구경거리로 전시되는 것에서도 정작 중요한 걸 보지 못하는 게 그저 눈 때문

만은 아님을 보여 주었지요. 「포세이돈」은 보고 싶은 것만 보는 대중의 시선과 다른 이유로, 자신을 둘러싸고 있는 것도 보지 못하는 사태에 대해 쓰고 있습니다. 물의 신인 포세이돈에게 당국은 계속해서 수많은 일거리를 주었고, 그게 기쁨을 준 것은 아니지만 그것만큼 그에게 적합한 일도 없어 그는 그 일을 합니다. 다른 일을 생각할 수도 있겠지만 "사람들이 그에게 물 바깥에 있는 자리를 제시하면, 그는 그 생각만으로도 벌써 불쾌해지고 그의 신적인 호흡은 흐트러졌으며 청동처럼 단단한 흉곽이 들썩거렸다"고 합니다. 바깥에 대한 거부감, 그것이 주어진 자리에서 주어진 일을 계속하게 하는 겁니다. 그렇다고 안에 있는 것을 제대로 보는 것도 아닙니다. 매일 하던 일을 부지런히 해야 했기에 그는 바다에 살면서도 "바다들을 본 적이 거의 없"다고 해요. "올림포스산으로 급히 올라갈 때나 슬쩍 지나쳤을 뿐이며, 정말로 바다를 가르며 항해해 본 적이 결코 없었다." 바다의 신인데 말입니다. 왕가위의 영화 「동사서독」에서 구양봉이 했던 말이 생각납니다. "나는 사막에 살면서도 사막을 한 번도 돌아본 적이 없음을 알았다." 구양봉이 실연의 상처 때문에 닫힌 마음으로 인해 그랬던 반면 포세이돈은 매일매일의 일상 속에 빠져 그랬던 것이니, 오히려 일상 속에서 자신이 사는 세계를 제대로 보지 못하고 사는 우리 자신과 더 가까운 이야기라 하겠습니다.

일상 속에 빠져 산다고 하지만, 그래도 뜻밖의 일들은 일어나기 마련입니다. 바깥이란 포세이돈처럼 구역질 나는 거부감을 가져도 끊임없이 다가오는 어떤 것입니다. 바깥이란 생각 밖의

것이기에 불편한 것이고, 뜻밖의 일이기에 뜻대로 되지 않는 것입니다. 그래서 할 수만 있으면 만나지 않고 싶은 것이고, 할 수만 있으면 보지 않고 싶은 것이며, 할 수만 있으면 지우고 밀쳐 내고 싶은 것입니다. 「양동이를 탄 사내」의 석탄 장수 아내가 그랬듯이 말입니다. 익숙한 감각의 세계, 익숙한 습관의 세계, 익숙한 상식이나 관념의 세계 안에서 보던 대로 보고 살던 대로 살려는 욕망이 세계나 공동체를 지배하게 될 때, 그것은 닫힌 세계, 배타적 공동체가 됩니다. 「공동체」라는 제목의 작품에서 카프카는 이를 명시적으로 비판합니다. 서로 인접한 다섯 친구들이 같이 삽니다. "만약 여섯 번째가 자꾸 끼어들지만 않는다면 평화스러운 생활일 것이다. 그는 우리에게 아무 짓도 하지 않지만 부담스러우며, 그것만으로도 충분히 무슨 짓인가를 한 셈이다. [···] 우리 다섯에게는 가능하고 용인되는 일이 저 여섯 번째에겐 가능하지도 않고 용인하기가 어렵다." 그렇기에 새로운 하나의 합류를 원하지도 않고, 받아들이지 않는 이유 또한 설명하지 않으려 합니다. 그래도 그것은 다시 옵니다. "그러나 아무리 밀쳐 내도 그는 다시 온다." 그것은 외국인처럼 밖에서만 오는 게 아니라 안에서도 옵니다. 통념을 깨는 일들, 공통된 감각을 벗어난 이들, 정해진 대로 하지 않고 익숙한 데 머물려 하지 않는 이들처럼 말입니다. 이런 이들이 보이지 않는다면, 그건 어느새 밖으로 밀쳐 버렸기 때문입니다. 그래도 그것은 다시 올 겁니다. 끝없이 혹은 영원히 말입니다.

이와 비교하면 「사냥꾼 그라쿠스」는 아주 다른 이유로 인해

보지 못하는 바깥에 대해 쓰고 있습니다. 죽었으나 저승에 가지 못해 이승과 저승 사이를 떠도는 그라쿠스는 두 세계의 경계에 있는 인물입니다. 그에게 죽음은 원했던 것이 아니었으나 그렇다고 밀쳐 내고 싶은 불행도 아니었습니다. “저는 즐겁게 살았고 기꺼이 죽었습니다.” 이 기묘한 죽음을 모리스 블랑쇼라면 ‘비인칭적 죽음’이라 했을 겁니다. 그는 시란 시인이 쓰는 게 아니라, 시가 시인에게 오는 것이라고, 시인이란 그렇게 자기에게 오는 시를 받아서 적는 자라고 합니다. 그렇게 시가 올 때, 시인 안에 있던 ‘누군가’(프랑스어에서는 ‘비인칭’ 대명사라 합니다), 필경 그때까지 시인이 ‘나’라는 말로 명명했을 ‘누군가’가 죽는다고 합니다. 그리고 그렇게 죽은 자의 자리에 시가 들어서서 시인의 손을 움직여 글을 쓰게 하는 것이라고. 영매의 신체에 어떤 혼이 들어설 때, 영매 안에 있던 누군가가 죽고 그 혼이 자신의 목소리로 말하는 것을 생각하면 이해하기 쉬울 겁니다. 이 죽음은 생물학적 죽음이 아닙니다. 그라쿠스도 생물학적 죽음 뒤에 중천을 떠도는 유령이 아니라 이처럼 원치 않았으나 자신을 덮쳐 온 사건에 의해 그 신체 안에 있던 ‘누군가’가 죽는 죽음을 겪은 인물입니다. 어떤 사건으로 사람이 확 달라졌을 때, 우리는 종종 이런 경우를 보지요. ‘예전의 그가 아니야!’ 예전의 그는 죽었다는 말입니다. 사건적인 죽음이고, 비생물학적 죽음이지요. 그런 죽음을 겪은 이들을 볼 때 우리는 대개 이전에 내가 알던 인물로 봅니다. 죽은 이도, 새로 태어난 이도 보지 못합니다. 그래서 “제가 여기서 무엇을 써도 아무도 읽지 않을 것입니다. […] 아무도 저

에 관해 모르고, 설령 알아도 제가 머무는 곳은 모를 것이고, 설령 머무는 곳을 알아도 저를 붙잡아 둘 수가 없으며, 어떻게 도울지 알지 못할" 것이라는 겁니다.

굳이 그라쿠스 같은 이들이 아니어도, 보이지 않던 것이 보이기 시작한다면, 새로운 눈을 얻은 것입니다. 그 새로운 눈으로 새로운 세계가 들어올 겁니다. 새로운 삶으로 들어가게 될 겁니다. 「시골 의사」는 바로 옆에 있어도 보이지 않던 것이 보이는 사건을 통해 다른 세계로, 되돌아올 수 없는 세계로 들어가게 되는 이야기입니다. 사건은 두 번 일어납니다. 한 번은 집에서, 다른 한 번은 환자의 침대에서. 시골 의사인 '나'는 추운 날 밤에 급하게 왕진을 가야 하는데, 말은 추위에 죽고, 말을 빌리러 간 하녀는 허탕을 치고 돌아오자 열을 받아 수년 동안 쓰지 않던 돼지우리의 문짝을 발로 찹니다. 그러자 거기에서 갑자기 문이 열리고 한 남자가 두 마리 말을 끌고 나오며 "마차를 준비할까요?" 하고 묻습니다. 놀란 그는 무엇이 더 있는지 우리 안을 들여다보는데 하녀가 말합니다. "사람들은 자기 집에 뭐가 있는지도 모른다니까요." 그렇습니다. 우리는 익숙한 곳에서조차 시선을 주길 잊어서 무엇이 있는지 모르는 채 사는 경우가 많지요.

감각도 그렇습니다. 의사가 찾아간 환자는 "날 죽게 내버려두세요" 하는데, 아마도 그는 평소 하던 대로 소년의 가슴에 머리를 대고 진찰을 합니다. 그 진찰로 "내가 알고 있는 사실이 확인된다"고 합니다. 즉 혈색은 나쁘지만 건강한 편이어서 침대에서 내쫓고 싶다는 겁니다. 보던 대로 보면, 알던 것만을 다시 볼 뿐

이지요. 소년이 '죽게 내버려두라' 한 것은 이를 예상한 것이었을 겁니다. 의사는 낯선 마부로부터 그가 노리는 하녀를 지키기 위해, 즉 자신의 세계를 지키기 위해 얼른 되돌아가려 하지만 소년의 어머니는 눈물을 흘리고 누이는 피가 많이 묻은 손수건을 흔들어 댑니다. 하는 수 없이 의사는 이제 소년이 아플 것이라고 시인하게 되는데, 그러자 아까는 안 보이던 것이 보입니다. 소년의 오른쪽 옆구리에 손바닥만 한 크기의 상처가 있었던 겁니다. 상처는 대단히 심각합니다. "가엾은 소년, 너를 도와줄 수가 없구나. 나는 너의 커다란 상처를 찾아냈다. 너의 옆구리에 생겨난 이 꽃 때문에 너는 파멸을 맞고 있다."

자기 집안에 뭐가 있는지 모르고, 자기 환자 몸에 뭐가 있는지 모르는 일은 다르지 않습니다. 보던 것만 보고 알던 사실만을 보기에 그런 것이니까요. 그제야 소년은 말합니다. "저를 구해 주실 거죠?" 사태의 전개가 너무 빨라 현실감이 없고 상황의 전환이 과장되어 익살스럽지만 생각해 보면 병원에서 종종 일어나는 일이기도 합니다. 환자의 요청에 의사는 자기 구역 사람들이 언제나 이처럼 불가능한 것을 요구한다며, 잃어버리게 된 하녀를 걱정하며 투덜댑니다. 그는 여전히 이전의 습속과 감각, 욕망 안에 있는 겁니다. 그걸 눈치챘는지 가족과 마을 연장자가 와서 의사의 옷을 벗기고 환자의 침대에 눕힙니다. 옷을 벗긴다 함은 의사가 그때까지 몸에 지니고 있던 익숙한 것들을 제거하는 것입니다. 침대에 눕힌다 함은 그를 의사의 자리가 아니라 환자의 자리에 서게 만드는 겁니다. 보는 지점을 바꾸는 것입니다. 도와

주긴커녕 죽어 가는 자신의 잠자리만 좁힌다며 "선생님의 눈을 후벼 파고 싶네요"라고 하는 환자의 항의가 의미심장합니다. 있는 상처도 보지 못하는 눈이었으니까요.

자신이 "아름다운 상처를 지니고 이 세상에 태어났"다는 소년에게 의사가 "자네의 상처는 그리 심한 것이 아니야"라고 하자 소년은 잠잠해집니다. 그러곤 바로 이렇게 이어집니다. "그런데 이제는 내 구원을 생각할 때였다." 왜 아니겠습니까. 집에서도 환자에게서도, 그는 있어도 보지 못하는 눈을 갖고 있으니 말입니다. 이제 다시 마차를 타고 달리지만, 마차는 이전처럼 빨리 달리지 못합니다. 눈 덮인 황량한 벌판, 익숙하지 않은 길을 가야 하기 때문이겠지요. 그리고 새로운 노래가 울려 옵니다. "기뻐하라, 너희 환자들이여, 의사가 너희 침대에 눕혀 있다!" 그렇게 그는 익숙한 "저세상의 말들이 끄는 이 세상의 마차"를 타고, "잘못 울린", 즉 익숙하지 않은 밤의 종소리를 따라 이리저리 떠돌게 됩니다. 이제 그는 집으로 돌아가지 못할 것입니다. 환자의 침대에 누워 할퀴어진 눈으로 다시 세상을 보게 되었으니까요. "정말로 돌이킬 수 없게 되었구나."

법 앞에서, 아니 법 안으로

카프카가 법에 대해 많은 관심을 가졌던 것은 단지 그의 전공이 법학이었기 때문만은 아닙니다. 법은 우리의 삶에 질서를 부여하는 명령들인지라 법을 모르는 삶과 충돌하지요. 『소송』은 주인공이 어느 날 아침 갑자기, 죄명도 모르는 채 체포되는 것으

로 시작합니다. 법은 그렇게 불시에, 이유도 모르는 채 덮쳐 옵니다. 역시 이 책에선 빠졌지만 「유형지에서」의 처형 기계는 자신이 지은 죄를 알지 못하는 '죄인'을 '침대' 위에 엎어 놓고 등에 바늘로 죄명을 새깁니다. 장편 『실종자』에서 주인공 로스만을 괴롭히는 호텔 수위들은 자신들의 법정을 만들어 재판합니다. 시골 사람이 법 안으로 들어가는 것을 막고 있는 「법 앞에서」의 문지기, 「변신」에서 집 안에서도 수위복을 입고 사는 그레고르의 아버지 등 카프카의 작품에는 수위 내지 문지기가 아주 빈번히 등장합니다. 이들은 우리 바로 옆에 있는 법의 말단, 어디 가나 있는 규칙의 실질적 집행자들입니다. K를 체포하러 온 『소송』의 감시인은 말합니다. "지금 누구보다도 가깝다고 할 수 있는 우리를 쓸데없이 화나게 할 작정이요?"(『소송』, 문학동네, 15쪽)

우리가 사는 세상에는 헤아릴 수 없이 많은 법이 있습니다. 우리가 알지 못하는 법, 있다고 생각도 하지 못한 법이 가득합니다. 일삼아 법을 다루는 이들도 실은 제대로 알지 못해서 그때그때 필요한 것을 찾고 확인해야 할 정도로 많은 법이 있습니다. 법이 겨냥한 것이 우리 모두이니, 우리는 알지도 못하는 그 법들에 둘러싸여 있는 셈입니다. 보이지 않고 들리지 않아도 알지 못해도 그것은 확실히 존재합니다. 금지하고 제한할 뿐 아니라 체포하고 가두고 노역을 시키는 폭력을 동반하며 작용합니다. 때로는 목숨을 가져가기도 합니다. 그렇게 법은 보고 듣고 생각할 새 없이, 항상-이미 우리를 포위하고 있습니다. '털어서 먼지 안

나는 놈 없다'라는 말처럼, 혹은 '먼지 날 때까지 털어 대는' 검사들이 보여 주듯 우리는 항상-이미 법의 포로입니다. 우리의 삶을 가두는 겹겹의 철창이 법입니다. 법은 안 보이지만 외면당한 어둠 속에 있어서 안 보이는 게 아니라 빛이 나오는 자리를 차지한 채 빛이 닿는 모든 곳에 있기에 안 보이는 겁니다.

이런 이유로 인해 법은 종종 어디에나 존재하며 인간의 언행을 보고 그에 대해 심판하는 초월자와 같은 것으로 간주됩니다. 『소송』에 포함되지만 따로 발표되기도 한 유명한 단편 「법 앞에서」는 법 안에 들어가려 하지만 문지기의 저지로 인해 끝내 들어가지 못하고 오랜 기다림 끝에 결국 문 앞에서 죽는 시골 사람 이야기입니다. 그 문이 바로 자기를 위한 것이었는데 말입니다. 이를 두고 시골 사람이 법 안으로 들어가지 않은 것이야말로 법이 작동하지 않도록 그 힘을 무력화하고 끝내 법의 문을 닫게 만든 전략이었다며, 끈질긴 '하지 않음'의 정치를 거기서 발견하는 분도 있습니다(아감벤). 그 앞에서 오직 기다림만으로 평생의 삶을 소모해 버렸는데 말입니다. 그것이야말로 작동하지도 않은 법의 효과 아래 삶을 몽땅 내주는 길 아니었을까요? 법이 작동한 것도 아닌데, 스스로 '체포'되고 구속되어 꼼짝 못 한 채 삶 전체를 내준 것이니까요.

죽기 직전 문지기는 자신이 지키던 문이 바로 그 시골 사람을 위한 문이었음을 알려 주곤 문을 닫습니다. 나를 위해 만들어졌지만 나는 끝내 들어가지 못한 문, 열린 채 닫혀 있는 이 아이러니한 법의 문은 신 같은 초월자를 상상하게 하기도 합니다. 나를

사랑한다 하지만 내가 결코 이를 수 없이 멀리 떨어져 있는 게 신이니까요. 법 이상으로 신은 범접할 수 없는 초월적 지위를 주장하지요. 칸트는 신의 명령을 법적 명령으로 세속화한 바 있습니다. 그는 법이란 법이기 때문에 준수해야 하는 것이지, 선하다거나 유용하다는 식의 이유가 있어서 지켜야 하는 게 아니라고 합니다. 이는 법과 신의 명령 간의 동형성을 보여 줍니다. '사과를 먹지 말라'는 신의 명령은 신이 명령한 것이기에 지켜야 하는 것이지, 사과를 먹어선 안 될 특정한 이유 때문에 지켜야 하는 게 아니지요.

그러나 카프카는 우리가 접근할 수 없는 초월자의 지위를 법에 부여하는 이런 세속화된 신학과 반대편에 있습니다. 「법에 대한 의문」은 우리가 알지도 못하는 법이 우리를 지배하는 사태의 고통을 말하면서, '보편적' 형식의 그 법이 실은 '귀족'이라는 특정한 사람들을 위한 것이라고 합니다. '귀족'이라 했지만 이는 19세기 이전의 특정 신분 집단이 아니라, 자신을 위해 법을 만들고 독점하는 이들을 뜻합니다. 특권을 가진 자들이란 뜻입니다. 특권이란 자신을 위해 법을 만들고 사용할 권력이지요. 귀족은 법을 만들고, 법은 귀족을 만듭니다.

법에는 물론 나름의 '지혜'가 들어 있겠지만 "우리에겐 마찬가지의 괴로움"이라고 씁니다. 귀족 아닌 '우리'로선 사용할 수 없고 납득할 수 없는 지혜란 말이겠지요. 법을 지배하는 자들의 지혜고, 그 법을 이용할 수 있는 자들에게나 지혜일 뿐일 테니까요. 그래도 그걸 '모든 이'를 주어로 하여 '지혜'라 말하는 것은

그것이 좀 더 삶을 편히 사는 법, 좀 더 올바르게 사는 법임을 말하려는 거겠지요. 위험을 무릅쓰는 '무모한' 행동을 하려는 이들에게 흔히 그런 식으로 말하잖아요. 그건 법에 따를 것을, '정상적인' 삶을 살 것을 종용하는 '근거'들입니다. 솔직하게 말하면 법에 따르게 하는 미끼들, 복종의 이유들이지요.

「법 앞에서」는 법에 대한 카프카의 생각이 응축된 수수께끼입니다. 그 짧은 우화를 이해하려면 「법에 대한 의문」을 포함하여 관련된 다른 텍스트들을 참조해야 합니다. 먼저, 「법 앞에서」의 주인공은 '시골 사람'입니다. '시골' 사람이란 법의 '지혜'를 장악한 자인 '귀족'과 반대되는 처지의 사람을 뜻하겠지요. 그가 법 안으로 들어가겠다 함은 '귀족'이 그러했듯이 자신이 원하는 것을 법의 자리에 올려놓겠다는 것, 이른바 '법의 지혜'가 되도록 하겠다는 뜻입니다. 여러분도 그런 생각해 본 적 있지요? 그렇게 법 안에 들어가는 것은 문지기 말대로 원래 "그건 가능"합니다. 기존의 법도 모두 그렇게 만들어진 것이니까요. 법의 문은 그렇게 모두에게 "언제나 열려 있"는 것입니다. 그러나 문지기는 "지금은 안 돼"라고 합니다. 지금의 법은 당연히 자신의 지위를 지키기 위해서 다른 이들이 들어오는 것을 저지하려 하게 마련이니까요.

그래도 시골 사람은 들어가려 하지만, 문지기는 그래 봐야 소용없다고 합니다. 자신은 최하위 문지기에 불과하고, 홀을 지날 때마다 갈수록 더 힘이 센 문지기가 지키고 있다는 겁니다. 문을 지나면 또 문이 나오고, 그걸 지나도 또 문이 나온다는 말은

「만리장성을 쌓을 때」에서 황제의 칙사에 대해 썼던 걸 생각나게 하지요? '끝없는 연기'라는 『소송』의 전략도 생각납니다. 법은 이런 식의 전략을 통해 사람들이 끝내 도달할 수 없는 저편에 있다는 말이라며 신학적 초월성을 부여하기도 합니다. 이 끝없는 문들이 법의 작용을, 법과의 만남을 한없이 연기시킨다고 말입니다(데리다). 그러나 이는 카프카의 생각이라곤, 정확히 말해 이 텍스트의 의미라곤 할 수 없습니다. 카프카는 법의 작용이 끝없는 연기로 무효화된다고 생각하지 않습니다. 앞서 말했듯이, 반대로 법은 어느 날 아침, 즉 아무 때나 예고도 없이 덮치듯 직접 찾아오고, 체포하고 구속하는 권력을 언제든 작동시킬 준비가 되어 있다는 게 법을 다룬 다른 작품에 명확히 표현되어 있기 때문입니다.

'끝없는 연기'는 카프카가 모든 곳에 적용하는 논리적 보편법칙 같은 것이 아니라 특정한 조건, 가령 무한히 넓은 공간이나 복수의 심급에서 반복해 진행되는 소송 같은 특정한 조건에 따라 사용되는 전략입니다. 이는 법이 사용하는 전략이 될 수 없습니다. 왜냐하면 그건 법의 작용을 무력화시킬 것이기 때문입니다. 도달할 수 없는 법, 작용이 끝없이 연기되는 법이란 아무 효력이 없는 법일 뿐입니다. 그래서 카프카는 이를 주로 권력(power)의 작용을 무효화하는 방법으로 사용합니다. 「만리장성을 쌓을 때」에서 명확히 말하듯, 무한한 공간은 황제의 명령을 무효화합니다. 그런데 앞서 보았듯이 무효인 권력을 유효하게 만드는 건 대중 자신입니다. 권력을 상상하고 규칙이나 명령이라고

들 하는 것('법'이 바로 그것이지요)을 위반하면 큰 탈이 날 것이라며 대중 스스로 복종의 이유를 상상하여 만들어 냅니다. 권력이 없어도 권력이 작동하는 건 바로 이 때문입니다. 이는 「법 앞에서」의 시골 사람도 다르지 않습니다.

확실히 「법 앞에서」의 문지기 이야기는 「만리장성을 쌓을 때」에 나오는 이 서술과 그대로 이어져 있습니다. 문지기는 문을 지나도 계속 이어지는 문에 대해 말하고, 이로 인해 시골 사람은 지레 문 안으로 밀고 들어가길 포기하지요. 이는 문지기가 시골 사람을 속이려고 의도적으로 그런 건 아니라고 합니다. 『소송』에는 이 「법 앞에서」 바로 뒤에 중요하고 인상적인 대화가 이어집니다. 요제프 K와 신부의 대화입니다. 신부가 전하는 「법 앞에서」 이야기를 들은 K는 문지기가 시골 사람을 속인 것이라고 비난합니다. 그러나 신부는 "속은 것은 오히려 문지기 쪽이라는 의견도 있다"고 합니다. 이유는 "문지기가 내부의 모습이나 의미에 대해서 아는 바가 아무것도 없으며, 거기에 대해 착각을 하고 있다"는 것(『소송』, 274쪽), 즉 "그가 법의 내부에 대해 갖고 있는 생각은 유치한 것"이며, "시골 사람에게 두려움을 주고자 언급했던 대상에 대해서 자기 스스로도 그 이상으로 두려워하고 있다"는 것입니다. 문지기는 법의 내부에 제대로 들어가 본 적이 없으면서, 자신이 본 문지기 두세 명만으로 법의 내부를 상상하여 두려움마저 섞여 시골 사람에게 말을 전하고 있는 겁니다. 황제를 본 적도, 황제가 있는 곳에 가까이 가 본 적도 없이 황제에 대한 상상을 사람들이 하듯 말입니다. 그들 또한 이웃을 속이

려고 그런 말을 했던 건 아닐 겁니다. 스스로 두려워하며 믿었던 생각을 말했던 것일 겁니다. 시골 사람은 그런 문지기의 말만 듣고, 법 안으로 밀고 들어가려 하지 않은 겁니다. 그는 그렇게 끝없는 문과 문지기의 상상에서 벗어나지 못했기에 법 안으로 밀고 들어갈 힘(power)을 잃고 무력하게 기다리다 죽은 겁니다. 끝없음은 황제나 법의 힘만 무력화하는 게 아닙니다.

그런 문지기에 대한 비판에 대해, 신부는 문지기가 법을 위해 일하며 법에 속해 있기에 인간의 비판을 초월해 있다고 합니다. 그러나 신부라는 직함은 그가 그런 초월성의 사유에 포섭된 사람임을 함축합니다. 더구나 그는 "교도소 신부"이고 "법원에 속한 사람"입니다. 그런 그도 말합니다. "법원은 당신이 오면 받아들이고, 가면 내버려둘 뿐입니다." 시골 사람이 문지기를 밀치고 문 안으로 들어갔다면 법은 그를 받아들였을 거라는 겁니다. 더구나 그 문은 바로 그 자신을 위한 문이었지요. 물론 문지기가 죽기 직전에야 말해 주지만, 그것은 "그전에는 그걸 묻지 않았기" 때문이라는 게 신부의 설명입니다. 즉 물었다면 알 수 있었던 것인데 시골 사람이 묻지 않았던 겁니다.

요컨대 시골 사람은 법 안으로 들어가 자신이 원하는 것을 법 안의 지혜 속에 밀어 넣을 수 있었고, 그를 위한 문도 열려 있었으며, 법 또한 들어오면 들어오는 대로 받아들일 준비가 되어 있었지만, 문지기가 두려움 섞인 상상으로 채워 넣은 이야기로 인해 밀고 들어갈 생각을 하지 못했고, 그저 기다리다 세월을 다 보낸 겁니다. 또 다른 단편 「변호사」의 마지막 부분은 바로 카프

카가 그저 기다리고 있을 뿐인 이 시골 사람에게, 아니 법의 지배를 받고 있는 이들 모두에게 하고 싶었던 말일 겁니다. "당신에게 할당된 시간은 너무 짧아서, 만약 일 초를 잃어버리면 당신은 벌써 삶 전체를 잃어버린 것이다. [...] 만약 당신이 하나의 길을 시작했다면, 어떤 상황에서도 계속 그 길을 가라. 당신은 오직 이길 수만 있으며, 아무런 위험도 없을 것이다. [...] 그러니 만약 여기 복도들에서 아무것도 발견하지 못한다면, 문들을 열어라. 문 뒤에서 아무것도 발견하지 못하면 새로운 층들이 있다. 위층에서 아무것도 발견하지 못하면 그것도 곤란한 일이 아니다. 새로운 계단으로 뛰어올라라. 올라가길 멈추지 않는 한 그 계단들은 계단을 오르는 당신의 발밑에서 멈추지 않고 자라 오를 것이다."

법은 삶 뒤에 오는 겁니다. 삶이 법보다 일차적이지요. 그 삶이 법과 충돌한다면, 법을 위해 삶을 포기하는 게 아니라 삶을 위해 법을 바꾸어야 합니다. 그것이 바로 법 안으로 들어가는 것입니다. 하지만 시골 사람처럼 우리도 거기서 망설이고 기다리며, 법 안으로 밀고 들어가길 끝내 포기하기도 합니다. 그렇게 들어가려면 문지기와 충돌하고 '지금의' 법과 부딪쳐야 하기 때문입니다. 우리를 포위한 법이 '위반'의 딱지를 붙일 것이고, 그렇게 우리는 피고가 될 것입니다. 거기서 소송이 시작됩니다. 사실 삶은 어쩌면 그 자체로 '소송'이라 해야 합니다. 삶은 법 이전에 있으니 법을 모르는 채 진행되고, 그러니 삶은 법을 위반하게 마련입니다. 법은 우리는 포위하고 있지만, 알지 못하는 법을 지

킬 순 없는 법이지요. 그러니 '위반'이라 하지만 알고 어기는 게 아닙니다. 법이 그런 행위를 겨냥할 때, 굳이 시비를 걸어 '먼지를 털 때' 우리는 피고가 됩니다. 『소송』의 K처럼 말입니다.

소송의 장인 재판/사법(justice)은 법과 같지 않습니다. 정의를 뜻하기도 하는 사법이란 재판, 즉 피고가 법과 정당성(justice)을 다투는 장입니다. 거기서 법은 다투는 한쪽 편일 뿐입니다. 다른 한쪽에는 피고가 있습니다. 정의란 그 양쪽이 다투는 장입니다. 즉 정의란 법을 지키는 게 아닙니다. 역으로 법이 정의에 따라 만들어지고 다시 만들어져야 합니다. 법보다 정의가, 그걸 다투는 소송이 더 우위에 있는 겁니다. 재판이란 피고에게 적용할 법을 찾는 과정이 아니라 행위의 정당성을 두고 법과 다투는 과정입니다. 형사재판에서조차 피고에게 무죄 추정을 하는 게 원칙인 것은 이 때문입니다. 피고와 정당성을 다툼 없이 일방적으로 판결하는 「유형지에서」의 처형 기계는 사람들의 지지를 받지 못하고, 쉽게 더러워지며 쉽게 고장 나고 치명적으로 부숴집니다. 지지 없이 만들어지고 일방적으로 강요되는 독재자의 법이 바로 그렇습니다. 그런 법은 정의와 거리가 멀다는 걸 우리는 잘 압니다.

시골 사람이 법 안으로 들어간다 함은 기존의 법과 다투는 방식으로 법의 정당성을 따지는 소송으로 들어가는 것입니다. '정의'라고도 불리는 법의 지혜를 두고 다투는 것입니다. 이러한 과정을 통해 법은 바뀌고 또 바뀝니다. 위반하는 자들, 피고들이 없다면, 위반을 통해 '지혜'를 바꾸는 자들이 없다면, 법이 바뀔

이유가 없지요. 우리가 아는 모든 권리, ‘자연권’이라고 불리는 모든 권리가 사실은 ‘자연적으로’ 존재한 게 아니라 이렇게 탄생했음은 실제 역사적 사실입니다.

이러한 소송의 장인 사법이 정의라면, 이 정의는 피고로 인해 시작됩니다. 법을 위반하는 피고가 없다면 재판 내지 소송은 있을 수 없으니까요. 따라서 ‘정의’에 주체가 있다고 한다면, 그것은 바로 피고입니다. 법 이상으로 피고입니다. 『소송』에서 K가 찾아가는 변호사 사무실의 레니가 피고들에게 매혹되어 사랑하게 되는 것은 이 때문입니다. 변호사도 말합니다. “올바른 안목을 가진 사람이라면 피고인들이 실제로 아름다울(schön) 때가 많다”는 걸 안다고. 이는 “거의 자연과학적 현상”이라고까지 합니다. 피고를 아름답게 하는 것은 죄나 처벌이 아닙니다. 모든 피고가 죄가 있거나 처벌받는 건 아니니까요. 피고는 피고라는 이유로 아름답다는 것, 그게 카프카의 생각입니다. 즉 법 안으로 들어가 소송을 하며 정의를 다툰다는 것이 바로 그가 아름다운 이유입니다. 이 얼마나 멋지고 매력적인 통찰입니까!

‘법 앞에서’ 문지기를 밀치고 ‘법 안으로’, 자기를 위해 나 있는 문으로 들어가는 것, 거기서 피고가 되어 소송을 벌이는 것, 그 소송에서 통로 옆의 문을 열고, 계단을 올라 층을 바꾸고 하며 자신이 원하는 것을 새로운 ‘권리’의 이름으로 법에 새겨 넣는 것, 그것이 바로 법 안으로 들어가는 것이고 ‘법 앞에서’ 우리가 해야 할 것입니다. 그것을 통해 우리가 법 안으로 들어갈 길은 넓어지고 계단들은 계속 자라날 것입니다.

변신의 기술들

카프카는 어디서나 출구를 찾고 있습니다. 외면된 어둠 속을 탐색할 때도, 법처럼 번쩍이는 빛 속을 파고들 때도, 만리장성이나 유형지처럼 낯선 곳을 돌아볼 때도, 가족이나 이웃 같은 익숙한 곳을 둘러볼 때도 그렇습니다. 법은 그때그때마다 자신의 길을 가려는 삶을 막으며 정해진 길 안에 밀어 넣는 벽들입니다. 「법 앞에서」의 시골 사람처럼 법 바깥에 있다 함은 법 이전의 삶을 살고 있음을 뜻합니다. 그런 이들은 『소송』의 K처럼 벽에 부딪칠 겁니다. '소송'이란 그때 '피고'가 되며 법 안으로 밀고 들어가는 것입니다. 외부에서 내부로 들어가는 방식으로 벽을 넘거나 우회하며 삶의 출구를 찾는 것입니다. 법의 내부에 새로운 길을 내려는 것입니다.

이와 반대로 내부에서 외부로 나가며 출구를 찾는 방식도 있습니다. 익숙한 세계에서 벗어나 낯선 세계로 들어가는 것, 다들 당연하다 여기는 세계에서 이탈해 가 보지 않은 세계로 들어가는 것입니다. '들어간다'는 말은 어법 때문에 그리 표현한 겁니다. 새로운 세계의 출구로 들어간다 함은 사실 익숙한 세계로부터 나가는 것이지요. 이를 위해 카프카는 익숙한 세계의 외부자가 되는 변신의 방법을 사용합니다. 인간인 그레고르가 어느 날 갑자기 흉측한 벌레가 되는 「변신」이 그것이지요. 하지만 변신의 방법은 이 작품에 국한되지 않습니다. 글을 쓰는 카프카 자신이 원숭이나 쥐, 개, 두더지 같은 동물이 되어, 즉 그들을 주어로 삼아 그들의 입장에서 생각하고 그들의 몸을 느끼고 그들의 입

으로 말합니다. 이는 어쩌면 「변신」보다 더 심각한 변신이라 해야 합니다. 「변신」에선 변신한 그레고르를 '관찰'하며 쓰고 있지만, 여기서는 카프카 자신이 동물들로 변신하여 쓰고 있는 것이니까요. 변신'에 대해' 쓰는 것이 아니라 변신'에 의해' 쓰는 것이니까요.

이러한 변신에서 원숭이나 쥐는 우리가 알고 있는 동물이 아닙니다. 그렇게 되면 그 동물은 우리가 알고 있는 것을 비유적으로 말하는 수단에 지나지 않게 됩니다. 조지 오웰이 쓴 『동물농장』의 동물들처럼 말입니다. 거기서 돼지나 말은 인간처럼 말하고 행동하지만, 인간들이 하는 것과 다르지 않게 그리합니다. 그들은 동물의 껍질을 뒤집어쓴 인간입니다. 변신이 인간의 세계에서 벗어나는 출구가 되려면, 인간이 동물로 변신하는 것으론 부족합니다. 그 동물도 다른 어떤 것으로 변신해야 합니다. 인간을 여전히 가족이라 생각하며 그들과 같이 사는 갑충(「변신」), 인간을 모방하다 말까지 하게 된 원숭이(「학술원에 드리는 보고」), 생쥐 일족을 매료시키는 가수 요제피네(「요제피네, 여가수 또는 생쥐 종족」), 연구자 내지 철학자처럼 생각하는 개(「어느 개의 연구」) 등이 그것입니다. 그들은 원숭이나 쥐도 아니고 인간도 아닙니다. 「튀기」에 등장하는 고양이도 아니고 양도 아닌 동물 또한 그러합니다.

「학술원에 드리는 보고」의 원숭이는 인간을 흉내 내고 있는 것 아니냐고 반문할 수도 있을 겁니다. 그렇긴 합니다. 그러나 거기서 원숭이는 철창 속에 갇힌 원숭이고, 철창에서 벗어날 출

구를 찾기 위해 인간이 요구하는 대로 인간 흉내를 내다 끝내 입이 터지며 말까지 하게 되는 원숭이입니다. 처음부터 인간처럼 말하고 행동하는 동물 소설의 주어가 아니란 말이지요. 「어느 개의 연구」에서 주인공 개는 처음부터 인간처럼 말하는 거 아니냐고, 연구자나 철학자 인간을 흉내 내고 있는 것 아니냐고 반문할 수도 있겠습니다. 하지만 거기서 개는 사유하고 연구하지만, 인간처럼 하지 않습니다. 연구한다는 말이 우습도록, 때론 농담처럼, 때론 풍자처럼 어이없는 사유를 펼치는 주어입니다. 인간인 연구자나 철학자가 이렇게 사유한다면 "이게 무슨 철학이야"라며 말을 정지시켰을 겁니다. 그 황당한 말로 보건대 그는 연구자나 철학자가 될 수 없다고 할 게 분명합니다. 그러나 카프카가 개를 주어로 세웠기에, 우리는 그렇게 말하지 않고, 그저 웃으며, 황당해하며 그 이야기를 따라갑니다. 이로써 우리가 흔히 생각하는 연구와 아주 다른 종류의 연구, 우리에게 익숙한 철학자와 아주 다른 종류의 철학자가 있을 수 있지 않느냐고 카프카는 물음을 던지는 것입니다.

이는 중요한 주제라 약간 더 부연하겠습니다. 데카르트가 모델화한 철학적 사유의 주체가 '서구의 백인 중년 남성'이라는 비판을 들어 본 분이라면, 여성이나 아이, 흑인이나 아시아인을 주어로 하는 철학 또한 있을 수 있으며 그런 이들에게 철학적 사유의 주체 자리가 허용되어야 한다는 말을 쉽게 수긍할 수 있을 겁니다. 그런데 흑인이 사유할 때, 그 또한 백인처럼 해야 할까요? 그래야 철학자가 될 수 있을까요? 데카르트나 정통 서양 철

학은 모순되는 말이나 이율배반적인 명제를 처음부터 사유에서 배제하지만, 아시아인 노자는 '도를 도라 하면 그것은 도가 아니다'라는 모순된 문장을 『도덕경』의 맨 앞에 쓰면서 시작하지요. 이를 논리학 규칙을 어겼다며 '철학이 아니야'라고 한다면 어떻겠습니까? 아이가 철학을 할 때, 그는 어른처럼 사유할까요? 일단 감정에 좌우되면 안 된다는 말에 '왜요?' 하고 반문할 것 같지 않습니까? 느낌이나 감정을 적절한 말로 표현하는 게 사유라고 할 수도 있지 않을까요? 그럼 동물이 철학을 한다면 어떨까요? 그렇게 사유하는 동물은 철학적 주어가 될 수 없을까요? 개가 철학을 한다면, 그 역시 인간처럼, 데카르트처럼 자명하고 확고한 근거를 찾기 위해 모든 불확실한 것을 의심하고, 어떤 감정이나 느낌에도 흔들리지 않으며, 유사한 것에 속지 않으며, 필연성과 합리성에 따라 사유해야 할까요?

카프카의 '어린 강아지'는 음악가 개들의 강한 인상에 홀려 사유를 시작하며, 일반적인 개의 존재 속에 충분한 근거를 갖는 자신의 존재를 신기해하며 사유하고, 공중을 떠돌아다닌다는, "한 마리도 볼 기회는 없었지만 그 존재에 대해서는 이미 오래전부터 확실히 믿어 왔"던 공중견에 대해 사유하는데, 그들은 공중에 떠서 생활을 하니 존재의 근거가 없다고 합니다. 그는 존재의 이유를 무의미에서 찾으며, "영혼이 삶보다 더 일찍 바뀐다"고 믿으며, "땅은 우리의 양식을 어디에서 얻는가"라는 연구 주제에 대해 학문은 "본래적 경작과 주문(呪文), 춤, 노래 등의 보충적 개량작업에 관해 분명하게 인식"한다고 생각하며, "영양분은 굶주

린 자들을 따라온다"는 것을 증명하기 위해 단식을 실험으로 선택합니다. 그러곤 "최고의 것은, 만일 가능한 것이라면, 오직 최고의 실행으로만 도달할 수 있으며, 최고의 실행"은 "우리에게는 자유의지에 의한 단식"이라고 주장하지요. 이 단식은 "허위의 세계에서 벗어나 저 너머 진실로 건너가기 위해서" 하는 것이지만 "거짓의 원주민인 나를 비롯하여 진실을 들려줄 자가 아무도 없"다고 합니다.

도대체 종잡을 수 없고 앞뒤가 안 맞는 논리를 학문이라는 말로 펼치는 이런 식의 '연구'는 여기 적은 것에 국한되지 않고 종횡무진 날아다닙니다. 우리가 익숙한 철학적 사유의 형식이나 논리를 대조하며 읽으면, 정말 깔깔대지 않을 수 없는 익살이 문체에마저 완연합니다. 이처럼 「어느 개의 연구」는 카프카가 개가 되어 '개처럼 사유하며' 쓴 작품입니다. 개의 입장에서 사유한다면서, 필연적 근거와 합리성, 확실성 등에 따라 사유한다면, 그게 어디 개가 사유하는 것이겠습니까? 개 흉내를 내는 인간이 하는 것이지요. 역으로 그는 우리가 아는 사유와는 너무 달라 황당하지만, 그런 식으로 사유하는 철학, 그런 식의 철학자-주체가 어찌 있을 수 없다 하겠느냐고 묻는 겁니다. 이로써 인간이 아는 사유 방식이나 인간의 사유를 둘러싼 철학적 주체의 모델에서 벗어나는 출구를 찾고 있는 겁니다. 당돌하게, 싱긋 웃으면서 말입니다.

카프카는 동물이 되어 인간세계의 바깥으로 나가는 방법을 통해, 익숙함의 벽 안에 갇힌 삶에서 출구를 찾습니다. 가족이나

공동체, 국가 등 어딘가의 '안에 있다' 함은 친숙함, 돌봐 줌, 보호받음, 자격과 권리를 가짐 등을 뜻합니다. 외부자란 그 공동체 안에서 일어나는 일에 대해 참견할 자격과 권리가 없으며, 보호받지 못하는 낯선 자들이지요. 법 안으로 들어간다 함은 그럴 자격과 권리를 얻고자 함입니다. '세계 - 내 - 존재'에 대해 쓰면서 하이데거는 '안에 - 있음'이란 결국 '거주함'이고 '존재함'이라고까지 말하지요(『존재와 시간』). 그는 인간이란 이런 의미에서 세계를 갖는 존재자, 세계 안에 있는 존재자('세계 - 내 - 존재')라면, 동물은 빈약한 세계를 가진 존재자고, 사물은 세계를 갖지 못한 존재자라고 대비하기도 합니다(『형이상학의 근본 개념들』). 이는 사실 인간과 동물, 사물에 대해 갖고 있는 우리의 통념과 다르지 않습니다. 여러분도 쉽게 수긍이 되시지요?

이런 통념에 비추어 보면 카프카가 외부로 나가기 위해 동물들로 변신한 이유를 이해하기 쉽습니다. 알 수 없는 기이한 사물을 따라가는 것도 말입니다. 그는 하이데거와 반대로 '세계 - 외 - 존재'를 향해, 인간 세계의 바깥으로 나가려고, 낯설게 변신한 동물들 등에 올라탄 겁니다. '생각하는 동물'이니 '노동하는 동물', '놀이하는 동물', '언어를 사용하는 동물'이니 하며 자찬하는 인간들의 세계로부터, 생각할 능력도 없고 노동도, 놀이도 할 줄 모르며, 언어도 없다고, 한마디로 제대로 된 세계를 갖지 못했다고 무시당하고 외면당하는 동물들과 더불어, 잘난 인간들의 세계에서 빠져나갈 길을 찾고 있는 겁니다. 그 잘난 세계가 너무도 친숙하고 너무도 당연시되는, 그렇기에 실은 '알지도 못

한 채 포위하고 있는' 벽들로 가득한 세계임을 보기에 그러는 것입니다. 잘났다고 믿기에 빠져나갈 생각도 못 하는 세계임을 알기에 그러는 것입니다. 문제는 단지 법만이 아닌 겁니다.

하지만 변신이라고 모두 같은 것은 아닙니다. 간단히 세 가지 정도만 비교해 보기로 하지요. 먼저 「변신」은 자신이 살던 가족이라는 친숙한 세계를 등지며 떠나는 변신의 길을 따라갑니다. '외면'의 길이라 해 둡시다. 여기서 그레고르가 변신하는 이유는 그 친숙한 세계가 부과하는 짐의 무게 때문입니다. 먼저 직업이 그렇습니다. "아이고, 어쩌다 내가 이렇게 힘든 직업을 택했을까!" 하지만 그가 특별히 힘이 드는 일을 하는 건 아닙니다. 여행을 자주 하는 그저 평범한 외판원일 뿐입니다. 그런데도 "이따위는 악마나 전부 가져가라지!" 합니다. "그 자리에서 바로 쫓겨나겠지. 그게 차라리 나한테는 정말 좋을지도 모르겠다. 부모님을 생각해서 꾹 참지 않았다면 이미 오래전에 사표를 냈겠지." 여기서 암시되듯 직업을 떠나지 못하는 건 "부모의 빚"과 가족의 생계 때문입니다. 여동생이 음악원을 다니게 하고 싶다는 욕망도 거기 포함됩니다. 이런 무게가 느껴질 때 '지금 벌레라도 된다면 출근하지 않아도 될 텐데' 하고 생각한 적이 혹시 없나요? 역시 이 책에는 싣지 못한 「시골의 결혼 준비」에서 결혼 준비를 위해 시골에 가는 게 싫은 주인공 라반은 그런 변신을 꿈꿉니다. "침대에 누워 있는 내 모습이 한 마리의 커다란 딱정벌레나 하늘가재 아니면 쌍무늬바구미 같다는 생각이 든다." 「변신」은 여기서 한 걸음 더 나아가 변신한 것으로 시작하는 겁니다.

이렇게 변신을 했음에도 그레고르는 사실 가족을 떠날 생각을 하지 않습니다. 물론 집 바깥으로 나가기는 쉽지 않을 겁니다. 그래서 그는 방 안에서 새로운 삶의 길을 모색합니다. 바닥에 붙어살던 신세에서 벗어나, 천장을 기어다니고, 천장에 매달려 있다 방바닥으로 떨어지는 일이 그겁니다. 그를 힘들게 한 무게란 중력에 의한 것이니, 벽과 천장을 기어다니는 유쾌함은 그 중력의 무게에서 벗어난 삶의 감응입니다. 여동생은 이를 알고 그러기 좋도록 방의 가구를 모두 치워 주려 하지만 어머니는 그것은 그레고르가 원래 상태로, 즉 가족으로 되돌아오리라는 희망을 포기하는 것이라며 반대합니다. 그레고르 자신도 한편으로는 방의 가구를 치워 주기를 진심으로 바라지만, 다른 한편으로는 자신이 좋아하는 것을 모두 빼앗기는 것이라고 생각합니다. 익숙한 세계와 새로운 세계 사이에서 동요하고 있는 것이지요. 그러다가 갑충의 모습을 한 그레고르를 본 어머니가 기절을 하고, 그레고르는 아버지가 던진 사과에 맞아 운동할 능력, 즉 벽을 기어오를 능력, 다른 세계로 갈 능력을 상실합니다. 그레고르는 그 대신 "모두가 허락하는 분위기에서" 가족의 이야기를 엿듣게 된 것을 그에 대한 보상이라 생각합니다. 그런 그를 기다리는 건 죽음입니다.

이렇게 그레고르의 변신은 끝내 실패로 끝나고 맙니다. 실패의 이유는 여러 가지를 들 수 있을 겁니다. 아들이 가족으로 되돌아오길 바라는 어머니, 변신한 갑충으로부터 가족을 지키려는 아버지를 들 수도 있고, 오빠에게 공감하고 이해하던 여동생

의 동요를 들 수도 있겠지요. 그러나 가장 일차적인 이유는 가족을 외면하고 등지는 변신을 하고서도 끝내 가족을 떠난 외부로 충분히 나아가지 못하고 동요했던 그레고르 자신에게 있다고 해야 합니다. 기존 세계를 등지고 외면(外面)하는 것은 적극적으로 외부와-대면(對面)하는 '외-면'(外-面)으로, 가족 안에서조차 외부를-사는 '외-생'(外-生)으로까지 나아가지 못하면 실패한다는 것입니다. 힘들고 싫다고 외면하는 식의 부정은 출구를 찾게는 하지만, 그것은 문 저편에 있는 낯선 세계를 긍정하는 힘이 없다면 실패한다는 것입니다.

「학술원에 드리는 보고」의 원숭이 빨간 페터는 이와 다른 방식으로 변신하며 출구를 찾습니다. 니겔 로스펠스의 지적(『동물원의 탄생』)대로 이 작품에 등장하는 '하겐베크'는 대중에게 동물들을 가두어 놓고 구경거리로 만들었던 초기 대중 동물원 중 하나입니다. 그 동물원의 사냥꾼이 쏜 총알이 얼굴에 새긴 붉은 흉터로 인해 '빨간 페터'란 이름을 얻은 원숭이는 "생에 처음으로 도망칠 출구가 없"는 상황에 처합니다. 철창 속의 그는 만인의 구경거리지만 정작 우리에 갇힌 그의 삶에는 누구 하나 시선을 주지 않습니다. 그게 인간의 세계가 그에게 할당한 자리입니다. 사실 인간의 세계 안에서, 동물이나 사물은 모두 그렇게 인간들이 할당한 자리 안에 갇혀 있지요. 그 자리에선 살아도 산다고 할 수 없습니다. 그러니 "살고자 한다면 탈출구를 찾아야" 합니다. 인간의 세계에서 빠져나갈 출구 말입니다. "저는 자유를 원하지 않았습니다. 제가 바란 것은 오직 하나, 탈출구였습니다.

[…] 그 탈출구가 착각이라 해도 말입니다."

그러나 이 출구는 "도주로 얻을 수 없다는 것"을 그는 압니다. 생각해 보면 아주 타당하고 중요한 지적입니다. 잡혀서 배로 이송되고 있는 원숭이 빨간 페터는 철창에서 도망쳐 봐야 다시 잡혀 "더 열악한 우리 안에" 갇히거나, 그게 아니면 바다에 빠져 죽게 될 겁니다. 도시에 도착해 동물원에 들어간다면 출구가 없음을 그는 압니다. 거기서는 철창에서 벗어나 도주한다 해도, 철창을 벗어난 후 다시 동물원을 벗어나야 하고, 동물원을 벗어나면 그 지역을, 도시를 벗어나야 합니다. 벗어나야 할 곳이 계속 기다리고 있을 겁니다. 문을 열고 나가도 계속 문을 열고 나갈 성벽이 기다리고 있는 황제의 칙사처럼 말입니다. '끝없는' 철창이 기다리고 있는 출구 없는 세계가 그를 둘러싸고 있는 겁니다. 여기서 열어야 할 문의 끝없음은 끝없는 봉쇄를, 절대적 닫힘을 뜻하지요. 탈출할 수 있는 힘(power)을 무력화하는 끝없음입니다.

거기서 끝없음을 그대로 받아들인다면, 그로선 시골 사람처럼 철창 안에서 기다리다 죽게 될 겁니다. 그는 그 끝없음의 현실주의를 가로질러 다른 출구를 찾습니다. 철창 속에서 출구를 찾기 위해 그가 선택한 길은 인간들이 하라는 대로 하는 것이었습니다. 인간은 원숭이에게서 자신과 유사한 모습을 보기 때문인지, 그가 인간을 흉내 내는 것을 보고 즐거워합니다. 그러한 인간의 요구에 따라 빨간 페터는 사람들을 흉내 냅니다. 침을 뱉는 인간에게 침을 뱉어 주고, 담배를 피우라면 담배를 피우고, 술을 마시라면 술을 마십니다. "거듭 말씀드리지만 저는 인간을

흉내 내고 싶은 유혹은 느끼지 않았습니다. 오로지 탈출구를 찾고자 흉내를 냈을 뿐 다른 이유는 없었습니다.” 그러다 끝내 그는 “안녕!” 하며 인간의 소리를 터뜨리게 됩니다. 배우기를 계속하여 “유럽인 평균 수준의 교양에 도달”하게 됩니다. 그가 학술원에 드리는 보고를 하게 된 것도 이 때문입니다. 그게 아니었으면 그는 닫힌 세계에서, 자기 파트너처럼 “조련당하며 혼란에 빠진 짐승의 착란상태” 속에서 살게 되었을 겁니다.

여기서 빨간 페터는 자신을 가둔 세계의 요구를 외면하고 등지는 길을 선택한 그레고르의 변신과 반대로, 그것을 과도하게 추종(追從)하여 동물과 인간 사이의 문턱을 넘어서는 변신의 길을 택합니다. 인간의 세계 바깥으로 나가기 위해 인간의 요구를 지나치게 따르는(追) 방식으로 그것을 넘어서(越) 버리는 ‘추-월’(追-越)의 길을 선택한 것입니다. 이를 두고 원숭이가 인간이 된 것이니, 인간의 세계 바깥에서 그 안으로 들어간 것이라 해선 안 됩니다. 빨간 페터는 인간이 된 게 아니라 인간처럼 말하고 교양마저 가진 원숭이가 된 것이고, 그래서 교양 있는 유럽인들과 달리 학술원에 드나들게 된 겁니다. 그가 인간의 세계 바깥에서 안으로 들어간 것은 사냥꾼들에게 잡힐 때지요. 그의 입에서 말이 터져 나올 때, 그는 자신이 그토록 원했던 출구의 문을 연 것이고, 인간의 세계 내부에서, 인간이 할당한 자리에서 빠져나와 그 외부로 나간 것입니다. 원숭이에게도 ‘세계’가 있다고 한다면, 그렇게 말할 때도 그는 우리에 갇힌 원숭이의 세계 내부에서 외부로 빠져나간 것입니다. 인간의 세계 안으로 들어

가는 방식으로 인간의 세계 바깥으로 빠져나간 겁니다. 자신에게 속하지 않는 것을 받아들이는 방식으로, 인간의 세계 바깥으로 '슬그머니 달아나는'(sich in die Büsche schlagen) 데 성공한 겁니다. 슬그머니 숨어서 멀리 달아난다는 말이니, '유-주'(幽-走)라고 번역해도 좋을 듯합니다.

생쥐 요제피네 또한 빨간 페터가 말하는 '슬그머니 달아나기'(幽-走)에 속한다고 할 수 있겠지만, 그와는 다르다고, 어쩌면 더욱 멀리 벗어난 경우라 해야 합니다. 그레고르나 페터와 달리 요제피네는 인간과 비인간 사이에 있지 않습니다. 변신하는 이야기도 없습니다. 동족인 생쥐 대중(Volk)과 그들을 매료시키는 음악가만이 있습니다. 앞서 언급했지만 노래도 아니고 예술도 아닌 그의 음악은 "너무 아름다워서 아무리 감각이 무딘 자라도 저항할 수 없는 것"이지만, 그것은 대중의 이해를 넘어서 있습니다. 그의 위치도 해명되어 있지 않습니다. "불가항력으로 종족에서부터 끌어내려는" 그 매력으로 인해 그의 공연은 "종족 집회"와 유사한데, 그런 힘을 갖는 그 음악은 '무'이고, "아무것도 아닌 것"인데, "웃음"을 주고, "삶의 명랑성"을 담고 있습니다. 요제피네는 "거의 법의 범위 밖에 있는"데, "법에 저촉되는 이 특별한 선물"은 "우리 대중이" 준 것이라 해요.

이 점에서 요제피네는 대중 속에 있으면서 대중이 알지 못하는 바깥에 있습니다. 음악이라 할 수 없는 음악이 대중을 이끄는 것은 매혹의 힘 때문입니다. 그렇게 요제피네는 자신이 사는 세계 안에, 일상의 삶 속에, 불가항력의 힘을 갖는 어떤 매력을 창

조한 겁니다. 이 또한 변신입니다. 그저 쥐라고는 할 수 없는 특별하고 특이한 존재자로 변신한 것입니다. 밖으로 드러나지 않는, 그러나 대중이 매혹되지 않을 수 없는 어떤 특이한 힘을 통해 대중과 다른 누군가로 변신한 것입니다. 그래서 그는 자기 일족의 세계로부터 한 발짝도 나가지 않은 채, 그 일족 모두가 이해할 수 없는 외부를 창안한 것입니다. 대중 속에서 '노래'하고 놀지만(逍), 대중으로부터 멀리-떨어진(遙) 곳에서 '소요'(逍遙)하며, 그 놀이(逍遙)로써 대중들을 움직이는(搖) '소-요'(逍-搖)의 길이 여기 있습니다. '슬그머니 달아나기'라는 말에 이보다 더 부합하는 건 찾기 힘들 듯합니다.

요제피네는 대중의 그런 지지마저 슬그머니, 하지만 멀리 떠나 버립니다. 그는 대중에 대한 자신의 권력을 스스로 파괴했을 뿐 아니라, 떠난 이후 대중이 전혀 아쉬워하지 않게 하며 떠났습니다. 이 또한 '스타'가 대중을 떠나는 방식에서 벗어난 떠남이지요. '슬그머니'라는 말에 극한이 있다면 아마 바로 이것 아닐까 싶습니다. 일상의 세계 속에서 대중 속에 들어가, 그것을 바꾸는 강력한 어떤 특이점이 되는 방식으로 대중 내지 일상의 세계를 슬며시 바꾸어 놓는 외부, 스스로의 소멸조차 아쉬울 것이 없게 만든다는 점에서 스타들의 흔한 소멸에서 벗어난 외부를 창안한 겁니다.

생각 바깥에 있는 것, 혹은 세계 바깥의 사물

카프카는 동물과 동맹하여 인간세계의 바깥으로 나가는 데 그치지 않습니다. 언제나 '도구'로서, 인간의 부여한 자리에서 인간이 요구하는 기능만을 하다 버려지는 것들과 손잡고 인간의 세계, 인간의 생각, 인간의 규정에서 벗어난 외부로 밀고 갑니다. 그렇습니다, 사물은 카프카의 또 다른 동맹자입니다. 그러나 그 또한 우리가 이미 알고 있는 사물이 아닙니다. 우리가 어떤 이름을 부여하기 이전의 사물입니다. 우리가 '이건 가위군' 하며 규정하는 순간, 사물은 사라져 버리고 우리가 아는 가위만 남게 됩니다. 교차되어 움직이는 모습의 신기함도, 예리하게 맞물린 곧고 단단하고 날카로운 금속의 물성도, 그로 인해 그것이 다른 어떤 것이 될 수 있음도 모두 사라지고, 물건 자르는 도구라는 규정만 남게 됩니다.

우리는 그렇게 이름을 통해서 사물을 포착하지만, 이름은 사물이 아니라 우리에게 속한 것입니다. 사물은 이름 바깥에 있기에 이름으로 축소될 수 없는 것입니다. 다행이지요. 우리가 아는 대로만 있다면 세상은 우리가 아는 것에 머물러 있을 테니까요. 하지만 이걸 안다 해도 우리는 규칙이 된 습관에 따라 사물을 낡은 이름으로 부릅니다. "달아, 다행스럽게도 너는 더는 달이 아니구나. 그런데도 달로 불리는 너를 여전히 달이라고 부르는 것은 내가 소홀한 탓이겠지"(「술 취한 자와의 대화」). 그렇게 사물은 그 이름에 갇혀, 그 이름에 따라 움직이게 됩니다. 그러나 사물이 그러고 싶었을 리 없습니다. 우리가 '제 맘대로', 즉

'제멋대로' 이름을 붙인 겁니다. 이름은 사물이 아닙니다. 어쩌면 이름 속에 사물은 없다고 해야 합니다. 거기엔 그저 이름과, 이름 붙인 이들의 욕망이 있을 뿐입니다. 사물이란 우리가 부여하는 이름에 의해 거세되고 지워지는 어떤 것입니다. 이 책에는 없는 『기도자와의 대화』에서 카프카는 말합니다. "저는 언제나 사물들이 저에게 모습을 드러내기 전에 없어져 버릴지도 모른다는 심정으로 그것들을 바라보고 싶은 충동을 갖는답니다."

그래도 시인처럼 사물의 다른 모습을 포착하는 이들이 있어서, 다른 이름으로 불러 주곤 합니다. 사물이 다른 이름으로 불릴 때, 그것은 다른 것이 되어 옵니다. 우리가 부르는 이름에 따라 사물들은 달이 되어 오고, 꽃이 되어 오고, 물이 되어 옵니다. 같은 사물도 '별'이라 부르면 그것은 빛나는 꿈이 되어 오지만, '밤새 나를 지켜보는 눈'이라고 부르면 저 멀리서 밤새 나를 지켜보고 있습니다. "달아 […] 너를 '잊혀 버린 이상한 빛깔의 종이등(燈)'이라고 부르면, 너는 왜 더 이상 그렇게 우쭐하지 못하지. 그리고 내가 너를 '마리아 입상'이라고 부르면, 왜 거의 물러나 버리는 거야"(「술 취한 자와의 대화」). '술 취한 자'란 취하여 알고 있는 것이나 갖고 있던 생각이 흔들거리는 자, 심하면 저기 있는 것의 "이름이 무언지" 모르는 자입니다. 그래서 사물을 다른 눈으로 보게 되는 자를 뜻합니다. 반대로 곰곰이 생각하는 자는 이성적인 자, 이름을 잘 알기에 아는 대로만 보는 자입니다. "너희에 대해 곰곰이 생각하면 정말로 너희에게 좋지 않은 것 같구나. […] 깊이 생각하는 사람이 술 취한 사람에게서 배운다면 분명히

유익할 텐데!" 그래서 카프카는 오히려 술 취한 자와의 대화를 시도하는 겁니다.

물론 새로운 이름으로 불러도, 사물은 여전히 그 이름 바깥에 있습니다. 또 다른 어떤 것으로서 이름 바깥에 머물러 있습니다. 이름을 붙이고 또 붙여도 또다시 이름 바깥에 있습니다. 끝없는 이름 저편에 있습니다. 명명하는 능력이 아무리 다가가며 우리의 뜻을 전하려 해도 도달할 수 없는 끝없는 바깥에 있습니다. 그래도 어떤 사물을 새로운 이름으로 부르는 것은 그것과 새로이 만나는 기회가 됩니다. 이전과 달리, 이전에는 생각지 못했던 방식으로 만나는 기회가 됩니다. 새로운 이름으로 불러 주는 자인 '술 취한 자', 즉 시인은 사물을 그간의 닫힌 세계에서 벗어나게 합니다. 출구를 열어 줍니다. 비록 잠시일 뿐이지만 말입니다.

그러나 우리는 그런 시들조차 익숙하지 않습니다. 우리는 그저 우리의 목적 속에서만, 그 목적에 복종하는 도구로서만 사물을 다룹니다. 그 목적에 복속시기키 위해 깨고 자르고 갈고 끼워 맞춥니다. 그래도 복종하지 않으면, 부수거나 버립니다. 제한된 지면 때문에 싣지 못한 「어느 투쟁의 기록」은 이를 잘 보여 줍니다. 그처럼 "우리가 그 사물들을 공격해 왔기 때문"에 역으로 사물들은 우리에게 복수를 하기도 합니다. 복수라 하지만 그건 복수의 의도를 갖고 공격하는 게 아니라 이름 붙이는 우리의 생각이나 욕망대로 움직이지 않는 것입니다. 우리 생각의 바깥, 욕망의 바깥, 통제의 바깥에서, 주어진 이름 바깥에서 그저 '사물'로

존속하는 것입니다. 공격하고 도구로 부리고 착취하려는 우리의 뜻대로 되지 않기에, 통제하려는 우리에겐 복수로 다가오는 것일 뿐입니다. “언덕의 신사 양반, 저를 구할 생각은 마세요. 그것은 물과 바람의 복수랍니다. 이제 나는 끝장입니다”(「어느 투쟁의 기록」). 요즘 심각하게 문제가 되고 있는 기후위기를 생각나게 하는 문장입니다. 그렇습니다. 그건 분명 물과 바람의 복수, 대기의 복수, 지구의 복수입니다. 복수할 생각도 없이 행하는 사물의 복수입니다.

카프카는 사물들이 우리가 아는 게 다가 아님을, 따라서 우리가 생각지 못했던 방식으로 관계 맺을 수 있음을 명시적으로 지적합니다. “저는 제 주위의 사물들을 오직 너무 나약한 생각 속에서 이해하기 때문에, 언제나 그 사물들이 한때는 살아 있었지만 이제는 퇴락하고 있는 거라고 믿습니다”(「기도자와의 대화」). 카프카는 뜻대로 되지 않는 사물, 무언지 알 수 없는 사물, 이름을 붙이지만 이름으로 가둘 수 없는 사물에 대해 씁니다. 앞서 언급한 고양이인지 새끼 양인지 알 수 없는 동물에 대해 썼던 것(「튀기」)도 이런 맥락 속에 있다 하겠습니다. 「양동이를 탄 사내」에서 하늘을 나는 양동이도 ‘뜻밖의’ 사물, 이름 바깥으로 빠져나온 사물이라 할 수 있겠습니다. 뜻대로 되지 않는, 아주 매력적인 사물은 「나이 든 독신주의자, 블룸펠트」에 나오는 두 개의 기이한 ‘공’입니다. 블룸펠트는 우리가 흔히 그러하듯 그다지 신경을 많이 안 써도 되고, 원하기만 하면 곧장 짖으며 달려와 손을 핥는, 하지만 가끔은 발로 밟아도 지장이 없는 그런 동

반자를 원합니다. 한마디로 제 맘대로 부릴 동반자를 찾는 셈인데, 그런 게 있을 리 없지요. 그래서 혼자 사는 독신주의자입니다. 그런 그에게 어느 날 뜻밖의 동반자가 찾아옵니다. "파란 줄무늬의 작고 하얀 셀룰로이드 공"이 마루에서, 집안 곳곳에서 튀며 돌아다닙니다. 어린아이라면 놀랍고 즐거운 친구겠지만, 방을 더럽히고 병들 수 있다는 이유로 개 키울 생각도 접은 그에게 그것은 곤혹스럽고 불쾌한 대상입니다. 쉽게 '탁구공'이라 이름 붙이고 싶지만, 이렇게 제멋대로 돌아다니는 게 어찌 '탁구공'이겠습니까. 이들은 쫓아가면 달아나고, 하나를 가두면 다른 하나는 더 높이 튀며, 잡아서 내동댕이쳐도 부서지지 않습니다. 처음엔 블룸펠트가 공들을 추격했지만, 나중에는 그들이 그를 추격하는 꼴이 됩니다. 침대까지 따라와 튀는 공 때문에 그는 잠에서 깨곤 하지만, 그렇다고 "어떤 피해를 끼칠지 잘 모"릅니다. 옷장 속으로 유인해 가두지만, 공들은 옷장 속에서 대단히 시끄러운 소리를 내며 계속 튀고 있습니다. 무언지 알 수 없고, 통제되지 않는, 제대로 이름도 붙일 수 없는 사물 또한 어딘가 갇히는 것으로 끝난 셈입니다.

이 작품의 후반부는 집 대신 직장을 무대로, 튀어 다니는 두 개의 공 대신 '튀는' 두 명의 견습생이 등장합니다. 뜻대로 되지 않는 두 공을 그런 두 사람으로 바꾸어 반복하는 셈입니다. 블룸펠트는 뜻대로 되지 않는 두 사람 또한 "칸막이 된 방 안으로 몰아넣"는데, 갇힌 두 사람 또한 반항하고 부수고 유리창을 두들겨댑니다. 사람을 가둔 것이니 이는 당연하다 싶고, 그런 만큼 가

둔 사람이 부당하다 하겠지요. 그런데 두 공을 가둔 것은 왜 그렇게 생각하지 않는 것일까요? 두 사람이 뜻대로 되지 않는 것은 난감하긴 하지만 그럴 수 있다고 생각하면서, 왜 두 개의 공이, 사물이 뜻대로 되지 않는 것은 황당하고 비현실적인 공상이라고 생각하는 것일까요? 아마도 이것이 뜻대로 되지 않는 저 매력적인 공을 통해 사물에 관해 던지는 물음이었을 겁니다. 두 공 이야기와 두 사람 이야기를 나란히 병치한 구성은 이를 위한 것이었겠지요.

카프카가 창안해 낸, 무언지 알 수 없고, 이름 붙일 수 없으며(붙여 봐야 소용없으며) 통제 불가능한, 낯설지만 대단히 매력적인 또 하나의 사물은 「가장의 근심」에 등장하는 '오드라데크'입니다. 그 이름으로 불리긴 하지만, 그 말에는 의미가 없습니다. 이름 아닌 이름인 거죠. 생긴 것도 기이하여, 별 모양의 실패 같지만, 여러 모양의 실패 조각들이 매듭으로 묶인 듯하기도 하고, 중간에 엉뚱한 막대가 둘 돌출해 있어서 두 다리로 곧추선 듯 보이기도 하는 사물입니다. "그 전체는 의미가 없으면서도 나름대로 완결된 것"으로 보인다고 해요. 그것은 유난히 움직임이 많아 붙잡을 수 없고, 계단, 복도, 현관, 혹은 다른 집으로 옮겨 다니고, 어디서 사느냐고 물으면 "정해진 데 안 살아"라고 말하며 "허파 없이 내는 것 같은 웃음소리"로 웃습니다. 주인공은 그가 죽을 수 있을까 묻지만 목표나 행위를 갖지 않기에 그러지 않을 거라 합니다. "그는 분명히 아무에게도 해를 끼치지 않"을 것이지만, 가족을 걱정하는 가장은 자신이 죽고 난 뒤에도 그가 살아

있으리라는 생각에 고통스러워합니다.

이처럼 알 수 없는 것은 가족을 생각하는 가장의 근심거리가 됩니다. 무언지 알 수 없는데 존재하는 것, 사라지지 않고 존재를 지속하는 것은 인간을 근심하게 합니다. 사물이 있다는 것, 즉 사물의 존재 그 자체가 근심거리가 됩니다. 아무 해를 끼치지 않아도 말입니다. 이게 인간이 사물에 이름을 붙이고, 그게 무엇인지 규정하며, 그러기 위해 사물을 연구하는 이유입니다. 연구하고 이해하여 그것을 통제하고 지배하려는 겁니다. “아는 것이 힘이다”(Knowledge is power)라는 프란시스 베이컨의 유명한 말은 바로 이를 뜻하는 것이었습니다. 오드라데크는 이런 인간의 시도 바깥에 있습니다. 그것은 집 안에 있어도, 우리가 사는 세계 안에 있어도, 세계 안에 있지 않습니다. 우리가 아는 바에 따라 있을 곳을 할당할 수 없고, 할당해도 거기서 이탈해 제멋대로 움직이고, 우리의 예측과 통제에서 벗어나 있으니, 아무리 가까이 있어도 그것은 감각 밖에 있고, 생각 밖에 있고, 우리의 의지 바깥에 있고, 우리가 사는 세계 바깥에 있는 겁니다.

그런데 생각해 보면 모든 사물은 우리가 아는 대로 있을 때조차 우리가 아는 대로만 있지 않습니다. 뜻대로 되지 않는 경우가 비일비재합니다. 그것이 우리 뜻대로 존재하고 우리 맘대로 부릴 수 있을 거라고 믿을 때, 사물의 복수가 시작됩니다. 기후위기의 물과 바람이나 체르노빌이나 후쿠시마의 방사성 원소들이 그렇습니다. ‘사고’와 함께 오는 모든 사물들이 다 그렇습니다. 사물들을 존중하고 그들이 복종해 줄 때조차 그들에게 감사하

며 그들에게 다르게 존재할 길을 열어 둘 때, 그들의 존재는 우리에 대한 복수이길 그칠 겁니다. 지금 사는 세계에서 이탈하는 문을 열어 줄 겁니다.

카프카는 오드라데크, 블룸펠트의 '탁구공' 같은 사물을 따라 단단하게 닫힌 세계 바깥으로 나가고자 합니다. 그들을 따라 자신을 둘러싸고 있는 세계, 인간의 세계 바깥으로 난 문을 열려 합니다. 우리가 사는 세계 안에 그처럼 생각 밖의, 뜻밖의 외부가 구멍처럼 여기저기 있음을 보여 주려 합니다. 그 구멍을 통해 익숙하기 짝이 없어 갇힌 줄도 모르는 채 갇힌 이 세계가, 실은 열린 세계임을 보여 주려 합니다. 필경 낯설 게 틀림없는 그 세계가 '악몽'처럼 보인다면, 내가 익숙한 것에 너무 길든 것은 아닌가 자문해 보는 게 좋을 겁니다.

외부의 매혹, 침묵의 매혹

카프카의 시선은 언제나 바깥을 향해 있습니다. 관심의 바깥, 감각의 바깥, 인식의 바깥, 세계의 바깥, 법의 바깥 등등. 바깥 혹은 외부는 그런 점에서 짧고 간결한, 작은 조각들 같은 카프카의 작품들을 하나로 잇는 실 가운데 하나란 생각입니다. 물론 장편도 포함해서 말입니다. 그러니 카프카의 작품들에 '바깥의 문학'이라는 말을 붙여도 좋을 듯합니다. 이 실로 다른 작품들 또한 연결할 수 있을 겁니다. 물론 그렇게 한다고 해도, 카프카의 작품 모두를 그것으로 엮을 순 없을 것이고, 실에 꿰인 작품조차 다른 작품들과 계열화되며 다르게 읽힐 수 있을 겁니다. 무엇과 함께

읽히는가에 따라 다르게 해석되는 작품들의 집합, 그것이 카프카가 남긴 것입니다. 그의 작품은 그처럼 하나의 실로 꿰려는 어떤 시도로부터도 벗어나 있다는 점에서 어쩌면 사물, 혹은 '오드라데크' 같은 것이라 해야 할 것 같습니다. 그렇기에 그의 작품은 아무리 읽어도 다시 읽는 시선에 끝없이 열려 있다는 점에서 '끝없이 작품들'이라 하겠습니다.

그래도 우리는 '바깥'이라는 말로 몇몇 작품들을 하나로 꿰며 카프카 세계의 문 하나를 열려 했습니다. 수수께끼로 가득한 그의 세계를 여행할 지도를 하나 그리려 했던 셈입니다. 바깥이란 흔히 하는 말로, 눈 밖에 난 것, 생각 밖에 있는 것, 뜻밖에 오는 것입니다. 바로 옆에 있었으나 보지 못했던 것, 눈으로 보았지만 무엇인지 알 수 없는 것, 무언가 해야 하는데 뜻대로 되지 않는 것입니다. 그것은 닫혀 있는 듯 보이는 세상에서 나가기 위한 출구들입니다. 그 출구로 언뜻 보이는 풍경은 낯설 것이며, 황량한 대지처럼, 어쩌면 악몽처럼 보일 수 있습니다. 그것은 우리가 지금 세상에 너무 길들어 있기 때문이지만, 꼭 그 때문만이라고 할 순 없습니다. 새로이 집을 지으려는 이에게 대지란 아무것도 없는 땅, 처음부터 시작해야 하는 막막한 땅이니까요. 카프카라고 얼마나 달랐겠습니까. 그래도 그가 그 황량한 땅을 향해 문을 열고 나간 것은 아마도 무언가에 홀리고 휘말려서였을 겁니다. 어둠 속에서 들려오는 어떤 소리, 무언지 알 수 없지만 무언가 귀를 잡아당기는 어떤 것에 매혹되었기 때문일 겁니다. 요제피네나 일곱 마리 개들 무리의 음악처럼, 레니를 매혹하는 피고들처

럼 말입니다. 인디언이 되어, 말을 타고, 박차도 말고삐도 없이, 말의 머리와 목덜미마저 사라지도록, 말과 함께, 말이 되어, 알아볼 수 없는 속도로 달리도록 말입니다. 보이는 것이라곤 막막한 광야만 남을 때까지 말입니다(「인디언이 되고 싶은 마음」).

이유를 알 수 없지만 저항할 수 없도록 잡아당기는 것, 그것이 바로 외부의 힘입니다. 그것은 물음의 힘이고 수수께끼의 힘입니다. '이거 뭐지?'라는 물음을 반복하여 던지게 하니까요. 수수께끼는 세계 바깥에 있는 것들이 존재하는 방식입니다. 카프카의 동물이나 사물들처럼, 그의 작품들처럼, 우리의 감각이나 생각이 제공한 답을 지워 물음으로 바꾸는 수수께끼로서 존재합니다. 이유를 알기에 좋아하는 것은 이미 나의 세계 안에 있는 것입니다. 우리는 좋아하는 것을 좋아하기에, 그렇지 않은 것을 외면하고 보지 못합니다. 그런데 종종 무언지 알 수 없으나 내게 휘감겨 잘 떨어지지 않는 것이 있습니다. 그것에 매혹되어 몸을 돌려 따라갈 때, 우리는 세계 바깥으로 나가게 됩니다. 황량해 보이는 막막하고 어두운 곳으로 감히 발을 옮기는 것은 바로 외부가 갖는 이 매혹의 힘 때문입니다.

물론 좋아하는 것들을 따라가며, 그 뒤에 있는 든든한 초월자, 보이지 않기에 '외부'라고 오인되는 그런 초월자에 빠져드는 이들도 있습니다. 「유형지에서」의 처형 기계에 '매혹'된 장교가 그렇습니다. 뜻밖의 것에 '매혹'된다기보다는 좋아하는 것에 '매몰' 되었다 해야 할 이런 경우를 우리는 신에게 미친 듯 빠져드는 이들에게서도 볼 수 있습니다. 「유형지에서」는 옳고 그름을 따

지는 피고의 진술마저 거절하는 일방적 초월자란, 자신에게 매몰된 장교의 신체를 처참하게 찢으며 끝내 스스로 붕괴되고 만다는 것을 경고하는 작품이라 하겠습니다.

세계의 바깥으로 이끄는 매혹의 힘으로 유명한 것은 세이렌입니다. 사공들을 매혹시켜 가던 길을 벗어나게 하며, 끝내 소용돌이가 기다리는 무서운 외부로 끌어당기는 치명적 매혹의 힘이 그들의 노래에 있다고 하지요. 호메로스에 의하면, 영리한 오디세우스는 그 매혹적인 노래는 들으면서도 가려던 항로에서 이탈하지 않기 위해 선원들의 귀를 틀어막고 자기의 수족과 입을 묶습니다. 그렇게 안전을 확보한 채 그들의 노래를 들었을 겁니다. 그런데 그가 들었을 그 노래는 얼마나 아름다웠을까요? 매혹이란 휘말리며 익숙한 것에서 벗어나게 하는 힘인데, 가던 길에서 벗어나지 않기 위해 안간힘을 쓰는 이의 귀에 그 노래가 정말 매혹적이었을까요? 아무리 아름다운 노래에서도 매혹을 느끼지 못하는 이들도 있고, 별거 아닌 것 같은 소리에도 매혹되는 이들이 있음을 안다면 세이렌의 노래가 듣는 이 모두에게 동일하게 매혹적일 리 없습니다. 그렇다면 매혹당하지 않으려 애쓰는 이에게 매혹적이었을 가능성은 결코 없었을 겁니다. 아마도 나중에 누가 물었다면 오디세우스는 이렇게 대답했을 겁니다. "소문이 대개 그러하듯, 그 이야기는 지나친 과장이었다네. 실은 별거 없더라구." 그렇게 우리는 외부를 외면하고 익숙한 세계 안에 거주하며 가던 길을 계속 갑니다.

최고의 아름다움이란 사실 무서운 것입니다. 삶의 지침을 돌

려놓고, 알지 못하는 어둠 속으로 불러들이는 것이니까요. 아름다움에 제대로 매혹당해 본 사람은 이를 잘 압니다. 가령 라이너 마리아 릴케가 그랬습니다. 그는, "아름다움이란 우리가 간신히 견디어 내는/ 무서움의 시작일 뿐"이라고 하지요. 그렇지만 자신이 그처럼 "아름다움에 경탄하는 까닭은, 그것이 우리를/ 파멸시키는 것 따윈 아랑곳하지 않기 때문"이라고 씁니다(「두이노의 비가」 1). 오디세우스는 영리했지만 아름다움을 감지하는 능력은 없었던 겁니다.

카프카의 단편 「세이렌의 침묵」은 우리를 저 무서운 바깥으로 유혹하는 바로 이 매혹의 힘에 대한 작품입니다. 여기서는 호메로스의 이야기와 달리 "세이렌들로부터 자신을 지키기 위해 오디세우스는 밀랍으로 귀를 틀어막고 자신을 돛대에 단단히 결박하도록 했다"고 설정합니다. 즉 오디세우스가 "한 줌의 밀랍과 한 묶음의 사슬" 이외는 아무것도 생각하지 않는 인물이었다고 한 것인데, 파멸이나 실패가 숨어 있을 것 같은 저 바깥의 어둠이 두려워 스스로 귀를 닫아 버렸다는 말이겠지요. 세이렌들은 그런 "그의 단호함 앞에서 사라져 버리고", 오디세우스는 그들에게 가까이 다가갔지만 "그는 이제 그녀들에 대해 아무것도 알지 못했다"라고 씁니다. 그래서 세이렌은 그를 "더는 유혹하려 하지 않았"다고 합니다. 그럴 만합니다. 이런 이들 앞에서라면 부르던 노래마저 중단하고 싶었을 겁니다.

반대로 매혹에 열린 마음을 가진 이라면 매혹당할 능력, 그래요, 매혹은 안목 있는 이들만 당할 수 있는 것이니, 그런 능력이

있는 이들이라면 아주 달랐을 겁니다. 소리 없는 개들의 움직임, 알 수 없는 요제피네의 음악처럼 최소한의 소리만 가진 것에도, 살짝 스쳐 가는 미풍에도 휘말려 들었을 겁니다. 세이렌에게 "노래보다 더 무서운 무기"는 바로 침묵이었다는 말은 바로 이런 의미였을 겁니다. 그렇게 세이렌의 침묵에 매혹되어, 무언지 알 수 없는 것에 매혹되어, 카프카는 남들이 가지 않은 길을 가기 시작했던 것이겠지요. 그리고 그렇게 세이렌이 되어 우리를 유혹하고 있는 겁니다. 끝없는 수수께끼를 던지며.

도슨트 이진경이 선택한 그림

Paul Klee, 「The Mountain of the Sacred Cat」, 1923

카프카는 소설을 쓰며 갑충이 되고, 개가 되고, 원숭이 혹은 생쥐가 된다. 개가 된다는 것은 개에 의해 인간의 세계에서 벗어나는 것이다. 개와 인간 사이에서 새로운 삶의 출구를 찾는 것이다. 클레는 고양이가 되어 출구를 찾는다. 고양이 머리를 하고 '성스러운 자'가 되어 해가 있고 집이 있는 인간 세계에서 벗어나 산을 오른다. 그러나 그 산은 계단이고 그 끝에는 어떤 기념비가 있는, '자연'이길 그친 다른 세계다. '성스럽다'라는 말은 주어진 세계의 정점을 향해 가는 자가 아니라 그 세계의 바깥을 향해 가는 자를 위한 것이다. 새로운 세계가 그런 모험 속에서 출현하기 때문이다. 기념비는 그런 모험을 유혹하는 미끼 같은 것이다. 인간의 눈에는 보이지 않기에 머리를 바꾸고 눈을 바꾸는 모험. 예술이란 그처럼 감각을 바꾸는 모험의 세계일 것이다.

그린비 도슨트 세계문학 06
변신 · 어느 개의 연구

초판1쇄 펴냄 2024년 7월 18일

지은이 프란츠 카프카
옮긴이 조원규
해설 이진경
펴낸이 유재건
펴낸곳 (주)그린비출판사
주소 서울시 마포구 와우산로 180, 4층
대표전화 02-702-2717 | **팩스** 02-703-0272
홈페이지 www.greenbee.co.kr
원고투고 및 문의 editor@greenbee.co.kr

편집 이진희, 구세주, 정미리, 민승환, 원영인 | **디자인** 이은솔, 박예은
물류유통 류경희 | **경영관리** 이선희

저작권법에 의하여 한국 내에서 보호를 받는 저작물이므로 무단전재와 무단복제를 금합니다.
책값은 뒤표지에 있습니다. 잘못 만들어진 책은 구입처에서 바꿔 드립니다.
ISBN 978-89-7682-869-9 03850

독자의 학문사변행學問思辨行을 돕는 든든한 가이드 _(주)그린비출판사

도슨트 이진경과 함께 읽는

『변신·어느 개의 연구』